KATIE MARSH

ZIEMLICH WUNDERBARES LEBEN

KATIE MARSH

ZIEMLICH WUNDERBARES LEBEN

ROMAN

Aus dem Englischen
von
Angelika Naujokat

DIANA

Von Katie Marsh sind im Diana Verlag bisher erschienen:
Die Liebe ist ein schlechter Verlierer
Du erinnerst mich an morgen
Ziemlich wunderbares Leben

MIX
Papier aus verantwortungsvollen Quellen
FSC® C014496

Verlagsgruppe Random House FSC® N001967

Deutsche Erstausgabe 08/2019

Die Originalausgabe erschien 2017 unter dem Titel
This Beautiful Life bei Hodder & Stoughton Ltd.,
an Hachette UK Company, London

Redaktion: Heike Hauf
Umschlaggestaltung: t.mutzenbach design, München
Umschlagmotive: © Skorik Ekaterina, Romashka2,
Gluiki / shutterstock.com
Satz: Leingärtner, Nabburg
Druck und Bindung: GGP Media GmbH, Pößneck
Printed in Germany

ISBN 978-3-453-29214-7

www.diana-verlag.de
Besuchen Sie uns auch auf www.herzenszeilen.de
Dieses Buch ist auch als E-Book lieferbar.

Für Mel, Chris, Kate
und die vielen Menschen, die von ihnen geliebt werden.

2. SEPTEMBER 2014

Meine Jungs,
so, jetzt kennen wir also endlich den Grund für die rasante Fahrt in die Notaufnahme mit Schmerzen, die mich zu zerreißen drohten. Den Grund für all die Untersuchungen, bei denen ich in dem dünnen Krankenhaushemd vor mich hingezittert habe. Den Grund für all die Ärzte, die sich an Stellen meines Körpers zu schaffen gemacht haben, die normalerweise privat sind. Letzte Woche hat mir die Chirurgin endlich unter dieser Uhr, die ständig auf fünf zu stehen scheint, das Urteil verkündet: Krebs.

So, es sieht ganz danach aus, als würde ich meinen Geburtstag morgen nicht mit ein paar Gläschen warmem Weißwein im Pub feiern, sondern stattdessen unter gleißend hellem Licht auf dem OP-Tisch liegen und mir einige Lymphknoten und einen großen Teil meines Dickdarms entfernen lassen. Nicht ganz die Art von Feier, die ich mir vorgestellt hatte. Ich frage mich, welche Musik sich die Chirurgin wohl anhören wird, während sie an mir herumschnippelt. Ich bete zu Gott, nicht Enya! Ich weiß, dass ich narkotisiert sein werde, aber ich schwöre, ich werde aufstehen und ihnen den Schrecken ihres Lebens einjagen!

Vor drei Wochen habe ich mich noch mit der Frage beschäftigt, ob es mir gelingen wird, mich zu meinem 36. Geburtstag in mein silbernes Kleid zu quetschen. Nun werde ich der Welt diesen Anblick ersparen, denn offenbar habe ich Krebs. Selbst wenn ich diese Worte schwarz auf weiß geschrieben sehe, vermag ich sie immer noch nicht zu glauben. Ich war mir so sicher, dass alles in Ordnung sei und meine Chili-Soßen-Sucht der Grund gewesen wäre, warum ich nicht mehr vom Klo herunterkam, oder es an dem nicht ganz astreinen selbstgebrauten Bier meines Vaters lag, dass ich wahnsinnige Magenschmerzen hatte und so müde war, dass ich jeden Abend schon um acht ins Bett ging.

Ich sitze hier in meinem Lieblingssessel und bete, dass ein Wunder geschehen möge. Dass ich nicht zu lange gewartet habe. Dass der Krebs nicht gestreut hat. Ich eine zweite Chance bekomme. Ich möchte mehr Zeit mit euch beiden haben. Seb und John. Meine Jungs. Ich werde nicht aufgeben. Werde immer weiter versuchen, am Leben zu bleiben. Aber ich schreibe diese Zeilen und lege sie für den Fall für euch beiseite, dass meine Geschichte doch hier enden sollte.

Es euch beiden zu sagen war der schlimmste Teil. Ich wollte euch beschützen, doch stattdessen musste ich euch in all das hineinziehen. Allein dies zu schreiben fällt mir so unendlich schwer. Dabei sollte man doch meinen, dass gerade ich die nötigen Worte finden würde. Wo ihr mich doch ständig anfleht, einmal still zu sein, und ich niemals auf euch höre. Die Worte sprudeln nur so aus mir heraus. Ich bin ein mitteilsamer Mensch. Ich rede schon morgens um halb acht über irgendwelche Fernsehsendungen, auch wenn ihr versucht, euch hinter den Cornflakes-Packungen zu verstecken. Aber jetzt habe ich keine Ahnung, was ich sagen soll. Weil ich euch Worte mitgeben muss, die ihr bewahren könnt. Worte für das ganze Leben.

Wenn ich euch jetzt verlassen muss, werde ich so viel vermissen. Nicht die nervigen Dinge, wie den Riesenriss in der Badezimmerdecke oder meine Bügelversuche. Aber all das, was euch zwei ausmacht, und vor allem euer Lachen. John, ich höre dir schrecklich gern zu, wenn du mit dem Auto redest und glaubst, dass es keiner mitbekommt. Und ich finde es toll, dass du aus einem Beutel Tortilla-Chips und etwas Schlehenschnaps eine ganze Party machen kannst. Ich liebe es, deine Wange an der meinen zu spüren, und ich mag dein freundliches Wesen und deine komplizierte Art zu kochen und dass du immer so tust, als würde dir meine aktuelle Lieblingsband gefallen.

Und Seb. Unser wundervoller Sohn. Mir ist bewusst, dass ich meist aufs Geratewohl durch die Gegend schreie, aber ich tue es mit Vorliebe am Rande des Fußballfeldes, wenn ich mit einer Thermoskanne Kaffee in der Hand deinen Namen brülle, und mir dabei der unvermeidliche Regen wieder einmal die Wimperntusche verschmiert. Ich danke dir, dass du mich nie verleugnest – selbst wenn alle Väter mich anstarren, als gehörte ich in eine Gummizelle. Du bist groß genug, um mich in die Höhe zu heben und mir den Kopf zu tätscheln (SO nervig), doch wenn ich dich jetzt betrachte, dann sehe ich den Jungen, der sich ans Eingangstor geklammert hat, weil er nicht ohne mich in die Schule gehen wollte. Ich möchte dich nicht zurücklassen. Dich nicht im Stich lassen. Du bist sechzehn und stark, und mir ist klar, dass du momentan mehr Zeit mit deinem Smartphone verbringst als mit mir, aber ich hasse die Vorstellung, dass du ohne mich aufwächst. Nicht da zu sein, wenn du eine Umarmung brauchst oder ein Lächeln oder jemanden, der dir sagt, wie verdammt genial du bist.

Und dann sind da all diese unglaublichen Dinge, die du einmal tun wirst. Ich will nicht eine Minute davon verpassen. Ich möchte dein Gesicht sehen, wenn deine wunderschöne Verlobte zu dir vor den Altar tritt. Ich möchte deine Kinder kennenlernen – die witzig und voller Enthusiasmus sein werden und unglaublich gut mit dem linken Fuß genau wie du. Ich möchte jubeln, wenn du deine Prüfungsergebnisse erfährst oder so tun, als würde ich nicht weinen, wenn du deine geliebten Fußballschuhe in den Rucksack stopfst und dich ins Abenteuer stürzt.

Ich weiß, wie wütend ihr beide seid, dass ich Krebs habe. Mein Gott, ich auch. Die Leute erzählen mir ständig wie tapfer ich bin, dabei bin ich in Wahrheit voller Wut. Ich frage mich andauernd, warum es mich getroffen hat – ob das nun die Rache für all die Jahre ist, in denen ich beim Kneipenquiz gemogelt und beim Kuchenbasar in der Schule behauptet habe, die mitgebrachten Plätzchen selbst gebacken zu haben. Es passiert einfach alles zu früh und zu schnell. Doch während ich hier sitze und Bob Dylan lausche, gefesselt von Melancholie, ist mein Glaube an euch beide ungebrochen. Ich weiß, wie viel ihr auch ohne mich erreichen werdet, sollte sich herausstellen, dass meine Zeit tatsächlich abgelaufen ist.

John, du könntest endlich diese Fahrradtour über die Britischen Inseln machen, die du machen wolltest, seit ich dich kenne. Seb, du kannst dich durchaus mit Chloë Grace Moretz verabreden (was übrigens beweist, was du für einen guten Geschmack hast!), ohne deinen Plan aufzugeben, Chirurg zu werden, den du bereits im Alter von zehn nach einer Folge von Emergency Room *gefasst hattest. Und sollte der Tag kommen, wenn nur noch dieser Stuhl hier steht und ich fort bin, dann schaut bitte im Regal nach und nehmt die CD mit Silberrand heraus. Ich weiß, dass heute keiner mehr CDs hört, Seb, aber bitte habe Nachsicht mit mir! Man kann etwas in die Hüllen hineinschreiben, und genau das habe ich getan. Es ist die Playlist meiner Überlebensmusik – der Musik, die mich an die Menschen erinnert, für die ich am Leben bleiben will und die mir das Leben ins Gedächtnis ruft, das ich jetzt noch nicht verlassen möchte.*

Also, John, stell Radio 5 live *aus – ich verspreche dir, dass dein Herz dadurch bestimmt nicht aufhören wird zu schlagen! Und Seb, mir ist durchaus bewusst, dass einige dieser Songs – an dieser Stelle solltest du flüstern – verdammt alt sind, aber lass Milde walten, sie bewahren etwas, das sich zu entdecken lohnt! Sie werden mich jeden Tag begleiten, werden in den kommenden Wochen und Monaten mein Leben untermalen: An den Tagen, wenn ich auf die Rückseite des Krankenhauses zugehe, vorbei an den Mülltonnen und den Mitarbeitern, die die »Rauchen verboten«-Schilder ignorieren, und ich diese Welt der Sprechstunden und der Chemotherapie betrete, wo mich Ärzte mit mitleidigen Blicken bedenken, vor denen es mir schon jetzt graut.*

Und während ihr euch Queen und die Lemonheads anhört und mit Black Beauty heimwärts galoppiert, erinnert euch bitte an meine guten Momente. Die Momente, als ich es geschafft habe, das Richtige zu sagen oder eine Mahlzeit für euch zu kochen, bei der ich nicht jeden einzelnen Topf benutzt habe, den die Küche zu bieten hat. Daran, wie ihr zwei euch totgelacht habt, als ich mir bei »Walk Like an Egyptian« beinahe den Hals verrenkt habe. Daran, wie ich euch in die Arme nehme. Aber um nicht zu sentimental zu werden, erinnert euch auch an den Rest von mir. Daran, wie ich euch an jenem denkwürdigen Weihnachtsfest angebrüllt habe, den Truthahn aufzuheben, der mir, kurz bevor alle eintrafen, auf diesem etwas schmuddeligen Stück neben dem Abfalleimer hingefallen war. Daran, wie oft sich der Start zu einem Familienausflug verzögert hat, weil ich mal wieder endlos lang nach meinem Schlüsselbund gesucht habe. Daran, wie ich in Calais im Kreis herumgefahren bin, sodass wir wieder am Fährhafen landeten, während die Feier zu Mums 60. Geburtstag losging.

Was auch immer euch einfallen wird, ihr sollt wissen, dass ich an euch denken werde. Euch lieben werde. Und euch bei allem ermutigen werde, was auch immer die Zukunft für euch bereithält.

Ich hatte schon über die Hälfte meines Lebens gelebt, bevor ich euch getroffen habe, und ich hoffe aus tiefstem Herzen, dass ich noch viele weitere Jahre vor mir haben werde. Ihr zwei seid der Grund dafür. Und ihr werdet es immer bleiben. Das hat nichts mit Tapferkeit zu tun – das ist blanker Egoismus. Denn ich möchte keine einzige Minute verpassen.

Ich liebe euch.

Abi/Mum xxx

SEPTEMBER

»Don't Stop Me Now«

Queen

Das ist für dich, John – in Erinnerung an die »romantische« Hochzeitsfeier von Jenny und Noah in dieser Scheune irgendwo auf einem Feld in der Nähe von Avebury. Weißt du noch, wie es überall nach Mist gestunken hat? Und fast ein Feuer ausgebrochen wäre, weil jemand eine Zigarette in einen Heuballen geworfen hat? Und der Apfelwein schmeckte nach Essig. Ich war ausnahmsweise einmal nüchtern, was auch gut war, weil Seb ohne mein Wissen bereits meinen widerwilligen Eierstöcken die Stirn geboten hatte und in mir wuchs – unser winziges polyzytisches Wunder. Dieser Song (und fünf Bier à einem halben Liter) brachten dich auf die Tanzfläche, und nachdem du dich deines Jacketts und deiner Krawatte entledigt hattest, wurde mir klar, dass du dich tatsächlich richtig gut bewegen konntest. Und dann hast du dich auf die Knie fallen lassen und bist über den halben Tanzboden mit ausgebreiteten Armen auf mich zugerutscht. Als ich auf dich hinabblickte und du mich mit diesem umwerfenden Lächeln ansahst, da war es um mich geschehen. Mein Herz gehörte dir. Wenigstens hast du dir deine Hose nicht umsonst ruiniert.

ABI

»Jetzt ist es also offiziell. Du hast es geschafft?«

Abi schob die Erinnerung an Johns Gesichtsausdruck am gestrigen Abend beiseite und erwiderte Lesleys Lächeln. »Ja. So ist es.« Sie spielte mit dem Ehering an ihrem Finger. Er saß inzwischen so locker, dass sie ihn enger machen lassen sollte. »Ich bin offiziell in Remission.« Die Worte kamen ihr irgendwie überhaupt nicht real vor. Noch nicht. Sie spürte immer noch, wie ihr Herz geklopft hatte, als sie mit John auf das Urteil der Ärztin wartete. Wie ihr der Atem stockte, als man sie in dasselbe Sprechzimmer rief, in dem sich ihre Welt vor einem Jahr in einen Albtraum verwandelt hatte.

Lesley grinste. »Das ist toll! Ich wusste, dass du es schaffst.«

»Wirklich?« Abi konnte es selbst kaum glauben. Sie musste alle drei Monate zur Blutuntersuchung, hoffte aber, dass sie das Darmkrebs-Team erst bei ihrer jährlichen Kontrolluntersuchung im nächsten Jahr um diese Zeit wiedersehen würde.

»Ja.« Das Gesicht ihrer Freundin spiegelte eine Zuversicht wider, von der Abi gar nicht mehr wusste, wie sich so etwas anfühlte. »Wie wäre es, wenn wir nachher zur Feier des Tages das Tanzbein schwingen? Bei dir gab's doch kein Halten mehr, wenn sie in diesem Klub neben deiner Wohnung in Bayswater ›Ice Ice Baby‹ spielten.«

Es gab eine Menge Dinge, die Abi einmal gern getan hatte. »Ich bin mir nicht sicher, ob ich dem schon gewachsen bin. Es ist eine Weile her, seit ich das letzte Mal getanzt habe.«

»Na gut.« Lesley dachte für einen Moment nach. »Wie wäre es stattdessen mit etwas Luftgitarre?« Sie befreite ihr dunkles Haar von dem Gummi, das den Pferdeschwanz hielt, den sie im Büroalltag trug, fuhr mit den Händen hinein und puffte es auf. Aus ihren Augen blitzte der Schalk, als sie sich anschließend in die Wangen kniff, um Farbe hineinzubringen. »Ich werde später was von Oasis auflegen. Das bringt dich doch immer in Fahrt.«

»Solange es nicht ›I Will Survive‹ ist.« Abi schüttelte den Kopf. »Das kann ich nämlich wirklich nicht mehr hören.«

Sie blickte zu den Birken auf, die den Garten auf der Rückseite des Pubs umrahmten und bewunderte die rosafarbenen und blauen Wimpel, die an die Zweige gebunden waren. »Schöne Deko.«

»Ja.« Lesley zog einen Taschenspiegel hervor und trug etwas Lippenstift auf. »Wir dachten, das würde dir gefallen – bei eurer Hochzeit konnte man sich ja kaum rühren, ohne von den Dingern erwürgt zu werden. Deine Mutter hat deinen Vater fast den ganzen Nachmittag die Leiter hochgejagt, um sie aufzuhängen.«

»Armer Dad.«

»Quatsch. Das hat er gern gemacht. Er wollte sogar noch die Regenrinne sauber machen, aber glücklicherweise hat ihn jemand rechtzeitig davon abgehalten, bevor er sich selbst schaden konnte. Die beiden haben auch das ganze Ballongeschäft leergekauft.« Lesley deutete auf das farbenfrohe Knäuel aus violetten, gelben und silbernen Ballons an der Hintertür des Pubs. »Es wurden keine Kosten und Mühen für deine Survivalparty gescheut, meine Liebe.«

Abi blickte zum Himmel hinauf, rechnete fast damit, dass ein Blitz auf sie niedergehen würde. Sie hatte inzwischen Angst davor, das Schicksal herauszufordern. Denn jedes Mal, wenn sie geglaubt hatte, es gehe ihr besser, kam eine unangenehme Überraschung auf sie zu. Eine Wundinfektion nach der OP, die eine Verlängerung ihres Krankenhausaufenthalts nach sich zog. Ein Fieber, das derartig in die Höhe schoss, dass man sie mit Blaulicht in die Notaufnahme und von dort auf die Intensivstation bringen musste. Ein Blutgerinnsel, das dazu führte, dass ihr Arm zu seiner doppelten Größe anschwoll und tagelang furchtbar schmerzte. Seit Monaten hatte sich ihr Körper nun geweigert, sie darauf vertrauen zu lassen, dass es ein Morgen für sie gab. Doch nun war es an der Zeit, dass sich das änderte.

Wenn sie nur wüsste, wie sie es anstellen sollte.

Lesley ließ den Lippenstift wieder in ihrer Handtasche verschwinden und schlang ihre Arme um Abi. »Du meine Güte, an dir ist wirklich nichts mehr dran.«

Abi lächelte an der Schulter ihrer Freundin. »Die Krebsdiät. Ein echter Knaller.«

»Damit hast du dir das Geld für die Magenband-OP gespart!«

Abi stimmte nicht in ihr Lachen ein.

»Noch zu früh?«, erkundigte sich Lesley.

Abi nickte. »Ja. Solche Brüller kannst du bringen, wenn ich die vierzig geschafft habe. Dann fühle ich mich vielleicht sicherer. Aber bis dahin bitte keine Krebswitze, ja?«

»In Ordnung.« Lesley umarmte sie noch etwas fester. Ihre Freundin wusste nur zu gut, dass dieses letzte Jahr alles andere als lustig gewesen war. Obwohl sie sich mitten im Scheidungskrieg befand, war sie fast immer an Abis Seite gewesen – ob bei der Diagnose oder der OP oder beim Erwachen aus der Narkose mit dem Stomabeutel, von dem sie gehofft hatte, dass er ihr erspart bleiben würde. Und auch während der Chemo und all den Untersuchungen in fensterlosen Räumen, wo es die klassische Musik vom Band nicht schaffte, das unablässige Klicken der Scanner zu übertönen. Darmspiegelungen. Einläufe. Bestrahlungstattoos. Narben, die ein Leben lang blieben. Nie hatte Lesley sich versteckt. Oder aufmunternde Textnachrichten geschickt, ohne sich blicken zu lassen, wie es manche von Abis sogenannten Freunden getan hatten. Nein, sie hatte Abis Hand gehalten, als sie in den OP gefahren wurde. Hatte Suppe gekocht. Playlisten erstellt, bei denen sie ihren eigenen poplastigen Geschmack ungeniert mit den Titelmelodien von Fernsehsendungen aus ihrer Kindheit vermischte, um Abi beispielsweise mit dem Titellied der *Wombles* von ihrem Chemo-Blues abzulenken.

Sie war dankbar für ihre Freundin, mit der sie durch dick und dünn ging. Seit dem ersten Schuljahr, als sie es auf dem Schulhof gemeinsam mit den Hammond-Schwestern aufgenommen hatten, die dort mit ihren Duftstickern das Regiment führten, hatte sie nichts mehr auseinanderbringen können. Lesley traute sich auf das große Klettergerüst, und bald schon hatte sie Abi trotz deren anfänglichen Widerstands dazu überredet, es auch zu wagen. Lesleys Motto lautete: »Niemals aufgeben«, was sie im letzten Jahr zweifelsfrei immer wieder bewiesen hatte.

Sie wichen beide zurück, und Abi presste ihre Hand auf die Stelle, wo einmal der Stomabeutel gewesen war und verspürte dabei ein Gefühl von Freiheit. Kein Ausleeren mehr. Kein Verbergen unter weiter Kleidung. Kein Abwenden mehr, wenn John den Raum betrat und sie gerade damit beschäftigt war, ihn zu säubern oder zu Boden starren, wenn er verstopft war und sie solche Schmerzen hatte, dass sie ihren Mann bitten musste, ihr zu helfen.

Im Laufe des letzten Jahres war es leichter geworden, ihren Körper von außen zu betrachten – nun rang sie um das Gefühl, dass er wieder ganz und gar ihr gehörte.

»Keine Krebswitze mehr. Versprochen.« Lesley tätschelte Abis Arm. »Aber ich finde, es ist an der Zeit für ein Gläschen Blubberwasser. Schließlich ist das hier *deine* Party!« Sie deutete auf das riesige Spruchband, das über dem Smoker-Grill hing. GLÜCKWUNSCH, ABI! stand darauf in violetten Buchstaben auf einem mit silbernen Sternen bedeckten Hintergrund zu lesen.

»Das hört sich gut an.« Abi versuchte ihre Nervosität zu unterdrücken, die kleine Stimme in ihrem Inneren zum Schweigen zu bringen, die sie mahnte, dass es doch eigentlich noch zu früh zum Feiern war. Sie fühlte sich einfach überfordert.

Lesley nahm zwei gefüllte Champagnergläser aus den Reihen, die auf einem Tapeziertisch standen und reichte Abi eins davon. »Auf meine unglaubliche Freundin. Auf dich, Abi! Ich bin verdammt froh, dass du wieder in Ordnung bist. Und ich bin gespannt auf das, was du vorhast, jetzt, wo alles vorbei ist.«

»Ich auch.« Abi dachte an diese Idee, mit der sie sich gestern intensiver beschäftigt hatte – eine Idee, die langsam konkrete Formen annahm und sie mit einer Begeisterung erfüllte, die sie seit Jahren nicht mehr empfunden hatte. Eine neue Zukunft. Ein Neubeginn.

Sie nahm einen winzigen Schluck Champagner und verspürte sogleich eine leichte Übelkeit. Peng – noch eins ihrer liebsten Dinge verschwand. Danke, Krebs. Lesley stürzte gleich ein halbes Glas hinunter, während Abi das ihre abstellte und ihre Gedanken wieder zum gestrigen Abend zurückkehrten und den Schatten auf Johns Gesicht. Die grauen Strähnen, die sich langsam in sein hellblondes Haar schlichen. Das Wippen seines Beins, während sein Blick über das Display seines Smartphones flog.

Der Fenstertisch in ihrem Lieblingsrestaurant war ihr noch nie so breit vorgekommen.

»Hallo! Dranbleiben!« Lesleys Worte holten Abi in die Gegenwart zurück, und sie sah zu, wie ihre Freundin sich ein zweites Glas griff. »So …«, sagte sie und blickte sich erwartungsvoll um, »Zeit, sich unter die Leute zu mischen.« In dem Moment gab ihr Smartphone einen Piepton von sich. »Mist.« Sie kramte es aus ihrer Handtasche hervor und warf einen Blick darauf. »Die Arbeit. Tut mir leid, da muss ich rangehen.«

»Also, wenn du unbedingt befördert werden willst.« Abi tätschelte ihr den Rücken. »Nur zu. Immer schön fleißig und Eindruck schinden. Mach den Deal!«

»Du weißt, ich spiele keine Rolle in der Anwaltsserie *Suits*, oder?« Lesley verdrehte die Augen und marschierte ein paar Schritte davon. Abi starrte auf ihren Rücken und dachte darüber nach, wie sehr sich das Leben ihrer Freundin in dem Jahr, in dem Abi krank gewesen war, verändert und sich diese dabei weiterentwickelt hatte. Neuerdings Single. Neuer Job. Neues Haus. Sie schien den Spruch *Carpe diem* verinnerlicht zu haben. Abi musste aufholen.

Lesley drehte sich um und legte eine Hand über ihr Handy. »Warum unterhältst du dich nicht mal mit deinem umwerfenden Ehemann?«

»Natürlich.«

»Gut.« Lesleys Stimme klang eine Tonlage höher. »Nein, ich habe nicht mit dir gesprochen, Simon.« Sie wandte sich wieder ab und schlüpfte mühelos in die Rolle der selbstbewussten Managerin, die aus ihr geworden war.

Der Garten des Pubs füllte sich langsam. Sonnenbrillen und weiße Oberteile überwogen, da die Leute die Reste ihrer Sommerferienbräune zur Schau stellten. Sie waren alle gekommen. Abis Kollegen aus der Verwaltung des gefäßmedizinischen Bereichs des Krankenhauses, die über Getränke und Grissinis herfielen wie Möwen über einen Picknickkorb. Johns Kunden und Kollegen, die Top-Grilltipps austauschten und darüber spekulierten, welche Geschäftsführer Weihnachten noch einen Job haben würden.

Aber am allerwichtigsten war, dass Seb sich herbemüht und sogar die Fußballklamotten, die er normalerweise trug, gegen ein elegantes schwarzes Hemd und eine Jeans getauscht hatte, die nach einem weiteren heftigen Wachstumsschub nun auch schon wieder etwas zu kurz war. Das dunkelblonde Haar fiel ihm in die Augen, während er und seine Freundin Jess in der Nähe der Pimm's-Bowle herumlungerten und versuchten, ein Glas davon zu stibitzen, wenn Abis Bruder, Rob, nicht hinsah. Und wenn der weiter so angestrengt in den Himmel hinaufschaute, wäre ihr Plan höchstwahrscheinlich von Erfolg gekrönt.

Während Abis Blick über die vertrauten Gesichter wanderte, vermochte sie beinahe ihr altes Ich inmitten der Gästeschar zu sehen, das lachend den Lieblingsrosé hinunterstürzte und »Viva la Vida« mitsang, das aus den Boxen ertönte. Sie hatte immer so gerne gefeiert – die Hitze, die Musik und all das genossen, was eine Party an Möglichkeiten bereithielt, wenn man geschminkt und farbenfroh gekleidet den vollen Raum betrat. Doch dieses Gefühl war schon lange verschwunden. Es kam ihr so vor, als stünde sie am Rand. Sei nur Zuschauerin. Warte darauf, dass ihr altes Ich zurückkehrte.

Ein tiefes Gefühl der Zuneigung überkam sie, als sie die groß gewachsene Gestalt ihres Mannes erblickte, der fleißig an dem riesigen Grill beschäftigt war, geschickt mit einer Hand die Würste und Hamburger wendete und dabei in der anderen eine Bierflasche hielt. Der Pub hatte zwar angeboten, für die Speisen und Getränke zu sorgen, doch das kam für John nicht infrage. Er gehörte zu der Sorte von Männern, die das Grillen als ihre Bestimmung betrachteten. Die Flammen, das Fleisch, die überdimensionierte Zange – er trug sogar eine gewaltige Kochmütze, um seine Haare zu bändigen.

Er zuckte zusammen, als eine Flamme gefährlich nah an seinem Arm züngelte. Sie kannte diesen finsteren Blick nur zu gut, und gestern Abend hatten sich die Falten so tief in seine Stirn gegraben, dass sie ihn kaum wiedererkannt hatte. Sein Handy hatte bei ihrem gestrigen Festessen beim Japaner in der Nähe seines Büros ständig vibriert. Er hatte sich sehr um sie bemüht – ihr erklärt, wie glücklich er über ihre Testergebnisse war, ihr mit leuchtenden blauen Augen versichert, wie sehr er sie liebte und all das aufgezählt, worauf sie sich beide freuen konnten. Sie wusste, dass er es wirklich so meinte, aber sie sah ihm auch an, dass ihn etwas anderes beschäftigte. In den letzten Wochen hatte sie bemerkt, dass er immer dann, wenn sie ins Zimmer kam, einen anderen Gesichtsausdruck aufsetzte oder seinen Laptop zuklappte, wenn ihr Blick auf den Bildschirm fiel. Sie hatte angenommen, dass ihre Erkrankung der Grund für diese neue Heimlichtuerei war, doch gestern Abend war ihr klar geworden, dass sie sich getäuscht hatte.

Während im Hintergrund die leisen Unterhaltungen der anderen Gäste bei Sushi und Edamame vor sich hinplätscherten, hatte sie versucht, ihn darauf anzusprechen, aber nur Beschwichtigungen und die Aufforderung geerntet, erneut auf ihre Genesung anzustoßen, als er ein weiteres Glas Asahi hob. Sie hätte seinen Dementis nur zu gern geglaubt, aber sie sah, wie seine langen Finger mit der Serviette spielten und dass er jedes Mal zusammenzuckte, wenn sein Handy auch nur das kleinste Geräusch von sich gab. Das letzte Mal, als sie ihn so erlebt hatte, war vor achtzehn Jahren gewesen, als er JCN Recruitment gegründet hatte. Als er zwei Jahre auf Kredit lebte und darauf wartete Gewinn zu machen. Jedem Kunden nachjagte, Vorstellungsgespräche führte, um zuverlässiges Personal zu finden, Restaurants und Hotels ausfindig machte, die Serviceteams für die Küchen- und Zimmerreinigung über Nacht benötigten.

Damals war John allerdings enthusiastisch gewesen. Hoffnungsvoll. Gestern Abend kam er ihr niedergeschlagen vor.

Und als sie dann heute Morgen erwachte, war er wie ausgewechselt. Er hatte gelächelt, Witze gerissen und verkündet, dass sie eine Party veranstalten würden, um die Neuigkeit angemessen zu feiern. Er war den ganzen Tag wie ein Besessener herumgehetzt, hatte Textnachrichten verschickt, Anrufe gemacht und Einkäufe erledigt. All ihre Angebote zu helfen waren freundlich aber bestimmt zurückgewiesen worden. Sie müsse sich ausruhen und wieder zu Kräften kommen. Sie müsse sich um sich selbst kümmern und ihre Energie für den heutigen Abend aufsparen. Es hatte einmal eine Zeit gegeben, da war sie mittendrin gewesen, doch heute fühlte sie sich mit jedem beschwichtigenden Satz immer nur noch weiter von dieser Frau entfernt, die sie einmal gewesen war.

Aber er passte ja nur auf sie auf. Darin hatte er inzwischen schließlich genug Übung. Lesley mochte während der Therapie ihre rechte Hand gewesen sein, aber John war ihre linke gewesen. Er war so lange Zeit fürsorglich und lieb zu ihr gewesen – er hatte diesen Augenblick knallender Korken an einem sonnigen Septemberabend verdient. Diese gebräunten Hände, die die Brenner einstellten, hatten sie mit Eiswürfeln gefüttert. Ihr Bett neu bezogen. Erbrochenes vom Teppich aufgewischt und ihr das dünner werdende Haar gewaschen. Sie hatten in den endlosen Nächten auf der Station ihre Hand gestreichelt, sie mit Schmerzmitteln versorgt und ihre Tränen getrocknet. So unglaublich viele Tränen.

Er hatte sich nun vom Grill abgewendet und half Abis Mutter dabei, die Kuchen zu arrangieren, die verschiedene Freunde zur Feier des Tages gebacken hatten. Natürlich hatte ihre Mutter sie alle mit einem riesigen Ungetüm in Form einer Champagnerflasche übertroffen. Sie ließ sich nun mal nicht gern ausstechen. Ihre Kreation war doppelt so groß wie die der nächsten Herausforderin und sogar mit einem Buttermilchguss versehen, der sich in kleinen Bläschen auf das Silbertablett ergoss, um das Knallen des Korkens nachzubilden.

Abi spürte, wie ihr Magen rebellierte.

»Komm schon, Abi.« John hielt ihr ein Glas hin. »Runter damit! Wird Zeit, dass du wieder bis fünf Uhr Früh auf den Tischen tanzt!«

Abi würde viel lieber die Füße hochlegen und sich eine Folge *EastEnders* anschauen.

Sie umklammerte das Glas. »Okay.« Sie holte tief Luft und versuchte, ihre Zweifel beiseitezuschieben. Sie würde schon noch lernen, ihrem Körper wieder zu vertrauen. Und sie hatte solches Glück, hier zu sein – all diese Gesichter zu sehen, diese Stimmen zu vernehmen und wieder Teil der großen weiten Welt zu sein. Sie trat näher auf John zu und legte ihre Arme um ihn. Hinter ihm sah sie, wie sich ihre frühere Chefin vorbeischlängelte und in Simeons Lachen einstimmte, einer von Johns größten Kunden. Es war die Art von Lachen, das zu einem Date gehörte, von dem beide wussten, dass es nicht enden würde, wenn die Rechnung kam. Abis und Johns Dates waren früher einmal auch so verlaufen. Wenn sie sich doch nur vorstellen könnte, dass es wieder so sein würde. Es eine Zeit gäbe, wenn er aufhörte, ihr Pfleger zu sein, und sie stattdessen einfach nur wieder lieben würde.

John wich zurück. »Alles in Ordnung mit dir, Abi?« Sie hasste den ängstlichen Ausdruck in seinen Augen. Einst hatte sie ihn zum Lachen gebracht. Er war stolz auf sie gewesen. Nun gehörte sie zu den Sorgen auf seiner langen Liste. Aber sie hatte vor, das zu ändern. Die Dinge wieder auf Kurs zu bringen. Heute Abend würde sie ihm von ihrem Vorhaben erzählen. Und sie wusste schon jetzt, wie froh er darüber sein würde. Er bat sie seit Jahren darum, es zu tun, und nun war sie endlich bereit dazu.

»Mir geht's gut.« Sie versuchte ihn zu küssen, aber genau in dem Moment wandte er sich ab und sie verlor das Gleichgewicht, hätte beinahe den Burgern auf dem Grill Gesellschaft geleistet.

»Wunderbar.« Er wandte sich ihr wieder zu und gab ihr einen Kuss auf die Stirn. Früher hatte er sie nie dort geküsst.

Immer nur auf den Mund oder den Hals oder auf interessantere, tiefer gelegenere Stellen. Jetzt waren seine Küsse leidenschaftslos. Sachte. Krebsküsse. »Tut mir leid, ich will keine Nervensäge sein.«

»Das bist du nicht.« Sie ergriff seine Hand. »Aber lass uns für einen Abend mal diese Kranke-und-Pfleger-Nummer vergessen. Es geht mir großartig.« Dabei ignorierte sie die Müdigkeit, die sie zu überwältigen drohte. »Okay?«

»Hört sich gut an.« Er ließ ihre Finger los und wandte sich wieder den anstehenden Aufgaben zu.

»Schön.« Sie versetzte ihm einen Klaps auf den Hintern, wie sie es in der Vergangenheit schon tausendmal getan hatte und wünschte nur, es würde sich nicht so gezwungen anfühlen. Sie mussten sich wohl noch an all die Tage und Nächte gewöhnen, die vor ihnen lagen. Daran, eine Zukunft zu haben.

Sie griff nach ihrem Glas und nahm einen Schluck. Wieder schmeckte der Champagner bitter auf ihrer Zunge. Sie war so damit beschäftigt, sich Gedanken darüber zu machen, wie sie ihn hinunterbekommen sollte, dass sie im ersten Moment gar nicht bemerkte, dass John an sein Glas klopfte.

Oh Gott. Sie würgte den Champagner hinunter.

»Nein, John.« Sie wollte nicht, dass er ihr Glück laut aussprach. Sie wollte es für sich behalten. Eine schützende Hand darum halten, wie um eine flackernde Kerze.

Sie spürte die Blicke aller auf sich ruhen und wäre am liebsten im Boden versunken. Nun begriff sie, warum Rob es immer vorgezogen hatte, ein Schattendasein zu führen. Dort ging es ruhig zu. Friedlich. Sie starrte auf ihre Flip-Flops hinab, zählte die winzigen rosafarbenen Perlen, die über die Riemen verstreut waren.

John sprach mit bewegter Stimme. »Ihr alle kennt den Grund, warum wir hier sind.« Er holte tief Luft. »Sie hat es geschafft. Sie hat uns zwischendurch immer mal wieder einen Schrecken eingejagt, aber unser wunderbares Mädchen hat's, verdammt noch mal, geschafft!«

Die Gästeschar jubelte und klatschte Beifall. Abi versuchte Lesley einen »Rette mich!«-Blick zuzuwerfen, aber ihre Freundin war viel zu sehr damit beschäftigt, mit einem Mann in einer roten Chinohose zu kichern, um es zu bemerken.

John wartete, bis der Lärm nachgelassen hatte. Er war immer souverän, wenn er vor einer Menschenmenge sprach – was wohl daher kam, dass er Leuten andauernd die Leistungen seiner Firma anpries, die im Allgemeinen gar nicht wussten, dass sie sie überhaupt benötigten.

»Ein großes Dankeschön an euch alle. Danke für eure Hilfe. Danke für all die Aufläufe und Suppen und sämtliche Staffeln von *Game of Thrones*.« Sein Smartphone klingelte, und ein Zucken lief über sein Gesicht. Er zog es hervor und warf einen so furchterfüllten Blick darauf, als hielte er eine Handgranate mit gezogenem Stift. Abi hätte viel darum gegeben, einen Blick auf das Display werfen zu können, doch er stopfte das Handy wieder in die Hosentasche zurück. »Tut mir leid, Leute. Ja, das war meins und ja, ihr dürft euch später über mich lustig machen.«

Er setzte ein Lächeln auf. »Jetzt lasst uns trinken. Und essen. Und feiern. Denn unsere Abi bleibt uns erhalten. Und nichts auf dieser Welt könnte mich glücklicher machen.« Er sah sie an, und sie spürte, wie ihr die Tränen kamen. »Ich bin so unglaublich froh, dass ich noch mehr von meinem Leben mit diesem wunderschönen, verrückten kleinen Wirbelwind verbringen darf!«

Abi blickte erneut zum Himmel hinauf. Er schien nicht einzustürzen. Sie bemerkte, dass sich ihre Nägel in ihre Handflächen gruben und streckte vorsichtig die Finger.

John hob sein Glas. »Auf Abi!«

»Auf Abi!« Die Gäste folgten seinem Beispiel.

Abi lächelte und verspürte dabei etwas, das sie als Glücklichsein in Erinnerung hatte.

Glücklich. Ja. Das war sie. Tief in ihrem Inneren spürte sie diese Leichtigkeit, die sie aus ihrem alten Leben kannte. Sie würde es gewiss schon bald lernen, ihr wieder zu vertrauen.

Ihr Mann hob die Hand, um die Gästeschar zum Schweigen zu bringen.

»Also lasst uns feiern! Und keiner verlässt die Party, bis sich nicht der Erste übergeben hat, und es nicht mindestens einen Versuch gab, einen Klapptisch zu klauen!«

Erneut wurde gejubelt und geklatscht. Dann teilte sich die Menge in kleine Gruppen auf. Abi atmete den Rauch der Grillkohle ein, als rieche sie ihn zum ersten Mal in ihrem Leben.

»Du trinkst nicht schnell genug.« Lesley war wieder an ihrer Seite.

»Ich laufe mich ja gerade erst warm.« Abi nahm einen weiteren Schluck und spürte bereits, dass sie davon Kopfschmerzen bekam. »Wie war das?«

»Halbherzig.« Lesley kniff die Augen zusammen. »Aber immerhin ein Anfang. Wir werden schon dafür sorgen, dass du dich bald wieder ganz normal fühlst.«

»Das will ich stark hoffen.« Erst als sich Lesley abwandte, um Jagd auf ein paar Käsestangen zu machen, wurde sich Abi bewusst, dass sie gar keine Ahnung mehr hatte, was »normal« eigentlich bedeutete. Sie hatte mit all diesen Tagen gar nicht mehr gerechnet. Mit diesem ganzen Leben, das nun darauf wartete, gelebt zu werden. Sie konnte wieder Pläne schmieden. Sie in die Tat umsetzen. Träume verwirklichen.

Dann änderte sich die Musik, und »Don't Stop Me Now« schallte durch den Garten. John wandte sich ihr mit ausgestreckter Hand zu.

»Komm schon. Sie spielen unser Lied.«

Sie lachte. »Und ich dachte schon, du hättest es aufgelegt, weil es eins der wenigen ist, das du tatsächlich kennst.«

»Frechdachs.« Er hielt sie fest und schwang sie dann von sich weg. In ihrem Kopf drehte sich alles, aber ihr Herz schwebte, als er sie wieder an sich zog. »Du nimmst mich auf den Arm, Abs, also muss es dir wohl besser gehen.«

Er wirbelte sie herum, immer schneller und schneller, und etwas in ihr fing Feuer. Freude umgab sie – sie spiegelte sich in den lächelnden Gesichtern und den Blicken ihrer Freunde und Familienmitgliedern wider. Die Menschen, für die sie überlebt hatte. Sie vergaß das Morgen. Schmiegte sich stattdessen in Johns Arme, und sie wiegten sich gemeinsam. Dankbarkeit erfüllte Abi. Dankbarkeit, weil ihre Lungen noch funktionierten, ihr Herz noch schlug und weil sie noch hier war.

SEB

Dan schickte schon wieder Bilder von Gigi Hadid.

Noch ein Brummen. Noch ein Strand. Noch ein Bikini.

Sieh dir das an.

Seb tat es.

Nice.

Seb zog eine Augenbraue in die Höhe, die Daumen bereit zum Tippen.

Jess spähte über seine Schulter. »Oh Gott. Jungs sind doch alle gleich!«

Seb errötete und stopfte sein Smartphone in die Hosentasche zurück. Er blickte aus dem Fenster des Pubs in den Garten, wo seine Mutter mit seiner Großmutter auf einer Bank in der Ecke saß. Sie kuschelte sich in diese furchtbare graue Strickjacke, die er so hasste. Er hatte versucht, sie in die Kleidersammlung zu geben, aber sie hatte sie wieder vom Stapel geschnappt und angezogen, obwohl sie das verdammte Ding so krank aussehen ließ. Er seufzte. Sie sollte kein Grau tragen, sondern Violett und Punkte und Kleider, von Leuten designt, die Orange mit Limonengrün kombinierten.

Er scharrte wütend mit seinem Sneaker über den abgetretenen roten Teppich, blickte dann wieder hinaus und murmelte vor sich hin: »Sie behauptet, es gehe ihr besser, aber das stimmt nicht.«

»Was meinst du damit?« Jess wickelte sich eine Strähne ihres dunklen Haars um den Finger. Ihre langen schwarzen

Nägel gingen ihm auf die Nerven. »Sie sieht prima aus. Hör auf zu stressen.«

Er schüttelte verärgert den Kopf. »Du schaust nicht richtig hin. Sieh doch!« Er zeigte auf seine Mutter, die gerade zu etwas nickte, das seine Großmutter sagte. Sie sah unbeteiligt und ruhig aus. »Sie sitzt einfach nur da. Sie hat kaum mit jemandem gesprochen.«

»Na und? Auf mich macht sie einen ziemlich glücklichen Eindruck.« Jess drückte seine Hand. »Wahrscheinlich ist sie noch etwas geschafft von ihrer Stoma-Rückverlagerung vor ein paar Wochen.« Ihre Finger fühlten sich warm an. Sie schaffte es immer, dass er sich besser fühlte. Er hatte keine Ahnung, wie er das letzte Jahre ohne sie geschafft hätte – ohne ihren sicheren Instinkt, immer den richtigen Song zu spielen, immer das Richtige zu sagen oder im richtigen Moment einfach still neben ihm zu sitzen und seine Hand zu halten.

Sie legte ihre Stirn für einen Augenblick an die seine, bevor sie dem Barkeeper ein weiteres bezauberndes Lächeln schenkte. Der schüttelte entschieden den Kopf. »Keine Chance.« Ihr gefälschter Studentenausweis hatte mal wieder versagt. Seb würde sich den kleinen Scheißer aus der Zwölften morgen vornehmen und sein Geld zurückverlangen.

»Na schön«, sagte Jess und zuckte die Schultern. »Dann versuchen wir es eben mit der Bowle. Gerade ist dein Onkel Rob weggegangen. Wir haben also freie Bahn.« Sie kaute nachdenklich auf dem letzten Kartoffelchip aus der Tüte herum. »Lass uns nach draußen gehen. Heute ist der einzige Abend in dieser Woche, an dem ich nicht lernen muss, das möchte ich auskosten.«

»Okay.« Er dachte immer noch über seine Mutter nach.

Doch dann sah er, wie sich sein Vater umdrehte, mit dieser verrückten Grillzange in der Luft herumwedelte und ihm wurde klar, dass das da draußen der letzte Ort war, an dem er im Moment sein wollte. Die letzte Woche war im Hinblick auf ihre Vater-Sohn-Beziehung keine gute Woche gewesen, und nachdem er ihm nun mehrere Tage erfolgreich aus dem Weg gegangen war, wollte er jetzt nicht erwischt werden.

Es war eine gewisse Verschleierungstaktik gefragt. Er packte Jess, die auf der Türschwelle des Pubs stand, an der Hand, wirbelte sie herum, küsste sie und drückte sie dabei mit dem Rücken gegen den Türrahmen, außer Sichtweite seines Vaters. Ihr Mund schmeckte nach Cola light, Käse und Zwiebeln, und er versuchte den Gedanken an seinen Vater zu verdrängen, während er sie küsste.

»Aua!« Sie wand sich aus seinem Griff.

»Was denn?« Er wich zurück.

Sie streckte die Hand aus und ergriff die seine. »Die Kante vom Türrahmen ist nicht gerade weich!« Sie senkte die Stimme. »Aber lass uns doch verschwinden!« Sie schaute vielsagend zum Ausgang hinüber. »Es ist niemand zu Hause, und wenn du möchtest, dann …«

»Ich kann nicht.« Er sah, wie sein Vater auf ihn zukam und wünschte sich aus tiefstem Herzen, dass er könnte. »Dieser Abend gehört meiner Mutter. Da kann ich mich nicht einfach verdrücken.«

»Aber … wann dann?« Diesen Schmollmund bekam er in letzter Zeit immer häufiger zu sehen. »Wir müssen vor unseren Eignungstests für die Uni noch so viel erledigen, und du arbeitest an den Wochenenden ja auch noch als Ehrenamtler im Krankenhaus. Dabei gibt es in deinem Lebenslauf wirklich nichts mehr aufzubessern.« Sie schüttelte den Kopf.

»Es ist doch jetzt schon klar, dass du mal ein toller Arzt werden wirst! Du bist ein todsicherer Kandidat für einen Studienplatz an der UCL – selbst wenn du nie wieder ein Buch in die Hand nimmst.«

Er mied ihren Blick. Er war weit davon entfernt, irgendetwas als todsicher anzusehen. Da sie eine Mädchenschule besuchte, bekam sie nicht mit, wie er im Unterricht war, wie schwer es ihm fiel, sich zu konzentrieren. Es war pures Glück, dass er bei den Klausuren, die bereits fürs Abitur zählten, so gut abgeschnitten hatte, denn jedes Mal, als er im Sommer versucht hatte, für die Prüfungen zu lernen, da hatte sich sein Gehirn einfach abgeschaltet, weil zu viel anderes vor sich ging. Zu viele Sorgen in seinem Kopf herumspukten und ihn bis drei Uhr nachts wach hielten.

Jess legte eine Hand auf seine. »Ich könnte etwas Ablenkung gebrauchen, Babe.«

»Ich helfe gern«, erwiderte er, mied aber ihren Blick, als er hinzusetzte: »Dr. White.«

Sie versetzte ihm einen kleinen Schubser. »Ich habe dir doch gesagt, dass du das nicht laut aussprechen sollst. Fordere das Schicksal nicht heraus!«

»Das ist doch absoluter Müll.« Er lachte. »Du wirst mit Bestnoten in Oxford landen.«

»Seb.«

Mist. Sein Vater. Er ließ Jess' Hand nicht los, in der Hoffnung mit einer schnellen Runde durch den Garten davonzukommen.

»Hallo, Dad. Amüsierst du dich?«

»Na klar.« Er hatte ganz vergessen, von welch einem durchdringenden Blau die Augen seines Vaters waren, selbst wenn darunter dunkle Schatten lagen, die ihn aussehen ließen, als hätte er fünf Nächte durchgefeiert. »Wie war's heute in der Schule?«

Seb stellte sich gerade hin, um den guten Zentimeter zu betonen, mit dem er ihn überragte.

»Gut.«

Sein Blick huschte über das Gesicht seines Vaters hinweg, und er erkannte, dass seine Sorgen überflüssig waren: Sein Dad hörte ihm überhaupt nicht zu. Er war viel zu sehr damit beschäftigt, mit dem vertrauten Stirnrunzeln auf das Display seines Smartphones zu starren. Das Ding schien eher ein Folterinstrument zu sein als ein Gerät, das einem die Möglichkeit bot, mit Freunden und Familienmitgliedern in Kontakt zu bleiben. Seine Hände zitterten, als er den Anruf umleitete und sich die Haare aus den Augen strich. Seb wünschte, er würde sie sich einfach schneiden lassen und endlich damit aufhören, so zu tun, als wäre er nicht schon Mitte vierzig! Er klopfte Seb auf die Schulter. »Ich habe draußen im Auto noch Brot – könntest du mitkommen und mir beim Tragen helfen?«

Seb hatte das Gefühl, dass es gar nicht darum ging, Brot zu holen. Sein Vater wollte offenbar diese Unterhaltung mit ihm führen, die Seb bisher mit allen Mitteln zu vermeiden versucht hatte. Er blickte sich nach einer Fluchtmöglichkeit um, aber der Antilope, dem Pub, in dem sie feierten, fehlte es schon immer an Geheimtüren.

»Okay.« Er gab Jess einen Kuss, der gerade lange genug dauerte, um seinen Vater nur noch mehr zu verärgern.

»Wir sehen uns draußen.« Er wandte sich noch einmal zu ihr um, als er sich aufmachte, seinem alten Herrn zu folgen und zog dabei eine alberne Grimasse – ein Talent, womit er überhaupt erst Jess' Aufmerksamkeit gewonnen hatte und die sie erstaunlicherweise anziehend fand. Am Eiscremetresen bei Nando's. Da hatte alles angefangen.

Sie gingen hinaus auf den Parkplatz, wo sein Vater den alltäglichen Kampf mit dem Schloss des ramponierten blauen Volvos aufnahm, der seit Urzeiten im Besitz der Familie war. Sein schwarzer Audi war auf geheimnisvolle Weise vor drei Monaten verschwunden. Genauso wie seine Golfschläger und sein überteuertes Mountainbike, von dem Seb gehofft hatte, dass er es sich eines Tages einmal unter den Nagel reißen könnte. Es hatte einmal eine Zeit gegeben, in der Seb glaubte, seinen Vater alles fragen zu können – nun ja, alles, außer, wieso die Queen's Park Rangers nie die Liga gewannen. Aber er hatte immer noch den Knall in den Ohren, mit dem der Teller seines Vaters in der Spüle gelandet war, als Seb herumgewitzelte hatte, dass er nach der Arbeit den Audi wohl nach ein paar Whiskys zu viel geschrottet haben musste.

Sein Vater war ihm an dem Abend wie ein anderer Mann vorgekommen, hatte an seinem Bier gehangen, als wäre es das Einzige, was ihn am Leben hielt. »Ich fahre nicht, wenn ich getrunken habe, Seb. Das weißt du doch.«

»Schon gut.« Seb sah eine Wut, von der er gar nicht gewusst hatte, dass sein Vater dazu überhaupt fähig war. Sein Dad war ein Vater, mit dem man eine gute Zeit hatte. Ein Vater, der Seb und seine Freunde mit ins Wembley-Stadion nahm und ihnen allen hinterher Hamburger spendierte. Ein Vater, der ihm mit zwölf zum ersten Mal erlaubt hatte, ein Bier zu trinken. Aber er war noch mehr als das. Er war auch ein Vater, der sich, als Mum krank geworden und Seb nachts schreiend aufgewacht war, zu ihm ans Bett gesetzt und ihm die Sport-Schlagzeilen vorgelesen hatte, bis er wieder einschlief. Ein Vater, der während Mums Krankheit jeden Sonntag etwas mit ihm unternommen hatte – Touren mit dem Mountainbike, gemeinsam joggen oder Fußballspiele im Pub anschauen. Ein Vater, der auf seiner Seite war.

Doch an dem Abend, als der Audi verschwunden war, hatte sich alles verändert. Sein Vater hatte mit leiser Stimme gesagt: »Du solltest mich besser kennen, Seb.«

»Ich habe ja nur einen Witz gemacht.«

»Der aber überhaupt nicht lustig war.« Sein Vater hatte den Mund geöffnet, um mehr zu sagen, ihn dann aber wieder geschlossen, als sie über sich Schritte vernahmen. Die Toilettenspülung ertönte, dann herrschte Stille. Es war erst acht Uhr abends, und Mum war schon auf dem Weg ins Bett. Sie hätte hier unten bei ihnen sein sollen, sie zwingen, sich Bands mit obskuren Namen anzuhören und Spaghetti bolognese kochen, die zu fünfzig Prozent aus Rotwein bestand. Traurigkeit erfüllte die Stimmung zwischen ihnen und sein Vater war für einen Moment am Tisch in sich zusammengesunken, ehe er sich dem Kühlschrank zuwandte, um ein weiteres Bier zu holen. Er hatte Seb wortlos auch eine Flasche gereicht, und sie hatten mit der Freude von Verwandten auf dem Weg in die Leichenhalle angestoßen.

»Seb?« Ein Flugzeug dröhnte über ihnen hinweg, und er blinzelte zurück zum Parkplatz. Sein Vater hatte den Kampf mit der Autotür gewonnen und beugte sich ins Wageninnere, um etwas herauszuziehen, das wie tausend Weißbrötchen aussah. Seb streckte die Arme aus und schwankte schon bald unter der Last von mindestens zwanzig Sechserpackungen.

»Läuft es immer noch gut mit dir und Jess?«

»Japp.« Seb versuchte die rutschigen Packungen unter

Zuhilfenahme seines Kinns festzuhalten. Sein Vater hatte noch nie ein Gefühl für gutes Timing bewiesen, wenn es um eine private Unterhaltung ging. So fand ihr Gespräch über Bienchen und Blümchen auf dem Oberdeck eines offenen Doppeldeckerbusses in Gegenwart von Zwillingen im Kleinkindalter und ihrer entsetzten Eltern statt.

»Gut.« Sein Vater lehnte sich vorsichtig mit dem Rücken gegen die Tür, um sie zu schließen, ohne dass sie sich dabei aushängte, wie es für gewöhnlich geschah, wenn man in Eile war. Ausnahmsweise tat ihm die Tür einmal den Gefallen und schnappte mit einem klackenden Laut ins Schloss. »Gut. Du bist dir auch wirklich sicher, dass alles in Ordnung ist?«

Seb wehrte ab – zumindest soweit dies möglich war, wenn man ungefähr eine halbe Tonne Weißbrot trug. »Worauf willst du hinaus, Dad?«

»Na ja, wir haben uns immer noch nicht über das unterhalten, was letzte Woche passiert ist.« Sein Vater schob die Schlüssel wieder in die Tasche seiner Jeans zurück und streckte die Hände aus, um Seb einige der Brötchenpackungen abzunehmen. »Du kannst von Glück sagen, dass sie dich nicht vom Unterricht ausgeschlossen haben.«

Seb überkamen für einen Moment Schuldgefühle, die er aber beiseiteschob. »Wieso reden wir jetzt darüber? Ich dachte, das hier soll eine Party sein, verdammt noch mal!«

»Wir reden jetzt darüber, weil du mir die ganze Zeit aus dem Weg gegangen bist. Und lass die Flucherei!«

»Komm schon, Dad.« Seb schüttelte den Kopf. »Ich bin dir nicht aus dem Weg gegangen – ich muss lernen. Ich stecke mitten in den Prüfungen, weißt du? Und was das Fluchen angeht, das hast du mir beigebracht. All die Fußballspiele, bei denen der Gegner mit Kraftausdrücken und Sprechchören beschimpft wurde. Hast du das etwa alles schon vergessen?«

Ein Lächeln schlich sich auf das Gesicht seines Vaters, und für einen Moment war er wieder ganz der Alte. Seb erwiderte das Lächeln unwillkürlich und fühlte sich zurückversetzt in die Zeit auf den Stadionstehplätzen, als sie einander über eine Tasse Rindfleischbrühe hinweg anlässlich des letzten Tores der Queens Park Rangers angegrinst hatten.

Sein Vater gab ein Hüsteln von sich. »Hör zu, tut mir leid, dass der Zeitpunkt schlecht gewählt ist, aber ich habe dich kaum zu Gesicht bekommen.«

»Das liegt aber nicht nur an mir. Du hast dich auch selten blicken lassen.«

Sein Vater nickte und fuhr sich mit der Hand durchs Haar. »Stimmt auch wieder. Aber da war deine Mutter und die Arbeit ist, na ja … «

»Ich weiß schon. Ziemlich Scheiße.« Seb war versucht, hinzuzufügen, dass sein Vater neuerdings mehr Zeit beim Joggen verbrachte als zu Hause. Es war nicht nur die Arbeit, die ihn fernhielt. Aber er hatte keinen Bock darauf. Stattdessen wandte er sich ab, um in den Pub zurückzukehren. »Lass uns wieder reingehen, ja?«

»Seb?«

Seb seufzte und drehte sich um. »Hat das nicht noch Zeit? Ich weiß, dass du mir die Meinung geigen und mir verklickern musst, so etwas nie wieder zu tun. Aber das hier ist Mums Abend, und ich möchte bei ihr sein.«

»Es ist nur …« Sein Vater verstummte mitten im Satz, und sein Blick löste sich von Seb und wanderte in die Ferne.

»Was denn?«, fragte Seb leicht irritiert.

Ein gelber Skoda bog auf den Parkplatz, während sein

Vater an seiner Lippe kaute, wie er es in letzter Zeit immer öfter tat. »Ich habe deiner Mutter noch nichts über das, was in der Schule passiert ist, erzählt – über das, was du getan hast.« Er trat von einem Fuß auf den anderen, schien nicht in der Lage stillzustehen. »Ich wollte – ich will – vermeiden, dass sie sich aufregt, deshalb hast du immer noch dein Smartphone und keinen Hausarrest.«

Seb wartete ab. Ihm war klar, dass er glimpflich davongekommen war, und er wollte seine Freiheit nicht aufs Spiel setzen.

Sein Vater blies die Wangen auf. »Sie würde ausrasten, wenn sie davon erführe. Also solltest du es besser nicht noch mal tun, kapiert?«

»Kapiert.« Seb beobachtete eine Taube, die auf dem Parkplatz ein Bad in einer trüben Pfütze nahm. Ihr Abend verlief definitiv besser als seiner.

Sein Vater lächelte. »Du bist der Grund, warum sie weitergekämpft hat, Seb. Du und dein Fußball und deine guten Noten und weil du dich jetzt um einen Studienplatz in Medizin bewirbst.« Seine Augen nahmen einen weicheren Ausdruck an. »Sie setzt so große Hoffnungen in dich.«

Noch mehr Druck. Super. »Dad, ich …«

»Bleib auf Kurs, ja?« Sein Vater blickte ihm in die Augen. »Sie braucht die Gewissheit, dass bei dir alles in Ordnung ist und nicht, dass es Schwierigkeiten in der Schule gibt. Gott sei Dank hat das Sekretariat mich angerufen und nicht sie, das ist alles, was ich dazu sagen werde.«

Seb ballte die Fäuste angesichts all der Antworten, die ihm dabei durch den Kopf schossen, von denen er aber keine tatsächlich laut aussprechen konnte.

Also sagte er lediglich: »Kann ich jetzt gehen, Dad?«

»Einen Moment noch.« Sein Vater schluckte. »Da gibt es noch etwas anderes, das ich dir sagen muss, bevor …«

»Sebastian!«

Gerettet. Seb wandte sich um und erblickte Mrs. Greene, ihre Nachbarin mit dem schlechten Atem und den unförmigen Strickjacken. Er hatte sich noch nie so gefreut, sie zu sehen.

Sie blinzelte hinter orangefarbenen Brillengläsern. »Wie geht es dir, mein Bengel?«

Zu alt um Bengel genannt zu werden, so viel war sicher.

»Gut, vielen Dank.« Die Brötchenpackungen knisterten und rutschten in seinen Armen.

»Wie läuft's denn beim Bolzen?«

Niemand sonst sagte bolzen.

»Großartig.« Er setzte sich wieder Richtung Pub in Bewegung. Wollte ihr Auftauchen nutzen, um sich endlich aus dem Staub zu machen.

»Spielst du immer noch für …?« Ihre Stirn legte sich in Falten.

»Meine Schule.« Er nickte. »Jep.«

Sein Vater trat vor. »Er ist in diesem Jahr Kapitän der ersten Mannschaft.«

»Stimmt.« Seb nickte. »Nächste Woche spielen wir gegen die Academy und wir …«

»Das ist ja wunderbar.« Wahrscheinlich wusste sie nicht einmal, wo beim Fußball die Tore standen, und es scherte sie wohl auch nicht im Geringsten. »Und wie geht es deiner Mutter?«

»Der geht's großartig, Mrs. Green.« Er ging einfach weiter. Er brauchte jetzt unbedingt ein Bier. Und eine heimliche Zigarette.

Sie öffnete den Mund, um ihm eine weitere Frage zu stellen, aber er machte sich davon. »Wir sehen uns dann drinnen, Dad.« Er marschierte jetzt mit großen Schritten davon, duckte sich, um nicht gegen den Türrahmen zu stoßen und trug die Brötchen durch den Pub nach draußen. Dort legte er sie auf einen freien Klapptisch, ging zu seiner Mutter hinüber, setzte sich neben sie und schlang seinen Arm um ihre knochige Schulter. Einst hatte er seinen Kopf daran gekuschelt, um sich über zahllose kindliche Enttäuschungen hinwegtrösten zu lassen. Nun fühlte sie sich ungefähr so behaglich an wie ein Schneidebrett.

»Hallo, Seb.« Es tat weh, die Erschöpfung in ihren Augen zu sehen, obwohl sie sie mit einem Lächeln zu überspielen versuchte. »Amüsierst du dich?«

Seine Antwort war gelogen. Wieder einmal. Ihr zuliebe. Um sie zu schützen. Um das Lächeln auf ihrem Gesicht zu bewahren. »Oh ja. Tue ich.« Er lehnte sich vor und faltete dabei die Hände vor seinem Körper. »Ich würde mich allerdings noch mehr amüsieren, wenn ich ein Bier hätte«, sagte er mit hoffnungsvoll in die Höhe gezogener Augenbraue.

Sie verdrehte die Augen. »Ich habe mich schon gefragt, wie lange es dauern würde, bis du wieder damit ankommst.«

»Immerhin habe ich schon versucht, meinen gefälschten Studentenausweis zu benutzen.«

»Hat wieder nicht geklappt?«

»Jep.«

»Also, die meisten Leute würden es als Kompliment betrachten, jugendlich auszusehen.« Sie strich sich eine Strähne hinter das Ohr. Ihr Haar war immer noch so dünn, dass man praktisch die Kopfhaut sehen konnte, und sie trug nicht einmal Ohrringe, obwohl sie vor ihrer Krankheit die

Pat Butcher von Oxford gewesen war und wie die Figur aus *EastEnders* nie ohne diese Dinger aus dem Haus ging. Er spürte wieder einmal, wie sich sein Magen vor Angst zusammenzog. Aber es ging ihr besser, versuchte er sich einzureden. Es musste ihr einfach besser gehen.

Er dachte an diesen schrecklichen Tag zurück, als sie ihm gesagt hatte, dass sie an Krebs erkrankt war, und er immer nur die leere Stelle an der Seitenlinie bei seinen samstäglichen Fußballspielen vor sich sah, wo sie eigentlich stehen sollte. Er durchlebte diesen Moment immer und immer wieder in seinen Albträumen. Eine Serie von Schnappschüssen. Ihre bleiche Haut. Die Tränenspuren auf ihren Wangen, und doch für ihn ein fröhliches Lächeln auf dem Gesicht. Sie und Dad hatten sich über den Tisch hinweg an den Händen gehalten und die Arme nach ihm ausgestreckt, um den Kreis zu schließen. Er hatte ihre Finger gepackt, zu ihrem Handgelenk hinaufgegriffen, um ihren schnellen, fiebrigen Pulsschlag zu spüren. Um sich zu vergewissern, dass sie noch da war.

Später, als sie beide im Bett lagen, war er noch einmal aufgestanden, hatte sich sein Handy und seine letzten zehn Pfund geschnappt und war nach Summertown gejoggt, wo er einen Mann aufgetrieben hatte, der bereit gewesen war, ihm eine Flasche Wodka aus dem Supermarkt mitzubringen. Dann hatte er seinen Freunden getextet, und sie hatten bis in die frühen Morgenstunden im Park gesessen, getrunken und geraucht und versucht, die Bäume hinaufzuklettern, die so hoch waren, dass sie bis in den Himmel hinaufzureichen schienen. Dann war er nach Hause gegangen und hatte einfach weitergemacht. Das Geschirr gespült. Den Müll rausgebracht. War mit den Haarbüscheln im Waschbecken fertiggeworden und mit der abgeschlossenen Badezimmertür. Hatte gelächelt und das schlurfende Skelett umarmt, das einst seine Mutter gewesen war, die schmutzige Witze erzählte und keine Party vor Mitternacht verließ.

Nun behaupteten die Ärzte, dass sie krebsfrei sei. Doch er vermochte die Zeit nicht zurückzudrehen, zurück zu den Tagen, als er noch wirklich über alles mit ihr reden konnte, was er auf dem Herzen hatte. Er wünschte, er wäre dazu imstande. Er benötigte ihre Hilfe, hätte ihr am liebsten gestanden, was letzte Woche in der Schule passiert war, um ihre Meinung dazu zu hören, und ob sie ihm Rückendeckung geben würde. Aber dafür ging es ihr noch nicht gut genug – ein Blick in ihr erschöpftes Gesicht reichte aus, um dies zu erkennen.

Er musste allein damit klarkommen.

Sie sah ihn jetzt an, und ihre Augen strahlten vor Liebe. »Geht's dir gut?«

Er öffnete den Mund, doch in dem Moment tauchte Jess auf. Minirock, eng anliegendes Top und Lippen, die danach schrien, geküsst zu werden. Sie kuschelte sich in seinen Schoß, und er hielt sie fest, begann automatisch ihren Rücken zu streicheln, spürte die Wärme unter dem leichten Stoff und die hervortretenden Häkchen ihres Büstenhalters.

»Ja, Mum, alles gut.«

Er sah ihr an, dass sie ihm nicht glaubte, also lehnte er sich zu Jess hinauf und gab ihr einen Kuss auf die Wange. Ihre Finger verflochten sich mit den seinen, hielten sie so fest, als ob sie niemals wieder loslassen wollte.

Doch das würde sie. Wenn sie ihn letzte Woche in der Schule erlebt hätte. Sein Gebrüll. Der Schlag seiner Faust. Das Knirschen von Knochen.

Er konnte es sich einfach nicht verzeihen.

Er mochte hier sein auf der Survivalparty seiner Mutter, mit dem Kapitänstrikot in der Tasche und dem perfekten Mädchen auf dem Schoß. Aber er wusste, dass es nicht von Dauer sein würde.

Er wusste, dass ihn das alles einholen würde.

ABI

»Lass uns mal kurz anhalten.«

»In Ordnung.« Abi schaute durch die Windschutzscheibe zu den Bäumen hinauf, die in den Himmel ragten und nahm den Anblick des Mondes und der Sterne begierig in sich auf.

John lenkte den Wagen an den Rand und blieb an der Kurve, direkt unter Abis Lieblingseiche stehen. Die großen Häuser zu beiden Seiten wirkten still, die Fenster waren dunkel und die Holztore der breiten Kiesauffahrten geschlossen. Auch wenn das Zentrum von Oxford mit seinen Glocken und Schlaguhren und rumpelnden Bussen nur eine halbe Meile entfernt lag, war es hier ruhig und friedlich.

»Was ist los, John?«

Sie wandte sich ihm zu, als er den Motor abschaltete, erinnerte sich an die vielen Gespräche, die sie auf den zunehmend schäbiger werdenden Sitzen geführt hatten. Neben ihrem linken Bein befand sich ein Teefleck von einem fehlgeschlagenen Picknick, bei dem Sturmwolken aufgezogen waren, und sie gezwungen hatten, ihre Pasteten im Wagen zu verspeisen. Wenn sie die Hand hob, könnte sie die Einkerbung im Dachhimmel ertasten, die Seb als Kleinkind bei seiner beherzten Erforschung der Scherenwelt hinterlassen hatte und wenn sie nach rechts blickte, würde sie erkennen, dass der Seitenspiegel immer noch die Spuren des Zusammentreffens mit dem Tor trug, als ihre Magenschmerzen damals an jenem Abend so schlimm gewesen waren, dass selbst sie begriffen hatte, dass etwas nicht stimmte.

Sie liebte dieses Auto. Es hatte sie sicher zu ihrer Chemo gefahren. Und wieder zurück. Es war ein Talisman unter den vielen, die im Haus und im Garten verstreut waren. Die Statue des kleinen Jungen, der hinter dem Rosenbusch hervorspähte, den sie von ihrem Sessel aus in der sonnigen Ecke des Wohnzimmers angestarrte hatte. Das grüne bunt gestreifte Notizbuch, das sie überall hin begleitet hatte. Ihre gelben Kopfhörer. Ihr heiß geliebtes Album der Stone Roses. Die grüne Plattentasche mit der Unterschrift von Stevie Nicks, in der sie ihre Chemo-Tabletten aufbewahrt hatte und die riesige violette Brille, die die Leute von all den schrecklichen wunden Stellen auf ihrer Haut ablenken sollte.

Das Auto war nur eines der Dinge in ihrer Sammlung, die sie am Leben gehalten hatten. Trotz ihrer Müdigkeit lächelte sie, als sie sich in den nicht gerade bequemen Sitz zurücklehnte. John hatte ihr sogar hier im Wagen den Heiratsantrag gemacht. Vor siebzehn Jahren. Damals war sie zwanzig gewesen und naiv und so damit beschäftigt, Party zu machen, dass ihr erst nach zwei Monaten auffiel, dass ihre Periode ausgeblieben war.

Sie wandte sich ihrem Mann zu. Die Straßenbeleuchtung betonte seinen zusammengepressten Kiefer, Muskeln, die in seinen Mundwinkeln zuckten, als er sich anschickte zu sprechen. Das Trommeln seiner Finger auf dem Lenkrad sagten ihr, dass es sich um etwas Wichtiges handelte und sie erinnerte sich wieder an sein Gesicht am Vorabend. Irgendetwas stimmte nicht. Während sie ihn beobachtete, fragte sie sich, welchen neuen Abschnitt ihrer Geschichte der Wagen nun bezeugen würde.

Er starrte vor sich hin. »Hat dir die Party gefallen, Abi?«

»Ja. Vielen Dank.« Sie legte ihm eine Hand auf die Schulter, drückte sanft und spürte, wie die Anspannung aus seinen Muskeln wich. Sie wünschte so sehr, sie ihm nehmen zu können. »Ich hoffe, dir auch.« Das Herz tat ihr weh, wenn sie daran dachte, unter welchem Druck er während ihrer Krankheit gestanden hatte. Er musste nicht nur seine Firma leiten, neue Kunden gewinnen und Aufträge akquirieren, sondern er war auch noch der Ansprechpartner für Sebs Schule, musste Ausflüge und Zeugnisse unterschreiben, zu Elternabenden gehen und füllte das Elternkonto auf, wenn es eng wurde. Außerdem fand er noch irgendwie die Zeit, ihr Leben zu organisieren – stimmte ihren Terminkalender ab, in dem sich die Arzt- und Behandlungstermine drängten, die all die vergnüglichen Pub-, Konzert- und Kinobesuche ersetzten, während ihre Welt immer kleiner und kleiner wurde, bis sie nur noch aus Haus, Auto und der Behandlung bestand, der sie sich am jeweiligen Tag unterzog.

»Ich hatte einen tollen Abend.« Er nickte ruhig. »Ich bin so verdammt stolz auf dich.«

Er lehnte sich weiter zu ihr hinüber und küsste sie. Einen Moment lang erwiderte sie seinen Kuss, fuhr mit ihren Fingern durch sein Haar, umfing sein Gesicht. Doch wie immer stieg mit einem Mal Panik in ihr auf, und sie entzog sich ihm mit einem Ruck. Sogleich überkamen sie Schuldgefühle, als er sich wortlos auf seinem Sitz zurücklehnte.

Es war ihr klar, dass sie ihm eine Erklärung schuldete, aber sie hatte keine Ahnung, wie sie es anstellen sollte. Wie sie ihm begreiflich machen sollte, dass sie immer noch nicht so weit war. Selbst jetzt noch nicht. Dass bei jedem Kuss die Erinnerung an all das wieder auflebte, was er für sie getan hatte. Sie ins Bad getragen. Am späten Abend noch zum Supermarkt gefahren war, um Backpflaumen aufzutreiben, die ihrer durch die Chemo hervorgerufenen quälenden Verstopfung ein Ende bereiten sollten. Es hatte ihr früher nie etwas ausgemacht, sich ihm nackt zu zeigen, doch nun vermochte sie nicht einmal ihre Strümpfe auszuziehen, ohne sich dabei zu wünschen, er möge das Zimmer verlassen.

»Tut mir leid, Abi.«

Sie benötigte einen Moment, um zu registrieren, was er gesagt hatte.

»Was tut dir leid?« Sie ergriff seine Hand und hielt sie in der ihren, versuchte seine Finger zur Ruhe zu bringen, die ständig in Bewegung waren. »Du hast doch nun wirklich keinen Grund, dich bei mir zu entschuldigen!«

Er schien nach Worten zu suchen. »Ich …«, setzte er an, verstummte aber sogleich wieder und ließ seine Faust auf das Lenkrad hinabsausen. »Scheiße.«

»Was ist denn los?«

Er lehnte die Stirn gegen das Lenkrad. »Es gibt da etwas, das ich dir sagen muss.«

Sie nickte. Wartete ab. Was auch immer es sein mochte, sie hatte schon Schlimmeres durchgemacht.

»Ich fürchte, ich habe …« Seine Stimme geriet ins Stocken.

»John? Du kannst es mir ruhig sagen. So schlimm kann es doch nicht sein.« Welches Verbrechen er seiner Ansicht nach auch immer begangen haben mochte, es entsprang gewiss seiner Fantasie. Er würde sie nie im Leben enttäuschen.

Er saß mit zusammengesackten Schultern da, wirkte wie ein Mann, der eine schwere Niederlage erlitten hatte.

Sie rieb ihm mit der Hand über den Rücken, spürte seine Kraft durch das Hemd. Er war der einzige Mensch, den sie kannte, der tatsächlich die Hanteln benutzte, die unter dem Bett lagen. »Was ist denn los?«

Er schüttelte den Kopf. »Ich kann einfach nicht glauben, dass du es geschafft hast.«

Sie drückte seine Hand. »Wir haben es gemeinsam geschafft.«

»Nein. Du warst es. Du allein.« Er sah sie an, und sie erblickte die Panik in seinen Augen. »Ich dachte, das, was mit Noah geschehen ist, würde sich noch einmal wiederholen.«

»Ich weiß.« Abi drückte seine Hand, während sie an seinen besten Freund dachte, der vor zwei Jahren an Bauchspeicheldrüsenkrebs gestorben war. Ein Kerl wie ein Baum. Immer gut gelaunt. Ein halbes Jahr nach der Diagnose hatten sie seine Asche ins Wasser des Cherwell gestreut.

John schloss die Augen. »Als du krank wurdest, habe ich gedacht, du würdest es auch nicht schaffen, und der Gedanke, dich zu verlieren, war ein solcher Albtraum, ich wusste einfach nicht, was ich ohne dich machen sollte und da –«

Sie fiel ihm ins Wort: »Denk nicht mehr darüber nach, John.«

»Aber ich hätte nie gedacht, dass …« Er weinte nun. »Ich hätte nie gedacht, dass wir diesen Tag erleben würden. Diesen Abend.«

Sie beugte sich zu ihm hinüber und begann seine Tränen wegzuküssen. Salz auf ihrer Zunge. Wärme. Ausnahmsweise einmal war nicht sie es, die weinte. Ausnahmsweise war sie die Stärkere.

»John. Hör auf.«

Die Tränen kullerten immer noch über sein Gesicht. »Ich kann nicht. Ich habe wirklich Mist gebaut.«

»John.« Sie gab ihm einen Kuss. »Wenn du nicht gewesen wärst … Ich verdanke dir alles.«

Er nahm sich ein Taschentuch aus der Packung, die auf

dem Armaturenbrett lag. »Nicht ganz. Ich glaube, Lesley darf auch ein paar Lorbeeren für sich einheimsen.«

Abi nickte. »Klar«, sagte sie lächelnd. »Verrate ihr bitte bloß nicht, dass ich sie außen vorgelassen habe. Es wäre eine Schande, abgemurkst zu werden, nachdem ich doch gerade den Krebs überlebt habe!«

Er grinste und strich ihr mit der Hand über die Wange. »Stimmt. Und ich mag mir gar nicht vorstellen, wie es wäre, von ihr abgemurkst zu werden!«

Abi schüttelte den Kopf. »Wahrscheinlich würde ein Stöckelabsatz eine nicht unerhebliche Rolle spielen.«

»Autsch.« Er zog sie wieder an sich, presste seinen Mund auf den ihren. »Durch den Hals?«

Er fühlte sich so warm an. So lebendig.

»Wohl eher durchs Herz.« Sie würde es tun. Sie würde es schaffen. Sie erwiderte seine Küsse, die immer leidenschaftlicher wurden, während seine Hände zu ihrem Haar hinaufwanderten. Sie spürte seinen Atem auf ihrer Haut, als er den Kopf senkte und sie auf Nacken und Hals küsste. Vor einer Sekunde noch war sie so müde gewesen, aber nun war jeder Nerv in ihrem Körper hellwach. Es war so lange her. Zu lange. Sie bäumte sich ihm entgegen, als sich sein Mund weiter nach unten bewegte, am Schlüsselbein anlangte und tiefer wanderte. Das hier war Leben. Das hier war der Grund, warum sie gekämpft hatte, um den Krebs zu besiegen.

Er hielt inne, als er an ihrem BH angelangt war. »Alles in Ordnung bei dir?«

»Ja.« Sie ließ es zu, dass er ihr Top in die Höhe zog und die Träger ihres Büstenhalters von ihren Schultern streifte. Und dann spürte sie seine Lippen auf ihren Brüsten, gab sich für einen Moment diesem Gefühl hin, das sie so lange nicht verspürt hatte, und vergaß darüber fast, was er vorfinden würde, wenn seine Lippen noch tiefer wanderten.

Narben.

Sie versuchte den Gedanken auszublenden.

Sein Mund war so warm. So hungrig.

Sie würde es schaffen.

Sie wollte es ja.

Wieder kamen ihr die Spuren der Schnittwunden auf ihrer hellen Haut in den Sinn. Einmal dort, wo sie den Tumor herausgeschnitten hatten und dann noch einmal an der Stelle, wo der Stomabeutel gewesen war.

Nein.

Sie war noch nicht so weit. Noch nicht.

Sie stieß ihn weg.

»Abi, bitte! Ich möchte dich einfach endlich nur wieder in meinen Armen halten.«

Sie vernahm seine Frustration. Sein Verlangen. Doch sie konnte einfach nicht. Der Gedanke daran, dass er sie jetzt so sah – sie wirklich sah: abgemagert und mit all den Spuren, die der Krebs auf ihrer Haut hinterlassen hatte – erfüllte sie mit Entsetzen. Sie vermochte sich nicht einmal selbst im Spiegel zu betrachten. Sie zog ihr Top wieder nach unten und verschränkte die Arme fest vor der Brust, wobei sie mit den Tränen kämpfte wie ein Teenager, der sich bei der Schuldisco plötzlich allein auf der Tanzfläche wiederfindet.

»Verdammt.« John drehte sein Fenster herunter, und Abi spürte, wie die Nachtluft ihre glühenden Wangen kühlte. Sie versuchte all ihren Mut zusammenzunehmen und nach seiner Hand zu greifen. Wie hatte es nur so weit kommen können? Sie waren doch einmal süchtig nacheinander gewesen! Am Anfang war ihr Leben ein ziemliches Chaos gewesen, immer wieder hatte es Kreditkartenprobleme und unbezahlte Rechnungen gegeben, und sie hatten die Wochenenden meist durchgemacht, wussten bei ihrer Rückkehr sonntagabends selten, was sie seit dem Büroschluss freitags gemacht hatten. Doch dann hatte sich Seb angekündigt. Doch als Mädchen mit Eierstöcken, die eine Schwangerschaft erschwerten, fiel ihr die Entscheidung leicht.

Und John hatte mitgezogen, hatte sich nicht vor der Verantwortung gedrückt. Er hatte JCN gegründet und eisern durchgehalten, auch wenn er Verträge verlor oder die Wirtschaft wieder mal schwächelte oder Mitarbeiter die Firma verließen und wichtige Kunden mitnahmen. Er hatte eine kleine Wohnung gekauft, in die sie eingezogen waren. Zwei Jahre später nahm Abis Stereoanlage einen Ehrenplatz im Wohnzimmer ein, und Sebs Kleidung hing über den Heizkörpern, da er in jede auch noch so schlammige Pfütze der Stadt sprang. In den Bücherregalen stand ihre Plattensammlung: Alben von David Bowie, dem James Taylor Quartet und den Rolling Stones, während das einzige Regalbrett, das John gehörte, gefüllt war mit Krimis und Büchern zum Thema Fußball.

John sprach wieder mit ihr. »Bist du irgendwie sauer auf mich? Ist das der Grund, warum du nicht …?« Er beendete den Satz nicht, aber er musste es auch gar nicht aussprechen, denn sein Blick ließ keine Zweifel daran, worauf er sich bezog.

»Nein. Warum sollte ich sauer auf dich sein?« Er lag damit total falsch, aber sie war einfach zu erschöpft, um ihm den Grund zu nennen. »Ich bin bloß total geschafft.« Sie nahm seine Hand. »Lass uns nach Hause fahren, ja?«

»Ich wollte dich nicht unter Druck setzen.«

»Ich weiß.«

John gab sich sichtlich Mühe zu lächeln. »Gut.« Er kurbelte das Fenster wieder in die Höhe und startete den Motor. »Es kommt mir nur so vor, als ob …« Er stieß einen Seufzer aus. »Als ob ich gar nicht mehr wüsste, wie ich dich berühren soll. Als ob ich mich falsch anstelle.« Verzweiflung spiegelte sich auf seinem Gesicht wider.

Sie war inzwischen daran gewöhnt. Ein paarmal am heutigen Abend hatten sich die dunklen Wolken verzogen: Einmal, als er seinem Freund Andy einen perfekt gegrillten Hamburger in ein Brötchen gelegt hatte und ein weiteres Mal, als er die Augen verdreht und gelacht hatte, weil Abis Mutter ihm erklärt hatte, dass er besser ihr Rezept für die Marinade genommen hätte. In diesen Momenten hatte sie den alten John gesehen. Locker. Glücklich.

Aber das hier war der neue John – der Mann, den das vergangene Jahr erschaffen hatte.

Sie wollte ihm helfen. »Hör auf, dich um mich zu sorgen, okay?«

»Ich werde es versuchen«, erwiderte er nickend. »Ich will dich einfach nur glücklich machen.«

»Das tust du doch. Du machst mich glücklich.«

Er schüttelte den Kopf, und sie hatte keine Ahnung warum. Sie war hier diejenige, die im Unrecht war, die sich von ihm abwandte, wenn das Licht ausging. Dabei hatte er sich während ihrer ganzen Krankheit wie ein verdammter Heiliger benommen, dass sie fast damit gerechnet hatte, dass ihm Flügel wachsen würden und ihm schon jetzt der Passierschein für die Himmelspforte sicher war.

Er schluckte. »Ich habe nur Angst, dass du dich von mir im Stich gelassen fühlen könntest.«

»Das wird niemals passieren. Diese Gefahr besteht bei

dir nun wirklich nicht.« Sie drückte seinen Arm. »Es wird sich alles finden. Sagst du das nicht immer?«

»Hoffentlich denkst du morgen noch genauso.«

»Ganz bestimmt.« Sie nickte voller Überzeugung. »Das werde ich. Und es gibt da etwas, das ich dir gern erzählen würde.«

»Ach ja?« Er bog um die Ecke zu ihrem Haus. »Steht die Wiedervereinigung von Oasis bevor? Hast du sie endlich dazu überreden können?«

»Schön wär's.« Abi grinste. »Ich werde es dir erzählen, wenn wir drinnen sind.« Das weiße Tor zu ihrem Grundstück stand offen, und der Hund des Nachbarn hatte sein übliches Willkommensgeschenk hinterlassen und einen dicken Ast genau an der Stelle abgelegt, an der sie das Auto parkten. John bremste, und Abi löste den Sicherheitsgurt, öffnete die Tür und schleifte den Ast über den Schotter zum Rasen hinüber.

Dann schritt sie aufs Haus zu und kramte dabei in ihrer Handtasche nach dem Schlüsselbund. Die Pflanzen in den Blumenkästen, die sie letzte Woche aus einer Laune heraus gekauft hatte, welkten in der unerwarteten Hitzewelle dahin, und sie nahm sich vor, daran zu denken, sie morgen zu gießen. Als sie den Schlüssel ins Schloss schieben wollte, spürte sie plötzlich seine Hand in der ihren. Sie drehte sich um, und er zog sie zu der breiten Steinstufe hinüber, die zur Auffahrt hinunterführte, um sich mit ihr daraufzusetzen. Er starrte für einen Augenblick auf seine Füße und begann dann zu sprechen, die Fortsetzung der Geschichte, die er ihr im Auto zu erzählen versucht hatte. Er sprach zaudernd, mit zittriger Stimme, als er ihr erklärte, was er angerichtet hatte. Was ihnen bevorstand.

Als er schließlich verstummte, starrte Abi wie gelähmt ins Leere. Die Zukunft, die sie sich ausgemalt hatte, löste sich in Wohlgefallen auf. Sie würde ihm später nichts von ihren Plänen erzählen. Diese Pläne hatten sich erledigt. Übrig geblieben waren nur ein paar nutzlose Dateien, die sie vermutlich niemals wieder öffnen würde.

Denn nun wusste sie, was geschehen würde. Nun begriff sie, was los war.

Und sie hatte absolut keine Ahnung, was sie tun sollte.

OKTOBER

Titelmelodie von *Black Beauty*

(»Galloping Home«) von Denis King

Du behauptest zwar immer, lieber Jazz zu hören, aber das hier ist für dich, Rob. Oder Bobby, Bobo, Dumpfbacke: je nachdem, wie genervt ich bin auf einer Skala von 1 bis 10 … Ich erinnere mich gern an die Zeit zurück, als wir zwei wiehernd die Treppe hinuntergaloppiert sind und Mum sauer war, weil wir dabei manchmal aus Versehen ihre Glasfiguren vom Tischchen im Flur gestoßen haben. Ab da hatten wir immer Sekundenkleber parat. Und auch wenn du so getan hast, als ob du Black Beauty nicht mögen würdest, habe ich doch mitbekommen, wie du aus deiner Lego-Ecke herübergespäht hast, wenn Vicky, Kevin und der Rest ihrer unglaublich mustergültigen Freunde versuchten, einen weiteren dilettantischen Verbrecher zur Strecke zu bringen. Mich hast du nicht täuschen können, kleiner Bruder. Nicht eine Sekunde lang.

ABI

»Ist es dir hier auch warm genug?«

Abi stellte die Kiste ab, die sie gerade hereingetragen hatte. Im Haus ihrer Eltern war es eindeutig warm genug. So warm, dass sie rasch den Reißverschluss ihres dicken Parkas öffnete, der sie vor dem rauen Oktoberwind geschützt hatte und sich die türkisfarbene Beanie-Mütze vom Kopf riss, ehe sie als Letztes die Handschuhe abstreifte.

»Ja, Mum. Danke.« Sie wollte den Tag nicht negativ beginnen. Nicht, wo ihre Eltern ihnen einen so großen Gefallen taten. Sie ließ die Kleidungsstücke auf die dunkle Holzkiste im Flur fallen, hob sie aber gleich wieder auf, als sie sah, wie sich das Gesicht ihrer Mutter zu verziehen begann, ehe sie sich ganz offenbar mit Mühe zusammenriss. Ihre zusammengepressten Lippen erinnerten Abi sogleich an den Tag, als sie sie und ihren Bruder Rob dabei erwischt hatte, wie sie die vornehme rote Tapete im Wohnzimmer mit Fingerfarben beschmierten – und das nur Minuten vor dem Eintreffen der Gäste, die ihre Eltern zu einem ihrer Wein-und-Käse-Abende eingeladen hatten. Abi hatte wirklich geglaubt, dass ihre Mutter sie beide aus dem Fenster werfen würde, bis ihr Vater hereingekommen und sie mit der Behauptung gerettet hatte, dass den Künstlern, die er in seinem Laden verkaufte, ihr Werk sehr gefallen würde. Er sollte recht behalten, denn die Künstler unter den Gästen hatten der »Sammlung« alle ihre eigenen Malereien hinzugefügt. Abi hatte es nicht gewagt, ihre Mutter anzusehen, als sie am nächsten Morgen an der Wand hinter dem Sofa ein Prachtexemplar von einem Penis nebst Hoden entdeckten. Und das auch noch in gelber Farbe.

»Ich kann die Heizung noch etwas höher stellen, wenn du möchtest.« Ihre Mutter trug ihre violette »Supermum«-Schürze, die Abi und Rob ihr Ende der Achtzigerjahre mithilfe von Kellog's-Corn-Flakes-Gutscheinen und ihrem wertvollsten Besitz, einer 50-Cent-Münze, gekauft hatten. »Wir wollen ja nicht, dass du dich erkältest.«

Dies war äußerst unwahrscheinlich, da Abis Büstenhalter vor Schweiß schon feucht war. »Nein, Mum, das ist wirklich nicht nötig. Aber trotzdem vielen Dank.« Im letzten Jahr schien die Anti-Krebs-Strategie ihrer Mutter darin bestanden zu haben, ihre Tochter wärmer zu halten als den Erdkern. Wann immer ihre Mutter zu Besuch gekommen war, hatte sich Abi beim Aufwachen unter einer großen Daunendecke wiedergefunden oder neben einem Heizlüfter, der ihrer ohnehin schon trockenen Haut auch noch die restliche Feuchtigkeit entzog.

Sie schaffte es mit sanfter Gewalt, den Aufhänger ihres Parkas zumindest ansatzweise über die Spitze einer der Haken neben der Haustür zu quetschen. Dann wandte sie sich rasch ab, bevor er unweigerlich zu Boden fallen würde, und hob ihre Kiste wieder auf. Hoffentlich würden ihre Schallplatten bei diesen tropischen Temperaturen nicht schmelzen! Sie bemerkte einige Broschüren, die aus der Schublade der Eichenkommode ragten. Darauf waren fröhliche Menschen zu sehen, die auf ein postkartenblaues Meer hinausblickten.

»Plant ihr einen Urlaub, Mum?«

Für einen Moment huschte ein verunsicherter Ausdruck

über das Gesicht ihrer Mutter, ehe sie Abis Blick folgte und den Kopf schüttelte. Sie schob mit den Fingern, deren lange Nägel schon seit Urzeiten in einem zarten Rosa lackiert waren, eine Locke ihres akkurat geschnittenen Bobs an ihren Platz zurück. Abi bemerkte die Knoten, die ihre Finger deformierten und fragte sich, ob ihre Arthritis schlimmer wurde. Sie verspürte Gewissensbisse. Sie sollten hier eigentlich nicht so einfallen. Sie hatte ihren Eltern in letzter Zeit genug Kummer und Sorgen bereitet, ohne nun auch noch mit ihrer restlichen Habe, die sie nicht verkaufen konnten, auf ihrer Türschwelle zu erscheinen, weil sie nirgendwo anders hinkonnten.

Ihre Mutter stopfte die Broschüren in die Schublade hinein und schob sie energisch zu. »Wir planen gar nichts. Die sind von unserer Nachbarin Ellen. Sie war hier, um mir alles über ihre Reise zu erzählen und muss sie wohl vergessen haben. Wir planen nichts in der Richtung.«

»Die Glückliche.« Abi vernahm den bedauernden Unterton in der Stimme ihrer Mutter und nahm sich vor, das Thema später noch einmal zur Sprache zu bringen. Eins nach dem anderen.

Ihre Mutter streckte die Hände nach der Kiste aus. »Gib sie mir – du solltest nichts tragen. Ihr hättet ein Umzugsunternehmen beauftragen sollen.«

»Das ist zu teuer, Mum.« Abi war zu erschöpft, um die Dinge zu beschönigen. »Es ist besser, wenn wir es selbst machen. Und ich kann die Kiste hier tragen. Es macht mir wirklich nichts aus.«

Die Brust ihrer Mutter schwoll auf eine Weise an, die Abi nur zu gut kannte. Gleich würde sie sich einiges von ihr anhören müssen. Ihre Finger drehten das goldene Medaillon an ihrem Hals, als ob es die Schuld an Abis misslichen Umständen trug. Dann aber schüttelte sie überraschenderweise den Kopf und sagte: »Na ja, dann lass mich wenigstens helfen.«

»Nein, Mum. Wir haben wirklich alles im Griff.« Abi hatte es beinahe bis zur Treppe geschafft, doch dann stolperte sie über einen großen Zeitungsstapel, der geduldig darauf wartete, dass ihr Vater sich erinnerte, ihn zur Altpapiertonne mitzunehmen. Sie befand sich gefährlich nah an den Glasfiguren auf der Kommode, an denen ihre Mutter so hing, und sie sah wie in Zeitlupe, dass die Kiste einen Satz nach vorn machte und einen Glasdrachen umwarf, der sich daraufhin auf einen verhängnisvollen Kollisionskurs mit dem Boden begab und dort in tausend Stücke zerbrach.

»Scheiße. Tut mir leid, Mum.«

Abi sah, wie ihre Mutter die Hände für einen kurzen Moment auf die Augen presste und mit sich rang. Doch dann sagte sie mit erstickter Stimme: »Ist nicht so schlimm.«

Doch ihre zusammengepressten Lippen sagten Abi, dass das Gegenteil der Fall war. Sie wusste, dass ihre Mutter diese Figuren seit Jahrzehnten sammelte. »Das war doch nicht etwa die …?«

»… aus der Mitford-Sammlung?« Die Stimme ihrer Mutter klang ungewöhnlich hoch. »Doch. Die war's.«

»Oh Gott. Das tut mir wirklich leid.«

»Schon gut.« Das Gesicht ihrer Mutter wirkte so angespannt, dass Abi schon befürchtete, es könne zerspringen.

»Wir werden sie dir ersetzen.«

Es war nur ein Glasdrache. Der konnte ja nicht so viel gekostet haben.

»Nein. Lass nur.« Ihre Mutter schüttelte den Kopf.

»Wirklich nicht?« Abi runzelte die Stirn. »Aber …«

Ihre Mutter hielt eine Hand in die Höhe. »Sie ist fünfhundert Pfund wert, Abigail. Es war ein Geschenk deiner Großmutter.«

Verdammt! Gleich am ersten Tag, kaum dass sie das Haus betreten hatte, nannte ihre Mutter sie schon Abigail. Das musste ein neuer Rekord sein.

Aber ihre Mum hatte nicht ganz unrecht. Sie konnten es sich wirklich nicht leisten, die Figur zu ersetzen. Nicht im Augenblick. Abi ließ für einen Moment wieder einmal beschämt den Kopf hängen. Ihre Eltern waren beide Anfang siebzig. Sie sollten sich nicht mit einem solchen Durcheinander befassen müssen. Sie legte ihrer Mutter die Hand auf die Schulter und war überrascht, als diese sie ergriff und einen Kuss darauf drückte.

»Es ist wirklich nicht schlimm.« Der Mund ihrer Mutter zitterte.

Abi sah die Angst und den Schmerz in ihren Augen. Den Schmerz, vor dessen Anblick sie während ihrer Krankenhausbesuche eisern bewahrt worden war.

»Oh Mum. Es tut mir ja so leid.«

»Mach dir keine Gedanken.« Ihre Mutter warf einen letzten Blick auf die Glassplitter, die über den Boden verteilt waren, ehe sie Haltung annahm und sagte: »Dann werde ich mal Schaufel und Besen holen.«

Während ihre Mutter mit hocherhobenem Kopf in die Küche entschwand, wo sie sich vermutlich einen stummen Schrei und ein bis fünf Werthers Echte erlauben würde, stand Abi da, lauschte dem Ticken der Standuhr und starrte auf die Scherben auf dem alten blauen Teppich, der hier lag, so lange sie denken konnte. Als sie überlegt hatte, was sie mit ihrer zweiten Chance anfangen sollte, da hatte »zu meinen Eltern zurückziehen« nicht gerade ganz oben auf ihrer Liste gestanden. Eigentlich hatte sie ihr Psychologiestudium beenden wollen, das sie damals abgebrochen hatte, als sich Seb ankündigte. Oder an einer »Race for Life«-Veranstaltung teilnehmen (ohne schon vor Erreichen der Ziellinie zusammenzuklappen), um damit Geld für die Krebsforschung zu sammeln. Oder eine Woche … einen Tag … eine Stunde verbringen, ohne ein einziges Mal an den Krebs zu denken. Ohne diese dauernde Unsicherheit zu verspüren.

Aber ganz bestimmt nicht das hier. Nicht wieder bei ihren Eltern in das Haus einziehen, das sie vor neunzehn Jahren mit ihren in Abfalltüten verstauten Klamotten und dem bis zum Anschlag aufgedrehten Autoradio, aus dem Jamiroquai dröhnte, verlassen hatte. Nicht wieder in ein Haus zurückkehren, das so weit von Sebs Schule entfernt war, dass er über eine Stunde benötigen würde, um dorthin zu gelangen. Das hier war kein Neuanfang. Das hier war eine Tür, die einem vor der Nase zugeschlagen wurde.

Ihre Mutter war mit der Kehrschaufel in der Hand zurück.

»Lass mich das machen, Mum.« Glücklicherweise rettete sie die Türklingel vor der unvermeidlichen Auseinandersetzung. Abi öffnete die Haustür und erblickte John, der unter dem Gewicht einer großen weißen Matratze schwankte.

»Wieso habt ihr die denn mitgebracht?«, fragte ihre Mutter stirnrunzelnd. »Die hättet ihr doch mit allem anderen verkaufen können.« Abi spürte, wie ihre Stimmung weiter sank. Sie vermisste ihr Haus jetzt schon. Sie konnte den Gedanken nicht ertragen, dass nun schon bald andere Gesichter in ihrem Garten zu sehen sein würden, andere Schuhe in der Diele standen, sich eine andere Handschrift auf der großen schwarzen Tafel am hinteren Ende der sonnigen Küche befand.

»Wir besitzen durchaus Betten mit Matratzen«, sagte ihre Mutter mit einem kleinen Schnauben. Abi erblickte in ihrem missbilligenden Gesichtsausdruck die Lebensdevise, mit wenig Dingen auskommen zu können. Sie schaute sich zu John um, der sich damit abmühte, die Matratze durch den Türrahmen ins Haus zu bugsieren und fragte sich nicht zum ersten Mal, wo Seb wohl steckte und warum er nicht hier war, um ihnen zu helfen. Seit Johns Neuigkeiten hatte er seine Kopfhörer als Schutzschild benutzt und sich auf einsilbige Antworten beschränkt – das einzige Zeichen dafür, dass er überhaupt noch bei ihnen wohnte, waren seine schmutzigen Fußballschuhe neben der Hintertür und die Tatsache, dass sie nie Brot im Haus hatten.

»Das ist eine orthopädische Matratze, Mum.« Abi beugte sich hinab, um ihre Kiste wieder aufzuheben. »Ich brauche sie nachts immer noch zur Unterstützung.« Sie dachte an die alte durchgelegene Matratze im Dachgeschoss, die schon in Abis Teenagerjahren auf ihrem Bett gelegen hatte, um jeglichen unerlaubten Körperkontakt mit etwaigen Besuchern des anderen Geschlechts zu unterbinden. Darauf würde sie auf gar keinen Fall schlafen.

Ihre Mutter zuckte nur kurz mit den Schultern. »Also, ich habe keine Ahnung, wo ihr dann die unterbringen wollt, die bereits oben liegt.«

»Da fällt uns schon was ein«, erwiderte Abi und schritt auf die Treppe zu.

»Wie hoch ist es noch mal?« John hatte es endlich mit der Matratze ins Haus geschafft und schloss die Tür. Sein Gesicht war knallrot, und sie konnte die Schweißflecken in seinem hellblauen Hemd erkennen. Da er zu den Männern gehörte, die für gewöhnlich auch während eines Schneesturms Shorts trug, könnten sich die Temperaturen in diesem Haus als Problem erweisen.

»Nur zwei Stockwerke. Ich kann das hier abstellen und dir helfen, wenn du willst.«

»Nein.« Sie hörte seiner Stimme an, dass ihn seine Schuldgefühle wieder einmal heftig plagten, und sie streckte die Hand aus, um seine Wange zu streicheln, aber er drehte sich weg.

Abi verspürte Mitleid mit ihm. Auch wenn er ihr Dinge verheimlicht hatte, und es ihr lieber gewesen wäre, früher zu erfahren, dass er sich finanziell verausgabt und erst ihr gemeinsames Konto und dann auch noch das seiner Firma überzogen hatte. Und dass ihm außerdem mehrere wichtige Aufträge durch die Lappen gegangen waren, weil seine Mitarbeiterin Rachel, die er frisch von der Uni unter seine Fittiche genommen und ausgebildet hatte, auf die Idee gekommen war, ein Konkurrenzunternehmen zu gründen und ihm so viele Kunden wie möglich zu stehlen.

Aber Abi war ja anderweitig beschäftigt gewesen, und er hatte nur versucht, sie zu schützen. Und egal wie ihre Mutter sich auch über John und seinen extravaganten Lebensstil echauffieren mochte und es ihm nie wirklich verziehen hatte, dass er einen Audi besaß, konnte Abi seine Handlungsweise durchaus nachvollziehen. Denn der einzige Grund, warum er so viel Geld ausgegeben hatte, war der, dass er ihr dabei helfen wollte, das alles zu überleben. Mit dem Geld hatte er die Dinge bezahlt, die er für sie gekauft hatte. Die ayurvedischen Massagen, die ihr die sechzigjährige Alison empfohlen hatte, die während der Chemo im Behandlungszimmer oft im Sessel neben ihr gesessen hatte. Die teuren Biolebensmittel. Die Wochenenden mit Lesley im Spa, die sie aufheitern sollten, und die Urlaube nach der Chemo an Orten mit Sonnenscheingarantie und reichlich Platz, sodass niemand die Frau mit dem gequälten Ausdruck in den Augen anstarrte, die in zehn Sarongs gehüllt unter den Palmen saß.

Nach der Party hatte er ihr alles unter Tränen gestanden. Hatte sich immer und immer wieder entschuldigt, während sie seine Hand hielt und er ihr erklärte, dass eine Zukunft ohne sie bedeutungslos für ihn gewesen wäre, dass er ein Risiko nach dem anderen eingegangen sei, um dabei zu helfen, dass es ihr besser ging und sie positiv gestimmt blieb. Dass er nach dem Verlust seines besten Freundes entschlossen gewesen sei, alles zu tun, damit sie am Leben blieb.

Sie hatte ihn geküsst und ihm übers Haar gestreichelt und zugehört. Trotz seiner Verzweiflung war sie ganz ruhig geblieben. Seine Firma steckte in Schwierigkeiten. Sie hatten beträchtliche Schulden. Er würde so viel arbeiten müssen wie nur eben möglich, um die Wende zu schaffen, und es würde gewiss nicht leicht werden. Aber was wirklich zählte war, dass sie immer noch unter den Lebenden weilte. Und sie würde ihr Möglichstes tun, um ihm zu helfen. Sie hatte das Haus zum Verkauf angeboten, so viel wie eben möglich über eBay verkauft und sogar versucht, den Volvo loszuwerden, bis ihr klar wurde, dass sie noch Geld drauflegen musste, um ihn loszuwerden. Nach allem, was John für sie getan hatte, war das das Mindeste, was sie tun konnte.

Bei ihren Eltern zu leben machte die Sache nicht gerade leichter, aber sie war dazu bereit. John hatte ihr versichert, dass er das Ganze ziemlich schnell wenden könnte, wenn sie ihre Ausgaben reduzierten, und in das Elternhaus zurückzukehren war naheliegend. Seb war ihnen dabei allerdings keine Hilfe, denn er hatte gerade diesen Moment gewählt, um in alle Richtungen zu wachsen und benötigte dringend neue Kleidung, die sie sich nicht leisten konnten. Er spielte gegenwärtig in Fußballschuhen, die nur einen Schuss weit davon entfernt waren auseinanderzufallen, und Abi hatte letzte Woche beschämt mitangesehen, als bei einem besonders gefährlichen Angriff seine Shorts bis zum Hintern hinauf gerissen waren. Während sich einige der weiblichen Teenager an dem Anblick erfreuten, wäre Abi am liebsten im Boden versunken, als sie die anderen Eltern mit anklagenden Blicken bedachten – die Mutter, die den Kapitän der Schulmannschaft in Lumpen aufs Spielfeld schickte. Sie zog ernsthaft in Erwägung, die nötige Ausrüstung in dem riesigen Sports Direct in Cowley zu klauen, während die jugendlichen Aushilfen mit Snapchatting auf ihren Smartphones beschäftigt wären. Aber ein Eintrag im Strafregister gehörte auch nicht unbedingt zu den Dingen, die ganz oben auf ihrer To-do-Liste nach überstandener Krebserkrankung standen!

»Dann komm jetzt.« Sie machte sich daran, die Treppe hinaufzusteigen, vorbei an denselben Bildern an den Wänden und dem Geländer, mit der ausgeschlagenen Stelle von Robs erfolglosem Versuch, mit sechseinhalb Jahren die Stufen mit dem Skateboard hinunterzufahren. Der Teppich litt immer noch an einer Überdosis Orange, das in den Siebzigerjahren so modern gewesen war, und das Quietschen der obersten Stufe würde sicherlich Sebs nächtliche Heldentaten auf die gleiche Weise ans Licht bringen, wie es bei Abis Abenteuer mit ihrer ersten Liebe Steve in der Vergangenheit der Fall gewesen war. Es war alles so vertraut, hatte etwas Behagliches,

Beruhigendes, als wenn man am Ende eines langen Tages in einen weichen Pyjama schlüpfte. Und dabei war so viel Zeit vergangen. Sie hätte etwas erreichen müssen. Zeichen setzten sollen.

Als sie ihre müden Beine die zweite Treppe hinaufquälte, erblickte sie das Bild, das an ihrem ersten Schultag aufgenommen worden war. Sie blieb stehen und starrte diese jüngere Version ihres Ichs an. Die glänzenden hellblonden Haare, die zu einer Topffrisur geschnitten waren. Die Pausbacken. Die unglaublich strahlenden Augen.

Sie schüttelte den Kopf und ging weiter.

Es war an der Zeit, nach vorn zu blicken.

Sie senkte den Kopf, als sie das Dachzimmer betrat, das sie so gut kannte. Hier hatte sie davon geträumt, Psychologin zu werden und es endlich geschafft, mit Gideon aus dem Theaterkurs zu knutschen. Hatte sich die Nägel lackiert, Frisuren ausprobiert und verworfen. Sie konnte sich daran erinnern, wie sie am Schminktisch gesessen und mit einem verheerenden Ergebnis mit ihrer ersten Lidschattenpalette herumexperimentiert hatte. Die scharlachroten Lippen. Die neonblauen Augenlider. Die weite Welt wartete auf sie, voller Jungs, Songs, Karrieremöglichkeiten und Abenteuer. Heute spürte sie, wie sie ein Engegefühl überkam und ihre Haut zum Kribbeln brachte. Das gusseiserne Bettgestell stand immer noch unter dem schrägen Dachvorsprung und die Sonne strömte durch das Flügelfenster. Der alte Mahagonikleiderschrank stand verstaubt in der Ecke. Sie rechnete fast damit, ihre Turnschuhe mit den Plateausohlen und die paillettenbesetzten Bustiers ihrer Teenagerjahre zu erblicken, wenn sie ihn öffnete. Es war, als wäre die Zeit hier drin stehen geblieben.

Oder zumindest kam es ihr so vor, bis sich John mit der orthopädischen Matratze auf das Bett plumpsen ließ. Es gab einen kurzen Kampf, wer die Oberhand behielt, bevor die Matratze mitten auf seinem Gesicht landete.

»Scheiße«, stöhnte er. »Könntest du mir helfen, Abs?«

Sie schaute auf ihn herab, wie er sich unter der Matratze wand und zum ersten Mal seit sie mit dem gemieteten Transporter ruckelnd auf dem rissigen Asphalt in der Auffahrt ihrer Eltern zum Stehen gekommen waren, überkam sie ein Lächeln.

Sie schritt auf das Bett zu. »Nun, ich denke, wir wissen, wer dieses besondere Match gewinnt.« Sie hob die Ecke an und stellte dabei überrascht fest, wie schwer die Matratze war. Mit vereinten Kräften schafften sie es, sie auf den Boden zu schieben und dabei kam die gelblich verfärbte Fläche der alten zum Vorschein, die ihre Mutter vor so vielen Jahren ausgesucht hatte.

»Ich?« Er lächelte ein wenig verlegen als er sich aufsetzte. »Du meinst doch bestimmt, dass ich gewonnen habe, nicht wahr?«

»Klar.« Sie betrachtete den Staub, der sich auf seinem blonden Haar niederließ. »Das alles heute erinnert ein wenig an dieses Lied von Bernard Cribbins, ›Right Said Fred‹, in dem sich diese beiden Arbeiter so dusselig beim Tragen anstellen, nicht wahr?«

Er nickte. »Wer hätte gedacht, dass das mal unser Lied werden würde?«

Sie atmete ein, und der Staub blieb ihr im Hals stecken. Er kitzelte, und sie begann zu husten. Und konnte gar nicht mehr damit aufhören.

Johns Lächeln verschwand. »Oh Gott. Alles in Ordnung?«

»Mir geht's gut.« Sie schob seine Hand weg und bedeckte ihren Mund mit der eigenen. »Ich hatte Darmkrebs, keine Schwindsucht.« Sie holte angestrengt Luft und wischte sich eine Träne weg. »Du musst aufhören, dich um mich zu sorgen. Das ist bloß der Staub – Mum hat diese Matratze nicht mehr bewegt, seit ›Beetlebum‹ Nummer eins in den Charts gewesen ist.« Sie ging zum Fenster hinüber und mühte sich mit dem Riegel ab, wie sie es schon getan hatte, als sie für ihre Abiturprüfungen gelernt und den Kopf für eine kleine Zigarettenpause hinausgestreckt hatte. Schließlich gelang es ihr, das Fenster zu öffnen, und sie atmete die frische Luft tief ein. Sie hatte keine Ahnung, wie sie sich umdrehen und ihn ansehen und mit seinem besorgten Gesichtsausdruck umgehen sollte.

Über die sauber geschnittene Hecke hinweg konnte sie in Nachbarsgarten ein großes Trampolin und eine schiefe Schaukel sehen. Vermutlich wohnten Mr. und Mrs. Hedges nicht mehr dort. Ihre Kinder hatten schon Wodka gekippt und Böller gezündet, als sie mit fünf Jahren mit ihren Eltern hierhergezogen war. Ihr Blick wanderte über den großen Garten ihrer Eltern. Am hinteren Ende befand sich die Schaukel, auf der Rob und sie Eis am Stiel gelutscht hatten, als sie mit sechs Jahren an Mumps erkrankt war. Mitten auf dem Rasen, neben Dads heiß geliebtem Schuppen, stand die Holzbank, auf der sie über zahllose Momente ihrer Teenagerzeit nachgedacht hatte. Erste Dates, erste Küsse, erste Reaktionen auf neue Bands, die sie auf ihrem Walkman hörte. Die Bank hatte all das miterlebt. Sie hatte stundenlang auf ihr gelegen und in die Zweige der Weide hinaufgeblickt, während sie sich ihre Zukunft ausmalte. Sie nun dort unten zu sehen beruhigte sie. Erdete sie.

Sie lebte jetzt für die Zukunft. Und jede Sekunde war kostbar. Sie wandte sich zu ihrem Mann um. Er war immer noch ihr John. Dieselben blauen Augen. Dieselbe Sonnenbräune. Dasselbe blonde Haar, das er sich ständig auf eine Weise mit der Hand aus dem Gesicht strich, die ihre Mutter einmal als affektiert bezeichnet hatte. Dies war das Gesicht, das ihr durch ihre Krankheit hindurchgeholfen hatte. Dies waren die Hände, die ihr all das gebracht hatten, worum sie bat. Seine Liebe hatte sie stark gemacht – sie durfte nun nicht damit beginnen, sie ihm zu verübeln. Sie strich sich das Haar hinter die Ohren zurück und zeigte auf die alte Matratze.

»Sollen wir das Ding vom Bett holen?«

»In Ordnung.« Sie begannen beide daran zu ziehen, aber ganz offenbar fühlte sie sich an ihrem derzeitigen Platz sehr wohl, denn sie rührte sich nicht. Dann mit einem Mal bewegte sie sich doch und drückte sie beide gegen die Wand. John machte einen Schritt nach vorn und stieß sich den Kopf an der Dachschräge.

»Scheiße.« Er rieb sich die Stirn. »Dieses Haus wird meinen Gehirnzellen schaden!« In seinem Lachen schwang Traurigkeit mit. »Auch wenn vermutlich keiner den Unterschied bemerken wird.«

»Sag das nicht.« Sie konzentrierte sich auf die anstehende Aufgabe. »Ich bin sicher, dass sich alles wieder zum Guten wenden wird. Du schaffst das.«

Sein Gesicht verdüsterte sich vor Besorgnis. »Hoffentlich.«

»Du hast mir gesagt, dass du es schaffen wirst, und ich glaube dir.«

Schweigen. »Also gibt es kein Problem, nicht wahr?«

Er schwieg immer noch.

»John? Du hast versprochen, dass du mir alles sagen wirst. Das hast du doch, oder?«

»Klar.« Er schaute ihr fest in die Augen. »Keine Überraschungen mehr. Alle Karten auf den Tisch. Versprochen.«

»Gut.« Sie küsste ihn leicht auf die Lippen, bevor sie die alte Matratze tätschelte. »Und wo sollen wir diese Schönheit jetzt unterbringen?«

Er deutete unters Bett. »Wie wäre es, wenn wir sie da unten verstecken.«

»In Ordnung.« Abi sah zu, wie er sie unter das Bett schob und dabei die Ecken anhob, damit sie darunter passte. Dann stand er auf, zerrte die andere wieder aufs Bett und rückte sie zurecht, bis sie richtig lag. »Okay.« Sein Lächeln wirkte ein wenig gequält. »Jetzt haben wir also etwas zum Schlafen. Wie geht es weiter? Wird mich deine Mutter bei einer Tasse Tee auffordern, mir einen anständigen Job zu suchen?«

Abi zuckte mit den Schultern. »Keine Ahnung. Aber sie könnte mit finsterer Miene etwas über den Audi brummen.«

Seine Schultern sackten zusammen, und sie griff nach seiner Hand. »Ich habe meinen Eltern neulich von der Sache erzählt. Sie waren so nett zu mir, dass ich mich gleich noch schlechter gefühlt habe.«

»Das muss schwer gewesen sein.«

»Wenigstens leben sie weit weg oben im Lake District, sodass sie nicht mitansehen müssen, wie beengt wir hier hausen.«

»Stimmt.« Wenn das hier schon schwer für sie war, wie schwer musste es erst für ihn sein! »Aber vielleicht könnten wir uns ja jetzt, wo wir schon einmal hier leben, auch wieder zurückentwickeln und anfangen, *Neighbours* zu gucken, Pop-Tarts zu essen und Doc Martens zu tragen.«

Er schüttelte den Kopf. »Pop-Tarts habe ich nie gemocht.«

»Wie bitte? Warum erfahre ich das erst jetzt?« Sie starrte ihn mit gespieltem Entsetzen an.

»Keine Ahnung.« John kratzte sich an seinem stoppeligen Kinn. »Aber so heiß wie es in diesem Haus ist, kannst du sie vermutlich auf dem Heizkörper aufbacken.«

»Stimmt. Aber keine Sorge, ich weiß, wo sich der Temperaturregler befindet.«

Sie lächelten sich eine Sekunde lang an, und sie erinnerte sich an das alte Wir-Gefühl, das sie einmal verbunden hatte. Er drückte ihre Hand, und sie genoss es, seine starken Finger um die ihren zu spüren. Er gab ihr einen sanften Kuss. »Wolltest du mir nicht noch irgendetwas erzählen? Am Abend nach der Party hast du so etwas angedeutet. Irgendetwas, was du gern machen würdest.«

Nein. Sie konnte ihm unmöglich etwas von ihrem Plan erzählen, ihr Psychologiestudium wieder aufzunehmen, denn dann würde er sich nur noch schlechter fühlen. Es wäre zu kostspielig, und sie benötigte die Zeit, um Geld zu verdienen. »Es war nichts Wichtiges.« Sie zwang sich, ihm in die Augen zu sehen. Sie musste ihn überzeugen. Musste die Gedanken an die Begeisterung abblocken, die sie überkommen hatte, als sie den Kurs entdeckte, den sie gern machen wollte und wie sie sich dafür bewerben konnte.

»Ich dachte bloß, dass es an der Zeit sei, wieder arbeiten zu gehen.« Sie ignorierte das Gefühl der Verzweiflung, das sich in ihr ausbreitete.

»Im Krankenhaus? Aber du hasst deinen Job dort.«

»Nein, tue ich nicht. Ist schon okay. Außerdem ist es ja

nur vorübergehend. Nur so lange, bis wir wieder auf die Beine kommen.«

»Wenn du meinst.« Er nickte. »Gott, es tut so gut, dich über die Zukunft reden zu hören!«

»Es fühlt sich auch gut an.« Sie spürte, wie der Druck von ihr wich. »Und wie gut.« Sie nahm seine Hand. »Und jetzt lass uns runtergehen und Mums Figürchen festkleben, bevor wir unseren restlichen Kram reinschleppen. Wir wollen doch nicht schon nach einer Stunde aus dem Haus fliegen!«

Als sie zusammen nach unten gingen, erblickten sie Seb, der über den Küchentisch gebeugt dasaß und als Liebling seiner Großmutter bereits eine Tasse Tee und ein riesiges Stück Schokoladenkuchen vorgesetzt bekommen hatte.

Abi drückte ihrem Sohn einen Kuss auf den Kopf, bevor der sich wegducken konnte. »Seb. Wo hast du denn gesteckt? Oder hattest du heute deinen Freiwilligentag im Krankenhaus?«

»Nee. Das war letzten Monat, Mum.« Er zuckte mit den Schultern. »Ich war beim Fußball.«

»Würdest du dann jetzt mit rauskommen und beim Tragen der Kisten helfen?« Johns Stimme klang ein wenig gereizt.

»Sobald er seinen Kuchen aufgegessen hat.« Abis Mum legte eine schützende Hand auf Sebs Schulter. »Er ist schon so ein großer Junge. Ich werde mich um ihn kümmern, wo ich jetzt noch einmal die Gelegenheit dazu habe.«

Abi sah, wie eine Zornesader auf Johns Stirn anschwoll. »Das ist wirklich nett von dir, Carol, aber es wäre toll, wenn wir den ganzen Kram reinbekommen würden, damit wir alles aufräumen können.«

Seb kaute vor sich hin, ohne eine Antwort zu geben und kippte dabei seinen Stuhl auf eine Weise vom Tisch zurück, die ihre Mutter Abi als Teenager mit Sicherheit nicht hätte durchgehen lassen. Sie drehte sich um und ging in den Flur hinaus. Sie konnte beinahe ihr jüngeres Ich sehen, wie es aus der Schule zur Tür hereingeschossen kam und den Flur entlangflitzte, um die neue Folge von *Black Beauty* zu sehen.

Sie vernahm die tiefe, poltrige Stimme ihres Sohnes, der um ein weiteres Stück Kuchen bat und ihre Mutter, die John in Erinnerung rief, dass in ihrem Haus Handys am Küchentisch nicht erlaubt waren.

Sie schüttelte den Kopf, ahnte, was ihnen an Auseinandersetzungen bevorstand, wenn ihre Mutter erst einmal in Fahrt kam und über Putzpläne zu sprechen begann und wo welches Gewürz im Regal zu stehen hatte. Sie trat einen Schritt vor und ertappte sich dabei, wie sie auf den Brandfleck im hellen Eichenholz der Kommode starrte. Sie presste ihre Finger darauf und erinnerte sich daran, wie sie vor all den Jahren hektisch Teller und Gelbe Seiten hin und her geschoben hatte, um ihn zu verdecken. Das war vor dem Krebs gewesen, vor John, vor Seb und bevor sie überhaupt die leiseste Ahnung gehabt hatte, dass es im Leben nicht immer so lief, wie man es sich vorstellte. Sie erinnerte sich an das Klicken des pinkfarbenen Bic-Feuerzeugs in ihrer Hand, als sie sich an dem Abend, als ihre Eltern aus waren, eine Zigarette angezündet hatte. Wie aufgeregt sie gewesen war und wie prickelnd sich das angefühlt hatte.

Sie nahm ihre Hand weg und erinnerte sich wieder, wo sie war.

»Was machst du, Mum?« Seb stand neben ihr, und sie sah, dass seine Beine mit Dreck bespritzt waren.

»Mit offenen Augen träumen.« Sie streckte die Hände aus und umarmte ihn. Ihre Geheimwaffe bestand neuerdings darin, das Überraschungsmoment zu nutzen, denn die Zeiten, in denen er am Nachmittag aus der Kita in ihre geöffneten Arme stürmte, waren längst vorbei.

»Aha«, sagte er. »Und welches ist jetzt mein Zimmer?«

»Das Kleine oben an der Treppe.«

»Onkel Robs altes Zimmer? Das winzige?«

»Ja.« Abi nickte. »Tut mir wirklich leid, Seb. Aber wir kriegen das wieder hin.«

Er schüttelte abweisend den Kopf. »Ist nicht deine Schuld.« Er steuerte auf die Haustür zu. Seine Turnschuhe verursachten ein knatschendes Geräusch auf dem Läufer. »Im Übrigen gibt's genug anderen Kram, um den ich mir Sorgen machen muss.«

»Was zum Beispiel? Die Ergebnisse deines Eignungstests?« Er hatte die Prüfung fürs Medizinstudium vor zwei Wochen gemacht. »Den hast du doch sicher mit links geschafft!«

Sein Gesichtsausdruck erweckte den Eindruck, als hielte er ihre Bemerkung fast schon für komisch. »Nee.« Er schüttelte den Kopf und dabei fiel ein kleiner Zweig aus seinem zotteligen Haar. »Die Sache ist gegessen. Kann ich eh nichts mehr machen. Nein, es …« Er verstummte, und es kam ihr so vor, als hätte sie eben eine Chance vertan. »Es ist bloß, dass wir ein wichtiges Spiel vor uns haben. Das ist alles.«

Das war mit Sicherheit nicht der Grund. »Seb? Gibt es etwas, wobei ich dir helfen kann –«

»Ich werde dann mal die Kisten reinholen.« Er öffnete die Haustür und verschwand nach draußen.

Sie starrte seinem Rücken hinterher, und ein Gefühl des

Unbehagens machte sich in ihr breit. Sie spürte, dass sie von Geheimnissen umgeben war. Nicht mehr zu den Eingeweihten gehörte. Auch wenn er vor wenigen Augenblicken noch neben ihr gestanden hatte, kam es ihr so vor, als wäre ihr Sohn nie weiter entfernt von ihr gewesen.

SEB

»Was guckst du so?«

»Was?« Seb zog sich das weiße T-Shirt über den Kopf und starrte seinen Freund Dan an. Der Rest der Mannschaft war bereits weg, und er wartete wie immer darauf, dass Dan endlich fertig wurde, damit sie los konnten.

»Ich versteh schon. Beeindruckend, was?« Dan spannte seinen Bizeps an, den er angeblich seit Weihnachten trainierte, um damit die Mädchen an der Highschool zu beeindrucken. »Steinhart. Kannst dich gar nicht sattsehen, was?«

»Klar, Alter.« Seb wandte sich ab und stopfte seine Fußballschuhe in den Rucksack. »Aber meinst du nicht, du wärst schon weiter, wenn du die Hanteln, die du zu Weihnachten bekommen hast, aus der Verpackung genommen hättest?«

Dan spritzte sich Deo unter die Arme und griff nach seinem T-Shirt. »Sehr witzig! Du bist ja bloß neidisch!«

Seb warf einen Blick in den Spiegel auf sein Haar, das wie immer nicht zu bändigen war. Egal, das musste reichen. Er ging ja ohnehin bloß zur Arbeit, wo ihn keiner seiner Freunde sehen würde. Besser gesagt, wo ihn niemand sehen würde, da er fast den ganzen Abend an der Spüle stand und getrocknete Curryflecken von einer schier endlosen Zahl weißer Teller wusch. Jess drohte zwar immer damit, am Wochenende vorbeizukommen, doch dann gewann wieder einmal ihr Zeitplan für den Lernstoff, um ihm dann gegen elf Uhr abends zu texten. Sie bat ihn nach der Arbeit zu ihr zu kommen, da ihre Eltern wieder einmal nicht zu Hause waren. Er fuhr gern durch die dunklen Straßen zu ihr und öffnete das Tor mit einem eigenen Schlüssel, von dem ihre Eltern gar nichts wussten. Sie wussten überhaupt nicht sehr viel über ihre Tochter und mit wem sie ihre Zeit verbrachte, da sie die Hälfte des Jahres beruflich unterwegs waren.

»Schmollst du etwa, Seb?«

Seb stellte fest, dass er immer noch vor dem Spiegel stand.

»Quatsch, du Blödmann.« Er verdrehte die Augen und griff nach seinem Rucksack. Ein Riemen gab nach und glitt zu Boden. Scheiße. Noch mehr Kram, den er neu kaufen musste, ohne das nötige Kleingeld dafür zu haben.

Dan hatte endlich sein T-Shirt an – das rote mit dem Aufdruck von The Weeknd samt Unterschrift, die angeblich vom Sänger stammte. Seb hatte da so seine Zweifel. Sein Freund zog den Reißverschluss seines Adidas-Hoodies über dem T-Shirt zu, drehte sich um und sah Seb mit seinen blauen, vom letzten *Game of Thrones*-Marathon geröteten Augen an.

»Kommst du mit zu mir? Ich bin inzwischen bei der fünften Staffel angelangt. Genau wie du.«

»Nee.« Seb schüttelte den Kopf. »Kann nicht.«

»Krieg ich wieder mal 'ne Abfuhr wegen deiner Tussi?« Dan hatte Seb immer noch nicht vergeben, dass der jetzt eine Freundin hatte. Vor Jess war es immer Dan gewesen, der sich rar gemacht hatte, um Netflix-Serien zu schauen und mit diversen Bräuten abzuhängen, während Seb eben loszog, um noch ein paar Bälle mehr zu treten und sich fragte, wann seine Zeit endlich kommen würde. Und dann, vor anderthalb Jahren, war Jess aufgetaucht. Dan war damals mit einer Rothaarigen zusammen, die im Spirituosenladen arbeitete, hatte es aber dennoch geschafft, eifersüchtig zu sein und behauptet, Jess sei das Mädchen seiner Träume, hauptsächlich weil sie langes dunkles Haar und große braune Augen und etwas von Selena Gomez hatte. Doch nichts vermochte Seb abzuhalten. Nicht für eine Sekunde.

Er hatte schon vorher Mädchen geküsst. Hatte BHs ausgezogen und unter Bettdecken gekichert. Aber er hatte sich noch nie einem Mädel auf diese Weise geöffnet. Als seine Mutter krank wurde, da log Jess ihm nichts vor oder redete irgendwelchen Scheiß übers Kämpfen und Nicht-aufgeben-Dürfen – sie hielt einfach seine Hand und nahm ihn in den Arm, schaute sich mit ihm Sportsendungen auf Sky an und war einfach für ihn da. Zwei Arme, die ihn im Dunkeln umfangen hielten.

Er hatte nicht für eine einzige Sekunde an ihr gezweifelt. Doch vor Kurzem hatte er begonnen, an sich selbst zu zweifeln.

»Hallo! Erde an Seb?«

Dans Gesicht war nur wenige Zentimeter von Sebs entfernt, und Seb konnte das Wachs in seinem kurzen dunklen Haar riechen. »Also. Bist du auf dem Weg zu deiner umwerfenden Jess?«

»Nein.« Seb knallte die Tür seines Spinds zu. »Manche von uns müssen arbeiten.«

»Schon wieder?« Dan runzelte die Stirn und folgte Seb zur Tür des Umkleideraums. »Zur Hölle! Du musst doch inzwischen genug für ein Paar Fußballschuhe verdient haben.«

»Mindestlohn, Dan.« Die schwere Tür fiel hinter ihnen ins Schloss. Der lange Flur, der sich vor ihnen erstreckte, war dunkel und ihre Schuhe quietschten auf dem Holzboden. »Ich sollte bis nächste Woche genug zusammenhaben, wenn sie mich genügend Stunden abreißen lassen.«

»Du holst dir doch nicht etwa die Messis?«

»Doch«, erwiderte Seb nickend. »Sind nun mal meine Glücksbringer.«

»Sei keine Pussi.«

»Wie war das?«, fragte Seb empört.

»Sei keine Pussi.« Dan schüttelte den Kopf. »Hol dir einfach ein paar billige Schuhe und hör auf, deine Abende damit zu verbringen, die Spülbürste zu schwingen. Es ist ja beinahe so, als würdest du versuchen, ihr aus dem Weg zu gehen.«

»Wem denn?« Seb stieß die Tür mit einer übertriebenen Heftigkeit auf, denn er war sich bewusst, dass etwas in Dans Worten sein Herz schneller schlagen ließ.

»Jess.« Dan zog eine Augenbraue in die Höhe. »Wenn sie meine Freundin wäre, würde mich nichts von ihr fernhalten können.«

»Selbst wenn Selena höchstpersönlich auftauchen würde?« Seb war klar, dass er nur durch Rumjuxen aus dieser Sache rauskam. Etwas war hier hart an der Schmerzgrenze, und er wollte nicht darüber nachdenken, was es sein könnte.

»Okay, dann vielleicht nicht. Schließlich könnte die dann ihre Finger nicht von mir lassen.« Dan grinste.

Seb versetzte ihm einen kleinen Klaps auf den Hinterkopf. »Träum weiter, Dannylein.«

Dan zuckte mit den Schultern. »Du wirst schon sehen.«

»Und in der Zwischenzeit? Wer ist die Nächste auf deiner berühmten Hitliste?«

Am hinteren Ende des Flurs tauchte plötzlich Sebs Chemielehrer auf, dem er gerade unter keinen Umständen begegnen wollte.

»Hier entlang«, sagte er und zog Dan durch den Notausgang nach draußen auf den Schulhof. Seb verbrachte zunehmend Zeit damit, sich in Eingänge zu ducken oder in den zahlreichen Notausgängen versteckt zu halten, um peinliche Unterhaltungen mit jedem zu vermeiden, der in naher Zukunft Hausarbeiten von ihm erwartete. Er versuchte sich zwar jeden Abend hinzusetzen und zu lernen, aber er war einfach zu müde und sein Gehirn weigerte sich, sich zu konzentrieren. Gedanken und Gefühle wirbelten durch seinen Kopf, die er nicht länger ignorieren konnte. Sein Eignungstest war ein Albtraum gewesen, und egal wie glänzend sein Motivationsschreiben für die Bewerbung bei der Zentralstelle für die Vergabe von Studienplätzen auch sein mochte, so wusste er doch, dass er bald seinen Eltern gegenübertreten und eingestehen musste, dass er durchgefallen war.

Dad würde ausrasten, aber er machte sich mehr Sorgen um seine Mutter. Da wäre dieser Moment, in dem sich ihre Augen weiteten – kurz bevor sie ein aufmunterndes Lächeln aufsetzte. Dieser Moment, wenn ihm klar würde, wie sehr er sie enttäuscht hatte. Er spürte Furcht in sich aufsteigen, reckte aber sein Kinn und rang sie nieder. Um die Schulaufgaben konnte er sich immer noch später kümmern. Jetzt musste er erst einmal Fußballschuhe kaufen. Eine Mannschaft anführen.

Geschirr abwaschen.

Was weniger aufregend war.

Dan dachte immer noch über Sebs Frage nach. »Ich glaube, Hope steht auf mich.«

Seb konnte einfach nicht anders, er musste schallend lachen. »Hope?« Die Tochter von Lesley, der besten Freundin seiner Mutter, wich ihrem Freund Zane nicht von der Seite, der den doppelten Vorzug besaß, neunzehn zu sein und ein Auto zu besitzen. Dan hatte nicht den Hauch einer Chance.

»Was denn?« Dan breitete die Arme aus. »Glaub mir, sie war auf dieser Party heiß auf mich. Sie hat mich doch fast angesabbert. Wenn ich sie allein erwischt hätte, hätte ich sie gekriegt.«

»Sie war heiß auf den Joint in deiner Hand, Alter.« Seb verdrehte die Augen. Er war das Machogerede leid, das ihm immer mehr das Gefühl gab, anders zu sein als die anderen. Er köpfte einen Fußball zurück, den ein magerer Junge aus der Unterstufe mit buschigem schwarzem Haar verschossen hatte. Der Junge winkte ihm zum Dank zu, und Seb erinnerte sich an die Zeit, als er den Kapitän der Schulmannschaft mit Augen wie Untertassen angesehen hatte, in der unwirklichen Hoffnung, dass er eines Tages sein Freund sein könnte. Wenn man einmal von den endlosen Hausaufgaben und den drohenden Abiturprüfungen absah, war es gar nicht so schlecht, in der 13 zu sein.

»Schwachsinn.« Dan marschierte mit großen Schritten durch das rostende Metalltor. »Sie hat sich ihr Haar andauernd um den Finger gewickelt. Sie war scharf auf mich, glaub mir. Das war ein Zeichen.«

»Richtig. Dass du unter Wahnvorstellungen leidest.« Seb ging auf das Durcheinander von Fahrrädern zu, die draußen vor der Schule in den Ständern abgestellt waren. Sein eigenes war nicht zu übersehen, weil es zu neunzig Prozent aus Rost bestand. Als er es aufschloss und herauszog, vernahm er das protestierende Quietschen der Bremsen. Offensichtlich bereiteten sie sich auf seine Fahrt zum Restaurant vor – vorbei am Queen's College und all den anderen Colleges voller Leute, die sich ihr Leben nicht versaut hatten –, bevor sie spätestens am Kreisverkehr unten an der High Street versagten.

Er spürte wieder einmal, wie sauer er auf seinen Vater war. Seine Mutter fragte ihn immer wieder, ob er wegen des Geldes wütend sei, aber es war mehr als das. Er konnte sein eigenes Geld verdienen. Es war nur so, dass er während der Krankheit seiner Mutter gut mit seinem Vater ausgekommen war. Doch jetzt, wo es ihr besser ging, schien er alles daranzusetzen, sich in einen nervigen Dad zu verwandeln, wie ihn Ed O'Neill in *Modern Family* spielte. Er gab Seb ständig Ratschläge für seine Unibewerbung, ohne auch nur die geringste Ahnung zu haben, wie behämmert die ganze Sache mit der Studienvergabestelle oder dem Eignungstest oder dem ganzen anderen Kram war, und Seb musste sich wirklich am Riemen reißen, um ihm nicht ins Gesicht zu lachen.

Er hatte keinen Bock mehr, ihm noch länger zuzuhören. Und die beste Methode, um das zu erreichen, bestand darin, seinen Vater so lange wie möglich zu meiden. »Ich könnte ja später vorbeikommen, okay? Wir könnten uns Pizza bestellen und FIFA spielen.«

»Klar.« Dan runzelte die Stirn. »Ich hoffe nur, mein Vater benimmt sich nicht wieder so oberpeinlich. Ich habe mir letztens sein Smartphone geliehen und gesehen, dass er sich jetzt Grindr runtergeladen hat. Als ob sein Coming-out nicht schon schlimm genug gewesen wäre – jetzt muss er auch noch jeden Schwulen poppen, der gerade in der Nähe ist.« Abscheu sprach aus seinem Blick. »Es ist zum Kotzen. Also, wenn du vorbeikommst, dann lasse ich dich am Seiteneingang rein, damit du nicht mit ihm reden musst.«

Seb nickte. Dans Vater hatte sich letztes Jahr geoutet,

indem er an Dans Geburtstag zum Abendessen der Familie mit seinem neuen Freund aufgetaucht war. Dans Mutter war wieder zu ihrer Familie in den Norden gezogen, und so blieb Dan nichts anderes übrig, als bis zum Ende der Schulzeit bei seinem Vater zu wohnen, den er nun hasste.

Dan grinste. »Bring mir irgendein Curry mit, wenn noch was übrig sein sollte.«

»Ich bin kein Lieferjunge, du Dödel.« Seb schüttelte den Kopf, während er auf sein Fahrrad stieg. »Besorg dir dein Curry doch selbst.«

»Schon gut! Einen Versuch war's wert.« Dan drehte sich um und machte sich auf den Weg zur Bushaltestelle.

Seb schüttelte den Kopf, rückte noch mal den Rucksack auf seinen Schultern zurecht und wollte gerade ohne einen Blick losfahren, als ihn jemand an der Schulter packte und davor bewahrte, den Weg eines weißen Lieferwagens zu kreuzen.

Dessen Fahrer wurde dem Ruf seiner Branche gerecht, streckte den Kopf zum Fenster raus und schrie mit lauter Stimme: »Arschloch!«

Seb spürte, wie ihn ein Adrenalinstoß durchfuhr und drehte sich zu demjenigen um, der ihn gerettet hatte.

»Scheiße. Du.« Er wandte sich gleich wieder ab.

»Ein Dankeschön wäre nicht schlecht gewesen.« Marcs grüne Augen blickten ihn gelassen an. Sein blondiertes Haar war kurz geschoren, und die Lederjacke saß ihm eng um die Schultern. »Aber du bist ja kein großer Fan von Höflichkeiten, stimmt's?«

»Verzieh dich einfach.« Seb machte erneut Anstalten loszufahren, doch dieses Mal näherte sich ein Fahrschulwagen, der von jemandem gelenkt wurde, der offenbar Angst davor hatte, schneller als zehn Kilometer die Stunde zu fahren. Es blieb ihm nichts anderes übrig, als zu warten, und das ausgerechnet neben der Person, der er gerade auf keinen Fall begegnen wollte.

»Hör zu.« Marc kam näher, und Seb trat mit seinem Fahrrad automatisch nach hinten. Er wollte nicht, dass es noch einmal passierte. Dass sich diese Sache, von der er seinem Dad nichts erzählen konnte, wiederholte. Dass der Grund, warum er zugeschlagen hatte, ans Licht kam.

»Was denn?« Wenn das so weiterging, würde er zu dem Fahrschulwagen gehen und sich selbst ans Steuer setzen. Bloß um von hier wegzukommen.

»Hör zu, ich verstehe, dass du ein Problem mit mir hast. Aber es war nicht meine Absicht, dich zu verärgern. Ich habe da was missverstanden, okay?«

»Und wie du das hast. Wir waren auf dem Schulhof, verdammt noch mal. Was hast du dir nur dabei gedacht?« Seb verschränkte die Arme vor der Brust. »Du hättest mich ja mal fragen können, bevor du …« Ihm wurde bewusst, dass er diesen Satz nicht beenden wollte.

»Es tut mir wirklich leid.« Marc sprach leise, aber Seb näherte sich keinen Schritt. Das war zu gefährlich, und er hatte wirklich schon genug Ärger am Hals. »Vielleicht hilft's dir, dass ich mir wie ein Volltrottel vorkomme. Ich dachte, du wolltest, dass ich dich küsse. Du hattest dich so weit zu mir rübergelehnt, und ich bin neu hier, deshalb wusste ich nicht, ob du …«

Seb schaute sich um, um sicherzugehen, dass ihnen niemand zuhörte. »Ich habe mich zu dir rübergelehnt, weil diese Kids hinter uns Basketball spielten und sich dabei die Lunge aus dem Hals schrien.«

»Das wusste ich doch nicht!« Marc zuckte mit den Schultern, und Seb erblickte eine Verletzlichkeit in seinem Lächeln. »Aber keine Sorge. Deine Backpfeife hat mir ziemlich deutlich gemacht, dass du nicht auf mich stehst.«

Seb musste trotz allem lächeln.

»Backpfeife? Wie alt bist du? Zwölf?«

Marcs Gesicht verzog sich zu einem Grinsen. »Klingt so, was?« Er steckte die Hände in die Taschen seiner hautengen Jeans. »Da siehst du mal, wie oft ich mich schon geprügelt habe.«

»Lass mich raten: noch nie?«

»Korrekt.« Marc zog eine Augenbraue in die Höhe. »Verdammt! Dabei versuche ich, seit ich hier bin, den knallharten Typen raushängen zu lassen.«

»Tatsache?« Seb schaute auf seine Uhr. »Ist mir gar nicht aufgefallen. Du bist jetzt beinahe zwei Monate an dieser Schule. Wie lange wird's denn noch dauern, bis du es hinkriegst?«

Marcs Augen bohrten sich in die seinen. Seb musste hier weg. Ein Blick über die Schulter zeigte ihm, dass es der Fahrschüler endlich geschafft hatte vorbeizufahren.

»Keine Sorge, ich tu's nicht noch mal. Ich werde dir widerstehen.« Marc schaute auf sein Smartphone. »Ich treffe mich ohnehin gleich mit jemandem.«

»Ach ja?« Seb versuchte gleichgültig zu klingen, was ihm vermutlich aber nicht gelang. »Mit wem denn?«

»Niemand den du kennst.« Marcs Lächeln gehörte in eine dunkle Ecke eines stickigen Nachtklubs. »Ein Typ aus dem Fitnessstudio.«

»Verstehe.« Seb schluckte. »Na dann.«

»Ich werde dich also nicht noch einmal anmachen.« Marc

schüttelte den Kopf. »Komisch. Normalerweise funktioniert mein Schwulenradar ziemlich gut.«

»Tja, dieses Mal lagst du falsch.« Seb versuchte ruhiger zu atmen.

»Wenn du es sagst.« Marc warf ihm noch einen letzten beunruhigenden Blick zu, bevor er sich auf den Weg machte. »Ich wünsch dir einen guten Abend. Meiner wird mit Sicherheit gut werden.«

»Bis dann.« Seb verspürte den Drang, eine weitere Erklärung zu liefern. Zu lügen. »Ich bin heute bei Jess. Meiner Freundin.«

»Schön für dich.« Marc hob die Hand. »Dann viel Spaß.«

»Werd ich haben. Sie ist toll.« Seb schob sein Rad Richtung Straße. »Mach's gut. Und …«

Marc wandte sich noch einmal um und hob die Augenbrauen. »Ja?«

»Tut mir leid, dass ich dich geschlagen habe.«

Marc schüttelte den Kopf. »Macht nichts. Jetzt wissen die Leute wenigstens, dass ich was aushalten kann!« Er grinste. »Aber gut, dass wir das geklärt haben, da wir uns demnächst öfter sehen werden.«

Die Worte waren wie ein Schlag für Seb. »Wieso?«

»Weil ihr neben uns eingezogen seid.« Marc grinste. »Jetzt gibt's kein Entkommen mehr.«

Als er die Straße überquerte, verspürte Seb Frust in sich aufsteigen. Na toll. Er wohnte jetzt neben Marc. So ein Mist. Marcs Mutter würde seiner Mutter erzählen, was er getan hatte, und dann würde er es erklären müssen, und sie hätte noch mehr, worüber sie sich Sorgen machte, und es wäre alles seine Schuld. Im vergangenen Jahr hatte er sich nichts sehnlicher gewünscht, als dass sie überleben würde und nun, da sie es geschafft hatte, stand er kurz davor, alles zu versauen.

Er seufzte und fuhr mit seinem Rad los. Unterwegs dachte er an Marc, der auf dem Weg war, diesen Typen aus dem Fitnessstudio zu treffen. Dachte an den Moment, als seine Lippen die seinen berührt hatten.

Nein. Das war definitiv nicht sein Ding.

Jess war die Richtige für ihn.

Auf jeden Fall!

ABI

Abi setzte die Nadel auf die Schallplatte, sie liebte das Knistern bevor der erste Akkord einsetzte. Ihr Vater hatte diesen wunderschönen Schallplattenspieler aus Holz von einem Wohltätigkeitsbasar mitgebracht, als Abi zehn war. Eigentlich war er von ihrer Mutter dorthin geschickt worden, um einen Rasenmäher zu kaufen, aber Abi war sehr froh, dass er sich anders entschieden hatte.

»Na, was hältst du davon als Auftakt, Dad?« Sie grinste, als die Eröffnungsakkorde von *ABC* der Jackson Five aus den Lautsprechern ertönten, die ihr Vater so liebevoll in jeder Ecke seines Ladens angebracht hatte. Mit Gryff's Gallery hatte er sich seinen beiden Leidenschaften verschrieben: der Musik und den Kunstdrucken – oft in limitierten Auflagen –, die er selbst beschaffte und als Ergänzung zur Bildrahmung, die das eigentliche Kerngeschäft ausmachte, verkaufte.

»Wie bitte?« Er lehnte an der großen Ladentheke in der Mitte des Raums. Die Haare standen ihm zu Berge, während er angestrengt auf einen Brief hinabblickte, den er zwischen der ganzen Werbepost auf der Fußmatte gefunden hatte. Abi ging auf ihn zu. Die Theke war beladen mit Farben, Stiften und Linealen, und das Kartenlesegerät war unter einem hellblauen Fußballtrikot und einem Paar winziger Ballettschuhe begraben, um deren Sohlen rosafarbene Bänder gewickelt waren.

Ihr Vater war immer noch in den Brief vertieft, und seine Finger spielten geistesabwesend mit einer Ecke des Briefes.

»Es geht doch nichts über die Jackson Five«, sagte Abi lächelnd und versuchte sich an einer kleinen Drehung, stolperte dabei aber gegen einen Stapel Bilder, die in Packpapier eingeschlagen auf dem marineblauen Teppichboden lagen. Sie machte sich daran, sie aus dem Weg zu schieben, stellte dann allerdings fest, dass sie offenbar mit Absicht dort platziert worden waren, um einen riesigen Fleck zu verbergen, und schob sie rasch wieder an die alte Stelle zurück. »Oder nicht, Dad?«

»Ja, mein Schatz.« Er hörte ihr ganz offenbar gar nicht zu. Die dicke schwarze Brille saß weit unten auf seiner Nase und seine Stirn lag in Falten.

»Worum geht's denn in dem Brief?« Sie schritt auf ihren Vater zu und blickte ihm über die Schulter.

»Ach, nichts.« Er zerknüllte das Schreiben und stopfte es in die Tasche seiner uralten Levi's. Dann drehte er sich um und marschierte auf den Kessel zu, der hinten in der winzigen Küche stand.

»Nicht der Rede wert. Tee?«

»Ja gern.« Abi ging zur Tür zurück und schaltete die Lampen ein, musste aber feststellen, dass es kaum einen Unterschied machte, außer, dass sie verblüffenderweise ausgerechnet immer die Bereiche zu beleuchten schienen, wo der Laden am chaotischsten aussah. Ein schwacher Strahler war auf einen unordentlichen Haufen von Postern gerichtet, auf denen die Namen verschiedener europäischer Städte prangten, während ein anderer einen Haufen Farbmuster und einen Kassettenstapel hervorhob, die eigentlich auf den Müll gehörten.

Die Türglocke erklang, und ihr Bruder tauchte in der Lederjacke auf, die er bei seinem letzten Einkaufsbummel mit seiner Exfreundin erstanden hatte, der bereits zwei Jahre zurücklag. Er neigte dazu, sich an die Vergangenheit zu klammern. Was wohl auch der Grund war, warum er immer noch hier arbeitete und in dem Raum im Untergeschoss die Rahmungen anfertigte, obwohl er selbst einmal die Hoffnung gehegt hatte, Künstler zu werden.

»Abi!« Sein Gesicht verzog sich zu einem Lächeln. »Schön, dich zu sehen. Was verschafft uns die Ehre deines Besuchs?«

»Hallo, Dumpfbacke.« Sein Spitzname aus Kindertagen war geblieben. »Mir war einfach danach. Außerdem habe ich dich eine ganze Woche lang nicht mehr beleidigt, da dachte ich, es wäre mal wieder an der Zeit, um nicht aus der Übung zu kommen.«

»Verstehe.« Die Winkel seiner braunen Augen kräuselten sich. »Dann lass uns mal sehen, wer heute die meisten Beleidigungen schafft, kleiner Mistfink.« Sie umarmten sich. Er roch nach Farbe und Toast, und sie genoss es, das vertraute Kratzen seines Barts an ihrer Wange zu spüren.

»Du solltest dich lieber beeilen, wenn du noch ein paar mehr loswerden willst.« Sie warf einen Blick auf ihre Uhr. »Ich mach mich nämlich gleich auf den Weg ins Krankenhaus. Ich habe einen Termin mit meinem Chef, um mich mit ihm über meine Rückkehr an meinen alten Arbeitsplatz zu unterhalten. Dad war auf dem Weg hierher, da dachte ich, ich nutze die Gelegenheit und fahre mit.«

Rob stieß einen leisen Pfiff aus, als er aus seiner Jacke schlüpfte. »Du willst schon wieder arbeiten gehen? Na, du verlierst ja wirklich keine Zeit!«

Bei dem Gedanken daran, ihre Tage damit zu verbringen, in demselben Krankenhaus, in dem sie behandelt worden war, Briefe zu tippen und Anfragen zu beantworten, graute es ihr, doch sie versuchte es zu verdrängen. Auch wenn sie allein bei dem Gedanken, den Eingang zu betreten, ein Engegefühl in ihrer Brust verspürte. Obwohl sie in einem anderen Fachbereich arbeitete, vermochte sie das Gefühl nicht abzuschütteln, als hätten alle um sie herum das Innere ihres Darms gesehen. Sie war zwischen den Zyklen der Chemotherapie an ihren Arbeitsplatz zurückgekehrt und hatte sich geschworen, dass sie sich, sobald sie in Remission war, etwas anderes suchen würde. Einen Neuanfang wagen würde.

Doch jetzt, da sich die Umstände verändert hatten, ging es vorrangig darum, dass Geld reinkam. Seit sie vor zwei Wochen zu ihren Eltern gezogen waren, arbeitete John länger als jemals zuvor, versuchte seine Firma aus dem Finanzloch zu holen. Er setzte alle Hebel in Bewegung, um neue Kunden zu gewinnen und alte dazu zu bringen, in den Schoß der Firma zurückzukehren. Er war konzentriert und entschlossen, stand um fünf auf, um zu joggen, und verließ das Haus eine Stunde später mit vom Duschen feuchtem Haar und einer Scheibe Toast zwischen den Zähnen in Richtung Büro.

Er war so beschäftigt, dass sie ihn eigentlich nur an den Wochenenden sah, doch selbst wenn sie sonntags zusammen frühstückten oder einen gemeinsamen Spaziergang durch die Anlagen des University Parks unternahmen, spürte sie, dass er gar nicht wirklich bei ihr war. Hinter seinem Lächeln lag eine Dunkelheit. Da war ein so einsamer Ausdruck in seinen Augen, und so sehr sich Abi auch bemühte, es gelang ihr nicht, ihn zu erreichen.

Als sie die Diagnose bekam, hatten sie einander mit der Aussicht auf all die Dinge aufgerichtet, die sie tun wollten, wenn es ihr wieder besser ging. Die Bodleian-Bibliothek besuchen. Durch die Christchurch Meadow spazieren. Oder den Botanischen Garten. Kanada mit dem Auto erkunden. Mit Seb den World Cup ansehen. Eine Woche beim Festival in Edinburgh verbringen. Doch jetzt sprachen sie nur noch über Rechnungen, die bezahlt werden mussten und wie sie Geld beim Essen einsparen konnten.

Abi stieß einen Seufzer aus. Das war ja nur vorübergehend. Es würde alles wieder gut werden.

Bestimmt.

»Alles in Ordnung?«

Sie lächelte ihren Bruder an. »Klar.«

»Fein.« Er rieb sich die Hände. »Meine Güte ist das kalt hier drin. Ist die Heizung immer noch kaputt, Dad?«

»Ja. Aber ich werde sie heute reparieren.« Ihr Vater riskierte eine Lungenentzündung, als er seine abgetragene hellbraune Jacke auszog und sein alter lederner Werkzeuggürtel darunter zum Vorschein kam. »Ich bin vorbereitet.«

»Oh Dad«, sagte Abi erschrocken. Heimwerken war nicht gerade seine Stärke. »Ist das dein Ernst? Willst du nicht lieber jemanden kommen lassen?«

»Nein.« Er schüttelte energisch den Kopf, und sie konnte sehen, wie verschmiert seine Brillengläser waren. »Das ist nicht meine Art, Abi. Das weißt du doch.«

Abi warf Rob einen Blick mit hochgezogenen Augenbrauen zu. Sie wusste, dass sie beide an das Gleiche dachten. An die große Gasexplosion von 1990, als ihr Dad den größten Teil seiner Haare und seine Glaubwürdigkeit als Heimwerker verloren hatte, weil er sich entschied, den Gasofen genau in dem Moment zu reparieren, als ihre Mutter den Sonntagsbraten hineinstellen wollte. An dem Tag hatte es zum Mittagessen Sandwiches gegeben.

»Könntest du uns wenigstens vorwarnen?«, erkundigte sich Rob mit einem Funkeln in den Augen. »Damit wir uns in Sicherheit bringen können?«

»Ich werde nichts dergleichen tun.« Ihr Vater streckte seine Hände über den Kopf, als wärme er sich für ein Rennen auf. Sein Sweatshirt hatte einst das Logo der Gryff Gallery getragen, doch inzwischen waren nur noch ein paar zerbröselnde Punkte übrig, wo sich einmal die Buchstaben befunden hatten.

»Achtung! Er macht sich bereit! Bring dich in Deckung!« Rob sprang hinter die Ladentheke und hockte sich dort hin, als befände er sich unter Beschuss.

»Hier.« Abi griff sich zwei große rechteckige Kartoneinlagen und hielt ihm eine davon hin. »Zum Schutz.«

Die beiden kicherten, als ihr Vater beleidigt Richtung Wand abzog, wo sich der streikende Heizkörper befand. »Mir reicht's«, sagte er und seufzte. »Ihr zwei seid enterbt.«

»Als wenn das eine Drohung wäre«, entgegnete Rob kopfschüttelnd.

Ihr Vater zog einen beängstigend großen Schraubenschlüssel aus seinem Gürtel. Das konnte nicht gut gehen.

»Es sieht alles, mit Verlaub gesagt, ein bisschen heruntergekommen aus«, sagte Abi und schaute sich dabei im Laden um. »Allein schon all die Spinnweben. Man kommt sich vor wie in einem Disney-Film, so dick sind sie! Ich rechne jeden Moment damit, dass zwitschernde Vögel auftauchen, um sauber zu machen.« Sie blickte prüfend auf den Teppichboden unter ihren Füßen hinab. »Ist das da etwa Mäusekot?«

»Kann sein.« Rob zuckte mit den Schultern. »Dabei gäbe es weiß Gott wärmere Orte, wo man sich aufhalten könnte.«

»Und was hat es mit diesem Riesenloch in der Wand auf sich?«

»Wir bringen das schon wieder in Ordnung«, erwiderte er mit gesenkter Stimme. »Wir hatten viel zu tun.«

»Wirklich?« Abi blickte sich um. »Angesichts des Zustands in dem sich der Laden befindet, wundert mich das ein wenig. Man sollte doch meinen, dass die Kundschaft schreiend das Weite sucht und lieber zu diesem neuen Geschäft in der Stadt geht. The Arthouse oder wie es heißt.«

»Schon gut. Tut mir leid, dass wir keine bessere Arbeit geleistet haben.« Er schob die Unterlippe vor.

»Entschuldige, Rob.« Warum konnte sie bloß nie ihre große Klappe halten? »So war das nicht gemeint. Es ist nur, dass –«

Ihr Bruder hatte sich schon wieder aufgerichtet. »Nein. Du hast ja recht.«

»Wie bitte?« Sie sah ihn verwirrt an. »Aber wieso bist du denn so sauer? Ich mein' ja bloß.«

Ihr Bruder ließ die Schultern hängen. »Es war eben nicht so leicht mit … mit manchen Dingen.«

»Mit welchen Dingen?« Abi blinzelte und richtete sich ebenfalls wieder auf.

Rob schüttelte den Kopf. Abi erlebte diese Reaktion bei Menschen neuerdings des Öfteren. »Schon gut. Ist nicht so wichtig.« In seinen Worten schwang die ganze Gereiztheit der Streitgespräche ihrer Kindheit mit, die sie über Verstecke oder die Schaufel mit dem gestreiften Griff geführt hatten, von der beide der Ansicht gewesen waren, dass sie ihnen gehörte. Abi kam sich wieder einmal wie jemand vor, der zusah, wie das Licht verschwand, weil man ihn aus einem Raum aussperrte. Sie spürte Verärgerung in sich aufsteigen.

Sie musste nicht mehr mit Samthandschuhen angefasst werden.

»Was ist los, Rob?« Sie legte ihm die Hand auf den Arm.

»Nichts.« Er war nicht der Typ, der über seine Gefühle sprach. Während ihrer Krankheit hatte er kein Wort über seine Ängste verloren oder wie es für ihn war, mitansehen zu müssen, was sie während der Chemo alles durchmachen musste. Und er hatte auch niemals das Wort »Krebs« in den Mund genommen. Hatte ihre Erkrankung bei seinen Besuchen, zu denen er ihr immer DVDs und Bücher mitgebracht hatte, nicht ein einziges Mal erwähnt – hatte nur dagesessen und ihr von der neuesten Ausstellung in der National Portrait Gallery erzählt oder was er sich am Vorabend im Fernsehen angeschaut hatte. Doch sie hatte gewusst, wie besorgt er war. Hatte es gespürt, wenn er sie bei seinen Umarmungen fest an sich drückte. Das lastende Schweigen, wenn er aus dem Fenster starrte und es vermied, ihr ins Gesicht zu sehen.

Ein Themenwechsel war angebracht. »Wie läuft es eigentlich mit deiner Malerei?« Irgendwann einmal war Rob eine Berühmtheit an seiner Kunsthochschule gewesen. Seine Leinwände groß. Sein Pinselstriche kühn. Die Farben fröhlich. Damals hatten sich seine Bilder gut verkauft, doch dann hatte er versucht, eine neue Richtung einzuschlagen und die Bestellungen waren zurückgegangen. Bis sie schließlich ganz ausblieben. Es gab immer mal wieder ein paar aufregende Momente – einen großen Auftrag oder eine neue Idee –, in denen sich ihre Mutter gleich ans Telefon hängte, um all ihren Freundinnen davon zu erzählen. Doch dann wurde es wieder ruhiger, und die Familie beschränkte sich erneut darauf zu hoffen, dass sein großer Durchbruch eines Tages doch noch kommen würde.

Rob stieß einen Seufzer aus. »Gar nicht.«

»Aber wieso? Als wir uns das letzte Mal darüber unterhalten haben, da schienst du so positiv gestimmt.«

»Ja. Aber das ist schon über ein Jahr her.«

»Wirklich?« Verlegen stellte sie fest, wie viel sie während dieser Zeit hatte schleifen lassen.

»Ja.« Er fummelte an dem Riemen seiner Tasche herum und sie sah, dass seine Fingernägel bis zum Fleisch abgekaut waren. »Da war dieses Stipendium. In Italien. Erinnerst du dich noch?«

»Ach ja.« Sie runzelte die Stirn. »Was ist denn daraus geworden?«

»Hat nicht geklappt.«

»Das tut mir leid. Wieso denn nicht?«

»Ist doch egal.«

»Rob?«

Er sah sie an, und sie las die Wahrheit in seinen Augen, so wie sie es immer schon vermocht hatte. Damals, als er ihrer Mutter erzählt hatte, dass sie im Garten saß und einen Joint rauchte, bloß weil er wütend auf sie gewesen war, weil sie das goldene Feuerzeug gestohlen hatte, das Opa ihm geschenkt hatte. Oder als er ihre Barbiepuppe in der Kinderkrippe verloren und sie seine Lüge auf der Stelle durchschaut hatte.

Sie starrte ihn an. »Oh Gott. Etwa weil ich krank war?«

»Ja.« Er zuckte mit den Schultern. »Ich habe abgelehnt. Aber ich hätte nirgendwo anders sein wollen als hier. Auf gar keinen Fall.«

Tränen schossen ihr in die Augen. »Danke, Dumpfbacke.«

Er blickte sie an und nickte. »Gern geschehen, Stinker.«

»Hey!« Sie warf einen Blick auf ihre Uhr. »Es ist noch

nicht mal halb zehn – zu früh, um schon richtig ausfallend zu werden!«

Er lächelte zuckersüß und fuhr sich dabei mit der Hand durch das strubbelige Haar. »Na ja, du hast doch gesagt, dass du dich bald auf den Weg machen wirst. Da konnte ich nicht widerstehen.«

Sie trat auf ihn zu, um ihm eins überzubraten, aber er duckte sich weg und bald schon vernahm sie seine schweren Schritte auf der Treppe, die hinunter ins Untergeschoss führte.

Sein Timing war gut, da ihr Vater genau in diesem Moment den Schraubenschlüssel mit einem lauten Scheppern gegen das Heizkörperventil schlug. Ein Strahlen ging über sein Gesicht, als dieses sich daraufhin zu drehen begann, sobald er den Schraubenschlüssel ansetzte. Er lehnte sich nach vorn, um mehr Druck auszuüben und dabei rutschte ihm der Brief aus der Tasche. Abi beugte sich hinab und hob ihn auf.

Es war nicht ihre Absicht, ihn zu lesen, aber ihr Blick fiel auf die Kopfzeile – *Angebot für Ihre Immobilie, Cowley Road* –, und daraufhin überflog sie mit pochendem Herz den ganzen Text. »Wieso bietet dir jemand an, den Laden zu kaufen, Dad?«

»Ach, keine Ahnung.« Er versuchte das Ventil weiter aufzudrehen. »Mach dir darüber keine Gedanken.«

Sie runzelte die Stirn. »Hier steht, dass sie bereits mit dir gesprochen haben. Dass Verhandlungen stattgefunden haben.« Sie starrte ihn an. »Was ist los, Dad? Du kannst den Laden nicht verkaufen. Du hängst doch viel zu sehr daran. Du hast ihn aus dem Nichts aufgebaut.« Sie wandte den Blick von dem Schimmelfleck ab, den sie gerade erst an der Decke bemerkt hatte. »Du kannst ihn doch nicht verkaufen!

Vor allem nicht an …« Sie las weiter. »Einen verdammten Immobilienmakler. Als ob die Welt noch mehr von denen brauchen würde.«

Ihr Vater starrte unverwandt auf das Ventil. »Es ist bloß so eine Idee.«

»Aber warum denn, Dad? Warum?«

Er seufzte. Wandte sich zu ihr um. Sie konnte sehen, wie er Anlauf nahm, etwas Schwieriges zu sagen. Das erste Anzeichen dafür war das wiederholte Abwischen der Hände an seinem Sweatshirt. Das zweite, dass er sich bedächtig die Brille auf der Nase hochschob. Und das dritte – und als endgültiger Beweis zu werten –, dass er zu blinzeln begann. Sie wartete ab. Ihr Vater war kein Mann vieler Worte, aber wenn er ausnahmsweise einen Satz sagte, dann lohnte es sich für gewöhnlich zuzuhören.

»Sieh mal …« Wieder senkten sich die Hände, um über das Sweatshirt hinabzugleiten und sie sah, wie die Venen aus der schwindenden Bräune der Haut hervortraten. Sie sahen aus wie die Hände eines alten Mannes, und der Anblick machte ihr wieder einmal bewusst, wie zerbrechlich alles um sie herum war. Egal wie sehr sie sich auch bemühte, das Leben wieder aufzubauen, sich sicher zu fühlen, so wusste sie doch inzwischen, dass die Schatten immer hindurchdringen und versuchen würden, ihr den Atem zu nehmen.

»Was ist los, Dad? Geht's dir gut?«

»Ehm …«

Nein. NEIN. Ihre Stimme war ein Flüstern. »Du bist doch nicht krank, oder?« Das könnte sie nicht ertragen.

»Nein.« Seine Augen weiteten sich, und er drückte ihren Arm ganz fest. »Bin ich nicht. Und deine Mutter auch nicht.«

Traurigkeit verdunkelte sein Gesicht. Sie wusste, dass er

ihr die Krankheit damals, als sie festgestellt wurde, liebend gern abgenommen hätte.

»Wir fühlen uns pudelwohl.«

Sie tat einen tiefen, zittrigen Atemzug. »Gott sei Dank.«

»Es ist nur, dass sich deine Mutter Gedanken gemacht hat …«

Wenn er so anfing, war das nie gut. Abi rechnete rasch nach. Sprach er etwas Derartiges tatsächlich laut aus, dann war ihre Mutter seit mindestens zwei Wochen auf dem Kriegspfad. Normalerweise vermochte er sie durch strategische Abstecher in den Gartenschuppen oder Überstunden im Laden so lange hinzuhalten.

»Sie hat sich Gedanken gemacht, ob ich nicht verkaufen sollte.«

»Warum?«

»Ihre Arthritis wird schlimmer, und wir denken darüber nach, ob wir nicht versuchen sollten, die Dinge ein wenig ruhiger anzugehen. Vielleicht irgendwohin zu ziehen, wo es sonnig ist. Natürlich erst, wenn sich bei euch wieder alles geregelt hat.«

Abi erinnerte sich an die Broschüren in der Dielenkommode. Den sonnigen blauen Himmel. Sie hätte es wissen müssen.

Aber nein. Nicht den Laden. Nicht Dads Laden.

»Er bringt auch nicht mehr so viel Geld ein.« Das Gesicht ihres Vaters sagte ihr, dass dies vermutlich eine seiner berüchtigten Untertreibungen war. »Deshalb …«

»Nein.« Nach so vielen Monaten, in denen ihr Leben nur mit gedrückter Pausentaste stattgefunden hatte, empfand sie eine unglaubliche Erleichterung, ausnahmsweise einmal zu erfahren, was sie wissen wollte und tätig werden zu können.

»Tu das nicht. Bitte verkauf ihn nicht. Ich werde hier arbeiten. Ich werde ihn übernehmen. Du musst keinen Finger rühren.«

»Das kann ich nicht von dir verlangen, wo du dich gerade erst von deiner Erkrankung erholst.« Er schüttelte den Kopf. »Das ist zu viel für dich.«

»Ist es nicht!« Sie war mit einem Mal so voller Energie! Hatte ganz vergessen, wie es sich anfühlte, einen solchen Tatendrang zu besitzen. »Und ich bin nicht mehr krank, Dad.« Sie ignorierte die Träume, die sie immer noch hatte – Träume von finsteren Tunneln, durch die sie nach unten gezogen wurde an einen Ort, den sie niemals wiedersehen wollte. Dass sie jedes Ziepen und Wehwehchen immer gleich als ein mögliches Symptom betrachtete. Die täglichen Kontrollen und das endlose Googeln, um zu versuchen, die nächste Katastrophe abzuwenden. Sie vermochte ihrem Körper immer noch nicht zu vertrauen. Er hatte sie zu oft verraten.

Die Gefahren lauerten überall, aber vielleicht war der einzige Weg ihnen zu entkommen, noch intensiver zu leben.

Ihr Vater drückte ihren Arm. »Ich kann das unmöglich von dir verlangen. Du bist nicht du selbst, Abi.«

Sie hielt überrascht inne. Sie hatte sich so große Mühe gegeben, alle vom Gegenteil zu überzeugen. Hatte schlechte Witze erzählt, Grünzeug gegessen und Smoothies getrunken.

»Aber ich habe doch schon einmal hier gearbeitet.«

Ihr Vater kratzte sich am Kopf. »Aber das ist lange her. Und ich weiß nicht, ob …«

Sie musste ihn überzeugen. Ausnahmsweise einmal war sie sich über ihr weiteres Vorgehen im Klaren. »Bitte, Dad. Lass es mich versuchen.« Sie sah ihn flehentlich an.

Er atmete aus. »Bist du dir auch ganz sicher?«

»Ja«, erwiderte sie nickend. »Das bin ich.«

»Vermutlich wird mich deine Mutter umbringen wollen, wenn ich Ja sage.«

Abi gab ihm einen Kuss auf die Wange. »Aber das ist ja nichts Neues, oder?«

Er legte seine Arme um sie und zog sie an sich. »Ich werde dafür sorgen, dass du anständig bezahlt wirst.«

Sie wich zurück. »Das solltest du auch besser tun. Du willst doch wohl nicht, dass wir für immer bei euch unterm Dach hausen, oder?«

Er lächelte, und sie erblickte die Erschöpfung, die in sein Gesicht eingegraben war. Er war im letzten Jahr alt geworden. Dies wurde ihr erst jetzt in aller Deutlichkeit bewusst.

»Es tut so gut, dich lächeln zu sehen, mein Schatz.«

Die Tränen standen ihm in den Augen, und ihr schlechtes Gewissen regte sich, weil all ihre Lieben wegen ihr so gelitten hatten. Das war das Schlimmste daran gewesen, als sie ihnen von der Diagnose erzählen musste – die Furcht in ihren Augen zu sehen und zu begreifen, wie sehr sie sie vermissen würden. Sie küsste ihn auf die Wange, bevor sie zu dem großen Schaufenster hinüberging, das zurzeit einen Druck von Alice im Wunderland enthielt, der schon etwas Staub angesetzt hatte und dazu ein Poster der Tottenham Hotspurs in einem knallgelben Rahmen.

»Ich glaube, ich werde mit dem Schaufenster beginnen.« Sie griff nach ihrer Jacke. »Aber zuerst rede ich mit meinem Chef, auch wenn ich mir sicher bin, dass das in Ordnung gehen wird. Sie halten zwar gerade meine Stelle frei, aber es dürfte kein Problem sein, eine Aushilfe zu bekommen, bis sie jemand Neues gefunden haben.« Der Gedanke, niemals wieder an diesem Schreibtisch sitzen zu müssen, umgeben von Stapeln medizinischer Aufzeichnungen und Diktierbänder, war derartig befreiend, dass ihr ein Kichern entfuhr. Sie wusste aus eigener Erfahrung, wie solche fett gedruckten Worte auf einem weißen Blatt Papier ein Leben zu verändern vermochten. Sie musste all dem entkommen.

Ihr Vater griff wieder nach dem Schraubenschlüssel. »Solltest du nicht zuerst mit John reden?«

»John?« Sie blieb mit der Hand am Türgriff stehen. »Natürlich.« Sie nickte. »Ich werde ihn gleich mal anrufen.« Die Glocke bimmelte, als sie die Tür öffnete. »Bis später, Dad.«

Sie setzte ihren Vorsatz sofort in die Tat um, landete aber auf der Mailbox und hinterließ eine Nachricht, bevor sie nach links abbog und die Cowley Road hinunterging, vorbei an dem Feinkostgeschäft mit dem verführerisch aussehenden Rosinengebäck im Fenster und den Secondhand-Läden, in denen sie in ihren Schulferien so viel Zeit damit verbracht hatte, Jagd auf Schallplatten oder Bücher oder lange Röcken mit Blumenmuster zu machen.

Sie war so mit ihren Gedanken über die Schaufenstergestaltung beschäftigt und wie man an Künstler aus der Region gelangen konnte, dass sie gar nicht darauf achtete, wo sie hinlief. Daher rannte sie mit voller Wucht in jemanden hinein, der in die andere Richtung unterwegs war, und ihr Kopf kollidierte dabei mit seiner Schulter.

»Mist.« Sie rieb sich den Schädel, versuchte den stechenden Schmerz zu mildern. »Tut mir leid.«

Der Mann zog sich die Kopfhörer aus den Ohren. »Alles klar bei Ihnen?«

»Ja.« Abi presste sich die Hand ein letztes Mal gegen den Kopf. Kein Blut. Gut. »Habe vermutlich ein paar Gehirnzellen verloren, aber das sind bestimmt nur die mit dem Text von ›Saturday Night‹. Also kein Ding. Und wie sieht's bei Ihnen aus?«

»Ich habe keine Schäden davongetragen«, erwiderte er grinsend. »Ich bin hart im Nehmen.«

Sie starrte ihn an. Dieses Lächeln. Der kleine Leberfleck über seiner Lippe.

Das konnte doch unmöglich sein.

»Steve?«

Er schien sie ebenfalls erkannt zu haben, denn seine Augen weiteten sich.

»Abi?«

Er war es wirklich.

Sein lockiges schwarzes Haar war kurz geschoren, und er trug die Jeansjacke nicht mehr, die er in all der Zeit, die sie zusammen gewesen waren, nur in den seltensten Fällen ausgezogen hatte. Aber da war dieses Funkeln in seinen Augen. Sein breites Lächeln. Und er benutzte immer noch dasselbe Rasierwasser. Der penetrante Geruch weckte Erinnerungen an schweißtreibende Gigs in diversen Pubs und das Wissen darum, dass der Mann auf der Bühne ihr allein gehörte.

»Wie geht es dir?«, fragten sie gleichzeitig.

Und dann umarmten sie sich mitten auf der Straße, und Abi kam sich vor, als wäre sie wieder siebzehn.

Sie wich zurück und schnappte sich sein Smartphone.

»Hey.« Er blinzelte. »Was soll das?«

Sie tippte auf Spotify. »Will nur mal was nachsehen.«

»Was denn?«

Sie scrollte durch seine Playlisten. *Rock. Sonntagmorgen. Samstagabend. Camping. Kater.* Sie erblickte Bands, die sie liebte. Alben, für die sie stundenlang vor dem alten Plattenladen Our Price angestanden hatte. Sie sah ihre Jugend vor sich. Ihre erste Liebe.

Sie reichte ihm das Handy zurück. »Hervorragender Geschmack. Wollte bloß sichergehen, dass du dich nicht verändert hast.«

Er warf die Hände in die Luft. »Natürlich habe ich das nicht.«

Sie grinste. »Gut.«

»Und ich schätze mal, du auch nicht?«

Abi zog für eine Nanosekunde in Betracht, ihm von dem Krebs und den Schulden und wie sehr sie es hasste, sich im Spiegel zu betrachten zu erzählen. Aber es würde viel mehr Spaß machen, es für sich zu behalten. Sie zuckte mit den Achseln und spürte dabei, wie das Gewicht des letzten Jahres von ihren Schultern fiel.

»Kein bisschen. Bin immer noch die alte Abi.«

Endlich gab es jemanden, der ihr ohne Besorgnis in die Augen sah.

Und das fühlte sich fantastisch an.

NOVEMBER

»Get Happy«

(Ella Fitzgerald mit Billy May und seinem Orchester)
Text: Ted Koehler, Musik: Harold Arlen

Gran und Gramps – dieses Lied ist für euch. Gesungen von eurer heiß geliebten Ella. Begleitet von einem großen Orchester. Und es kommen keine dieser plumpen Tonartwechsel im Schlusssatz vor, die ihr so hasst. Ich sehe Gran vor mir, wie sie dazu durch die Küche tanzt, während sie unendlich viele Gläser mit frisch eingekochter Marmelade oder selbst gemachtem Chutney füllt und Gramps die Standuhr in der Diele aufzieht, die nicht mehr richtig geht. Ich weiß noch, wie Gramps immer gesagt hat, dass Ella die einzige Frau sei, für die er Gran jemals verlassen hätte – aber nur, wenn sie versprochen hätte, jeden Tag für ihn zu singen und zu lernen, wie man eine gute Tasse Tee zubereitet. Bei diesem Lied denke ich immer an euch zwei und ans Brombeerenpflücken und Mikadospielen und wie oft ich mich mit Rob um das letzte warme Teeküchlein gestritten habe. Ihr zwei, Teeküchlein, auf Bäume klettern und Ella. Das macht in knappen Worten zusammengefasst meine Sommerferien aus, wenn ich mich an damals zurückerinnere.

ABI

»Lesley! Hallo!« Rob kleckerte Kaffee auf sein T-Shirt.

»Super, Rob. Ganz toll«, murmelte Abi ihrem Bruder zu, als sie hinter der Ladentheke hervortrat, um ihre Freundin zu umarmen. »Wie geht's dir?«

»Wie soll's mir schon gehen. Prächtig wie immer.« Lesleys dunkler Pony klebte an ihrer Stirn, und ein Tropfen Regenwasser rann an ihrem Hals hinunter. »Ich bin schon bei meinem fünften Notfallregenschirm angelangt, und wir haben gerade mal Anfang November. Vielleicht schaffe ich es, dieses Jahr meinen Höchstrekord zu brechen und fünfzehn zu schaffen. Oder ich spare mir die Zeit und verbrenne gleich zwei Fünfzigpfundscheine und tauche meinen Kopf in einen gefüllten Wassereimer.«

Abi grinste. »Wo hast du den letzten vergessen?«

»Im Bus. Der Klassiker.« Lesley ließ für einen Moment den nassen Kopf hängen. »Aber neulich habe ich einen aus Versehen auf der Hauptstraße in einen Abfalleimer geworfen, was selbst für mich ein neuer Tiefpunkt war.«

»Und was wolltest du eigentlich wegwerfen?«

»Mein Kaugummi. Das mir dann die Finger verklebt hat. Da war der Tag für mich gelaufen.«

»Kann ich mir vorstellen«, sagte Abi und nickte. »Aber das war bestimmt nicht so schlimm wie damals, als du dir die Haare blondieren wolltest und erst abends gemerkt hast, dass du dir das Zeug gar nicht rausgewaschen hattest und dir am Ende den Kopf rasieren musstest.«

»Da stimme ich dir zu«, erwiderte Lesley nickend. »Dean Mackelthwaite hat zwei Jahre gebraucht, ehe er aufhörte, mich Willis zu nennen.« Sie warf einen Blick zu Rob hinüber. »In Anspielung auf Bruce Willis.«

Er nickte. »Da bin ich gerade noch so mitgekommen.« Er warf einen Blick zur Decke, als bedanke er sich dort oben dafür, dass er einen zusammenhängenden Satz herausgebracht hatte.

»Ich höre Glockengeläut.« Lesley hielt einen Finger in die Höhe, als der Klingelton ihres Handys erklang. »Meine viel zu tatkräftige Tochter hat mich auf so einer albernen Datingseite angemeldet und ein atemberaubendes – sie zeichnete Anführungsstriche in die Luft – Foto von mir aus den Neunzigern hochgeladen.« Wieder ertönte Glockengeläut. »Oh Mann, die werden ganz schön enttäuscht sein, wenn sie mich dann so sehen, wie ich heute bin, egal wie viele BB-Cremes ich mir draufschmiere.«

Rob öffnete den Mund, schloss ihn aber gleich wieder. Abi schüttelte den Kopf. Seine unerwiderte Liebe schien dazu verurteilt zu sein, noch eine ganze Weile fortzudauern.

»Die Zunge wird ihnen aus dem Hals hängen, Lesley.« Abi umarmte sie. »Und überall in der Stadt werden die Unterkiefer bis auf den Boden runterklappen, jetzt wo du wieder zu haben bist.«

»Genau das ist der Grund, warum du meine beste Freundin bist.« Lesleys Blick huschte zu ihrer Handtasche, als ihr Handy erneut läutete. »Nein, ich bin nicht besessen. Ganz bestimmt nicht.« Ihre Augen funkelten. »Aber es könnte natürlich auch mit der Arbeit zu tun haben …«

Abi nickte. »Könnte es. Jetzt, wo du Managerin bist und so.« Sie sah, wie ihr Bruder auf den Boden hinabstarrte, und es tat ihr in der Seele weh, ihn so zu sehen. Seit er sechs war, war er in Lesley verknallt. Damals hatte sie ihn aus der Sandgrube befreit, in die ihn ihre älteren Schwestern bis zum Hals eingegraben hatten. Und er war es auch heute noch, wobei es sich nicht gerade als hilfreich erwies, dass er seine Zunge verschluckt zu haben schien, wann immer er ihr begegnete. Dabei hätte er doch jetzt, wo sie geschieden und zu haben war, endlich die Gelegenheit, seine Chance zu nutzen.

Lesley fischte ihr Handy aus der Handtasche. »Ich glaube, ich bin immer noch zu nass, um es zu benutzen.« Sie blickte sich um. »Habt ihr ein Taschentuch für mich?«

»Ich werde dir ein Handtuch holen.« Rob bewegte sich erst nach links, dann nach rechts, um dann wieder nach links zu schwenken.

Abi seufzte. »Hol eins aus der Küche.«

»Oh. Ja. Okay.« Er verschwand nach hinten und kehrte mit einem Geschirrtuch aus dem Souvenirshop der Bodleian Library zurück, auf dem ein riesiger Kaffeefleck prangte.

Abi nahm es ihm rasch ab und ließ ihn eine Minute mit Lesley allein, um es durch ein sauberes zu ersetzen. Vielleicht nutzte er die Zeit ja endlich einmal, um zu zeigen, was er draufhatte. Doch als sie zurückkam, waren die beiden nicht gerade in die erhoffte angeregte Plauderei vertieft.

Stattdessen stellte sich heraus, dass es ihrem Bruder gelungen war, seinen bisherigen Tiefpunkt in Sachen Small Talk ein weiteres Mal zu unterbieten, denn als Lesley ihren knallgelben Schirm zum Trocknen aufspannte, schien dies Rob dazu inspiriert zu haben, ihr von dem Mal zu erzählen, als Abi und er derart die Kotzerei gehabt hatten, dass ihr Vater eine Teppichreinigungsfirma ins Haus holen musste.

Er konnte einen wirklich zur Verzweiflung bringen. Und er hörte einfach nicht auf zu reden, wobei seine Stimme immer erstickter klang. Gerade als er die Stelle mit den Karottenstückchen erreicht hatte, schritt Abi ein und unterbrach seinen Monolog, indem sie Lesley das unbenutzte Geschirrtuch reichte und fragte: »Wie findest du den neuen Look, den ich dem Laden verpasst habe?«

Rob ließ niedergeschlagen den Kopf hängen, und Abi verspürte für einen kurzen Augenblick Mitleid mit ihm. Er steckte die Hände tiefer in die Taschen seiner grauen hautengen Jeans und scharrte mit seinen dunkelblauen Converse über den Teppich.

»Sieht toll aus!« Lesley wischte sich mit dem Handtuch das Gesicht ab und versuchte ihr Haar ein wenig damit zu trocknen, ehe sie aus dem Regenmantel schlüpfte und ihn über die Büste von Charles Dickens hing, die so lange sich Abi erinnern konnte, hinten im Laden gestanden hatte. Sie hatte sie näher zur Tür geholt und weit oben an der Wand platziert, wo der literarische Gigant der viktorianischen Epoche eine prächtige Garderobe abgab.

»Du musst verdammt hart gearbeitet haben.« Lesley tupfte ihre Schuhe mit dem Handtuch ab. »Sind die Spinnen jetzt obdachlos?«

»Allerdings«, erwiderte Abi lächelnd. »Und das gefällt ihnen gar nicht. Ich glaube, sie sind alle ins Wettbüro nebenan umgezogen.«

»Sehr vernünftig. Da gibt es genug dunkle Ecken.« Lesley nickte und wandte sich Rob zu. »Hat sie deinen Arbeitsbereich unten auch umgekrempelt?«

»Nein.«

»Der ist tabu für mich. Zutritt für Unbefugte verboten.«

Abi stellte erfreut fest, dass er lächelte. »Und ich hätte auch Angst, was ich dort finden könnte.«

»Abi.« Er wurde rot.

Wieder ertönte das Gebimmel von Lesleys Handy. Bei jedem Glockenschlag sackten Robs Schultern noch etwas weiter herab. »Ich werde mal wieder in mein Reich verschwinden. Hab jede Menge zu tun.« Er hob die Hand, ließ sie aber gleich wieder sinken. »Mach's gut, Lesley.«

»Du auch«, erwiderte sie geistesabwesend, den Blick auf das Display ihres Handys gerichtet. »Das sind jetzt drei Nachrichten von Mr. Akademia und zwei von Mr. ›Ich bin wirklich Pilot‹. Oh, und eine noch von einem Arzt.«

»Echt?«

»Hope hat in meinem Profil verlauten lassen, dass ich ›jederzeit für alles zu haben‹ sei. Ich werde sie natürlich erst später killen, nachdem das mit ihrer Studienplatzbewerbung geregelt ist.« Aber ihr liebevolles Lächeln strafte ihre Worte Lügen. Ihre Tochter war der Typ Mädchen, der auf dem Titelblatt von Schulbroschüren landete. Sie spielte Querflöte. Bekam andauernd Bestnoten. Hatte sich noch nie ein albernes Tattoo stechen lassen oder mit einer Flasche billigem Wodka in der Hand kotzend vor der Tür gestanden. »Schau dir mal den Kerl hier an.«

Als Abi einen Blick auf das Display warf, machte sich ihr eigenes Handy bemerkbar.

»Wow! Der sieht ja verdammt gut aus.«

Lesley kommentierte bissig: »In natura ist er wahrscheinlich fünfundsiebzig und hat ein Alkoholproblem.« Sie stieß einen Seufzer aus. »Aber man darf ja mal träumen.«

Abi hatte den Blick immer noch auf das Foto gerichtet, als sie ihren Anruf entgegennahm. »Hallo?«

»Hallo zurück.«

Sie blinzelte und wandte sich sogleich von Lesley ab.

Die Stimme fuhr fort. »Großes Dilemma! Angenommen ich halte eine Eintrittskarte für *Du neben mir* in der einen Hand und eine für Benjamin Clementine in der anderen. Worauf würde deine Wahl fallen?«

Sie lehnte sich gegen die Ladentheke, erinnerte sich daran, wie sie als Teenager im Flur gehockt und das Spiralkabel des Hörers mit der Hand verdreht hatte, obwohl sie schon längst im Bett sein sollte. Dieselbe Stimme. Dasselbe Thema. »Natürlich Clementine.«

»Wieso?«

»Weil nichts aufregender sein könnte als Benjamin Clementine am Flügel.«

Sein tiefes Lachen ließ sie an Bierchen in Wintergärten oder das Knistern eines Streichholzes denken, mit dem eine Zigarette angezündet wurde.

»Da hast du verdammt recht. Und wie geht es dir, Abigail?«

»Danke, gut.« Sie vermochte diese Floskel immer noch nicht laut auszusprechen, ohne dabei einen gewissen Unglauben zu verspüren. Sie wusste, was für ein Wunder es für ihren Körper war, gesund zu sein.

»Hast du Lust, nächste Woche mal etwas mit mir zu unternehmen?«

»Was?« Sie geriet in Panik. Sie musste dem Ganzen einen Riegel vorschieben. Wobei sie nicht genauer darüber nachdenken wollte, was sie eigentlich zu verhindern versuchte. »Tut mir leid. Geht nicht. Ich habe im Moment ziemlich viel zu tun.«

»Ja, ich weiß schon. Du hast viel um die Ohren. Familie und so.«

»Genau.«

Seine Stimme war so warm, und sie konnte sich sein Lächeln vorstellen. »Aber ich bin an zwei Tickets für ein Konzert von *The National* gekommen und dachte, das wäre was für dich.«

Sie wäre wirklich gern mitgegangen. Und einen Moment lang erlaubte sie sich, mit dem Gedanken zu spielen, es zu tun.

Doch sie spürte, wie sich Lesleys Blick in ihren Rücken bohrte. Nein. Besser nicht.

»Tut mir wirklich leid, aber es geht nicht.«

»Schade. Vielleicht beim nächsten Mal?«

»Ja. Vielleicht.« Sie spürte, wie ihre Wangen brannten. »Ich muss jetzt Schluss machen. Mach's gut.«

»Du auch.« Er klang überrascht. »See you later, alligator.«

So hatte er sich früher auch immer verabschiedet. In der guten alten Britpop-Zeit. Vor einer halben Ewigkeit, als sie ihr Oasis-T-Shirt und ihre Doc Martens getragen und jedes Wochenende mit ihm in London verbracht und sich in den Camden Palace oder die Brixton Academy hineingemogelt hatte. Sie war sechzehn gewesen. Und verliebt. Hatte vor, zur Uni zu gehen und Psychologie zu studieren. Die Zukunft klar vor Augen.

Wie lange das alles zurücklag. Sie seufzte und klopfte mit dem Handy auf die Theke, die trotz all ihrer Anstrengungen immer noch mit Lappen, Belegen und den Haftzetteln übersät war, aus denen das Ablagesystem ihres Vaters bestand.

Dann legte sie es hin und drehte sich um.

»Wer war das?«, fragte Lesley, die mit verschränkten Armen dastand.

»Nur ein Bekannter.«

»Nein, nein, nein.« Lesley hielt einen Finger in die Höhe.

Ihre blauen Augen funkelten. »Ich kenne diesen Gesichtsausdruck.« Sie trat einen Schritt auf Abi zu.

Die befand, dass dies ein guter Zeitpunkt wäre, um ihre Freundin durch den Laden zu führen.

»Wie gefällt dir denn die neue Schaufensterdekoration?« Sie deutete auf die Serie gerahmter Penguin-Cover mit personalisiertem Schriftzug zur Hochzeit, die sie hinter der Scheibe diagonal angeordnet und daneben ein Aquarellbild von einem händchenhaltenden Paar aufgestellt hatte, das auf einer Bank saß und aufs Meer hinausblickte. Es hatte ihr großen Spaß gemacht, die Dinge nach ihren Vorstellungen zu gestalten. Nachts waren ihre Träume klarer, und die apokalyptischen Gestalten, die sie verfolgt hatten, suchten sie nun seltener heim. Wenn John aufstand und sie dabei vom leisen Quietschen der Bettfedern aufwachte, da drehte sie sich nicht mehr um und schlief wieder ein, sondern stand ebenfalls auf, um in den Tag zu starten.

Lesley kam zu ihr herüber und blieb neben ihr stehen. »Sieht toll aus. Aber so leicht kommst du mir nicht davon.« Sie musterte sie mit einem strengen Blick.

»Das war nur Steve.«

Lesleys Augenbrauen zuckten in die Höhe.

»Steve, dein Ex?«

Abi war klar, dass sie da jetzt durchmusste. »Ja. Wir sind uns vor zwei Wochen zufällig begegnet und haben einen Kaffee zusammen getrunken – das ist alles.«

»Und du hast ihm deine Telefonnummer gegeben?«

»Klar.« Abi rückte einen etwas schief hängenden Druck gerade, der einen Schmetterling vor einem strahlenden Sonnenuntergang zeigte. »Warum nicht?«

»Hmm. Mal sehen.« Lesley richtete ihren Blick zur Decke

und tat so, als streiche sie sich übers Kinn. »Na ja, da wäre zum Beispiel das gebrochene Herz.«

»Ach, das ist doch alles schon Jahre her.«

»Stimmt.« Lesley nickte. »Und dann natürlich John.«

»Was hat John denn damit zu tun? Es war doch nur ein Kaffee.« Abi ging zum Plattenspieler hinüber, der verstummt war, ohne dass sie es bemerkt hatte. »Wonach ist dir? Van Morrison? The Clash?« Sie fuhr mit dem Finger an den Plattenhüllen entlang. »Madonna?«

»Versuch mich nicht mit der ›Queen of Pop‹ zu besänftigen.« Lesley funkelte sie an.

Abi nahm die Platte dennoch aus der Hülle, setzte die Nadel auf und ihre Freundin begann sich sogleich im Takt zu bewegen, bevor ihr einfiel, dass sie sich gerade im Verhörmodus befand und sogleich wieder damit aufhörte.

»Also.« Sie stützte sich mit den Ellenbogen auf die Ladentheke. »Vergessen wir Steve mal für den Moment. Wie läuft's denn so mit John?«

»Gut.«

»Wirklich?«

»Ja.« Abi nickte.

»Hattet ihr schon Sex?«

»Wie bitte? Lesley!« Abi blickte sich im Laden um. »Ich kann hier nicht über solche Dinge reden. Rob ist da unten!«

Lesley ging zum Treppenabgang hinüber und lauschte.

»Wenn der bei diesem Saxofongekreische irgendetwas hören würde, wäre ich doch sehr überrascht.« Sie schloss dennoch sicherheitshalber die Verbindungstür. »Und jetzt raus damit!«

Abi schüttelte den Kopf. »Es könnte ein Kunde hereinkommen.«

»Also gut.« Lesley ging zur Ladentür hinüber und drehte das daran hängende Schild um auf GESCHLOSSEN.

»Aber wir haben noch keine sechs Uhr!«

»Es ist elf Minuten vor. Kein Bild ist derartig dringend. Und jetzt hör auf, meiner Frage auszuweichen.«

»Ich weiß nicht, was ich sagen soll.« Abi spürte, wie sich ihre Wangen vor Verlegenheit röteten.

Lesley drückte ihren Arm. »Hör zu, ich kann mir vorstellen, dass es nicht leicht ist, sich wieder an alles zu gewöhnen. Ganz besonders nicht, wenn man so lange keinen Sex gehabt hat.«

Lesley hatte keine Ahnung, wie lange genau es nun eigentlich schon so war.

»Schwing dich einfach wieder in den Sattel, um es mal so auszudrücken«, sagte sie kichernd.

»Das geht nicht«, erwiderte Abi seufzend. »Ich bin noch nicht so weit. Ich fühle mich einfach nicht sexy genug.« Sie hielt ihren Blick gesenkt, wollte nicht das Mitleid in den Augen ihrer Freundin sehen.

Aber das hätte sie sich natürlich sparen können. Von Mitleid war bei Lesley keine Spur.

»Das musst du überwinden.«

»Was?« Abi reckte den Kopf in die Höhe.

»Das ist so.« Lesley hob die Augenbrauen. »Und das weißt du auch. Spring einfach auf ihn drauf und schau was passiert. Er muss doch total scharf sein. Probier es aus.«

Abi verzog das Gesicht. »Das klingt wirklich verlockend.«

»Aber du weißt, dass ich recht habe. Bei eurem Tempo seid ihr siebzig, bevor ihr es mal wieder mit einem Zungenkuss versucht.«

Abi verschränkte die Arme vor der Brust. »Das stimmt

nicht. Es ist ja bloß vorübergehend. Und dass wir bei meinen Eltern wohnen ist auch nicht gerade hilfreich. Die abendliche Gurgelei meiner Mutter vorm Zubettgehen ist kaum ein Aphrodisiakum.«

»Das sind doch alles nur Ausreden.«

»Wenn du schon einmal gehört hättest, wie laut sie gurgelt, würdest du das nicht sagen.«

Lesley schüttelte ungeduldig den Kopf. »Verdammt, Abi, du liebst diesen Mann doch! Ihr zwei habt eine schreckliche Zeit hinter euch, wie man es sonst nur in Kinofilmen sieht, und da gewinnen die Schauspieler Oscars und alle weinen und applaudieren und danken Gott, dass ihnen so etwas nicht widerfahren ist. Und jetzt habt ihr zwei es bis hierhin geschafft, und nun seht ihr euch kaum. Das ist einfach falsch. Also geh zu ihm und knutscht und schmust was das Zeug hält, ja? Tu mir bitte den Gefallen!«

»Wieso regst du dich denn so darüber auf?«

Lesley lief inzwischen wie ein Tiger im Käfig hin und her. »Weil das hier eigentlich dein Happy End sein sollte. Das hier ist dieser ganz gewöhnliche Tag, von dem du geträumt hast. Von dem du ständig gesprochen hast, während wir mit all den anderen Leuten, die Angst hatten, dass sie sterben würden, in diesem schrecklichen Chemo-Zimmer gesessen haben. Du am Tropf, während ich mich um Sinn und Verstand gequasselt habe, um bloß nicht darüber nachdenken zu müssen, dass ich dich verlieren könnte.« Lesley tat einen zittrigen Atemzug. »Wir haben andauernd über dich und John geredet. Erinnerst du dich nicht mehr? Darüber, wie lieb er war. Wie stark. Dass es um dich geschehen war, sobald er seine Klamotten auszog, du nicht genug von ihm bekommen konntest, obwohl er zehn Jahre älter war als du,

Del Amitri und die Stone Roses nicht ausstehen konnte, und keine Lust hatte, zu Konzerten zu gehen. Wir haben so viel über ihn geredet und dass du unbedingt am Leben bleiben wolltest, um weiter mit ihm zusammen zu sein.« Sie hielt inne, um Luft zu holen. »Weißt du das denn nicht mehr?«

»Doch.« Abi blickte beschämt zu Boden. »Natürlich weiß ich das noch.«

»Dann genieße es doch bitte. Genieße es, mit ihm zusammen zu sein. Mir ist klar, dass er das mit seiner Firma versaut hat, aber er ist doch auch nur ein Mensch.« Lesley grinste. »Gott sei Dank, ist das so. Denn während du krank warst, begann ich schon den Verdacht zu hegen, er besäße Superkräfte und würde in seiner Freizeit Menschen aus brennenden Gebäuden retten.« Ihre Augen weiteten sich. »Vielleicht bekommt ihr die Dinge ja so wieder in Gang: Rollenspiele!«

»Stopp!« Abi spürte, dass sich nach langer Zeit wieder Hitzewallungen bemerkbar machten, wie sie sie während der Chemo geplagt hatten. »Im Ernst. Hör auf damit«, setzte sie kichernd hinzu.

»In Ordnung.« Lesley griff nach ihrem Smartphone. »Was ist eigentlich mit Seb und Jess los?«

»Was soll mit ihnen sein?«

»Hope hat mir erzählt, dass er momentan wenig Zeit mit ihr verbringt. Jess steckt zwar bis über beide Ohren in den Vorbereitungen für ihre Aufnahmeprüfung an der Uni, aber sie scheint dem Vernehmen nach deshalb ziemlich sauer zu sein.«

»Tatsächlich?« Abi runzelte die Stirn. Seb hatte ihr am Morgen noch erklärt, dass mit Jess alles toll lief, ehe er ihre Mutter auf die Palme brachte, weil er sich ein Sandwich mit vier Lagen Schinkenspeck machte und dann die dreckige Pfanne einfach auf der Herdplatte stehen ließ. »Das ist ja komisch.« Sie überlegte, wie viele Abende er in der letzten Woche noch spät weg gewesen war. Drei. Wo mochte er wohl gewesen sein? Sie verspürte mit einem Mal wieder dieses Kribbeln, gepaart mit einer Verunsicherung, wie es sie jedes Mal überkam, wenn sie mit ihm in einem Raum war. Dieses Gefühl, dass das, was er sagte und das, was er dachte, nicht übereinstimmten.

Andererseits war er ein Teenager, und niemand wusste wirklich, was zum Teufel in seinem Kopf vor sich ging. Aber das hier war anders. Als lege er ein Schutzschild an, wenn er sich den Schulpullover überstreifte.

»Ich werde mal mit ihm reden.«

»Viel Glück dabei.« Lesley zog eine Augenbraue in die Höhe.

Abi nickte. »Selbstverständlich werde ich ihn vorwarnen.«

»Und auf keinen Fall sein Zimmer betreten, wenn er dich nicht erwartet.«

»Natürlich nicht.« Abi schüttelte den Kopf. »Das versteht sich von selbst.«

»Gut«, sagte Lesley lächelnd. »Aber bevor du jetzt nach Hause entschwindest, um deine schärfsten Dessous hervorzukramen, hilf mir doch bitte noch bei der Entscheidung, mit welchem Kerl ich mich verabreden soll.«

Abi lachte und schlang die Arme um ihre Freundin. »In Ordnung.« Sie drückte sie fest an sich. »Ich danke dir.« Sie legte eine kleine Pause ein, ehe sie fortfuhr. »Und du weißt doch hoffentlich, dass es nichts zu bedeuten hat, dass ich Steve meine Nummer gegeben habe?«

Lesley kniff die Augen zusammen. »Ich dachte zumindest, dass es so ist. Bis du mir diese Frage gestellt hast.« Sie schüttelte den Kopf. »Sei vorsichtig, ja?«

»Womit soll ich vorsichtig sein? Die Sache mit ihm ist doch hundert Jahre her.« Abi machte eine wegwerfende Handbewegung. »Du bist diejenige, die vorsichtig sein sollte, so lange dieser heißblütige Pilot Interesse an dir hat.« Sie stieß einen Pfiff aus. »Die Nachricht die er dir da geschickt hat, ist ja ganz schön gewagt.«

»Tatsache?« Lesley warf einen Blick auf das Display. »Mist. Wie soll ich denn darauf antworten?«

»Also, als erstes deaktivierst du mal die Feststelltaste, okay?«

»Okay.« Lesley presste die Lippen zusammen. »Das hier ist nicht gerade mein Spezialgebiet. Ich hatte kein Date mehr seit Bros in den Charts waren.«

»Ich werde dir dabei helfen.« Abi zog sich einen der Barhocker herüber und kletterte hinauf. »Weißt du, ich bin nicht nur gut im Schaufensterdekorieren.«

Aber während sie mit ihrer Freundin redete und kicherte, kehrten ihre Gedanken zu dem anfänglichen Thema ihrer Unterhaltung zurück: John. Und sie. Und ob sie jemals wieder in der Lage sein würde, einen Annäherungsversuch zu wagen, ohne sich dabei zu fragen, ob er sie überhaupt noch begehrte.

SEB

Sebs Ansicht nach gab es kein schlimmeres Schicksal, als an einem Samstagnachmittag vor einer Umkleidekabine in einem Topshop festzusitzen. Obwohl er von dem grellen Licht und dem Plastikgeruch Kopfschmerzen bekam, drückte er sich die Kopfhörer nur noch fester in die Ohren. Doch bedauerlicherweise schaffte es nicht einmal Stormzys »Shut Up« in voller Lautstärke das Gekreische der Mädchen hinter ihm zu übertönen, die alle schnatternd um ein paar Oberteile in Puppengröße herumstanden und dabei so aufgeregt schrien, als hätten sie ein glänzendes Goldklümpchen entdeckt.

Er lehnte sich auf dem Sofa für »gelangweilte Freunde« zurück und beobachtete einen Verkäufer in einer grauen Röhrenjeans, der einige silberne Kleider über den Armen trug. Er hatte dunkles Haar und braune Augen und war so dünn, dass sich seine Rippen unter dem eng anliegenden schwarzen Topshop-Crew-T-Shirt abzeichneten.

Seb zuckte zusammen, als einer seiner Kopfhörer herausgezogen wurde und Jess direkt in sein Ohr sprach. »Du kannst aufhören, den Typen anzustarren.«

»Was?« Er drehte den Kopf ruckartig herum und sah sie an. »Hab ich doch gar nicht. Was redest du denn da?«

Sie legte ihre Hand auf seinen Arm. »Ist schon gut, ich hab's kapiert.«

»Was hast du kapiert?« Er spürte, wie Panik in ihm aufstieg, weigerte sich aber, näher darüber nachzudenken, aus welchem Grund dies geschah.

Sie lächelte und deutete auf den Verkäufer. »Dass du dir zu Weihnachten ein schwarzes T-Shirt wünschst. Du kannst also jetzt aufhören, es anzustarren.«

Es war nicht das T-Shirt, das er angestarrt hatte. Der Gedanke fuhr ihm wie ein Blitz durch den Kopf, bevor er ihn aufhalten konnte.

Er stand auf. Ihm war so warm, dass seine Haut kribbelte.

»Was hast du denn?« Jess warf ihr langes dunkles Haar über die Schultern zurück. »Und wie gefällt dir das Kleid?«

Scheiße. Er hatte das Kleid überhaupt nicht bemerkt, was verrückt war, denn sie sah absolut umwerfend darin aus. Die violetten Falten schmiegten sich um ihre Kurven und der Stoff spannte sich straff um ihren Körper. Ihre langen Beine wirkten endlos, und die Farbe brachte den sanften Schimmer ihrer Wangen zur Geltung.

»Du siehst umwerfend aus.« Er gab ihr ein Küsschen auf den Mund.

»Danke!« Sie streckte die Arme in die Höhe und vollführte eine Drehung. »Meinst du, es taugt für den Geburtstag?«

Er hatte keinen Schimmer. Wollte nur so schnell wie möglich raus aus diesem Laden. »Klar. Unbedingt.«

Der Verkäufer kam auf sie zu. Er trug einen glänzenden Nasenstecker. Seb bemerkte beunruhigt, dass er ihm einen Blick zuwarf und sich ein Grinsen auf seinem Gesicht ausbreitete. Seb packte Jess rasch um die Taille und küsste sie.

Als er wieder von ihr abließ, war der Verkäufer verschwunden. Er sah seine Freundin an, betrachtete ihre großen Augen und ihren wunderschönen Mund. Er hatte wirklich Glück, mit ihr zusammen zu sein, das wusste er. Er zog sie näher an sich und drückte ihr einen sanften Kuss aufs Haar.

»Komm wieder runter!« Sie rückte von ihm ab und lächelte. »Du meine Güte, das scheint ja wirklich das richtige Kleid zu sein. Die Sache ist entschieden.« Sie wandte sich ab. »Ich zieh mich nur schnell wieder um.«

»Okay.« Seb nahm erneut auf dem Sofa Platz. Sein Herzschlag begann sich zu beruhigen. Mit den kälter werdenden Novemberwinden verspürte er zunehmend das Gefühl, dass irgendetwas fehlte. Egal wie intensiv er sein Fußballtraining auch betrieb, egal wie sehr er sich der Arbeit im Restaurant widmete oder sich aufs Lernen zu konzentrieren versuchte, er vermochte sich nicht wirklich darauf einzulassen. Immer wieder erwischte er sich dabei, wie er Dinge anstarrte, die er vorher nie bemerkt hatte. Themen googelte, für die er sich vorher nie interessiert hatte, um anschließend für den Fall, dass einer seiner Freunde oder ein Familienmitglied es sehen könnten, den Suchverlauf zu löschen.

Er seufzte und streckte seine Beine aus, als ein Mädchen in einem blauen Seidenkleid, das absolut keinen Zweifel an der Größe der Titten zuließ, die es umhüllte, aus einer der Umkleidekabinen herauskam. Er wandte den Blick ab und sah erleichtert auf sein Smartphone, als dies piepste, weil eine neue Nachricht eingegangen war. Es war Mum, die sich erkundigte, ob er zum Abendessen zurück sein würde. Sie gab sich so große Mühe, die Dinge normal erscheinen zu lassen, aber es funktionierte einfach nicht. Und er wollte auf keinen Fall zum Abendessen zu Hause antanzen. Denn essen bedeutete reden. Essen bedeutete, dass ihn seine Mutter fragen würde, wie es in der Schule lief (nicht gut), und sein Vater zu spät käme – wenn überhaupt – und stirnrunzelnd auf sein aufleuchtendes Handy blicken würde, auf dem weitere Nachrichten eintrafen, die ihm noch deutlicher machten, wie pleite sie waren.

Er textete zurück: Nein. Sorry. Mit Jess unterwegs.

Schade. Viel Spaß. Bis bald?

Sein schlechtes Gewissen regte sich. Er wollte wirklich mit seiner Mutter reden, aber er kam einfach nicht mit diesen Familienessen klar, bei denen auch noch seine Großeltern dabei waren, sich darüber unterhielten, auf welche Uni er gehen und dass er bevor er dreißig war, ein Heilmittel gegen Krebs finden würde. Er wollte nicht an die Zukunft denken. Er schaffte es ja gerade mal mit Mühe und Not, die Tage in der Gegenwart durchzustehen!

Manchmal schlich er sich ins Haus zurück, wenn alle schliefen und legte sich bei weit geöffnetem Fenster auf das schmale Bett in seinem Zimmer, das die Größe eines Schuhkartons hatte, blickte zum Himmel hinauf und rauchte bis in die frühen Morgenstunden. Dann dachte er darüber nach, wie es einmal gewesen war: Erinnerungen an Fußballspiele im Kreis der Familie und Tage, als seine Eltern Händchen gehalten, gegenseitig die Sätze des anderen beendet und sich ein Eis geteilt hatten.

Damals war die Welt noch in Ordnung gewesen. Ein sicherer Ort. Wo man davon träumen konnte, einmal für England zu kicken. Wo alles so einfach schien. Wohingegen er jetzt den Druck, in Mathe und Chemie und Biologie gut abzuschneiden, als derartig belastend empfand, dass er immer weniger Sinn darin sah, es überhaupt zu versuchen. Er wusste, dass er sein Leben nicht unter Kontrolle hatte. Er wusste es, weil er sich die größte Mühe gegeben hatte, etwas zu ignorieren, es mithilfe von übertriebenem Training und

Jess und schlechtem Wodka von dem Laden an der Ecke zu verdrängen versucht hatte. Doch jetzt musste er einsehen, dass ihm dies nicht gelang, und er hätte am liebsten die Fäuste geballt und der Welt ins Gesicht geschlagen.

Er war so schrecklich müde. Wie der Mann mittleren Alters neben ihm mit den dunklen Augenringen, den schrecklichen stonewashed Jeans und den unzähligen Tragetaschen. Seb fuhr sich mit den Händen durchs Haar. Er musste sich endlich wieder in den Griff kriegen! Er hatte Jess. Die Mannschaft hatte ihr letztes Spiel gewonnen. Er sollte eigentlich glücklich sein.

Ja. Er nickte. Glücklich.

Jess tauchte in einem anderen Kleid wieder auf. In ihrem Blick lag so viel Zuneigung, dass es ihn zu überwältigen drohte.

»Sorry. Ich musste das hier einfach noch anprobieren.« Ein Grübchen tanzte auf ihrer Wange. Sie sah großartig aus. Türkisfarbener Stoff auf blasser Haut. Zähne, die leicht auf die Unterlippe bissen. Dunkles Haar, das sich über ihre Schultern ergoss. Sie war der Traum eines jeden Jungen.

Er stand auf und griff nach ihrer Hand.

»Du siehst phänomenal aus.«

»Ach ja?« Sie verschränkte die Arme vor der Brust. »Weißt du, dass du das jetzt bei jedem Kleid gesagt hast?«

»Ja.« Er drückte sie an sich, spürte ihren Herzschlag an seiner Brust. »Weil es wahr ist. Du bist wunderschön.« Er hob sie in die Höhe, genoss es, ihr Gesicht mit dem warmherzigen Lächeln zu betrachten, das allein ihm galt.

Sie kicherte. »Schön genug, dass du mich in die Umkleidekabine trägst und mit mir rummachst?«

Er konnte nicht anders, verspürte eine plötzliche Anspannung in seinem Körper.

»Absolut.« Er holte Luft, um Zeit zu gewinnen. »Wenn hier nur nicht so viele Leute rumschwirren würden. Vor allem Kinder.« Er deutete auf ein kleines Mädchen in einem Peppa-Wutz-T-Shirt. »Sonst würde ich auf der Stelle mit dir in diese Kabine verschwinden.«

»Langweiler.« Sie machte auf dem Absatz kehrt und schritt zurück Richtung Umkleidekabinen. Das Mädchen in Blau flüsterte seinem Freund etwas zu, als Jess an ihnen vorüberging. Der Typ lachte, fasste seiner Freundin an den Hintern und drückte ihn in aller Ruhe.

Seb beobachtete die beiden aus dem Augenwinkel heraus. Sie gingen so entspannt miteinander um. Als er sich wieder hinsetzte, wurde ihm klar, dass er überhaupt nicht mehr locker und unbeschwert war – außer auf dem Fußballplatz, wenn er mit dem Ball über den Flügel rannte. Dann vermochte er alles zu vergessen. Den ganzen Schlamassel, seine Ratlosigkeit und dieses Gefühl, als würde alles zusammenbrechen. Die Tatsache, dass Jess einen vollständigen Satz Einser bekommen und nach Oxford gehen würde, während er überall durchrasseln und in irgendeinem Supermarkt an der Kasse landen würde. Seine Mutter hatte den Krebs nicht überlebt, damit er sie nun so furchtbar enttäuschte.

Da war schon wieder dieser verdammte Verkäufer mit weiteren Klamotten über dem Arm. Seb schaute mit finsterem Blick zu, wie er einen anderen Jungen auf beide Wangen küsste. Seine weißen Zähne funkelten, als er zurückwich und seine Stimme trug weit, bis zu Seb hinüber, als er lachend verkündete, dass seine Schicht nur noch eine Stunde dauerte und er sich riesig auf das Konzert nachher freute.

So ein Glückspilz. Er konnte zu einem Konzert gehen, während Seb mal wieder Teller wusch.

Der andere Junge drehte sich um, und Seb blinzelte.

Das konnte doch wohl nicht wahr sein.

»Welche Laus ist dir denn über die Leber gelaufen?«

Doch, konnte es.

Seb wäre aufgesprungen, wenn das Sofa ihn nicht so fest in seinen Klauen gehabt hätte. »Hallo, Marc. Wie läuft's denn so?«

»Ich besuche bloß mal meinen neuen Freund.« Marc grinste, winkte dem Verkäufer zu und erhielt dafür einen Luftkuss. »Was machst du denn hier vor der Mädchenumkleide?«

»Jess ist da drin.« Seb rückte hastig ein Stück weg, als Marc neben ihm Platz nahm.

»Mann, bist du nervös!« Marcs grüne Augen funkelten amüsiert. »Wir befinden uns doch an einem öffentlichen Ort. Und da drüben steht mein Freund. Nate.«

Er winkte erneut, und Nate winkte zurück.

Seb kam sich ziemlich blöd vor. Unbeholfen. »Tut mir leid.« Er versuchte sich an einem Lächeln. »Ich bin schon eine ganze Weile hier. Diese ganzen Pailletten setzen mir wohl mehr zu, als ich dachte.«

»Wenn das so ist …« Marc streckte die Hand aus, ergriff Sebs herabhängenden Kopfhörer und hielt ihn sich ans Ohr. »Wenigstens hast du Stormzy, um das Ganze durchzustehen.«

»Magst du den etwa?«

»Na sicher.« Marc nickte. »Kein Grund, so überrascht zu klingen. Ich find's geil, wenn er mit Leuten bei Nando's auftaucht, um zu essen. Schon mal gesehen?«

»Klar.« Seb wischte auf seinem Smartphone herum. »Was hältst du von dem Video hier draußen vor seinem Haus?«

»Cool.« Marc lehnte sich zu ihm herüber, und Seb konnte

den Moschusduft seines Rasierwassers riechen. Er hielt sich immer noch den anderen Kopfhörer ans Ohr. »Das ist wirklich abgefahren.« Er drehte sich zur Seite und blickte in Sebs Gesicht hinauf. Seb konnte einen winzigen Leberfleck unter seinem linken Auge erkennen und als er blinzelte, sah er, wie lang seine dunklen Wimpern waren. Sie verstummten beide, und Sebs Puls begann schneller zu schlagen.

»Ich bin jetzt fertig.«

Jess lächelte, als Seb von Marc zurückzuckte und aufsprang.

»Großartig.« Er packte ihre Hand, als wäre sie sein Rettungsboot. »Dann lass uns zahlen.«

Sie zog verwirrt die Nase kraus. »Willst du mich denn nicht vorstellen?«

»Doch. Klar.« Seine Stimme klang viel zu hoch. »Natürlich.« Und jetzt zu tief. Ganz toll. Von wegen sich nichts anmerken lassen! »Das hier ist Marc. Er ist vor Kurzem erst auf meine Schule gewechselt.«

»Hallo.« Jess schenkte Marc ein Lächeln.

»Hallo«, erwiderte Marc grinsend. »Außerdem bin ich noch Sebs neuer Nachbar.«

»Tatsache? Kein Wunder, dass wir uns bisher noch nicht begegnet sind.« Jess zog eine Augenbraue in die Höhe. »Ich durfte noch keinen Blick auf sein neues Heim werfen.«

»Du warst zu sehr mit Lernen beschäftigt.« Seb war sich durchaus bewusst, dass dies nur eine vorgeschobene Entschuldigung war. Das Problem lag bei ihm selbst. Er könnte es einfach nicht ertragen, wenn sie sehen würde, wie beengt sie dort draußen wohnten und wie chaotisch sein Leben geworden war. Er vermochte es ja selbst kaum anzusehen. »Jess hat bald ein Auswahlgespräch für Oxford.«

»Wow!« Marcs Augenbrauen wanderten in die Höhe. »Ich quäle mich noch, in meiner Bewerbung irgendwie aufregend zu klingen.«

»Ja, das ist echt hart«, stimmte ihm Seb nickend zu.

»Was redest du denn da?«, fragte Jess stirnrunzelnd. »Deine Bewerbung ist doch der absolute Wahnsinn. Da kommt doch keiner ran.«

Seb trat unbehaglich von einem Bein auf das andere. Er wusste, dass seine Prüfungsergebnisse damit nicht mithalten konnten. »Ich fühle mit ihm. Das ist alles.«

»Sicher.« Jess nickte, und mit einem Mal überkam ihn Neid. In ihrer Welt schien alles geregelt. Sie hatte klare Ziele vor Augen. In ihrem Kopf herrschte Ordnung. Ihr Lernpensum hatte sie neben chemische Gleichungen und lange Fotoreihen gehängt, auf denen sie mit ihren Freunden und zusammen mit ihm auf Partys oder in Fotokabinen zu sehen war. Mit strahlenden Augen und einem breiten Lächeln.

Im Vergleich dazu war er eine einzige Katastrophe. Seine Noten wurden schlechter. Er vermochte sich nicht zu konzentrieren. Er wusste nicht einmal mehr, ob er überhaupt Arzt werden wollte – er hatte zu viel Zeit in dieser Welt voller Nadeln und Antiseptika und Schmerzen verbracht, und jetzt wollte er einfach nur etwas machen, was ihm dabei half zu vergessen, wie krank seine Mutter gewesen war. Jedes Mal, wenn er zu lernen versuchte, fragte er sich, warum zum Teufel er dasaß und seine Zeit verschwendete.

Er gab sich die größte Mühe, sich wieder auf seine ursprünglichen Ziele zu besinnen, aber nicht um seiner selbst willen, sondern für seine Mutter. Als sie krank gewesen war, hatte sie so viel über die Hoffnungen gesprochen, die sie in ihn setzte. Er seufzte, wünschte, er könnte darüber mit ihr reden, wollte aber nicht, dass sie sich wegen ihm Sorgen machte. Oft erwischte er sich dabei, wie er ihre Nummer anstarrte oder draußen vor der Küche herumschlich, um dann ohne ein Wort zu verlieren zu verschwinden.

»Lass uns zur Kasse gehen.« Jess lächelte Marc an. »War schön, dich kennenzulernen.«

»Dich auch.« Er warf einen Blick auf sein Handy. »Ich werde dann mal losziehen, um mir die Jeans anzusehen.«

»Bis dann.« Seb hob die Hand und ließ sie dann wieder fallen.

»Er scheint nett zu sein.« Jess blickte zu ihm auf. »Wie kommt's, dass ich ihn noch nie getroffen habe?«

»Ich hänge selten mit ihm rum.« Seb nahm ihr das Kleid ab, bemüht, das Thema zu wechseln. »Lass mich das bezahlen.«

»Was?« Sie schüttelte den Kopf. »Kommt nicht infrage. Ich weiß doch, wie abgebrannt du bist.«

»Geht schon klar.« Er wollte ihr das Kleid unbedingt schenken. »Du hast es verdient.«

Sie starrte ihn mit zur Seite gelegtem Kopf an und nickte dann kurz. »Vielen Dank.«

»Keine Ursache.« Als sie an der Kasse eintrafen und sich in die Schlange stellten, legte Seb seine Arme um sie und ließ sein Kinn auf ihrem Scheitel ruhen.

Sie lehnte sich an ihn. »Ist zwischen uns alles in Ordnung, Seb?«

»Wieso?«

»Weil ich das Gefühl habe, dass du mir aus dem Weg gehst.«

»Nein.« Er schüttelte den Kopf, obwohl er wusste, dass sie ihr Gefühl nicht trog. »Ganz und gar nicht.« Er seufzte.

»Im Moment ist nur alles so verrückt. Mit meinen Großeltern zusammenleben, die Schule, die Mannschaft und der ganze andere Krempel.«

»Echt?« Sie stieß einen Seufzer aus. »Denn es wäre mir lieber, du würdest mir die Wahrheit sagen.«

»Das tue ich.« Er strich ihr das Haar aus dem Gesicht.

»Okay.« Der glückliche Ton in ihrer Stimme vergrößerte sein schlechtes Gewissen nur noch. »Gut.« Sie gab ihm einen Kuss. »Ich liebe dich.«

Er verlagerte sein Gewicht. Ihm war unbehaglich zumute. Sagte dann: »Oh Mann, diese Musik ist echt schrecklich. Wieso muss bloß jeder One Direction spielen?«

Sie beobachtete ihn. Wartete ab.

Jetzt war er an der Reihe, ihr zu antworten.

»Jess, du weißt, dass ich dich liebe.«

»Ach ja? Tue ich das?« Ihr Atem duftete so gut wie immer. Ihr Blick war so klar.

»Ja.« Er schob seine Zweifel beiseite. »Das weißt du. Ich liebe dich.«

Und dann küsste er sie.

Die Musik war zu laut. Sein Körper zu heiß.

Aber er hatte sie glücklich gemacht. Und das zählte doch wohl auch.

Zumindest hoffte er das, verflucht noch mal.

ABI

Zu den größten Romantikkillern gehörte es, wenn die eigenen Eltern im Nachbarzimmer über Wanderurlaube sprachen.

»Aber wir können die Blauglöckchen sehen, wenn wir in den Lake District fahren«, erklang die erhobene Stimme ihrer Mutter über die Titelmelodie der Fahndungssendung *Crimewatch* hinweg.

»Ich bin mir nicht sicher, ob Februar unbedingt die beste Zeit dafür ist«, wandte ihr Vater milde ein. Sie vernahm ein leises metallisches Klirren, als er seine Bierdose abstellte.

»Untersetzer!«

Abi seufzte, sang leise den Text von »Time Warp« vor sich hin. Das hier lief nicht so wie geplant. Angefeuert durch ihre Unterhaltung mit Lesley hatte sie John vorgeschlagen, in ihren Lieblingspub zu gehen, um dort auf seinen ersten neuen Auftrag seit Monaten anzustoßen. Er hatte in jüngster Zeit so viel gearbeitet und sich letzte Woche auch noch nach Birmingham aufgemacht, um Gespräche mit einer Restaurantkette zu führen, bei der dringend neues Reinigungspersonal benötigt wurde, das nachts arbeitete. Er hatte ihr wann immer möglich Textnachrichten geschickt und angerufen, aber er fühlte sich in zunehmendem Maße unwirklich für sie an. Sie wollte ihn sehen. Mit ihm reden. Ihm ins Gesicht blicken und sein Lächeln sehen.

Als sie im Pub eintraf, war er bereits dort. Sie verspürte einen Schmerz im Inneren, als sie ihn stirnrunzelnd über sein Smartphone gebeugt dasitzen sah. Er hatte so viel mitgemacht. Noah hätte ihn aufgeheitert, ihn zu einem Airhockey-Marathon oder einer Stunde an der Kletterwand oder auf ein paar Bier im Pub eingeladen. Nun war sie an der Reihe, John zu helfen.

Als er sie erblickte, verschwand sein Stirnrunzeln.

»Hallo, Schatz.« Er schien fast zu erschöpft zu sein, um ein Lächeln zustande zu bringen. »Wie geht's dir? Hattest du einen guten Tag?«

»Ja, danke.« Sie gab ihm ein Küsschen auf den Mund. Es wirkte irgendwie gekünstelt, als wäre sie eine Schauspielerin, die einige Drehbuchänderungen ausprobiert, die in der letzten Minute erfolgt waren. »Schön, dich zu sehen.«

»Du siehst bezaubernd aus.« Da war dieses alte Strahlen in seinen Augen, und ihr Herz vollführte einen Hüpfer. Sie hatte dieses vertraute Flattern bereits verspürt, als sie sich in der winzigen Toilette hinten im Laden zitternd zurechtgemacht hatte, weil der Wind durch mehrere Risse in der Decke drang. Es war schon so lange her, seit sie zusammen aus gewesen waren, dass sie sich Mühe gegeben und sich in Schale geworfen hatte.

»Was möchtest du trinken?« Er hatte dunkle Ränder unter den Augen.

»Bloß eine Limonade, bitte.«

Einer seiner Mundwinkel wanderte in die Höhe. »Mit dir wegzugehen ist wirklich preiswert geworden.«

»Das ist auch gut so.«

Er machte ein langes Gesicht, und sie bedauerte ihre Worte sogleich. »Tut mir leid. So war das nicht gemeint.«

Er schüttelte den Kopf. »Schon gut. Du hast ja recht.«

Sie versuchte ihn zu umarmen, aber er hatte sich bereits abgewandt und machte sich auf den Weg zur Bar.

Sie setzte sich und spielte dabei nervös mit dem silbernen Armband an ihrem rechten Handgelenk. Er hatte es ihr an dem Abend vor ihrer ersten Operation geschenkt – an dem Abend, als keiner von ihnen schlafen konnte und sie aufs Sofa umgezogen waren, wo sie sich an den Händen hielten und die Frisuren in ihren Lieblingsfilmen der Achtzigerjahre durch den Kakao zogen: *L.I.S.A. – Der helle Wahnsinn*, *St. Elmo's Fire* und natürlich *Dirty Dancing*. Gegen ein Uhr war Seb nach unten gekommen und hatte sich schweigend zu ihnen gesellt, die langen Beine in seine schwarze Lieblingstrainingshose gehüllt, eine große Schüssel Popcorn auf den Knien, das er geräuschvoll bis zum Tagesanbruch und ihrer Abfahrt knabberte.

Abi betrachtete ihren Mann, der an der Bar lehnte und mit der jungen Frau sprach, die dort bediente und ihm ein Glas von seinem Lieblingsbier zapfte. Dies alles war ihr so vertraut und fühlte sich dennoch so neu an. Einst hatten sie stundenlang geredet und gelacht und darüber diskutiert, ob Tortilla-Chips besser schmeckten als Kartoffelchips. Nun ertappte sie sich dabei, dass sie überlegte, was sie sagen sollte.

Als er bezahlte, sah sie, wie er in seine Tasche fasste, sein Handy hervorholte, sich seine Stirn sogleich wieder krauste und dieser finstere Ausdruck auf sein Gesicht zurückkehrte. Angst stieg in ihr auf, und sie fragte sich wieder einmal, ob es etwas gab, das er ihr verschwieg. Als er an den Tisch zurückkehrte, war es so, als wäre sein Handy ein Teil ihrer Verabredung geworden. Und es war sicher nicht zum Spaß da.

»Prost.« Sie stießen mit ihren Gläsern an, aber das blöde Ding lag nun zwischen ihnen und sein Blick huschte nach unten, zum Display, ehe er sich wieder hob und sie ansah.

»Prost.« Sie zog in Erwägung, es einfach an sich zu nehmen und in die Tasche zu stecken. Aber nein. Zu radikal. Sie würde stattdessen versuchen, ihn abzulenken. »Seb hat heute ein Tor gegen Woodbury geschossen.«

»Ach ja?« Johns Miene hellte sich auf, und er sah wieder einmal wie der Mann auf den Hochzeitsfotos aus, die sie sich am gestrigen Abend angesehen hatte, um die Erinnerung an das Paar zu wecken, das sie einmal gewesen waren. »Glänzende Leistung. Er hatte eine tolle Saison, nicht wahr?«

»Stimmt.« Sie nickte und fragte sich dabei, ob sie das ominöse Schweigen ihres Sohnes zu allem, was Studium und Uni betraf, erwähnen sollte. Dass er weder etwas über Noten noch über Auswahlgespräche verlauten ließ.

Stopp. Sie waren hier, um wieder zueinander zu finden. Zeit miteinander zu verbringen, die nur ihnen beiden gehörte.

Sein Handy leuchtete auf, und er tippte sogleich mit dem Zeigefinger aufs Display.

»Scheiße.«

So viel zur Zweisamkeit.

»Was ist denn los?« Sie nahm einen Schluck von ihrer Limonade und beobachtete ihn.

»Meine Verkaufspräsentation hat den Kunden nicht erreicht. Ich hab mir schon gedacht, dass die verdammte Verbindung zu schwach gewesen ist.«

»Welcher Kunde?«

»Diese schottische Restaurantkette. Die mit den Steaks und dem Ale. Du weißt schon.« Er trommelte mit den Fingern ungeduldig auf den Tisch. »Sie wollen sie heute Abend noch haben und mein Akku ist beinahe leer.« Er schüttelte den Kopf. »Ich werde es schnell noch mal versuchen.« Er wischte. Tippte. Fluchte.

»Scheiße. Jetzt tut sich nichts mehr.«

»Dann benutz doch das Ladegerät, das du immer mit dir rumschleppst.« Sie legte ihre Hand auf die seine, versuchte ihn zu beruhigen. Sie wusste, dass er unter Druck stand, aber tief in ihrem Inneren verspürte sie einen schwelenden Groll.

»Das hat auch keinen Saft mehr.«

»Na gut.« Sie nahm einen weiteren Schluck. »Hat es nicht noch etwas Zeit?«

Er verharrte für einen Moment, nickte dann kurz. »Na klar. Sicher.« Er versuchte sich sichtlich aufzuraffen, bessere Laune zu bekommen. »Wie war dein Tag?«

»Gut.« Sie rollte den Strohhalm zwischen ihren Fingern. »Ich habe einige Lieferungen erhalten und einen neuen Künstler getroffen, den ich gern ins Programm aufnehmen würde, und wir haben Mrs. Amos mal wieder in Aktion erlebt.«

John kratzte sich an der Nase. »Wer war das noch?«

Abi holte tief Luft. Sie hatte ihm erst letztes Wochenende von Mrs. Amos erzählt.

»Sie ist eine Stammkundin.« Sie lächelte. »Und sie bringt am liebsten Sachen vorbei, die man unmöglich rahmen kann. Heute war es eine Skulptur, die ihr vierjähriger Neffe gemacht hat – ein riesiger, bunter Igel, der ungefähr die Größe eines Jack Russels hatte und den er aus Milch- und Schuhkartons gebastelt hatte. Rob war nicht begeistert.«

»Kann ich mir vorstellen.« Johns Blick wanderte wieder zu seinem Handy. Der Akku war leer, trotzdem war es immer noch interessanter als sie. Sie saßen gerade einmal zehn Minuten beieinander, aber sie hatte bereits das Gefühl, ihn zu verlieren. Sie versuchte sich an die Zeit vor ihrer Erkrankung zu erinnern – war damals wirklich alles so anders gewesen oder trog sie ihre Erinnerung? Hatte er ihr wirklich in die Augen geschaut, an den richtigen Stellen gelacht und sich an das erinnert, was sie ihm erzählt hatte?

Er knabberte an seiner Unterlippe, griff dann nach seinem Glas und leerte es in einem Zug bis zur Hälfte. Abi beobachtete ihn. Er wirkte sehr besorgt. Vielleicht sollte sie ihm einen Ausweg lassen.

»Lass uns gehen, John.«

»Nein«, erwiderte er, sah sie aber dabei nicht an. »Das hier ist unser Abend.«

»Wir können uns auch bei meinen Eltern unterhalten.« Sie weigerte sich, in dem Zusammenhang von zu Hause zu sprechen.

Sein Körper war angespannt. Bereit loszulegen. »Nein. Wir hatten doch gesagt, wir würden –«

»Wir haben noch den Rest unseres Lebens, John.« Sie wollte es ihm ins Gedächtnis rufen. Ihn daran erinnern, was für ein Glück sie hatten, dass es noch eine Zukunft für sie gab. »Das hier ist nur vorübergehend. Du brauchst bloß ein paar Monate, um die Wende zu schaffen und die Firma wieder auf Kurs zu bringen, nicht wahr?« Sie wünschte, er würde sie ansehen.

»Ja.« Sein Ton war, gelinge gesagt, wenig überzeugend.

»Gehen wir.«

»Danke.« Es war sein erstes echtes Lächeln an diesem Abend. Er legte seine Hand über die ihre. Einst hatte es ihr ein Gefühl von Sicherheit gegeben. Aber das tat es nicht mehr. »Tut mir leid.«

»Schon in Ordnung.« Aber das war es nicht. Sie wollte nicht zurück in das Haus ihrer Eltern, wo es so beengt und höflich zuging, es andauernd hieß »Oh nein, ich werde den Tee machen« oder »Nimmst du die Wäsche bald aus der

Maschine, Abigail?« Sie wollte hierbleiben, wo der Trubel der Stadt draußen spürbar war, die Turmspitzen in den dunklen Himmel ragten, Magdalen Bridge kurz hinter dem Kreisverkehr lag und man das Gefühl hatte, dass jeder, den man erblickte, etwas Aufregendes vorhatte. Einen Konzertbesuch. Ein Date. Einen Abend, der mit einem Bier begann und mit einem Schinken-Sandwich im Morgengrauen endete.

Sie schluckte ihre Enttäuschung hinunter und schob ihren Stuhl zurück, der über den Boden schrammte. Eines Tages würde ihr gemeinsames Leben wieder beginnen. Es dauerte eben nur noch ein bisschen länger, bis es so weit war. Dabei hatte sie gar keine großen Wünsche – bloß hin und wieder mal in einem Biergarten etwas trinken, ohne ein besonderes Ziel am Flussufer entlangspazieren. An schönen Tagen in den Himmel hinaufblicken und zuschauen, wie die Wolken dort oben vorüberschwebten. Kopfhörer teilen. Im Auto lachen. Eine Hand in der ihren spüren.

Das vermisste sie am meisten.

Als sie ihre Jacke anzog, fiel ihr Blick auf das Paar hinter ihnen. Sie trugen T-Shirts, die darauf schließen ließen, dass sie auf dem Weg zu einem Konzert von Jools Holland im New Theatre waren, und ihre Augen strahlten, und sie schienen beide so voller Freude zu sein.

Sie fragte sich flüchtig, wie John und sie wohl auf die beiden wirken mochten, kam aber rasch zu dem Schluss, dass diese Überlegungen nicht hilfreich waren.

»Gehen wir.«

»Es tut mir leid, Abi.«

»Ist nicht schlimm.«

Auf dem Heimweg sprachen sie kein einziges Wort.

Und hier waren sie nun, in der Küche ihrer Eltern. Während Johns Handy in der Nähe lag und lud, schaufelten John und sie die Reste des Kürbiseintopfs in sich hinein, den ihre Mutter vorhin zubereitet hatte. »Zufälligerweise« hatte sie in letzter Zeit immer so viel Essen übrig, dass sich Abi langsam fragte, ob sie doppelte Portionen kochte. Sie war ihr dankbar dafür und ebenso für die Tatsache, dass sie Heizung und fließendes Wasser und ein Dach über dem Kopf hatten. Doch nach ein paar Wochen ging es ihr langsam auf die Nerven, die Geschirrtücher immer auf einen bestimmten Haken hängen zu müssen oder das Leitungswasser erst in einen Krug zu füllen, bevor sie es trank.

»Das war köstlich.« John kratzte die letzten Reiskörner von seinem Teller. »Danke.«

»Ich hab's nicht gekocht. Bedank dich bei meiner Mutter.« Erstaunlich, dass er überhaupt etwas schmecken konnte, so schnell wie er das Essen hinuntergeschlungen hatte. Sie hatte noch mehr als die Hälfte von ihrer Portion übrig.

»Noch etwas von dem Roten?« Er hatte die Flasche bereits in die Höhe gehoben, um sich selbst ein zweites Glas einzuschenken.

Sie deutete auf ihr Wasserglas. »Ich trinke keinen Alkohol. Schon vergessen?«

»Oh.« Er nickte. »Natürlich.«

Sie biss die Zähne zusammen. Er war mit seinen Gedanken woanders. Das war alles.

Aber dennoch beschäftigte sie die Frage weiter. Wenn er sich doch nur an eine einzige Sache erinnern würde, die sie ihm erzählt hatte. Nur an eine einzige. Er schien bloß dann zuzuhören, wenn sie sagte, dass sie Kopfschmerzen hatte oder sehr müde war, und dann blickte er so ängstlich drein, dass sie inzwischen ihre ständige Sorge um ihre Gesundheit lieber für sich behielt. Wie sich herausstellte, war der Krebs nicht mit einem unauffälligen Scan abgehakt, sondern er nistete sich im Kopf ein und wurde mit jedem Ziepen und Piksen wieder bedrohlicher, färbte die Welt schwarz und veranlasste Abi, einen weiteren Termin bei ihrem Hausarzt zu vereinbaren. Aber darüber konnte sie mit John nicht reden. Zumindest im Moment nicht.

Das war neu. Das machte ihr Angst.

Er goss sich den Rest der Flasche ins Glas und ein Tropfen Rotwein fiel auf die geblümte Tischdecke, die ihre Mutter seit den Siebzigerjahren benutzte. Sie hatte eine blanke Stelle in der Mitte und war an einer Seite ausgefranst, aber ihre Mutter hielt es nun einmal für eine Tugend, sich mit wenig zu behelfen. Abi hatte neulich eine Teekanne ohne Ausguss im Schrank entdeckt, daneben einen Haufen vergilbter Zierdeckchen, die einmal als Tassenunterlagen gedient hatten und einen Wassersprudler, den sie zuletzt benutzt hatten, als Rob das Blue-Peter-Abzeichen aus der berühmten Kindersendung im Fernsehen noch für das höchste der Gefühle hielt.

»Scheiße.« Sie sprang auf, griff nach dem Salz und schüttete es auf den Fleck, bis sich ein kleiner Haufen darauf türmte.

»Tut mir leid.« John starrte sehnsüchtig zu seinem Handy hinüber, das auf der Arbeitsplatte lag.

Abi verdrehte die Augen. »Du könntest mich ein bisschen unterstützen, John. Wir sollten die Sachen pfleglich behandeln. Meine Eltern tun uns einen großen Gefallen.«

Seine Stimme wurde lauter. »Glaubst du, das weiß ich nicht?«

Der Fleck war komplett mit Salz bedeckt. Erledigt! Sie nahm wieder auf ihrem Stuhl Platz.

Er versuchte sich an einem Lächeln. »Du solltest dir nicht immer so viele Sorgen machen.«

Er kannte ihre Mutter nicht so gut wie sie. Sie hatte allen Grund, sich Sorgen zu machen.

Abi atmete tief durch. *Zeit zu zweit. Jippieh!*

»Hast du deine Präsentation schon senden können?«

»Ja.« Er kippte die Hälfte seines Weins in einem Zug hinunter. »Ich glaube, damit mache ich das Rennen.« Sein Gesicht entspannte sich, und wieder einmal erinnerte er sie an den Mann, den sie geheiratet hatte. Der Mann, der Wochen vor Sebs Geburt das Wickeln geübt hatte, bloß um dann feststellen zu müssen, dass sein Sohn nie lange genug dafür stillhielt. Der Mann, der sie mit Wochenendausflügen in nach Holzrauch riechende Pubs überraschte, wo es Samtsofas und zwanzig verschiedene Sorten Käse gab. Der Mann, der in seiner Mittagspause zu Hause vorbeikam, um ihr einen Brownie zu bringen und Seb zu knuddeln. Der Mann, der alles für sie und ihren Sohn getan hätte.

Genau das machte er jetzt. Sie musste es sich nur immer wieder ins Gedächtnis rufen.

»Klasse. Ich drücke dir die Daumen.«

»Danke.« Er stieß einen Seufzer aus. »Entschuldige den ganzen Stress. Es geht demnächst um einige große Aufträge, daher muss ich am Ball bleiben. Hatte ich dir gesagt, dass ich nächste Woche mit einigen potenziellen Kunden zum Rugby gehe? Oxford gegen Cambridge – der Klassiker.«

»Nein.« Sie strich mit Zeigefinger und Daumen über ihr Glas. Es war nicht das erste Mal, dass er vergessen hatte, ihr Bescheid zu sagen.

»Tut mir leid.« Er griff wieder nach seinem Wein, aber sie streckte die Hand aus und hielt die seine fest. Sie musste das, was auch immer zwischen ihnen stand, überwinden.

Seine Finger ruhten in ihren. »Und du, Abi? Wie geht es dir?«

Endlich. Endlich konnte sie mit ihm reden. »Der Laden läuft gut. Wir haben mehr Kunden. Mehr Bestellungen. Und ich habe ein paar fantastische neue Künstler an Land gezogen. Es macht mir wirklich Spaß.« Sie atmete ein, um endlich loszuwerden, was sie ihm sagen wollte. »Und ich denke darüber nach –«

Sein Handy gab einen Ton von sich, und im Bruchteil einer Sekunde hatte er seine Hand weggezogen. Sie spürte die Kühle, die die Leere hinterließ, trotz der tropischen Hitze, die in der Küche herrschte. Sie lehnte sich auf ihrem Stuhl zurück und starrte auf den rundlichen Drahtkorb, in dem die Eier einer Schar frei laufender Hühner lagen, die von jemandem weiter unten die Straße hinunter gehalten wurden.

Der Lichtschein des Displays hob die Falten in seinem Gesicht hervor.

»Hör damit auf, John. Du hast doch gesagt, dass du es versendet hast.«

»Hab ich auch.« Er sah sie nicht einmal an.

Abi stand auf, um die Küchentür zu schließen, damit ihre Eltern im Nebenzimmer nichts mitbekamen. »Wieso reden wir beide nicht mehr miteinander?«

»Tun wir doch.«

»John.« Sie ging zu ihm hinüber und nahm ihm das Smartphone aus der Hand. »Das tun wir nicht.«

»Das brauche ich.« Die Verzweiflung in seinen Augen jagte ihr Angst ein. »Nur ein paar Minuten. Es gibt da ein

Problem. Einige Personalunterlagen sind scheinbar nicht angekommen.«

»Es gibt doch immer irgendein Problem.« Sie hasste den barschen Ton ihrer Stimme. »Wieso hast du niemanden, der dir hilft?«

»Weil meine Nummer zwei mit drei meiner größten Kunden abgehauen ist und ich noch nicht die Gelegenheit hatte, sie zu ersetzen.« Ein Muskel zuckte in seiner Wange. »Das weißt du doch.«

Diese verfluchte Rachel. Blöde Kuh.

»Aber ich bin auch noch da, John.« Sie sollte nicht auf diese Weise betteln müssen. »Und ich … wir … Es ist nur …« Plötzlich hatte sie seine Aufmerksamkeit. »Oh Gott. Es tut mir ja so leid. Geht's dir gut? Oder müssen wir dich wieder zum Arzt bringen?«

»Bei mir ist alles in Ordnung.« Die Panik in seinem Gesicht brach ihr das Herz. »Darum geht es nicht.«

»Gott sei Dank.« Er atmete aus. »Worüber wolltest du denn sonst reden?«

»Ich möchte dich bloß sehen, John. Ich möchte, dass wir ein Paar sind, verstehst du? Ich habe mehr von dir gehabt, als ich immer wieder ins Krankenhaus musste.«

»Da hast du mich auch gebraucht.«

»Wie bitte?« Seine Worte stießen bei ihr auf absolutes Unverständnis. »Das ergibt doch überhaupt keinen Sinn! Ja, ich habe dich damals gebraucht, John, und ich bin froh, dass du da gewesen bist. In diesem furchtbaren Sessel im Krankenhaus geschlafen hast. Mir mit schrecklichen Witzen auf die Nerven gegangen bist.«

»Das waren einige von meinen Besten!« Wenigstens lächelte er jetzt.

»Aber ich brauche dich jetzt immer noch«, quetschte sie ein wenig beschämt hervor.

Er legte den Kopf in seine Hände, was weher tat, als wenn er wütend geworden wäre. »Ich versuche alles wieder ins Lot zu bringen. Das weißt du doch. Damit wir wieder ein eigenes Zuhause haben. Ich amüsiere mich nicht etwa da draußen. Ich bin jeden Tag im Büro, und danach versuche ich potenzielle Kunden beim Essen davon zu überzeugen, meine Firma zu beauftragen, anstatt einen meiner zahlreichen Konkurrenten.« Er stieß einen Seufzer aus. »Ich versuche mehr Geld reinzubekommen, als rausgeht. Die Firma war während deiner Krankheit zur Nebensache geworden, das hat sie in diese Schieflage gebracht.«

»Ich weiß.«

»Und deshalb muss ich jetzt doppelt so viel arbeiten. Okay?« Er ergriff ihre Hand. »Ich dachte, darüber wären wir uns einig gewesen.«

»So ist es ja auch.« Abi vernahm ein Knarren aus dem Nebenzimmer, das ihr sagte, dass ihr Vater aus seinem Sessel aufstand. »Was glaubst du, weshalb ich so hart arbeite? Du bist nicht der Einzige, der versucht, die Dinge wieder in Ordnung zu bringen.«

»Ist mir schon klar.« Er drückte ihre Hand. »Und dafür danke ich dir.« Die Zärtlichkeit in seinen Augen rührte sie. »Und ich verspreche dir, dass wir das hier bald hinter uns haben.« Er hob ihre Hand und küsste sie. »Dann können wir andauernd ausgehen und so viel miteinander reden, dass du meine Stimme vermutlich nie wieder hören willst. Und wir können uns die Raging Fannies anschauen oder wie auch immer deine aktuelle Lieblingsband heißen mag, die ich auch toll finden muss.«

Ungeachtet der Umstände musste sie lachen. »Nicht einmal ich kann sie leiden, John.«

»Na ja, wir könnten uns auch Barbed Wire ansehen. Oder diesen Benjamin Dingsbums, der immer ein Klavier dabeizuhaben scheint. Egal. Aber wir werden solche Dinge wieder machen, Abi. Hab nur noch ein bisschen Geduld, ja?« Er rückte näher an sie heran, strich ihr mit seinen starken Händen, die sie so liebte, übers Haar. »Ja?«

»In Ordnung.« Er küsste sie, und sie erwiderte seinen Kuss. Natürlich musste ihre Mutter genau in diesem Moment zur Tür hereingeschwirrt kommen, die Wangen gerötet von dem Glas Rotwein, das sie angeblich nie trank, und sie sprangen auseinander.

»Lasst euch nicht stören.« Abis Mutter öffnete den Kühlschrank und zog die Pralinenschachtel – eine Auswahl von Thornton's Besten – aus dem obersten Fach hervor, wo sie ihren Ehrenplatz hatte. Sie stellte sie auf dem Tisch ab und hob die knisternde oberste Lage aus der Schachtel.

Hinter ihr unterdrückte Abi ein Kichern, als sie nach Johns Hand griff und sie drückte. »Ich liebe dich«, formten ihre Lippen, und sie verspürte eine wohlige Wärme, als seine Lippen es den ihren gleichtaten. Er war so lange ihr Fels in der Brandung gewesen. Jetzt war sie an der Reihe, ihn zu unterstützen.

Ihre Mutter wählte mit der Konzentration eines Chirurgen bei der Wahl des Skalpells eine Praline mit Karamellcreme aus. Dann steckte sie sich die Süßigkeit in den Mund und genoss sie mit geschlossenen Augen, bevor sie die Schachtel wieder in den Kühlschrank zurückstellte. Sie drehte sich um, zupfte sich ein paar eingebildete Flusen von ihrem dunkelroten Rollkragenpulli und schnappte sich dann Abis Teller. »Bist du fertig? Ich räume nur schnell ab.«

»Eigentlich ...«

Doch ihr Teller befand sich bereits in der Spüle. Selber schuld, dass sie sich den besten Bissen bis zum Schluss aufgehoben hatte.

Ihre Mutter drehte den Hahn auf, und der Boiler sprang scheppernd an. Hierzubleiben wäre ungefähr so erholsam, als würde man neben einer Bohrmaschine stehen.

Abi seufzte. Ein wirklich rundum gelungener Abend, dachte sie bei sich und ging auf die Tür zu. »Dann lass ich dich jetzt mal allein weitermachen, John«, sagte sie an ihren Mann gerichtet, der mal wieder mit seinem Handy beschäftigt war. »Bis gleich.«

Sie trat in den Flur hinaus. Die Tür zum Wohnzimmer war offen, und ihr Vater stand auf dem großen roten Kaminvorleger über seinen Schallplattenspieler gebeugt.

Er drehte den Kopf und winkte sie herein. »Was hältst du von diesem Juwel, Abi?«

Sie ging auf ihn zu und grinste, als sie den eleganten Anfang von »Get Happy« vernahm, dem Lieblingslied ihrer Großeltern.

Sie nahmen nebeneinander auf dem Sofa Platz. Er trug seine beige Kordhose mit dem Riss über dem Knie und den blauen Pullover, den ihre Mutter schon mindestens fünfzigmal geflickt hatte.

»Großvater singt bestimmt mit«, sagte sie und stupste ihren Vater leicht in die Seite.

Sein tiefes, tröstliches, rumpelndes Lachen war eines der wenigen schönen Dinge, die ihr den Aufenthalt hier erleichterten. »Ich bin mir sicher, dass er, wo immer er auch sein mag – ob da oben oder dort unten –, Ella ganz gewiss schon dazu gebracht hat, für ihn zu singen.«

Abi lächelte. »Wahrscheinlich backt sie ihm auch seinen Lieblingsapfelkuchen.«

»Mit Vanillesoße.« Ihr Vater lächelte. »Ganz viel Vanillesoße.«

»Ach ja!« Abi erinnerte sich an riesige Töpfe mit der gelben Köstlichkeit. »Die hat er ja so geliebt!«

»Das hat er.« Ihr Vater wedelte mit den Armen, als das Lied auf seinen Höhepunkt zusteuerte. »Bist du bereit?«

»Und wie!« Sie grinste, und sie legten die Köpfe in den Nacken und schmetterten gemeinsam los, reckten zum Ende hin die Arme und strahlten über das ganze Gesicht, als die Blechbläser brüllten und das Publikum tobte.

»Das war einer unserer besten Auftritte.«

»Stimmt.« Sie erwiderte sein Lächeln. »Ich bezweifele allerdings, dass Mum derselben Meinung ist.«

»Sie wird einfach nur glücklich sein, dich wieder singen zu hören.« Sein Blick trübte sich für einen Moment, bevor er ihn abwendete und stirnrunzelnd das Kreuzworträtsel betrachtete, das auf der Lehne des Sessels lag.

Ella machte weiter und begann »I Get a Kick Out of You«, zu singen. Das Kaminfeuer knisterte, und Abi blickte sich im Zimmer um, betrachtete all die vertrauten Dinge in den Regalen. Das unförmige Schaf, das Rob im Kunstunterricht in der Schule gebastelt hatte. Die Krone, die ihren Kopf in einer Schulaufführung von *Ein Sommernachtstraum* geschmückt hatte. Das Hochzeitsfoto von John und ihr. Seb, der mit seinen fünf Jahren bereits gegen seine Schuluniform rebelliert hatte.

Tränen schossen ihr in die Augen. In diesem Raum befand sich zu viel, das ihr lieb und teuer war.

»Alles in Ordnung, mein Schatz?«

»Ja.« Sie dachte an die Besorgnis in Johns Gesicht. An seinen angespannten Kiefer. Und sie fragte sich, ob er noch mehr Geheimnisse hatte. Sie immer noch schützte – selbst jetzt, wo sie unbedingt zusammenarbeiten mussten.

Nein. Das würde er nicht tun. Er hatte es ihr doch versprochen.

Aber später, als sie neben ihm lag und ihre Finger im Dunkeln über die Narben glitten, da fragte sie sich, ob das wirklich stimmte. Da waren so viele Zweifel. So viele Schatten.

Würde es ihr wohl gelingen, sie zu überwinden und sie beide zu befreien?

DEZEMBER

»In the Bleak Midwinter«

(gesungen vom Chor des King's College, Cambridge
Text: Christina Rossetti, Musik: Harold Darke)

Mum, du singst dieses Lied jedes Jahr mit deinem Chor, und jedes Mal, wenn ich es höre, muss ich an dich denken und unweigerlich auch an das Jahr, als deine Freundin Helen kurz vor der letzten Strophe in Ohnmacht gefallen ist. Ich liebe dieses Weihnachtslied. Ich habe es schon unter der Dusche und in zahllosen Kirchen verhunzt – und ihr musstet es euch, seit ich alt genug war, den Text hinzukriegen, an jedem verdammten Weihnachtsfest anhören. Aber das gehört genauso dazu wie der Schnee, der nie fällt, und die Tatsache, dass Mum immer zu viele Nelken in den Glühwein tut. Doch das ist nun einmal das Schöne an Weihnachten. Natürlich streiten wir jedes Jahr. Und Dad bekommt nie das Gabelbein, obwohl er es so gern hätte. Und auch wenn wir Trivial Pursuit eigentlich alle hassen, spielen wir es dennoch bis Mum einschläft und beim Aufwachen sogleich beteuert, dass sie gewonnen hätte, wenn sie nicht eingenickt wäre. Natürlich nehmen wir uns immer vor, einen Spaziergang zu machen und entscheiden uns dann doch dafür, auf dem Sofa zu sitzen und Schlehenschnaps zu trinken. Ich weiß das alles. Und ich liebe es. Genauso wie ich euch alle liebe.

Frohe Weihnachten x

ABI

»Früher hast du Überraschungen gemocht!«

»Steve.« Sie wurde rot, als sie den bunten Gerberastrauß in seiner Hand erblickte. »Vielen Dank. Mit dir hatte ich gar nicht gerechnet.« Sie griff sich an den Kopf, hoffte, dass ihr Haar nicht so wild aussah, wie vorhin nach ihrer Rückkehr aus der Mittagspause.

»Ist ein bisschen zerdrückt«, sagte er achselzuckend, als sein Blick auf eine Blume fiel, die nur noch ein paar Blütenblätter besaß. »Mein Auto ist nicht der beste Platz für empfindliche Sachen.«

»Immer noch voller Gitarren und Verstärker?« Sie streckte die Hand nach dem Strauß aus.

»Und alten Sandwich-Resten. Und Schokoriegelverpackungen.« Er verzog das Gesicht. »Oh Gott, damit stelle ich mich nicht gerade im besten Licht dar, stimmt's?«

»Dafür ist es ohnehin zu spät.« Sie lächelte. »Ich kenne doch schon all deine dunklen Geheimnisse.« Sie zögerte einen Moment, fragte sich, ob sie ihn auf die Wange küssen sollte oder nicht.

»Da hast du auch wieder recht.« Er löste das Problem, indem er sich zu ihr herüberbeugte und die Initiative ergriff. Dabei streifte er sie mit seiner Lederjacke, und sie erinnerte sich daran, wie er ihr damals in dem Sommer vor Studienbeginn auf einem Feld in Glastonbury die Jeansjacke um die Schultern gelegt hatte, die er ständig trug. Abi war siebzehn gewesen.

Sie kehrte blinzelnd in die Gegenwart zurück.

»Schön, dich zu sehen.«

Er nahm auf einem Hocker Platz, griff nach einem Stift und klopfte damit auf den Tisch. »Ich dachte mir, ich schaue mal vorbei, um zu sehen, was du mit dem Laden angestellt hast. Das Schaufenster sieht klasse aus. Sehr weihnachtlich.« Er nickte anerkennend.

»Danke.« Sie machte eine Vase ausfindig und begann den Strauß vom Papier zu befreien.

»Ich weiß noch, wie du hier gearbeitet hast, als wir in der Schule waren.«

»Richtig.« Sie stellte die Blumen in die Vase. »Jetzt verdiene ich allerdings etwas mehr.«

»Freut mich zu hören«, erwiderte er strahlend. »Bist du die ganze Zeit hier gewesen?«

»Nein.« Ihre Stimme hatte einen scharfen Tonfall, und sie atmete tief durch, als sie nach hinten ging, um die Vase in der Küche mit Wasser zu füllen. »Ich habe im Krankenhaus gearbeitet. In der Verwaltung. Erst in der Kardiologie und dann im gefäßmedizinischen Bereich.« Sie kehrte wieder in den Verkaufsraum zurück. »Anfangs war ich für eine Weile die Ernährerin der Familie, als John seine Firma aufgebaut hat.«

Steve nickte. »Dein Mann scheint ja ein richtiger Macher zu sein. Ich würde ihn gern einmal kennenlernen.«

»Gute Idee«, entgegnete sie lächelnd, obwohl sie wusste, dass das niemals geschehen würde, wenn es nach ihr ging. »Das lässt sich bestimmt mal arrangieren.« Sie stellte die Blumen auf den Tisch. »Sie sind wunderschön. Ich danke dir.«

Er zuckte mit den Schultern. »Gern geschehen. Ich habe niemand sonst, für den ich welche kaufen könnte.«

»Nein?« Warum bloß schlug ihr Puls schneller?

»Ich habe mich vor einer Weile von meiner Freundin getrennt. Sie wollte reisen. Ich hatte genug davon. Ich wollte hierbleiben und ein paar Wurzeln schlagen, verstehst du?«

»Na klar.« Sie begann Fotoschnur auf der Rückseite eines gerahmten Drucks vom Lake District zu befestigen.

»Und dir in die Arme zu laufen – also, das war schon verrückt. Das muss Schicksal gewesen sein.«

»Muss es wohl.« Es war schon ein verdammt großer Zufall.

»Du siehst immer noch so aus wie früher.« Er lehnte sich auf einem Ellenbogen nach vorn. »Ich komme mir gleich wieder wie sechzehn vor.« Ihre Blicke verfingen sich ineinander, und sie vermochte nicht mehr wegzuschauen. Doch dann erklang die Türglocke, und eine groß gewachsene Gestalt in einem dicken grauen Hoodie betrat zielstrebig den Laden.

»Seb!«

Seb beäugte Steve. Steve beäugte Seb.

Oh Gott.

»Seb, das hier ist mein alter Freund Steve. Er hat kurz reingeschaut, um …« Nein. Sie konnte die Blumen nicht erwähnen. »Um sich die neuen Drucke von Scott Naismith anzusehen.«

»Oh.« Seb rieb sich die Nase. »Alles klar.«

»Dann werde ich mich wohl mal wieder auf den Weg machen.« Steve erhob sich vom Hocker. »Danke, dass du mir die Drucke gezeigt hast. Dann bis bald, ja?«

»Bis bald.« Sie lächelte und hob die Hand. Steve erwiderte ihr Lächeln hinter Sebs Rücken zaudernd, bevor er auf die Straße verschwand. Sie verspürte Enttäuschung. Ein Gefühl des Verlustes.

Seb stellte seinen Rucksack auf dem Boden ab und setzte sich auf den frei gewordenen Hocker. Sein Blick fiel auf das Leihbuch aus der Bibliothek, in dem sie gelesen hatte, als Steve hereinkam.

»Was liest du da, Mum?«

»Ach, nichts Besonderes.« Sie schob das Buch zur Seite und ging um den Tisch herum auf ihn zu. »Lass dich mal von deiner Mutter umarmen.«

Er schüttelte den Kopf, und seine dicken Augenbrauen verzogen sich zu einem Stirnrunzeln. »Das ist aber gar nicht cool, Mum.«

Für den Augenblick verharrte sie enttäuscht, doch dann sah sie, wie sein Mund zuckte.

»Komm zu Mama.« Sie packte ihn und zog ihn an sich, genoss es, seine Wärme und seine Größe zu spüren. »Neues Rasierwasser?« Sie wich zurück und zauste ihm durchs Haar.

»Lass das, Mum.« Er schob ihre Hand weg.

»Keine Sorge, da hat sich kein Härchen bewegt, Seb. Nicht bei der Menge an Zeug, die du da drin hast.«

»Das ist Haarwachs, Mum«, sagte er und verdrehte dabei die Augen.

»Wenn du das sagst. Fühlt sich eher an wie Beton.«

Er hatte einen Dreckspritzer auf seiner breiten Nase, und seine Trainingsschuhe waren mit Gras beschmiert.

»Wie war das Training? Gut?«

»Ja.« Er stieß einen Seufzer aus.

Sie beobachtete ihn. Normalerweise genügte die bloße Erwähnung von Fußball, um ihm ein Lächeln ins Gesicht zu zaubern.

Er griff wieder nach dem Buch. *Die Kunst des Entschei-*

dens. Seine Augen wanderten über den Klappentext hinweg. »Wieso liest du denn so was? Ich dachte, Musikzeitschriften wären dein Ding.«

Abi lächelte. »Natürlich habe ich eine für den Heimweg im Bus in der Handtasche.«

»Dachte ich mir doch. Aber wie bist du darauf gekommen?«

»Ach. Du weißt schon.«

»Nein. Keine Ahnung.«

Sie nahm das Buch vom Tisch und stellte es in das Regal hinter sich. »Ich wollte doch früher einmal Psychologin werden, und deshalb interessieren mich manchmal solche Bücher.«

»Oh ja. Dein abgebrochenes Studium.«

»Genau.« Sie schob die Gedanken an die Ambitionen, die sie noch vor ein paar Monaten gehegt hatte, weg.

»Weil du mich bekommen hast?«

»Eigentlich nicht.« Sie zuckte mit den Schultern. »Ich hätte ein Jahr aussetzen und dann weitermachen können. Irgendwie hätte das schon funktioniert. Aber ich habe mich einfach nicht dazu durchringen können.« Sie schob die Gläser mit den Befestigungsringen vor sich in eine Reihe. »Und jetzt wird es nichts mehr damit. Der Zug ist abgefahren. Es wäre ein vierjähriges Studium, und dann noch mal ein Jahr, um meinen Magister zu machen. Das ist alles zu viel.«

»Wieso?«

Sie wollte ihm nicht zeigen, wie enttäuscht sie war. »Dazu ist es jetzt ein bisschen spät.« Sie zuckte wieder mit den Schultern. »Außerdem bin ich glücklich mit dem, was ich habe.«

»Ach ja? Bei deinen Eltern zu leben und Dad nie zu Gesicht zu bekommen?«

Der scharfe Ton, mit dem er dies sagte, überraschte sie.

Wenn er zu Hause war, verbrachte er so viel Zeit in seinem Zimmer, dass sie davon überzeugt gewesen war, er würde Johns häufige Abwesenheit gar nicht bemerken.

»Ist bei dir alles in Ordnung, Seb?«

»Klar.« Er nagte mit den Zähnen an einem Daumennagel. »Ist diese Psychologie-Sache auch der Grund, warum du damals dieses Buch von Oliver Sacks gelesen hast?«

»Ja«, erwiderte sie nickend.

Sein Gesicht verdüsterte sich. »Kurz bevor du …«

Ihr Herz begann schneller zu schlagen. »Kurz bevor ich diese Infektion bekam und auf deinem Geburtstag mit dem Krankenwagen in die Klinik gebracht wurde.« Bei der Erinnerung daran zog sich etwas in ihrem Inneren zusammen. Sie legte ihre Hand auf die seine. »Das war der schlimmste Geburtstag, den man sich vorstellen kann. Tut mir leid.«

Er schüttelte den Kopf. »War nicht deine Schuld.« Er stand auf und begann im Laden umherzuwandern. »Du ziehst ja hier wirklich das volle Deko-Programm durch.« Er stieß mit dem Kopf gegen den Weihnachtskranz, der von der Decke hing. »Gibt es auf diesem Planeten noch irgendwo Papierketten oder hast du sie alle aufgekauft?«

»Du glaubst gar nicht, was man in diesen 99-Pence-Shops alles bekommt«, sagte sie grinsend. »Wie gefällt dir das Schaufenster?«

Seine ausdruckslose Miene sagte ihr, dass er es überhaupt nicht wahrgenommen hatte. Dabei waren viele Stunden dafür draufgegangen, die gewagten Drucke verschiedener Superhelden und der drei weihnachtlichen Dackelkarikaturen mithilfe von riesigen Schneeflocken und all dem Lametta, das sie auftreiben konnte, vor einem festlichen roten Hintergrund so zu präsentieren.

»Dann hoffe ich, dass du wenigstens meine Weihnachtslieder zu schätzen weißt.« Sie begann »In the Bleak Midwinter« mitzusummen, und in ihrem Kopf vermochte sie es ebenso wunderschön zu singen wie jedes einzelne Mitglied des King's-College-Chors. Doch Sebs Gesicht nach zu urteilen, sah die Realität anders aus.

»Mach, dass es aufhört, Mum. Mach, dass es aufhört!« Er presste sich die Hände auf die Ohren.

»He, Scrooge!« Sie gab ihm eins hinter die Löffel, wenn auch nur sanft.

»Hast du ein paar …?« Er blickte sich erwartungsvoll um.

Sie mochte keine Ahnung haben, was sonst in seinem Kopf vor sich ging, aber dieses Mal wusste sie, was er meinte. »Suchst du die hier?« Sie öffnete eine Schublade und holte eine Packung Kakaokekse daraus hervor.

»Ja. Woher wusstest du das?«

»Ich bin seit siebzehn Jahren deine Mutter! Schon vergessen?« Sie schob sie zu ihm hinüber. »Als du klein warst, konntest du sie erschnuppern.«

»Echt?«

»Echt.« Sie nickte. »Egal wo ich sie auch versteckt hatte – du hast sie immer gefunden.«

»Verblüffend.« Er nahm einen Keks heraus und begann geräuschvoll zu kauen. »Hmm! Sind die gut!«

»Und was verschafft mir die Ehre deines Besuchs? Abgesehen von den Keksen?«

Sein Gesicht nahm einen verschlossenen Ausdruck an, und sie bedauerte ihre Frage sogleich. »Was soll das denn heißen? Brauche ich etwa einen Grund, um vorbeizukommen?«

»Natürlich nicht.« Sie musste vorsichtiger vorgehen. Er hatte sie derartig aus seiner Welt ausgeschlossen, dass sie keine Ahnung hatte, wo sich die Landminen befanden. »Ich dachte nur, dass da vielleicht etwas wäre, was du mit mir …«

»Nein.« Er nahm einen weiteren Keks aus der Packung. »Gibt es Tee?«

»Natürlich.« Sie schluckte ihre Enttäuschung hinunter. Sie wusste, dass ihn etwas beschäftigte. Er mochte inzwischen erstaunlich groß sein, aber er war immer noch der Junge, der erst einmal sämtliche Haferriegel in der Keksdose gegessen hatte, bevor er den Mut aufbrachte, ihr zu beichten, ein Loch in ihr Lieblingsschultertuch geschnitten zu haben, weil er ein Zelt daraus machen wollte.

Vielleicht würde er reden, sobald er eine Tasse Tee in den Händen hielt.

»Ich kann ihn ja machen.« Er machte Anstalten aufzustehen, aber ihr fiel die Tüte ein, die sie unter der Theke versteckt hatte, und sie wollte auf gar keinen Fall, dass ihr Sohn sie entdeckte. Die Chemo war schon schlimm genug gewesen, aber der Inhalt der Tüte würde mit Sicherheit bleibende Schäden bei ihm hinterlassen. Sie dachte an das, was sie für später geplant hatte und wurde sogleich nervös. Sie wollte es unbedingt schaffen. Und sie würde es auch schaffen.

Möglicherweise.

Sie stellte den Wasserkocher an und ging zu ihrem Sohn zurück.

»Wo ist Onkel Rob?«

»Der hat heute frei. Wieso?«

»Ich hatte einfach Bock mit ihm zu reden.« Die Kekspackung war beinahe leer.

»Warum redest du nicht mit mir? Vielleicht bringt dir das auch etwas.«

»Es ist nur …« Er schob sich einen weiteren Keks in den Mund und kaute knirschend darauf herum. »Es …«

»Ja?«

Es herrschte Schweigen, dann schüttelte er den Kopf, als versuche er die Gedanken an das, was er hatte sagen wollen, zu vertreiben.

»Du. Und dieses Psychologie-Ding.«

»Ja?« Ein weiteres Ablenkungsmanöver.

»Es ist nicht so leicht, das zu tun, was man möchte, stimmt's? Der Mensch zu sein, der man sein will.« Er zerdrückte die Packung in seiner Faust, hielt dabei den Kopf gesenkt.

Sie lehnte sich über den Tisch. »Was meinst du damit, Seb? Was ist los mit dir?«

»Nichts.« Sein Seufzer war der eines alten Mannes auf der Krankenstation. »Gar nichts ist los.«

Trotz seiner Größe, seiner Stärke, der Tatsache, dass er einen Ball von einer Seite des Fußballfelds zur anderen schießen konnte, war er dennoch verwundbar. Ein Kind, das Beistand benötigte.

Sie ging im Laden umher und begradigte die gerahmten Bilder an den Wänden, während sie überlegte, was sie sagen sollte. Vielleicht würde es helfen, ihm Mut zu machen. »Du schlägst dich doch so gut, Seb. Du hast so gut abgeschnitten beim Eignungstest, nicht wahr? Du scheinst so zufrieden zu sein damit. Und nächsten Monat hast du dein Auswahlgespräch am UCL. Mach dir doch keinen unnötigen Druck. Du musst sie bloß um den Finger wickeln, deine Noten erreichen und dann liegt dir die Welt zu Füßen.«

»Klar. Als wäre das so leicht.« Er zerknüllte die Packung mit seinen Fingern, und seine Miene sagte ihr, dass die Unterhaltung beendet war.

Sie hatte ihn verloren.

»Ist bei dir und Jess alles in Ordnung?«

»Sicher.«

»Ganz bestimmt?«

»Ja, Mum. Hör auf, dir Sorgen zu machen.« Er streckte sein Kinn vor. »Alles okay zwischen uns.«

»Na gut.« Sie wusste, dass sie am eigentlichen Problem vorbeiredeten. Sie musste sich einfach vortasten und hoffen, dass sie irgendwann darauf traf. »Gibt es sonst etwas? Du weißt doch, dass du immer mit mir reden kannst.«

»Wirklich?«

»Natürlich.«

Er holte tief Luft und rieb mit einer Hand über die Stoppeln an seinem Kinn. »Mum, ich mache mir ernsthaft Sorgen, dass ich nicht –«

Die Türglocke ertönte. Verdammt. Kundschaft. Und ausgerechnet Mr. Withers, mit dem man nie nur ein paar Worte wechseln konnte, sondern der mit der Geschwindigkeit eines ausgeleierten Tonbands sprach und gern Geschichten über seine Freunde vom Senioren-Mittagstisch seiner Kirchengemeinde und deren zahlreichen Krankheiten erzählte. Abi redete nie so viel über Krebs wie zu den Besuchen von Mr. Withers. Es war nie ein angenehmes Thema, nicht einmal zu ihren besten Zeiten, und hinterher, wenn sie nach Hause kam, tastete sie ihren Körper immer gleich nach Knoten oder Schwellungen ab. Für alle Fälle.

»Seb. Warte.«

Er schüttelte den Kopf. »Bis später, Mum. Okay?«

»O.K.« Abi starrte ihm hinterher, als die Tür zufiel. Dann wandte sie sich ihrem Kunden zu. »Und wie geht es Ihnen heute, Mr. Withers?«

»Die Hüfte tut weh, meine Liebe …« Er rieb sie sich mit einer arthritischen Hand. »Ich gehe morgen zum Arzt. Man weiß ja nie, nicht wahr?«

»Nein. Das ist wohl wahr.« Abi schenkte ihm ein freundliches Lächeln und wappnete sich mit Geduld, denn dies würde eine lange Kundenberatung werden. Die Tragetasche schob sie mit dem Fuß noch etwas weiter unter die Theke und fragte sich, was Seb ihr wohl hatte sagen wollen.

Ob es wohl etwas war, das er sich selbst noch nicht eingestehen konnte?

»John?«

»Bin oben.«

Perfekt. Sie zog ihren violetten Bademantel fester um sich, als sie die Stufen hinauftappte. Trotz jahrelanger hingebungsvoller Übung, schien sie vergessen zu haben, wie man einen Lidstrich mit dem Eyeliner zog und hatte den Versuch nach zehn Minuten aufgegeben, weil sie aussah, als hätte ihr jemand eins aufs Auge verpasst. Ihr Haar war zwar inzwischen voller geworden und sah nicht mehr so aus, als wäre es angeklebt, aber es war noch zu kurz, um es zu stylen und das ganze Bürsten hatte nur dazu geführt, dass es sich statisch aufgeladen hatte und sie nun aussah, als hätte sie einen Heiligenschein. Aber immerhin waren ihre Zehennägel lackiert, die Achseln rasiert, und sie trug die Ausbeute ihres mittäglichen Shoppingtrips zum nächstgelegenen Primark am Leib. Die Sachen waren zwar furchtbar unbequem, aber sie trug sie.

Als sie glaubte, ein Geräusch hinter sich zu hören, fuhr sie in Panik herum, befürchtete schon, dass ihre Eltern früher aus dem Konzert in der Ortskirche zurückgekehrt sein könnten. Aber da war nichts. Und Seb hatte auch etwas vorgehabt und war nicht da. Die Luft war also rein.

Der heutige Abend war schon längst überfällig, und dennoch klammerte sie sich an das abgenutzte Geländer, nicht bereit, den letzten Schritt zu tun. Die Was-wäre-wenn-Fragen ließen sie nicht los. Vielleicht begehrte John sie ja nicht mehr. Vielleicht hielt er rein gar nichts von ihrer Überraschung. Doch dann fiel ihr Lesleys energische Textnachricht ein. Tu es endlich. Du liebst ihn. Er liebt dich. Schmeiß den Enthaltsamkeitsring in den Müll und fall über ihn her. Du wirst es nicht bereuen.

Hoffentlich behielt ihre Freundin recht. Ihr Herz pochte so heftig, dass sie kaum zu atmen vermochte. Als sie aus ihrer Gedankenverlorenheit erwachte, bemerkte sie, dass sie auf das Porträt ihres verstorbenen Großvaters starrte. Das war nicht gerade das beste Aphrodisiakum.

Tu es endlich, Abi.

Sie schritt vorwärts und legte die Hand auf die Türklinke. Ein traumatisches Jahr lag zwischen ihr und dem Mann dort drinnen. Ihrem Ehemann. Dem Mann, den sie liebte.

Schluss damit! Sie öffnete die Tür und hob die Hand in der Absicht, sich in einer verführerischen Pose gegen den Türrahmen zu lehnen. Leider hatte sie die Stufe, die ins Zimmer hineinführte, völlig vergessen, stolperte hinein und fing sich gerade noch am Fußende des Bettes.

Er blickte nicht einmal auf.

Enttäuschung breitete sich in ihr aus, doch sie ballte die Fäuste, machte weiter. Sie musste für das hier kämpfen. Für sie beide.

»Hallo.«

»Hallo.« Seine Finger tippten weiter, und der Lichtschein

des Bildschirms betonte den besorgten Ausdruck auf seinem Gesicht.

Ignoriert zu werden war in all den Szenarien, die sie sich vorgestellt hatte, allerdings nicht vorgekommen. Sie hatte keine Ahnung, was sie tun sollte. Sie stand da und kam sich im Stich gelassen und albern vor in den winzigen, dünnen Dreiecken unter ihrem Bademantel. Sie gehörten an eine andere Frau. In ein anderes Leben.

Doch sie konnte jetzt nicht einfach aufgeben. Sie ging zu ihm hinüber und setzte sich auf das Bett, legte ihre Hand auf den Laptop und klappte ihn einfach zu.

»Aua!« Sein Finger flog zu seinem Mund.

»Oh, tut mir leid. Habe ich dir wehgetan?«

»Ja.« Er sah sie missbilligend an. »Warum hast du das gemacht?«

Lass dich nicht unterkriegen, mahnte sie sich, auch wenn sie nun ein ernsthaftes Titanic-Gefühl überkam. Aber sie hatte keine andere Wahl. Erinnerungen an die Zeit wurden wach, als sie darauf bestanden hatte, den Beitrag von Bucks Fizz für den Eurovision Song Contest für einige Freunde ihres Vaters zum Besten zu geben, um dann festzustellen, dass sie einer von ihnen auslachte, bevor sie überhaupt mit der Hälfte der Nummer durch war. Sie wusste noch genau, wie unendlich einsam sie sich am Ende gefühlt hatte, als sie mit hochgereckten Armen und dem Herz in der Hose dastand.

Sie griff nach Johns Hand und setzte den Laptop vorsichtig auf den Boden, ignorierte dabei den panischen Ausdruck in seinen Augen, als sie ihm das Gerät wegnahm – so ähnlich dem seines Sohnes, als der noch ein Baby war und es jemand wagte, einen Joghurt von seinem Tablett zu nehmen, bevor er den letzten Happen gegessen hatte. Winzige Fäuste, die auf Plastik trommelten.

Nein, das war nicht so ganz die Stimmung, die ihr vorschwebte.

Sie drehte seine Hand nach oben und gab ihm einen Kuss auf die Innenseite.

»Ich war heute einkaufen.«

»Ach ja?« Er nickte. »Hast du an Toilettenpapier gedacht? Ich glaube, wir sind wieder mal an der Reihe.«

Oh Gott.

»Und Mülltüten.«

Das reicht. Genug geredet. Sie beugte sich vor und küsste ihn.

Das brachte ihn endlich zum Schweigen.

Sie nahm seine Hand und schob sie unter ihren Bademantel.

Er hielt inne, um Atem zu holen. »Oh. Die Art Einkauf.«

»Genau.« Sie hatte schon lange nicht mehr dieses Funkeln in seinen Augen gesehen. Ihr Herz begann schneller zu schlagen, und sie griff unter sein Hemd und packte seinen Gürtel, zog John zu sich herüber und dieses Mal wurden ihre Küsse schnell leidenschaftlicher, bis ihr Bademantel neben seinem Hemd auf dem Boden landete, und sie schwer atmend, die Gliedmaßen ineinander verschlungen, mitten auf dem Bett lagen. Darauf hatte sie gewartet. Das war das, was sie brauchte. Abi und John. Endlich Zeit zu zweit.

»Gott, du bist so schön.« Er starrte sie an bei eingeschaltetem Licht, und sie sah nichts als Bewunderung in seinen Augen. All diese Monate, in denen sie sich versteckt hatte. Die Bettdecke in die Höhe gezogen und ihre Schlafanzüge bis oben zugeknöpft hatte. Dabei war all die Zeit das hier möglich gewesen. Sie wölbte sich ihm entgegen, knabberte an seinem Hals, streichelte ihm übers Haar. Sie vergaß die Narben. Vergaß das Blut und die Schmerzen. All die Monate, in denen sie in den Nächten versucht hatte, den Mut aufzubringen, nach ihm zu greifen.

Sie waren füreinander bestimmt.

Ihre Hand glitt tiefer und tiefer, bis sie die weiche Haut an seinem Schenkel erreichte. Sein Atem ging stoßweise. Keuchend.

Das hier fühlte sich so gut an. Und er schien genauso zu empfinden.

Dann vernahm sie plötzlich ein Summen.

»Scheiße.«

Nicht gerade die Worte, die sie sich erträumt hatte.

Sie ignorierte ihn, ließ ihre Hände an seinen Beinen hinaufgleiten.

»Oh Gott. Hör auf.« Er klang, als habe er Schmerzen.

Wut und Enttäuschung nahmen ihr den Atem. »Was zum Teufel ist denn los, John?«

»Ich muss da rangehen.« Er deutete auf sein Smartphone.

»Das ist doch wohl jetzt nicht dein Ernst!« Sie schnipste sich ein paar Haarsträhnen aus den Augen und tauchte wieder ab. Sie hatte nicht vor, jetzt aufzuhören. Sie würde dafür sorgen, dass es passierte.

»Abi!« Er schubste sie weg.

Sie starrte den Mann an, der ihr einst nicht widerstehen konnte, und plötzlich war sie nichts weiter als billige Unterwäsche und Narben, und ihr war klar, dass es nicht das Handy war, das ihn davon abhielt weiterzumachen. Es war eine willkommene Entschuldigung, um von ihr wegzukommen.

Und sie hatte sich sexy gefühlt! Erregt!

Was für eine Närrin sie doch war. John hatte ihr Gel auf die Aphthen in ihrem Mund geschmiert. Er hatte sie mit dem Löffel gefüttert und sie im Fieberwahn auf dem Küchenboden liegend gefunden.

Darüber würden sie niemals hinwegkommen.

Sie sprach diese Gedanken nicht aus. Aber sie lasteten schwer auf ihrer Seele.

Tränen begannen ihr über das Gesicht zu laufen.

»Oh Gott! Tut mir leid!« Er drückte sich hoch und wandte sich von ihr ab. »Ich kann einfach nichts richtig machen.«

Sie wischte sich die Tränen ab und griff nach dem Bademantel, um ihren hässlichen Körper zu bedecken. »Ist schon in Ordnung. Ich habe verstanden«, sagte sie mit kaum hörbarer Stimme.

»Nein, hast du nicht.«

»Doch.« Sie zwang sich, ihn anzusehen. Zwang sich hinzuschauen und sich einzugestehen, was aus all dieser Liebe geworden war.

Seine Augen waren voller Mitleid. Sie hatte gewusst, dass er es empfand, aber es versetzte ihr dennoch einen Stich.

»Komm schon, Abi. Wir hatten seit Monaten keinen Sex mehr, und dann überfällst du mich damit! Ich hatte dir doch gesagt, dass ich heute Abend arbeiten muss, ich versuche, Personal für dieses Hotel zusammenzukriegen und …« Er verstummte. Warf den Kopf in den Nacken und gab ein Heulen von sich. »Warum zum Teufel klappt einfach gar nichts mehr?«

Vor vier Monaten hatte er sich nur eins gewünscht: Dass sie am Leben blieb. Nun war sie hier, und alles brach auseinander.

Sie hatte keine Antwort für ihn parat. Sie war zu müde. Zu niedergeschmettert.

»Es tut mir leid«, wiederholte er kopfschüttelnd.

»Mir auch.«

Er stand auf und zog sich die Hose an. »Wir brauchen einfach mehr Zeit, Abi.«

»Ach ja? Sind anderthalb Jahre ohne Sex etwa noch nicht genug?«

»Jetzt stell dich nicht so dumm.«

»Tu ich gar nicht.« Sie schüttelte den Kopf. »Ich bin bloß ehrlich.« Der verdammte Bademantel hatte sich auf dem Weg zum Boden im Bettpfosten verfangen. Sie zog daran. Ihr war jetzt kalt. Sie blickte an sich herab, betrachtete das Höschen und den passenden Büstenhalter. Beides sah einfach lächerlich aus. Es war eine blöde Idee gewesen. Sie hätte wissen sollen, dass sich damit nichts lösen ließe. Sie gab den Bademantel auf, rutschte zurück und zog die Bettdecke über den Körper. Während ihrer Krankheit hatte sie sich gewünscht, noch ein weiteres Weihnachtsfest zu erleben. Nun war es so weit und der Mann, den sie liebte, wollte sie nicht mehr.

John wirkte total niedergeschlagen. »Es tut mir wirklich leid, Abi.«

»Schon gut«, entgegnete sie. »Ich weiß.« Die Decke war dick, aber sie fror dennoch.

Er griff nach seinem Laptop. »Ich werde unten arbeiten«, sagte er und vermied es, sie dabei anzusehen. »Dann kannst du dich in Ruhe anziehen.«

»Alles klar.« Abi starrte durch das Dachfenster zu den Sternen hinauf, bei deren Erscheinen sie sich so oft etwas gewünscht hatte. Zu denen sie gebetet hatte.

Sie sah zu ihm hinüber, als er im Halbdunkel nahe der Tür verharrte.

»Heute ist Dienstag, nicht wahr?«

Er blickte zu Boden. »Ja. Ist noch nie ein guter Abend für uns gewesen, oder?«

»Stimmt.« Abi nickte, erinnerte sich an ihre Chemo-Dienstage. Sie waren immer gleich abgelaufen. Sie hatte Angst. Er machte sich Sorgen. Und beide hatten sie Dinge gesagt, von denen sie wünschten, sie könnten sie zurücknehmen. Und am Ende war John zu einer langen Jogging- oder Fahrradrunde verschwunden, bis sie sich beide beruhigt hatten und wieder wie zivilisierte Menschen miteinander umgingen.

Und nun setzte sich diese Tradition fort.

Er versuchte sich an einem Lächeln. »Es wird alles wieder gut. Wirst schon sehen.«

Sie verspürte nicht den geringsten Grund, ihm zu glauben.

SEB

»Fast hätten wir das Bett eingeweiht, Schatz.« Jess griff zu Sebs Nachttisch hinüber und trank einen Schluck Wasser.

»Ja«, murmelte er, fuhr sich mit der Hand durchs Haar und setzte sich auf. Dabei stieß sein Kopf gegen das wackelige Brett, das unverständlicherweise über seinem schmalen Bett angebracht worden war. Er blickte sich um. Seine Gedanken überschlugen sich angesichts dessen, was gerade passiert war. Oder besser gesagt *nicht* passiert war.

Im Grunde überraschte es ihn nicht einmal. Angesichts dessen, was er in den letzten paar Monaten zu ignorieren versucht hatte.

Sein Mund war ganz trocken, weil er sich so furchtbar schämte, und er rieb sich den Kopf und fragte sich, wie lange er wohl warten musste, ehe er sie bitten konnte zu gehen. Alles, was er jetzt wollte, war ein Ball und ein sehr großes Feld, auf dem er sich damit austoben konnte.

Jess setzte sich ebenfalls auf, umarmte ihn und presste dabei ihre Brüste an seinen Rücken. Sie strich mit ihren violetten Fingernägeln in einer Weise über seine Brust, von der er wusste, dass sie ihn anmachen sollte. Aber im Augenblick fühlte es sich ungefähr so anziehend an wie Stacheldraht.

»Ich kann es kaum erwarten, dass wir es wieder tun.« Ihre Stimme hatte einen verführerischen Klang, und ihr langes dunkles Haar kitzelte ihn an Nacken und Rücken.

Oh Gott. Sie war so verdammt nett. Wenn sie schreien oder toben würde, dann könnten sie sich wenigstens streiten, und er wäre in der Lage, einen Teil seines Frusts loszuwerden. Aber durch all dieses Verständnis vermochte er nichts anderes zu empfinden als Scham.

Er musste hier raus. »Ich muss bald los. Habe eine Schicht im Restaurant.«

»Echt?« Sie verweilte in der Position, mit den Händen auf seiner Haut. »Wie willst du das nur alles schaffen? Wo doch bald die Probeklausuren anstehen?«

»Keine Ahnung, aber ich habe nun mal kein Taschengeld zur Verfügung, so wie du.« Ihm war klar, dass er sich danebenbenahm, aber das war ihm egal. Er stand auf, und sie ließ sich wieder ins Kissen fallen, wobei sie ebenfalls Bekanntschaft mit dem Brett machte.

»Scheiße. Das hat wehgetan«, fluchte sie und rieb sich den Kopf.

Eigentlich hätte er zum Bett zurückgehen und nachschauen sollen, ob sie sich nicht ernsthaft verletzt hatte, dessen war er sich bewusst, aber er wollte nur noch seine Klamotten überziehen, eine Sicherheitsbarriere zwischen ihnen schaffen. Weg von der erniedrigenden Erfahrung dieses Nachmittags, an dem sie sich die Schule und das Lernen geschenkt hatten, um hier allein zu sein, weil alle anderen weg waren. Sie hatten Händchen gehalten und gekichert, als sie die Stufen hinaufrannten, sich geküsst, als sie die Haustür öffneten und damit weitergemacht, während sie die Treppe zu seinem Zimmer hinaufstiegen.

Die Unbeschwertheit war nun verschwunden. Geblieben waren sie und er und ein zerwühltes Bett. Irgendwie traurig. Sogar schäbig.

Er stieß einen Seufzer aus. Seit er Jess, dem heißesten Mädchen an der Oxford High, aus Versehen seine Cola über die Hose gegossen hatte, und sie nur darüber gelacht und ihn aufgefordert hatte, sich zu ihr zu setzen, da wusste er, dass er ein echter Glückspilz war. An jenem Tag hatte sie darüber gelacht, was für Essensmengen er verdrücken konnte (Hähnchenplatte, Knoblauchbrot, zwei Maiskolben und eine große Portion Kartoffelbrei – nicht einmal seine größte Mahlzeit), und danach waren sie ein Paar, und dann bekam seine Mutter die Diagnose, und Jess hatte ihn die ganze Zeit über unterstützt.

Doch in letzter Zeit hatte er begonnen, darüber nachzudenken, ob sie beide eine Zukunft hatten. Egal wie sehr er sich auch anstrengte, er kam einfach nicht von dieser Sache los, die er nicht einmal in Worte zu fassen vermochte. Wohin sein Blick wanderte. Die Gesichter, die ihm in seinen Träumen erschienen. Er hatte keine Ahnung, wie er es ihr sagen sollte – ihr beibringen sollte, dass es aus war zwischen ihnen.

Aber darüber konnte er sich später den Kopf zerbrechen. Wenn die Scham nachgelassen hatte.

Sie beobachtete ihn vom Bett aus. »Wir könnten es doch noch einmal versuchen«, schlug sie vor.

Oh, nein. Nicht noch einmal. Noch nicht.

»Tut mir leid, aber ich muss jetzt wirklich weg.« Er strich über das Display seines Smartphones und erweckte es zum Leben. Eine Sekunde später ertönte Bugzy Malone aus den Lautsprechern, was praktischerweise jegliche Überbleibsel von Romantik zerstörte.

Er wandte sich ihr wieder zu, wobei er ein wenig verlegen war, weil er nur seine Boxershorts trug. Eigentlich sollte er doch gerade überglücklich sein. Schönes Mädchen. Sturmfreie Bude. Er hatte Jahre damit verbracht, von etwas wie dem hier zu träumen.

»Seb?«

Er konnte ihr einfach nicht in die Augen sehen. Nicht jetzt. Er drehte sich um, schlüpfte in seine Jeans und warf ihr dann einen Blick über die Schulter zu. »Meine Großeltern werden sowieso bald wieder zurück sein.«

Jess lächelte und klopfte neben sich auf das Kissen. »Wieso kommst du nicht wieder rein, bis wir die Haustür hören?«

»Nein.« Es kam viel zu laut heraus. »Ich habe keine Zeit mehr. Ich …« Wie immer fehlten ihm die Worte. Er wandte sich erneut ab, um sein T-Shirt zu suchen. »Ich glaube nicht …«

Sie packte seine Hand, richtete sich im Bett auf den Knien auf und dabei glitt die Bettdecke herab. Wenn er doch nur den Wunsch verspüren würde, sie zu berühren. Ihre Traurigkeit wegzuküssen.

Er wünschte sich so sehr, dass es so wäre. Wünschte es sich von ganzem Herzen.

»Es ist alles gut, Seb. So was kommt vor. Das kann jedem mal passieren.«

Nein, hätte er am liebsten geantwortet. Das hier ist keine Ausnahme. Es wird mir wieder und wieder passieren. Bis ich etwas dagegen unternehme.

Ihre Stimme hatte einen flehentlichen Klang angenommen, und mit jedem Wort fühlte er sich beschissener. »Du hast im Moment eine Menge um die Ohren. Deiner Mutter geht es erst seit Kurzem wieder besser. Dein Dad steckt in Schwierigkeiten.« Sie deutete auf das Zimmer mit seinem Dekor aus den Achtzigerjahren. »Du musst mit so vielem klarkommen.«

Er klammerte sich an den Strohhalm, den sie ihm anbot. »Stimmt.« Er fühlte sich wie ein Arschloch, aber das war immer noch besser, als an die letzte Stunde zu denken. Ihr langes dunkles Haar, das wie ein Fächer auf dem Kissen ausgebreitet war. Die Erregung in ihren Augen, als sie ihm die Jeans herunterzog. Ihre Finger, die sanft die Umrisse seines Hinterteils nachzeichneten.

Oh Gott. Er brauchte schnellstens frische Luft.

»Danke, Jess.« Er presste die Hand auf seine Augen, als ob ihm die Tränen kämen und bemerkte erst da, dass sie ihm tatsächlich über die Wangen liefen. Das Ganze wurde wirklich immer peinlicher. Sie zog ihn zu sich herüber und umarmte ihn. Das Bett fühlte sich langsam wie ein riesiger Magnet mit all dem an, dessen er sich nicht stellen und worüber er nicht nachdenken wollte.

Dieses ganze Verständnis wurde ihm zu viel, kam ihm vor wie eine Schlinge, aus der er sich befreien musste, und so wich er zurück, griff nach seinem T-Shirt und zog es sich über den Kopf. Jess begann sich ebenfalls anzuziehen, und er zog die dünnen Vorhänge mit den Star-Wars-Figuren darauf zur Seite, die sich sein Onkel Rob damals für sein Kinderzimmer ausgesucht hatte. Sein Blick schweifte über den Garten. Am Ende des Gartens versahen die ordentlichen Reihen aus Saubohnen und Karotten das Gemüsebeet mit einem Kreuzmuster, und die Weide wölbte sich über die Bank in der Mitte des Rasens. Zwei Namen standen darauf: Gryff und Carol. Seine Mutter hatte immer im Scherz gesagt, dass Dad und sie sich auch irgendwann eine eigene Bank zulegen würden, aber das schien nun in weite Ferne gerückt. Im Moment benötigten sie andere Dinge wie Essen und Zahnpasta und einige sehr günstige Weihnachtsgeschenke füreinander und für ihn.

Er seufzte. Er hatte geglaubt, dass es leichter werden

würde, sobald es seiner Mutter besser ging, und das war ja auch so. Diese furchtbare Angst war verschwunden. Dieses Gefühl, dass jeder Anruf das Ende bedeuten könnte. Aber er vermisste es, den beiden dabei zuzusehen, wie sie Händchen hielten. Vermisste den Anblick ihrer Köpfe nebeneinander auf dem Sofa, wenn sie sich diese verrückte Survivalsendung mit Bear Grylls ansahen, die sie beide so toll fanden. Vermisste es, Teil einer Familie zu sein.

»Aber du kommst doch zu meiner Geburtstagsparty, oder?« Jess hatte inzwischen fast all ihre Klamotten angezogen und fuhr sich mit gespreizten Fingern durchs Haar, während sie auf Instagram nachsah. Er hoffte, dass dieser Nachmittag nicht in ihrem Feed auftauchen würde. Es war definitiv einer, den man am besten vergaß.

»Klar.« Er holte tief Luft. »Die würde ich doch für nichts in der Welt verpassen!«

»Cool.« Sie stand auf, schlüpfte in ihre Stiefel und beugte sich hinab, um die Reißverschlüsse in die Höhe zu ziehen.

Sie sah ihn mit einem zweifelnden Ausdruck in den Augen an und sagte: »Also dann. Wir sehen uns.«

»Ja.« Seine Stimme versagte, und einen Moment lang befürchtete er, er würde wieder in Tränen ausbrechen. »Und viel Glück bei deinem Auswahlgespräch. Zeig's denen mal so richtig!«

Sie grinste, aber er wusste, wie hart sie gearbeitet hatte, um in Oxford angenommen zu werden. Wie oft sie bis tief in die Nacht Unterrichtsstoff wiederholt hatte. Wie oft sie um fünf in der Früh schon wieder am Schreibtisch gesessen hatte, um einen weiteren Abschnitt ihres Lernpensums abhaken zu können. Derweil er rein gar nichts getan hatte. Seine Eltern sogar über das Ergebnis seiner Eignungsprüfung angelogen hatte. Wie durch ein Wunder hatte er in manchen Bereichen ganz gut abgeschnitten, aber im Schriftlichen insgesamt war er weit hinter den Erwartungen zurückgeblieben. Seine Jahrgangsstufenleiterin hatte ihn nach dem Grund gefragt, und Seb war nichts Besseres eingefallen, als ihr zu antworten, dass die Fragen zu schwer für ihn gewesen seien. Das war ihm leichter gefallen, als einzugestehen, dass sich sein Verstand einfach nicht lange genug konzentrieren konnte, um irgendeine der Antworten zu Papier zu bringen. Dass er dagesessen, auf das Blatt gestarrt und sich gefragt hatte, wie um alles in der Welt die anderen Kandidaten nur so viele Wörter in ihren Köpfen haben konnten, um all die Seiten zu füllen.

Die Schule hatte sich auch an seinen Vater gewandt. Seb war so froh, dass seine Mutter noch nicht wieder auf der Kontaktliste stand, dass er allem zugestimmt hatte, was sein Vater vorschlug. Ja, er würde den Stoff ab jetzt sorgfältiger wiederholen. Ja, er würde weniger Stunden im Restaurant arbeiten. Alles bloß damit sein Vater seiner Mutter nichts von dem, was geschehen war, erzählte. Und als sein Vater Seb mit seinen erschöpften Augen angesehen und ihn gefragt hatte, ob er die Wende wirklich noch bis zu den Probeklausuren schaffen würde, da hatte Seb Ja gesagt.

In Anbetracht seiner derzeitigen Verfassung würde man ihm aber wohl bald auf die Schliche kommen. Ihm lief die Zeit davon.

Er umarmte Jess und drückte sie an sich. »Du hast es wirklich verdient. Oxford kann froh sein, wenn sie dich kriegen.«

»Ja, genau.« Sie zog ihre Jacke an. »Ich muss ja auch nur neunzig Prozent meiner Mitbewerber schlagen. Kein Problem. Das war clever von dir, dich fürs UCL zu entscheiden.«

»Da ist die Konkurrenz aber auch ziemlich groß.« Er schluckte. »Aber du wirst das schaffen, Jess.« Er hielt sie mit festem Griff an den Schultern. Er mochte ja im Bett eine Niete sein, aber diesen Teil hier kriegte er hin. »Das weiß ich.«

»Meinst du wirklich?« Ihre Stimme war so leise.

»Hundertprozentig.«

Das Strahlen kehrte in ihre Augen zurück. »Na, dann muss es ja stimmen.«

Er erwiderte ihr Lächeln, genoss für einen Moment das seltene Gefühl, tatsächlich jemandem geholfen zu haben.

Als sie weg war, der Wind ihr auf dem Weg zu ihrem Auto die Haare ums Gesicht geweht hatte, da öffnete er die Hintertür in der Küche und trat in den Garten hinaus. Der Wind drang sogleich durch seinen Hoodie, aber die Kälte half ihm dabei, einen klaren Kopf zu bekommen. Er war so müde von der keimenden Furcht, die er mit sich trug. Es musste irgendetwas geschehen, damit er sich endlich darüber klar wurde, was mit ihm los war.

»Hey.«

Ein Kopf erschien über dem Zaun.

»Hey.«

»Hast du Bock auf den hier?« Marc wedelte mit einem Joint.

»Definitiv.« Das würde bei ihm mit Sicherheit für bessere Stimmung sorgen. Er rannte auf die Hecke zu und versuchte sich darüber zu schwingen. Doch er hatte die Rechnung ohne die Eiben gemacht, aus denen sie bestand: Seine Hand fand keinen richtigen Halt, sackte weg, er spürte, wie etwas über seine Stirn schrammte, und dann fand er sich auf seiner Gartenseite im Dreck wieder, neben einem Scheißhaufen, den wohl ein Fuchs hinterlassen hatte. »Verdammt noch mal!« Jetzt war ihm wirklich zum Heulen zumute. Bevor er sich versah, landete ein Paar Converse scheinbar mühelos neben ihm. Es musste einfacher sein, von der anderen Seite herüberzugelangen. Marcs Hand war unter Sebs Kinn und hob es in die Höhe.

»Das tut weh.« Seb drehte den Kopf weg.

»Kein Grund zur Panik«, sagte Marc mit ruhiger Stimme. Das musste an all dem Pot liegen.

»Hab ich nicht.« Seb setzte sich auf und schnappte ihm den Joint aus der Hand. Er glomm Gott sei Dank immer noch.

Marc kniff die Augen zusammen. »Du blutest. Ist eine ziemlich üble Schramme. Aber glücklicherweise …« – er schob die Hand in seine Jeanstasche – »habe ich eine kleine Schwester und bin auf alles vorbereitet.« Er zog ein Peppa-Wutz-Pflaster hervor.

Seb inhalierte tief, während ihm Marc das Pflaster behutsam aufklebte, und hustete dann. »Oh Mann, das Zeug ist aber stark.«

»Genau wie ich's mag.« Marc setzte sich auf die Fersen zurück, und Seb konnte durch einen Riss in der Jeans die Härchen auf seinem Bein sehen. Er wandte den Blick ab und starrte zu einem Rotkehlchen hinauf, das auf einem Ast über ihm fröhlich vor sich hin zwitscherte. So ein Glückspilz. Fressen, Sex und Revier. Was für ein einfaches Leben.

»Und keine Sorge. Ich werde niemandem erzählen, dass du ein pinkfarbenes Pflaster auf deiner Machostirn hattest.«

»Klappe.« Seb rappelte sich auf. Für einen Moment drehte sich alles. Schwer zu sagen, ob es an dem Pot lag oder an dem Sturz.

»Ist dir schon mal aufgefallen, dass du ziemlich einsilbige

Antworten gibst?« Marc neigte den Kopf zur Seite. »So herrlich primitiv. Typisch Fußballer.«

»Fi…« Seb wurde bewusst, dass er ganz dem Klischee entsprach. Er zuckte, als Marcs Finger die seinen berührten. »Was soll das?«

»Du meine Güte, du bist aber schreckhaft.« In der Dämmerung konnte er Marcs weiße Zähne sehen, als dieser lächelte. »Ich hole mir bloß meinen Joint zurück.« Er steckte ihn zwischen seine Lippen und Seb sah, wie die Spitze glühte, als er inhalierte.

Seb musste sich widerwillig eingestehen, dass er die Unterhaltung mit ihm eigentlich gern fortsetzen würde. »Hat deine Mutter nichts gegen die Kifferei?«

»Und wie steht's mit deinen Großeltern?«

Seb spürte, wie er ruhiger und entspannter wurde. Der Wind pfiff. Die Welt war scheiße, und seine Mutter würde wahrscheinlich schon bald herausfinden, wie sehr er alles vermasselt hatte, aber … aber. Der Joint war wieder in seiner Hand, und er musste nichts weiter tun, als einatmen und ausatmen und einatmen …

Endlich hatte er etwas gefunden, das er richtig hinbekam.

ABI

Natürlich entschied sich der Backofen ausgerechnet bei der Zubereitung des Weihnachtsessens aufzugeben.

»Mist!« Abi nahm einen Schluck von dem Brandy, mit dem sie eigentlich den Plumpudding später hatte beträufeln wollen und verzog das Gesicht, als sie ihr Körper wieder einmal daran erinnerte, dass er keinen Alkohol mehr vertrug.

Sie hatte gerade versucht, die Mikrowelle einzuschalten, um ihre bereits fertige Soße aufzutauen, aber die hatte nur einen einzigen Blick auf die dunkelbraune Schüssel geworfen und war explodiert. Ihr Vater »reparierte« sie gerade – mit anderen Worten, er döste mit einem Schraubenzieher in der Hand und auf dem Teppich verteilten Drähten und Kabeln vor dem Fernseher, in dem *Happy Feet* lief.

»Alles klar bei dir?« Ihre Mutter steckte den Kopf zur Tür herein. Ihr misstrauischer Gesichtsausdruck wurde ein wenig durch ihren Haarreif mit dem roten Elchgeweih entschärft.

Kein Backofen. Keine Mikrowelle. Und in einer Stunde sollte das Essen fertig sein. Ja, hier lief alles wie geschmiert.

»Alles prima, Mum.« Abi bedauerte es langsam, dass sie ihr Mrs.-Santa-Kostüm, das aus Nylon war, bereits so früh angezogen hatte. Die Hintertür stand zwar sperrangelweit offen, aber dennoch war es in ihrem knallroten Kleid so warm, dass sie Pilze darunter züchten könnte. Sie hatte eine Menge Aufhebens darum gemacht, in diesem Jahr beim Kochen das volle Programm allein durchzuziehen, nachdem sie beim letzten Weihnachtsfest nur schlapp auf dem Sofa gesessen hatte und kaum schlucken konnte. Und sie war wild entschlossen gewesen, alles perfekt hinzukriegen. Aber bislang lief nicht unbedingt alles nach Plan. Vielleicht wäre es doch besser, auf Lesleys bewährte Taktik zurückzugreifen und alle betrunken zu machen.

Sie langte nach der Flasche, die ihr am nächsten stand. »Möchtest du noch etwas Prosecco, Mum?«

»Nein, danke.« Die Wangen ihrer Mutter zierte bereits eine wohlbekannte Röte. »Ich warte lieber, bis das Essen fertig ist.«

»Das könnte noch eine Weile dauern.« Abi entzündete die Gasflamme unter den Kartoffeln.

Die Aufmerksamkeit ihrer Mutter richtete sich auf den Backofen. »Warum ist er nicht an?«

Abi stieß einen Seufzer aus. »Keine Ahnung.« Sie tupfte sich die Stirn mit einem Geschirrtuch ab und fragte sich, ob sie wohl für einen Moment in die Gefriertruhe hüpfen könnte, um sich abzukühlen. »Er hat sich vor einer Minute abgeschaltet.«

»Na, da hast du ihn wahrscheinlich zu heiß werden lassen. Er schaltet sich immer ab, wenn man das macht.«

Die Knie ihrer Mutter gaben ein Knacken von sich, als sie sich hinhockte, um die Ofentür zu öffnen. Abi spähte über ihre Schulter hinweg. Der Truthahn sah immer noch verdammt roh aus.

»Na, na!«, sagte ihre Mutter missbilligend und schaltete den Ofen wieder ein. »Könntest du vielleicht etwas Hilfe gebrauchen, Abi?«

»Nein.« Sie schüttelte den Kopf. »Ich möchte, dass du dich entspannst. Den Tag genießt.«

»Nun, das könnte ich, wenn du mich helfen lassen würdest.« Ihre Mutter richtete eine Seite ihres Geweihs, das sich ein wenig nach vorn, Richtung Nase, geneigt hatte. »Ich könnte doch den Rosenkohl machen. Und dir mit dem Braten helfen.«

»Mum, ich …« Abi sah, wie ihre Mutter auf die Schinkenpackung zusteuerte, die sie später für den Truthahn beiseitegelegt hatte, falls dieser sich jemals dazu herabließe, gar zu werden. Sah, wie sie nach der Schere griff und zu schneiden versuchte. Sah den schmerzverzerrten Ausdruck auf ihrem Gesicht, als ihre arthritischen Hände den Dienst verweigerten und sie die Packung wieder weglegte.

Abi musste das hier allein schaffen. »Mum. Ich kriege das hin. Versprochen. Gönn dir mal ein bisschen Ruhe.«

»Nein«, erwiderte ihre Mutter mit resoluter Stimme. »Ich werde mit dem Rosenkohl anfangen.« Sie griff nach der Tüte. »Und ich mache die Hintertür zu. Es ist ja eiskalt hier drin.«

Schön wär's. Abi seufzte und nahm die Möhren aus dem Kühlschrank. Sie hatte sich ursprünglich einmal mit dem Gedanken getragen, honigbeträufeltes Röstgemüse zu servieren und ihre eigene Füllung zuzubereiten, dies jedoch rasch wieder verworfen, als sie der Realität ins Auge sehen und erkennen musste, dass sie nach anderthalb Jahren ein wenig aus der Übung war, um ein so aufwendiges Essen zuzubereiten, und Multitasking offenbar nicht mehr zu ihren Fähigkeiten zu zählen schien. Auflauf, Eintopf oder ein Nudelgericht waren nun eher ihr Ding.

Seb hatte ihr eigentlich helfen sollen, war aber stattdessen nach dem Frühstück, bei dem er sämtliche Würstchen im Schlafrock vertilgt hatte, verschwunden. Sie begann sich

Sorgen zu machen und drehte »Fairytale of New York« lauter, um das Flüstern in ihrem Kopf zu übertönen. Wenn sie doch nur so betrunken wäre, wie Shane MacGowan bei dem Lied klang! Das würde ihr Stressniveau vermutlich senken.

John war ihr auch nicht gerade eine große Hilfe. Weihnachten war eine schlechte Zeit für ihn. Seit der Schulzeit hatte er Heiligabend immer mit Noah in ihrem jeweiligen aktuellen Lieblingspub verbracht und war in den frühen Morgenstunden mit Bierfahne und einer Weihnachtsmannmütze auf dem Kopf nach Hause gekommen, hatte sich im Bett an sie gekuschelt und ihr erklärt, wie sehr er sie liebte. In diesem Jahr war er mit einer billigen Flasche Whisky daheim geblieben, während sie in einem Sessel in der Ecke gesessen, ihre armseligen Geschenke eingepackt und sich gefragt hatte, ob er darüber reden wollte.

Doch das schien nicht der Fall zu sein. Irgendwann hatte sie aufgegeben und sich nach unten zu ihren Eltern und Rob gesellt, die mit ihren Weihnachtsmännern zum Aufziehen bei ihrem alljährlichen Weihnachtsspiel gegeneinander antraten, während Seb so tat, als interessiere ihn das Ganze gar nicht, auch wenn er immer wieder verstohlen hinsah. John war oben geblieben und als sie wieder hinaufkam, da war die Whiskyflasche beinahe leer.

Wenn er doch nur mit ihr reden würde. Das wäre das schönste Weihnachtsgeschenk, das er ihr machen könnte.

Rob kam in die Küche hineinspaziert und nahm sich eine weitere Nuss aus der Schüssel. Er war das einzige Familienmitglied, das die Walnüsse aß, die ihre Mutter immer haufenweise zu Weihnachten kaufte. Er griff nach dem Nussknacker und platzierte sein nächstes Opfer darin.

»Soll ich den Tisch decken?«

»Nein.« Ihre Mutter schüttelte den Kopf. »Wir sind noch nicht so weit.«

»Dauert aber nicht mehr lange.« Wenn Abi dies in den nächsten zwei Stunden alle zehn Minuten wiederholen würde, stimmte es vermutlich irgendwann. »Prosecco?«

»Ja, bitte.« Rob knackte die Nussschale mit sichtlichem Vergnügen und steckte sich den Kern in den Mund. »Und ich nehme vorsichtshalber noch ein paar von denen hier. Um mir über die Runden zu helfen.«

Abi schenkte ihm ein Glas Prosecco ein und reichte es ihm.

»Danke.« Er nahm einen Schluck, bevor er sich wieder den Nüssen widmete.

»Du scheinst ja sehr gute Laune zu haben.«

»Findest du?« Rob knackte eine weitere Schale. »Muss an dem ganzen Lametta liegen. Das hat einfach diese Wirkung auf mich.«

»Jedenfalls hast du dich bei deinem Kostüm ja mächtig ins Zeug gelegt.« Abi bedachte seinen grün gestreiften Kobold-Pullover mit einem amüsierten Blick. »Versteckt sich darin vielleicht irgendeine Botschaft?«

»Du hast es gerade nötig.« Rob griff nach einer dritten Nuss.

Abi wischte sich die Hände an ihrem kurzen roten Rock ab. »Stimmt. Aber wieso bist du so gut drauf? Hattest du etwas besonders Tolles in deinem Weihnachtsstrumpf?«

»Nein.« Rob schüttelte den Kopf. »Aber im Moment läuft es einfach gut. So gut wie schon lange nicht mehr.« Er blickte sie an und gleich wieder weg.

»Ach ja?« Abi begann die Möhren zu schälen. »Dann lass mal hören.«

»Ich …« Nuss Nummer drei flog aus der Nusszange und landete unter der Anrichte. Er hechtete ihr hinterher. Seine Stimme klang gedämpft, während er Jagd auf sie machte. »Eine Sekunde.«

Sie beobachtete für einen qualvoll langen Moment, wie ihm die Nuss seine Grenzen aufzeigte. Koordination war noch nie seine Stärke gewesen. Sie erinnerte sich noch an seinen Hochsprungversuch in der Highschool. Irgendwie war es ihm gelungen, neben der großen, dicken Polstermatte zu landen und fand sich mit einem gebrochenen Handgelenk in der Notaufnahme wieder.

Endlich tauchte er mit der Nuss in der Hand und einem triumphierenden Grinsen im Gesicht wieder auf.

»Also?« Sie sah ihn an. Entdeckte ein Leuchten in seinen Augen. »Was ist los?«

»Ich habe …«

»Nüsse!« Seb stolperte mit nackten Füßen und in seinem schlabberigen Trainingsanzug zur Tür herein. Rob verstummte und drehte sich zu ihm um. »Ja. Willst du eine?«

Seb blinzelte wie in Zeitlupe und schaute sich um. »Mmmmm.« Er nahm sich eine Handvoll und versuchte eine davon zu essen, ohne vorher die Schale zu entfernen.

»Hallo, Seb.« Ihre Mutter fuhr in aller Ruhe fort, die Röschen kreuzweise einzuschneiden. »Gerade wieder wach geworden?«

»Gran.« Er strahlte von einem Ohr zum anderen. Rob nahm ihm, ohne ein Wort zu verlieren, die Nuss aus der Hand und reichte ihm eine bereits geknackte.

Seb begann sie vernehmlich zu kauen und wandte sich dabei Abi zu. »Mum.« Er schwankte leicht. »Suuuperkostüm!« Da war ein breites, warmes Lächeln auf seinem Gesicht. Eine Alkoholwolke umgab ihn. Diamond White, wenn sie sich nicht irrte. Sie trat einen Schritt auf ihn zu und nahm den unverwechselbaren Geruch von Marihuana wahr.

Ihr Sohn war total bekifft. Und betrunken. Also sie hatte wirklich nichts dagegen, sich über die Feiertage einmal so richtig zu entspannen, aber es war gerade einmal Viertel nach zwölf am ersten Weihnachtsfeiertag.

Seb sollte es eigentlich besser wissen.

»Darf ich was davon haben?«

Er griff nach dem Prosecco. Als hätte er noch mehr Alkohol nötig.

»Nein, darfst du nicht«, erwiderte Abi, ohne dabei die Stimme zu heben, denn sie war sich der gespitzten Ohren ihrer Mutter nur allzu bewusst.

Seb legte seine Hände wie zum Gebet zusammen. »Bittteeeee!«

»Nein.«

»Ach, jetzt sei doch nicht so.« Das Geweih brachte immer das kleine Teufelchen in ihrer Mutter zum Vorschein. »Gib ihm etwas davon. Schließlich ist Weihnachten!«

»Rischtisch!« Seb begann zu wanken und klammerte sich an Rob, um nicht umzufallen. Abi legte das Messer zur Seite. Angesichts der Umstände war es wohl besser, scharfe Gegenstände zu meiden.

Rob vollführte unter dem Gewicht seines Neffen einen Schritt zur Seite und kam zum Dank für seine Mühen mit Sicherheit in den zweifelhaften Genuss von dessen Bierfahne. Er warf Abi einen verschwörerischen Blick zu, den sie nur zu gut aus ihrer Kindheit kannte, wenn ihre Mutter Jahr für Jahr versucht hatte, sie für das Schneiden der Rosen oder das Zurückbinden der Ackerbohnen zu begeistern, um sie aus dem Haus zu locken. »Sollen wir rausgehen und etwas Fußball spielen, Seb?«

Gott sei Dank. Abi sah ihren Bruder voller Dankbarkeit an.

»Gute Idee!« Sie schob ihren Sohn förmlich Richtung Hintertür.

Seb schüttelte den Kopf. »Aber du spielst scheiße, Onkel Rob.«

Abi zuckte zusammen. »Sei nicht so unhöflich, Seb!«

Seb zuckte mit den Schultern. »Okay.« Er hielt die Hände in die Höhe. »Aber beschwer dich nicht, wenn ich ihn abserviere.«

Rob nahm sich eine weitere Nuss. »Damit ich bei Kräften bleibe.«

Abi füllte sein Glas auf. »Und damit du die nötige Geduld hast.« Ihre Lippen formten ein unhörbares Dankeschön hinter dem Rücken ihres Sohnes, und dann stellte sie Seb draußen noch schweigend die Trainingsschuhe hin, bevor der in den Garten hinausstolperte.

Ihre Mutter sah ihm durch das Fenster liebevoll zu. »Er ist genau wie du.«

»Aber ein bisschen größer, oder?«

»Ja.« Ihre Mutter lächelte. »Aber ich wette, er raucht auch am offenen Fenster. Und klettert hinaus, um sich mit seiner Freundin zu treffen.«

»Du wusstest darüber Bescheid?«

»Du hast dich ja nicht gerade sehr geschickt angestellt. Ich konnte die Marlboros schon riechen, wenn ich zur Haustür hereinkam.« Ihre Mutter seufzte. »Ganz zu schweigen von dem einen Mal, als ich Kondome in deiner Schultasche entdeckt habe.«

Abi zuckte innerlich zusammen. »Immerhin waren wir vernünftig genug vorzusorgen.«

»Ja. Du und dieser Steve.« Ihre Mutter hustete.

Steve. Abi verspürte einen Anflug des Bedauerns. Sie hatte ihn immer noch nicht angerufen, und er versuchte auch nicht mehr, sie zu erreichen. Offenbar hatte er den Wink mit dem Zaunpfahl verstanden, obwohl sie sich gar nicht mehr richtig daran erinnern konnte, warum sie ihn eigentlich abgewimmelt hatte. Was sprach dagegen, sich ein wenig zu amüsieren. Zeit mit jemandem zu verbringen, der tatsächlich lächelte, wenn er sie sah?

»WHAM!«

Na, wunderbar. Hier war das andere Mitglied ihrer Familie.

John kam zur Tür hereinspaziert, legte den Kopf in den Nacken und stimmte die Anfangszeile von »Last Christmas« an. Abi drehte den Ton lauter. Aber das half nicht.

Ihr war zum Schreien zumute. Er sang nur, wenn er getrunken hatte. Toll. Wut stieg in ihr auf.

»John. Wolltest du mir nicht helfen?«

»Tut mir leid.« Seine Augen hatten Schwierigkeiten beim Fokussieren. »Ich habe mich ablenken lassen.«

»Von einer weiteren Whiskyflasche?« Sie spürte, dass ihre Mutter sie beobachtete, vermochte aber ihre Ungeduld nicht aus der Stimme zu nehmen. »Ich hätte wirklich etwas Hilfe gebrauchen können.«

Er hielt die Hände in die Höhe, und sie erblickte ein Loch am Ellenbogen seines blauen Pullovers. »Tut mir leid.« Es klang aber nicht so, als würde es ihm leidtun. Es klang, als wäre er entspannt und vergnügt und noch viel mehr von dem sie wusste, dass er es ganz und gar nicht war.

Er schaute aus dem Küchenfenster. »Oh, toll. Fußball.« Es

schien so, als habe er vor, sich in den Garten zu verdrücken. Aber das konnte er sich abschminken.

Sie hielt ihm eine Tüte mit Möhren hin. »Hier. Die kannst du schälen und schneiden.«

»Ich?« Er blinzelte wie ein Lämmchen. »Aber Rob scheint da draußen unterzugehen. Ich sollte ihn wohl besser retten.«

»Das ist sehr nobel von dir.« Sie klapperte und schepperte so laut mit den Töpfen herum, dass sie mehr Krach machte, als sämtliche Synthesizer von Wham! zusammengenommen. Mariah Carey setzte an für »All I Want for Christmas is You«, und Abi verspürte das überwältigende Verlangen, die Lautsprecher zu beschimpfen.

Stattdessen trank sie einen weiteren Schluck Brandy. Der immer noch so widerlich schmeckte.

»Bitte hilf mir, John.« Sie starrte ihn an, und etwas in ihrem Blick musste offensichtlich durch den Alkoholnebel zu ihm durchgedrungen sein. Sie vermochte es nicht mehr länger zu unterdrücken. Der Schmerz jener Nacht ließ nicht nach, war allgegenwärtig – war zu einem Teil von ihr geworden. Diese Zurückweisung. Weggeschubst zu werden, damit er an sein verdammtes Handy gehen konnte. Sie lehnte sich zu ihm hinüber und sagte leise in sein Ohr: »Tu ausnahmsweise etwas Vernünftiges.«

Kaum dass die Worte aus ihrem Mund heraus waren, hasste sie sich dafür. Er nickte mit zusammengepressten Lippen und nahm ihr den Beutel aus der Hand.

»Danke.« Sie war sich bewusst, dass sie wie ein bockiges Kind klang, aber sie hatte keine Ahnung, wie sie aus diesem Loch wieder herauskommen sollte, wo sie die Rolle des Hausdrachens innehatte und der Schmerz in seine Gesichtszüge eingegossen schien.

Er legte die Möhren wieder hin. »Ich muss bloß mal eben aufs Klo. Aber natürlich nur, wenn ich darf.«

»Klar darfst du.« Sie knallte die Pastinaken auf die Herdplatte. »Aber mach schnell, ja?«

Sie spürte den Blick ihrer Mutter im Rücken. Wie viele solcher mahnenden Blicke hatte sie sich wohl über die Jahre eingehandelt? Sie wappnete sich für das, was kommen würde, doch zu ihrer Überraschung sagte ihre Mutter nur sanft: »Er gibt sich wirklich Mühe, Abi.«

»Seit wann bist du auf seiner Seite? Du hast ihn doch immer für zu großspurig gehalten. Alles Schein und nix dahinter.«

»Stimmt.« Ihre Mutter nahm einen vorsichtigen Schluck aus ihrem Glas. »Aber er hat mir das Gegenteil bewiesen, nicht wahr?« Abi starrte sie an. »Und er arbeitet so hart, um aus diesem ganzen Schlamassel herauszukommen.«

Abi blieb stumm. Das war alles, was andere von außen zu sehen schienen. Aber in ihrem Herzen wusste sie, dass ihre Finanzen nicht das echte Problem darstellten. Es war die Distanz, die zwischen ihnen herrschte.

»Er liebt dich.«

Abi hätte sich am liebsten zu ihrer Mutter umgedreht und ihr alles erklärt. Aber das konnte sie nicht. Denn es laut auszusprechen würde es so real machen. Er begehrte sie nicht mehr. Sie bestand nur aus Haut und Narben. Das war's. Nichts weiter. Keine tiefen Blicke mehr. Kein zueinander Neigen mehr. Keine Hände, die sich magnetisch anzuziehen schienen. All das war fort.

Schweißtropfen rannen zwischen ihren Brüsten hinab. Dieses Kleid war ein weiterer Grund, dass sie sich lächerlich fühlte.

Ihre Mutter räusperte sich. »Wenn du einmal reden willst, Abi …«

»Nein.« Sie schüttelte den Kopf. »Ganz ehrlich, Mum, das hier ist nur ein kurzzeitiger Tiefpunkt. Wir haben schon immer gestritten …«

Stimmt nicht!

»Wir leben hier gerade alle so beengt, verstehst du?«

»Ja, das verstehe ich. Sei einfach vorsichtig.«

In Abi kochte die Wut hoch. »Das bin ich, Mum. Okay? Es sind erst vier Monate seit der Beendigung meiner Behandlung vergangen, also bitte hab etwas Verständnis dafür, dass ich mich immer noch an alles gewöhnen muss.«

Ihre Mutter erhob sich. Die Muskeln in ihrem Kiefer zuckten. Sie war ganz offensichtlich erbost. Glaubte, dass Abi einen Fehler machte. Großartig. Vielleicht wäre es das Beste, wenn Abi einfach hinauf in ihr Zimmer ging und die Tür hinter sich zuknallte, so wie sie es in der guten alten Zeit getan hatte.

Mit einem Mal spürte sie eine Hand auf ihrer Schulter. Ein leichtes Drücken und schon war sie wieder fort. Abi erhob sich. Holte Luft. Für ihre Mutter war dies ein so außergewöhnlicher Ausdruck der Zuneigung, dass es Abi vorkam, als hätte sie sie in die Höhe gehoben und durch das Zimmer gewirbelt.

»Du wirst schon eine Lösung finden, Abigail.«

Sie sah ihre Mutter an, und Tränen schossen ihr in die Augen. »Werde ich das?«

»Ja.« Ihre Mutter setzte sich wieder hin. »Du hast schon Schlimmeres überstanden.«

Abi öffnete den Mund, um sie zu fragen, was sie ihrer Ansicht nach tun sollte, doch in dem Moment kochten die Kartoffeln über und die nächsten fünf Minuten verbrachte sie damit, die Gasflamme herunterzudrehen und das übergekochte Kartoffelwasser aufzuwischen, ehe es in die Arbeitsplatte ihrer Mutter einsickerte, die aus massiver Eiche war und von ihr gehegt und gepflegt wurde. Nachdem das Malheur behoben und der Lappen ausgewrungen war, stieß sie einen Seufzer aus. »Ich dachte, wir hätten den schweren Teil hinter uns. Dass wir eine Verschnaufpause bekämen. Zeit, um glücklich zu sein. Und ein Teil von mir ist so wütend darüber, dass mir das genommen wurde.«

»Ich weiß.« Ihre Mutter legte das Messer zur Seite und blickte in den Garten hinaus. »Aber ich erinnere mich noch daran, wie es war, als deine Großmutter gestorben ist. Mein Vater – dein Großvater – hat seine Tage damit verbracht zu bereuen, dass er ihr so vieles nie gesagt hat. Dinge nicht getan hat, um sie glücklicher zu machen.« Ihre Mutter streckte ihre Finger. Dabei war ihr Mund zu einer schmalen Linie zusammengepresst.

»Alles in Ordnung, Mum?«

»Ach, die Schmerzen sind eben schlimmer, wenn es kalt ist.« Ihre Mutter lächelte. »Dein Großvater hat sich immer gewünscht, er hätte das Beste aus der Zeit gemacht, die ihm mit ihr vergönnt gewesen war. Mehr getan. Mehr gelacht.« Wie gewöhnlich vermittelte sie ihre Botschaft mit dem Feingefühl eines Boxers im Ring.

»Ich werde es versuchen, Mum. Versprochen. WIR werden es versuchen.« Abi fragte sich, ob ihr John da wohl zustimmen würde.

Sie lehnte sich gegen die Arbeitsplatte und blätterte geistesabwesend durch den Papierstapel, der dort lag, während Band Aid »Do they Know it's Christmas?« anstimmte. Auf dieser CD waren wirklich sämtliche Klassiker.

»Vielleicht solltest du da rausgehen.« Ihre Mutter zeigte in den Garten. »Nimm John mit. Ihr könntet alle etwas Spaß gebrauchen.«

»Aber …« Abi deutete auf die verwüstete Küche. Die brodelnden Töpfe. Das Salz, das auf den Arbeitsplatten verstreut lag. Der Essigdeckel, der in einer Öllache schwamm. Der Weihnachtspudding, der sie von seinem Platz auf dem Brotkasten aus gehässig anstarrte. »Ich kann dich doch mit all dem hier nicht allein lassen.«

»Doch, das kannst du.« Ihre Mutter stand auf. »Hör auf deine alte Mum.«

»Nein.« Abi griff sich ein Handtuch und begann zu wischen. »Ich will das hier hinkriegen.«

Hoffentlich wäre Seb nicht schon aus den Latschen gekippt, wenn der Truthahn gar war. Hoffentlich würde dies das Familienessen werden, von dem sie geträumt hatte.

»Dann helfe ich einfach weiter mit, in Ordnung?«

»In Ordnung.« Abi lächelte.

»Gut.« Ihre Mutter wandte sich wieder dem Rosenkohl zu. »Und ich dachte schon, ich hätte meine Autorität verloren.«

Abi schüttelte den Kopf. »Oh nein. Ich hatte immer Angst vor dir.«

»Selbst als du meinen Lippenstift gestohlen und dich aus dem Fenster hinausgeschlichen hast, um dich mit Steve zu treffen?«

Schon wieder Steve.

»Selbst da, Mum.« Abi hob den Papierstapel auf, um ihn vor ihrem Kochspektakel in Sicherheit zu bringen. Als sie ihn zum Tisch hinübertrug, fiel ein Blatt zu Boden.

Auf dem in der Kopfzeile Sebs Namen stand.

Sie griff hinunter und hob es auf. Überflog die Seite. Ihr Stirnrunzeln vertiefte sich. Panik breitete sich in ihr aus.

Ihr Blick wanderte hinaus in den Garten, und die fröhliche Szenerie dort draußen wurde in ein tristes Grau getaucht.

Sie hatte mit Seb recht gehabt. Ihr wundervoller Sohn. Der einmal die Welt erobern würde. Irgendetwas stimmte nicht mit ihm. Und nun hielt sie den Beweis dafür in ihrer Hand. Die Zweifel, die sie zu ignorieren versucht hatte, verhärteten sich.

Sie legte das Blatt zur Seite. Wenigstens wusste sie jetzt, was zu tun war.

Sie musste einen Weg finden, Seb zu helfen. Zu ihm durchzudringen.

Und das so schnell wie möglich.

JANUAR

»She's Electric«

(Oasis)

Dieser Song ist für meine Jugend. Es hat riesigen Spaß gemacht mit dir. Die Plateauschuhe. Der Lambrusco mit Drehverschluss. Die weißen Hosen, die so eng waren, dass ich ganze Abende stehend verbracht habe, aus Angst, sie könnten beim Hinsetzen platzen. Und natürlich Noel und Liam, die mein sensibles Teenagerherz ganz schön durcheinandergebracht haben. Wie sehr habe ich euch geliebt, und wie oft habe ich peinlicherweise das riesige Poster von euch an meiner Wand geküsst. Wie habe ich geschrien, als ich es endlich geschafft hatte, Karten für eins eurer Konzerte zu bekommen und wie oft habe ich mir dieses Lied angehört und war dabei überzeugt, dass ihr es irgendwie nur für mich gesungen habt. Was für ein Song. Was für eine Band. Was für ein Jahrzehnt.

ABI

»Lass mich nur schnell aufessen.« John nahm noch einen großen Bissen von seinem Muffin.

»Dazu reicht die Zeit nicht.« Abi warf einen weiteren Blick auf ihre Armbanduhr. »Wir sind wegen dir sowieso schon spät dran.« Sie drückte das Tor auf, als der Summton ertönte und betrat den breiten betonierten Weg, der zu dem hoch aufragenden weißen Hauptgebäude des weitläufigen Schulkomplexes führte. Vor dem Eingang neigten Weiden ihre Häupter um eine kreisförmige Bank, und hinter ihnen erstreckten sich die Spielfelder bis fast zur Hauptstraße. »Und angesichts der Umstände möchte ich es nicht noch schlimmer machen, in Ordnung?«

»Ja, schon gut.« John stopfte sich den Rest des Muffins in den Mund. »Ich habe doch gesagt, dass es mir leidtut.« Die Worte bestanden zu neunzig Prozent aus Krümeln.

Er hatte recht. Das hatte er. Aber es fiel ihr immer noch schwer, ihm zu vergeben.

Den Brief zu lesen war wie ein Adrenalinstoß für sie gewesen – ein Aufruf zum Handeln. Sein Inhalt hatte ihr offenbart, dass Seb sie angelogen hatte. Dass seine schriftlichen Ergebnisse des Eignungstests für die Universität nicht so gut gewesen waren, wie er vorausgesagt hatte. Und wie sich herausstellte, hatte John die ganze Zeit Bescheid gewusst. Das hatte sie am meisten verletzt.

Sein ganzes Gerede über Ehrlichkeit, und dann behielt er etwas so Wichtiges für sich. Egal wie sehr sie sich auch bemühte, egal wie oft er ihr auch versicherte, dass er sie nicht beunruhigen hatte wollen, sie es genießen sollte, krebsfrei zu sein, sie vermochte den Schmerz über diesen Verrat einfach nicht abzuschütteln. Wenn sie davon gewusst hätte, hätte sie früher etwas unternehmen können. Stattdessen waren sie nun hier, um mit Sebs Jahrgangsstufenleiterin über seine Zukunft zu sprechen. Er hatte seine Sache doch immer so gut gemacht, sein Ziel vor Augen gehabt, und nun schien plötzlich alles gefährdet zu sein, drohte ihm womöglich der Rauswurf.

Ein Blick auf die Uhr an der Fassade über ihnen zeigte, es blieb nicht mehr viel Zeit, wenn sie noch pünktlich erscheinen wollten.

Trotzdem wandte sie sich John zu und zwang sich zu einer Unterhaltung mit ihm, denn sie mussten heute unbedingt an einem Strang ziehen. »Ich frage mich, warum ich immer ein schlechtes Gewissen habe, wenn ich hierherkomme.«

»Wegen deiner vergeudeten Jugend?« Er wischte sich die Muffinkrümel von der Jacke. »Der Erinnerungen an die zahllosen Male, als du nachsitzen oder hundertmal schreiben musstest, was du nicht tun durftest?«

Sie verzog erst das Gesicht und erwiderte dann lächelnd: »Also, im Gegensatz zu dir bin ich nicht im neunzehnten Jahrhundert zur Schule gegangen.«

»Oh ja, mach dich nur über mein Alter lustig.« Er lächelte auf sie herab und hielt ihr die Hand hin. Sie ergriff sie, und für einen Moment vermochte sie die Wut zu vergessen, die seit Weihnachten in ihr brodelte.

Sie schritten auf die große blaue Tür zu, die sich automatisch öffnete. Das geräumige Atrium drinnen war lichtdurchflutet, und an den Wänden hingen Bilder von Schülern. Bäume vor dunklem Himmel, Babys mit roten Wangen, Mosaikgesichter in Blau- und Grüntönen. Ein kleines Mädchen in Schuluniform – violetter Pullover und graue Hose – schritt auf und ab und murmelte dabei irgendeine Rede vor sich hin, während eine Schülergruppe auf grünen Stühlen in einem Kreis dasaß und sich eifrig über etwas unterhielt, was nach Zweitem Weltkrieg klang.

Als sie auf den gebogenen Empfangstresen zugingen, auf dem das Logo der Schule samt Motto prangte – *Sei der Beste, der du sein kannst* –, sah sie, wie die Fußballmannschaften vom Training zurückkehrten. Seb marschierte inmitten einer Gruppe seiner Mannschaftskameraden. Er hatte ein Ballnetz über die Schulter geworfen und lachte mit zurückgelegtem Kopf völlig unbeschwert über etwas. Seit sie seine Ergebnisse gesehen hatte, hatte sie immer wieder versucht, mit ihm zu reden. Hatte ihn gefragt, was los war. Ob er mit der Wiederholung des Stoffes hinterherhinkte. Hatte ihn gebeten, seinen Aushilfsjob aufzugeben und sich aufs Lernen zu konzentrieren. Aber mit jedem Versuch hatte er sie mit größerer Verachtung angesehen, und es kam ihr so vor, als würde sie sich immer weiter von der Mutter entfernen, die sie eigentlich sein wollte. Jede Bemühung, mit ihm zu reden, wurde entweder mit Türenknallen oder »Ich gehe in mein Zimmer« belohnt. Jede Erinnerung an die medizinische Karriere von der er einst geträumt hatte, wurde mit diesem Schulterzucken aufgenommen, das sie langsam wirklich den Alkohol vermissen ließ. Immer wieder blieb sie mit dem Gefühl zurück, dass sie irgendwie versagt hatte, während ihre Mutter Tee kochte oder die Wäsche aufhängte und ihr erklärte, dass Seb sie an Abi in dem Alter erinnerte.

Abi spürte Nervosität in sich aufsteigen, als sie sich bei der Rezeptionistin anmeldeten. Beim letzten Mal, als sie hier gewesen waren, hatte Sebs Mannschaft im Vorjahr den U-17-Pokal der landesweiten Schulmeisterschaften gewonnen. Damals hatte es Kuchen und Glückwünsche gegeben. Nun hatte sie das Gefühl, dass sie bestenfalls auf schlechten Kaffee und alte Kekse hoffen durften.

»Kommen Sie nur herein.« Mrs. Chambers tauchte in Nadelstreifen und über das ganze Gesicht strahlend auf. »Wie geht es Ihnen?«

Abi erwiderte mit trockenem Mund: »Sehr gut, danke. Und Ihnen?«

»So gut es mir im Januar gehen kann. Das hier ist nicht unbedingt meine liebste Jahreszeit.« Sie führte sie in ihr Büro herein, das kaum größer als ein Wandschrank war, in hellem Beige gehalten mit Blick auf den Basketballkorb des Schulhofs. Ein zerkratzter Schreibtisch dominierte den Raum, und Mrs. Chambers nahm auf einem roten Stuhl dahinter Platz, während Abi und John sich auf die beiden niedrigen Stühle davor setzten.

Abis Blick huschte über den Schreibtisch. Nur ein Wasserkrug und drei Gläser.

Nicht einmal Kaffee. Das war ein schlechtes Zeichen.

Sie schlug ihre Beine übereinander und griff nach Johns Hand.

Mrs. Chambers räusperte sich und strich sich mit der Hand über den blonden Bob. Ihr Haar war so dicht und glänzend, dass Abi jede Wette eingegangen wäre, dass sie zu den Frauen gehörte, die tatsächlich jeden Tag ihren Smoothie-Mixer benutzten.

Mrs. Chambers eröffnete das Gespräch. »Es war schön,

Seb neulich auf dem Fußballplatz zu sehen und zu erleben, wie er dort die Führungsqualitäten und die Entschlossenheit zeigte, von denen wir alle wissen, dass er sie besitzt.«

Abi spürte, wie ihre Hände zu schwitzen begannen.

»Doch nun müssen wir seine Noten auf das hohe Niveau zurückbringen, von dem wir ebenfalls wissen, dass er dazu fähig ist.« Mrs. Chambers blickte sie mit ernstem Gesicht an. »Bevor es zu spät ist.«

Abi blinzelte. Der Jahrgangsstufenleiterin eilte der Ruf voraus, dass bei ihr mit Gnade nicht zu rechnen war, und sie begann zu begreifen, wieso.

»Seb hat letzte Woche seine Probeklausuren absolviert.«

»Das ist gut«, sagte Abi, die sich schon Sorgen gemacht hatte, dass er nicht erscheinen würde.

»Aber soweit die Aufsicht es beurteilen konnte, hat er sehr wenig niedergeschrieben.«

Abi hatte Schwierigkeiten, diese Information zu verarbeiten. »Aber … das ist doch verrückt.«

»Nein.« Mrs. Chambers goldene Ohrstecker funkelten, als sie den Kopf schüttelte. »Ganz und gar nicht. Wir vermuten, dass er Schwierigkeiten hat, sich zu konzentrieren.«

Abi spürte Groll in sich aufsteigen. »Wie Sie wissen, ist mir die schulische Leistung meines Sohnes erst Weihnachten zur Kenntnis gebracht worden.« Sie weigerte sich, John dabei anzusehen. »Und ich hoffe, dass ich jetzt, wo es mir besser geht, wieder auf Ihrer Kontaktliste stehe. Seit ich herausgefunden habe, was vor sich geht, habe ich mir alle Mühe gegeben, ihm zu helfen.«

»Natürlich haben Sie das.« Mrs. Chambers Fingerspitzen formten einen Dachgiebel. »Und da Seb beinahe achtzehn ist, haben auch wir versucht, direkt mit ihm zu arbeiten, um diese Probleme zu beseitigen.«

Abi zog ihre Hand aus Johns und begann am Saum ihrer Strickjacke zu nesteln.

»Also.« Mrs. Chambers nippte an ihrem Wasser. »Möglicherweise gibt es Probleme zu Hause, die sich auf Sebs Verhalten auswirken. Wir haben ihn dazu befragt, aber er ist nicht bereit, darüber zu reden. Gibt es da etwas, wovon wir wissen sollten?«

Abi dachte an den Streit, den sie gestern Abend mit John gehabt hatte. Dabei war es um die Höhe der Rechnungen gegangen, wenn er mit potenziellen Kunden essen ging. Sie hatte eine Quittung in der Wäsche gefunden und der Frust, der sie zerfraß, brach mit einem Mal aus ihr hervor und führte zu einer Auseinandersetzung. Sie erinnerte sich noch, oben das Schließen einer Tür gehört zu haben, und fragte sich, ob es Seb gewesen war. Schuldgefühle überkamen sie.

»Worauf wollen Sie hinaus?« Johns linker Fuß wippte auf und ab. »Dass es unsere Schuld ist?« Er senkte den Kopf. Die grauen Strähnen ließen sein blondes Haar stumpfer wirken. »Ich dachte, er würde sich nur eine kleine Auszeit nehmen. Wie das die Kids eben manchmal tun. Er hat viel mitgemacht, wissen Sie.«

»Dessen sind wir uns bewusst.« Der Ehering an Mrs. Chambers Finger funkelte. »Und daher haben wir ihm auch eine Menge Freiraum gelassen. Aber nun ist es an der Zeit, darüber zu entscheiden, wie ihm am besten zu helfen ist. So können wir die Dinge nicht weiterlaufen lassen.«

Abi schüttelte den Kopf. »Aber er hat so fleißig gelernt.«

»Nicht in letzter Zeit.«

Abi musste ihn verteidigen. »Aber während ich krank war. Er hat Unglaubliches geleistet. Sehen Sie sich nur die Noten seiner Klausuren an, die fürs Abitur zählen. Und ich werde nicht zulassen, dass er sich seine Zukunft verbaut, nur weil ich im falschen Moment krank geworden bin.« Wieder einmal verspürte sie den bohrenden Schmerz, ihren Sohn im Stich gelassen zu haben. Ihm zu viel, zu früh zugemutet zu haben. Seine Zukunft hatte so vielversprechend ausgesehen – sie musste ihm dabei helfen, sie zu bewahren. »Hören Sie, ich verstehe, dass das hier eine schwierige Situation ist, und ich verspreche Ihnen, dass wir alles tun werden, um ihm zu helfen. Aber …« Sie holte geräuschvoll Luft. Irgendwie arbeitete ihr Verstand zu langsam für das hier. Zu träge. »Aber bis zu den Prüfungen sind es ja noch ein paar Monate. Wir können das zum Positiven wenden. Ich werde ihm dabei helfen.«

John verlagerte sein Gewicht auf dem Stuhl neben ihr. »WIR werden ihm dabei helfen«, sagte er und ergriff ihre Hand. Sie ließ es zu.

Mrs. Chambers neigte den Kopf zur Seite. »Wir werden das Ganze in den nächsten zwei Monaten sehr genau verfolgen. Und sollten wir keine Verbesserung erkennen, dann …« Sie ließ die Worte in der Luft hängen.

»Das werden Sie.« Abi wäre am liebsten aufgestanden und auf und ab gelaufen, aber dafür war nicht genug Platz. »Das verspreche ich Ihnen.«

»Nun, der Unterricht ist für heute fast beendet, daher schlage ich vor, dass Sie Seb mit nach Hause nehmen und gemeinsam über das weitere Vorgehen beraten.«

John saß so angespannt neben ihr, wie ein Sportler vor einem wichtigen Wettkampf. »Ich habe gleich noch ein Meeting, Abs, aber ich könnte …«

»Du kommst mit uns, John.«

Er sah sie einen Moment lang an und nickte dann langsam. »Natürlich.«

»Ausgezeichnet.« Mrs. Chambers erhob sich. »Leider wartet bereits der nächste Termin auf mich.«

Abi stand auf. Als sie die Tür des Büros öffnete, erblickte sie das nächste Elternpaar, das sich einen Rüffel einfangen würde. Die Ärmsten. Sie sahen so munter und fröhlich aus. Das würde nicht lange anhalten.

Eine halbe Stunde später saßen sie zu dritt auf gestreiften Stühlen im Café des Story Museums in der Pembroke Street und tranken aus bemalten Tassen, die wesentlich heiterer wirkten als sie.

Abi stellte ihren Pfefferminztee auf dem Tisch ab. »Wir müssen einen Plan ausarbeiten, Seb.«

»Ach ja? Wieso?«

»Weil du unter diesen Umständen die nächsten Prüfungen fürs Abi in den Sand setzen wirst und dein Medizinstudium vergessen kannst.«

Seb wischte sich einen Sahneklecks von der Lippe. »Vielleicht habe ich ja keinen Bock mehr zu studieren. Vielleicht mache ich es wie du mit deinem Psychologiestudium und lasse die Dinge einfach schleifen.«

Seine Worte schmerzten. »Erzähl keinen Mist.« Sie hatte das Bedürfnis, sich zu verteidigen. »Und ich habe die Dinge nicht schleifen lassen. Ich habe dich bekommen.«

»Und jetzt werde ich euch alle enttäuschen.«

Die Gleichgültigkeit, mit der er dies sagte, erschreckte sie.

John stellte seine Tasse ab. »Seb, es geht nicht darum, dass du uns enttäuschst.«

»Ach nein, Dad?« Seine Lippen verzogen sich zu einem abfälligen Lächeln. »Ich denke, dass es genau darum geht.«

John schüttelte den Kopf. »Nein. Sondern darum, das Beste aus dem zu machen, was dir gegeben wurde. So wie du es immer getan hast.«

»Habe ich das?«

John sah Abi hilfesuchend an, aber die hatte ausgerechnet in dem Moment einen Aussetzer. Das Treffen mit Mrs. Chambers hatte sie wachgerüttelt, hatte ihr vor Augen geführt, wie sehr sie den Bezug zu allem verloren hatte und zudem die Risse in ihrer Ehe deutlich gemacht. Sie fühlte sich verletzt und angegriffen. Sie versuchte es erneut. »Du wolltest doch immer Arzt werden, Seb. Hast so oft Freiwilligendienst geleistet, dir ständig im Fernsehen irgendwelche Dokumentationen über irgendwelche medizinischen Themen angeschaut und immer so fleißig gelernt. Also warum willst du jetzt plötzlich alles hinschmeißen? Das verstehe ich einfach nicht.«

»Ich habe ja versucht zu lernen, Mum. Das scheinst du nicht zu kapieren. Aber ich kann mich einfach nicht konzentrieren.«

»Dann gib dir eben Mühe.« Johns Stimme war wie ein Schlag. Frust und Enttäuschung spiegelten sich auf Sebs Gesicht wider. »Das tue ich ja. Das habe ich getan. Ihr unterstellt, dass ich faul bin, aber das bin ich nicht.« Er blickte aus dem Fenster, als würde er sich sehnlichst wünschen zu fliehen. »Ihr kapiert es einfach nicht.«

»Du hast recht. Das tue ich auch nicht.« John trank den Rest seines Kaffees.

Seb verschränkte die Arme vor der Brust. »Vielleicht habe ich es mir einfach anders überlegt.«

Abi schüttelte den Kopf. »Das glaube ich dir nicht.«

»Na schön.« Er breitete seine Hände aus. »Ich habe ohnehin keine Auswahlgespräche ausstehen. Die Ergebnisse meines Eignungstests waren viel zu schlecht für die UCL. Also sehe ich im Moment eh keinen Sinn darin.«

Da steckte mehr dahinter, dessen war sie sich sicher. Wenn sie doch nur dahinterkommen würde. Sie betrachtete die große Ausstellung der Exponate zu Roald Dahl in der Mitte des Cafés. Wie gern hatte sie Seb aus seinen Büchern vorgelesen. *Matilda, Charlie und die Schokoladenfabrik, Hexen hexen*. Wie er damals hörbar die Luft eingezogen hatte angesichts der umwerfenden Ausdrucksweise und der Tapferkeit und Kühnheit der Figuren. Wenn sie sich doch nur jetzt mit ihm hinsetzen und ihn in den Arm nehmen könnte, wie sie es früher getan hatte. Aber nein. Diese Zeiten waren längst vorbei. Wenn sie doch nur in seinen Kopf hineinsehen könnte, um festzustellen, was darin los war. Das wäre so viel leichter, als dieses ständige Rätselraten.

»Komm schon, Seb.« Sie lehnte sich zu ihm hinüber, versuchte die Verbindung zu ihrem Sohn wiederherzustellen. »Ich kenne dich. Und ich weiß, dass du das hier schaffen wirst.«

»Aber vielleicht glaube ich dir das nicht, Mum. Vertrauen beruht auf Gegenseitigkeit, nicht wahr?«

»Wie bitte?« Egal welche Fehler sie auch begangen haben mochte, sie war immer ehrlich zu ihm gewesen. Seine Worte schmerzten wie die Glasscherben in ihrem Knie, als sie damals mit sechs Jahren in eine Terrassentür gelaufen war.

Er knallte seine Tasse auf den Tisch, und das kleine Mädchen, das an der Tür spielte, drehte neugierig den Kopf zu ihnen. »Wie läuft es denn bei dir und Dad?«

Ihr war bewusst, dass er sie zu reizen versuchte, doch sie vermochte ihn nur anzustarren. *Sag was, Abi. Mach schon, sag was.*

»Gut läuft es. Wir sind glücklich.« Sie griff nach Johns Hand. Die kalt war und ihr nicht den geringsten Trost spendete.

»Siehst du?« Seb verdrehte die Augen. »Du lügst. Du blickst mir in die Augen und lügst mich an.«

Abi drückte die Finger ihres Mannes. »Das tue ich nicht. Das ist einfach nicht fair.«

Dabei wusste sie, dass sie es tat.

John spielte mit den Zuckertütchen in der Schüssel, die in der Mitte des Tisches stand. »Bei deiner Mutter und mir ist alles in Ordnung, Seb.« Sie hatte schon überzeugendere Sprüche als den hier in irgendwelchen Dating-Shows gehört. Er zuckte mit den Schultern. »Aber hierbei geht es eigentlich nicht um uns, oder?«

»Sondern?« Seb sah ihn ungehalten an.

»Du versuchst nur die Frage zu umgehen. Du bist derjenige, der entscheiden muss, was er tun will. Nicht wir. Du wirst im April achtzehn – du bist beinahe volljährig. Wenn du dir unbedingt alles versauen willst, dann ist das deine Entscheidung.«

Abi zog ihre Hand aus der seinen. Das war nicht die Art von Unterstützung, die sie sich erhofft hatte. Er untergrub ihre Bemühungen vor ihrem Sohn.

Sie würde Seb allein überzeugen müssen.

»Ich kann dir helfen, Seb. Lass uns den Unterrichtsstoff gemeinsam wiederholen. Ich frage dich ab. So wie wir es immer bei deinen Rechtschreibtests gemacht haben.«

»Ich bin keine sechs mehr, Mum.«

»Ich weiß, aber ich bin für dich da und werde dir helfen.«

»Wann denn?«, fragte Seb mit ruhiger Stimme. »Dad ist nie zu Hause. Du bist im Laden. Wann genau soll denn diese Hilfe stattfinden?«

»Abends. Am Wochenende. Wir kriegen das schon hin.«

»So wie ihr das mit unseren Finanzen hinkriegt?« Sie vernahm die Wut in seiner Stimme, und wieder einmal überkam sie dieses Gefühl, dass es hier um etwas anderes ging. Etwas Wesentliches. Etwas, das ihren Sohn zerriss.

Wenn er doch nur darüber sprechen und es sich von der Seele reden würde.

Sie griff nach seiner Hand, und er ließ es für einen Moment zu, dass sie sie festhielt. »Was ist los, Seb?«

Er schüttelte den Kopf, trank seinen Kakao aus und griff nach seiner Tasche. »Ist doch egal, Mum. Früher haben wir uns manchmal unterhalten, und es war leichter, aber jetzt …« Er biss sich auf die Lippe. »Jetzt ist einfach zu viel im Weg. Und ihr zwei könnt euch ja noch nicht mal auf einen Rat für mich einigen. Das bringt es doch auf den Punkt, oder?«

Sein Stuhl schrammte über den Boden, als er ihn zurückschob und aufstand. Ihr großer, starker und so einsamer Sohn.

»Seb!« Abi sprang auf, um ihn aufzuhalten. Das kleine Mädchen war nun nicht mehr ihr einziger Zuschauer. Offenbar hatte ihr kleines Familientreffen an diesem Nachmittag einen gewissen Unterhaltungswert. »Seb!«

Er blieb nicht stehen.

Sie wandte sich John zu und nahm wieder Platz. Er hatte bereits sein Handy gezückt.

»Steck das verdammte Ding sofort wieder ein, sonst werde ich es in tausend Stücke schlagen«, sagte sie mit lauter Stimme. »Seb ist dabei, alles wegzuwerfen. Wie kannst du einfach dasitzen und mit diesem Ding rumspielen?«

Er besaß die Unverschämtheit zu lachen. Hielt ihr das Handy hin. »Du hast recht. Tu dir keinen Zwang an. Schlag's kaputt.«

Sie starrte ihn an. »Warum?«

»Weil ich dann nicht mehr in der Lage sein werde, die Scheißneuigkeiten zu lesen, die eingehen.«

Sie rieb sich erschöpft die Augen. »Was ist denn jetzt schon wieder los?«

»Ich habe drei weitere Kunden verloren. Einen Supermarkt. Ein Hotel. Und eine Restaurantkette.«

»Mist.« Sie stützte den Kopf auf die Hände. »Wieso?«

»Weil ich einfach nicht mehr alles im Griff habe.« Er blies die Wangen auf, und sie sah die Scham in seinen Augen. »Ich kriege die Leute nicht, die ich brauche. Ich kriege die Dinge nicht organisiert. Ich hab's einfach nicht mehr drauf.«

»John …«

»Bloß kein Mitleid.« Sein Blick war so traurig. »Das habe ich nicht verdient.« Er sackte nach vorn, und es sah so aus, als würde er seinen Kopf auf seine Arme sinken lassen, um ihn für alle Ewigkeit dort auszuruhen. »Und ein Großkunde ist jetzt auch noch in Zahlungsverzug geraten, deshalb …«

»Ja?«

»Na ja, die Bank macht Druck und drängt auf die Eröffnung eines Insolvenzverfahrens.«

»Wie bitte?«

John seufzte. »Du hast schon richtig gehört.«

»Mist.«

Er hatte Tränen in den Augen. »Ich habe alles vermasselt.«

»Aber du hast doch gesagt, dass du die Firma wieder auf Kurs bringen wirst. Du hast auf Hochtouren gearbeitet, potenzielle Kunden umworben und auch einige neue an Land gezogen. Wir haben dich kaum noch zu Gesicht bekommen. Und jetzt das hier? Ich verstehe das nicht.«

»Es tut mir leid, Abs.«

Sie wartete darauf, von ihm zu hören, dass er einen Plan hatte. Dass alles gut werden würde. Doch stattdessen senkte er den Kopf. Seine Traurigkeit berührte sie trotz ihres Schocks. Sie versuchte ein wenig unbeholfen eine tröstliche Hand auf seinen Arm zu legen, aber in dem Moment bewegte er sich und ihre Hand landete auf der glatten Oberfläche des Tisches.

»Was machen wir denn jetzt?«

Er hob den Kopf. »Gibt es denn immer noch ein ›Wir‹?«

Sie nahm all die Kraft zusammen, von der sie wusste, dass sie sie tief in ihrem Inneren besaß – verborgen unter all den Zweifeln und der Distanz, die sich zu diesem Mann aufgetan hatte, der in ihren schlimmsten Momenten an ihrer Seite gewesen war.

Sie holte tief Luft. Sie hatte überlebt. Sie würde auch dies überleben.

»Natürlich.« Sie richtete sich auf. »Wir kriegen das schon wieder hin. Auch das mit Seb.«

»Meinst du?«, fragte er leise. »Wirklich?«

Und sie sah ihn eine Sekunde zu lang an, denn in Wahrheit hatte sie keine Ahnung, ob es ihnen gelingen würde.

Sie wusste nur, dass sie es versuchen mussten.

SEB

»Du schon wieder!« Marc schob sich durch die schnatternde Schar der Raucher, bis er sich zu Seb vorgearbeitet hatte. »Stalkst du mich etwa?«

Seb trat seine Zigarette mit dem Absatz aus und nahm einen weiteren Schluck von seinem Bier. »Da ich vor dir hier gewesen bin, sollte ich wohl eher dir diese Frage stellen.«

Marc nickte. »Aber ich habe dir erzählt, dass ich hier sein würde.«

»Und ich habe dir erzählt, dass ich auch hier sein würde. Es ist Jess' achtzehnter Geburtstag. Schon vergessen?«

»Ach ja.« Marc lehnte sich an die Mauer neben Seb. »Hast du eine übrig?«

»Klar.« Seb reichte ihm die Packung. »Bedien dich.«

»Danke.«

Seb konnte die glitzernden Regentropfen auf Marcs blondiertem Haar sehen, als der auf den Boden der Packung klopfte, dann in die Tasche seiner hautengen Jeans griff und ein Feuerzeug daraus hervorholte. Er verspürte das plötzliche Verlangen, seine Hand auszustrecken und diese langen Finger zu streicheln. Stattdessen schüttelte er den Kopf und nahm einen tiefen Atemzug von der nikontinlastigen Luft. Jess' Geburtstag. Er sollte reingehen und der Freund sein, den sie sich wünschte.

Er richtete sich auf und machte Anstalten, in den Klub zurückzukehren.

»Warte mal.« Marc atmete aus, und eine Rauchwolke

schlängelte sich in den Himmel. »Ich bin gleich so weit. Außerdem müssen wir darüber reden, warum die Musik hier heute Abend so verdammt mies ist.« Seine Augen funkelten in der Dunkelheit. »Mr. Brightside? Echt jetzt?«

»Bist wohl kein Fan, oder?«

»Das würde mehr Alkohol erfordern, als ich jemals trinken könnte!« Marc nahm einen weiteren Zug aus seiner Zigarette. »Aber meine Mutter liebt ihn. Hört ihn dauernd im Auto.«

Die Musik aus dem Klub wummerte durch die Wände, vibrierte unter Sebs Füßen. Er dachte an seine Mum und fragte sich, ob sie ihn wohl auch mochte. Es hatte mal eine Zeit gegeben, in der sie sich über Musik ausgetauscht hatten. Doch nun benutzte er seine Kopfhörer als Schutzschild. Stille passte ihm gut. Stille und Alkohol. Das machte es leichter, das Gefühl zu ertragen, dass alles auseinanderfiel.

»Hey. Lächle doch mal. Es ist Samstagabend.« Marc hatte seine Zigarette zu Ende geraucht und stand jetzt vor ihm. Ihre Gesichter waren nur Zentimeter voneinander entfernt. »Zeit, Party zu machen.«

Seb konnte die Marlboro in seinem Atem riechen. Er blickte ihm geradewegs in die Augen. Fühlte sich verwegen. Wie berauscht.

»Was?«, fragte Marc mit leiser Stimme. »Was ist los?«

»Ich hab mich bloß gefragt.« Seb blickte zu Boden. »Ich hab mich gefragt, woher du es wusstest.«

»Woher ich was wusste?«

»Dass du …« Seb hasste sich dafür, dass es ihm so schwerfiel, den Satz zu beenden. »Dass du schwul bist.«

»Oh.« Marc nickte. »Das.«

»Ja.« Seb zwang sich, Marc in die Augen zu blicken. »Das.«

»Ganz ehrlich?« Marc zuckte mit den Schultern, verschränkte die Arme wegen der Januarkälte. »Ich wusste es irgendwie schon immer. Spätestens seit ich zehn war und Freddie Mercury im Fernsehen gesehen habe und fand, dass er toll aussah.«

Seb nickte. »Macht Sinn.«

»Und du?«, flüsterte Marc. »Seit wann weißt du es?«

Seb sah ihn an. Schluckte. »Ich …«

»Ja?«

Seb lehnte sich nach vorn. »Ich glaube …« Er bremste sich. »Ist Nate hier?«

»Was?«

»Dein Freund?«

Marc verdrehte die Augen. »Nein, er ist nicht hier. Und er ist auch nicht wirklich mein Freund. Es ist nichts Festes. Also …« Er war jetzt nur noch wenige Zentimeter entfernt. »Wo waren wir?«

»Seit wann ich es weiß.« Seb grinste und legte seine Hand sanft um Marcs Nacken. Er fühlte sich weich an, wo das Haar geschnitten war.

Er vernahm einen lauten Pfiff und sah, wie irgendein rothaariger Typ auf sie zeigte und die Leute, mit denen er abhing, auf sie aufmerksam machte. Aber das war Seb komischerweise egal. Das hier war der Moment, auf den er gewartet hatte. Das hier war etwas Echtes. Etwas Wahres.

Er lehnte sich weiter nach vorn. Kam Marc immer näher und näher. Er vergaß den Klub. Vergaß Jess. Nichts spielte mehr eine Rolle außer dem hier.

»Was zum Henker treibst du da?«

Seb stieß Marc weg und fuhr herum.

»Dan, ich …« Er vermochte seinem besten Freund nicht

in die Augen zu sehen. »Es ist nicht das, was du denkst. Ich …«

Dan pfiff durch die Zähne. »Dass ich das auch ja richtig verstehe. Da drin«, er deutete mit einer ruckartigen Bewegung Richtung Klub, »findet die Geburtstagsparty deiner Freundin statt, die heute 18 wird. Sie ist auf der Tanzfläche, amüsiert sich an diesem ganz besonderen Abend und wartet darauf, dass du – ihr *Freund* – endlich zu Ende geraucht hast und ihr etwas Aufmerksamkeit schenkst. Und was machst du? Du hängst hier draußen mit diesem Loser rum!« Er vollführte eine kurze Kopfbewegung Richtung Marc.

Seb riskierte einen kurzen Blick und sah den eiskalten Ausdruck in Dans Augen. Er spürte Frust und Scham in sich aufsteigen. Jeden Morgen, wenn er sich anzog oder sich die Zähne putzte, lief der gleiche Monolog in seinem Kopf ab, ohne dass er Antworten fand. War er definitiv schwul oder nicht? Sollte er es den Leuten sagen? Was würden seine Freunde von ihm halten? Und die Mannschaft? Was sollte er wegen Jess unternehmen? Musste er etwas wegen ihr unternehmen? Und so ging es immer weiter in einer Welt, in der keiner war, der ihm half, sich zurechtzufinden.

Er hatte keine Ahnung, wen er ansprechen sollte. Ganz bestimmt nicht seinen Vater. Und seine Mutter schien immer so beschäftigt zu sein. Allein schon bei dem Gedanken daran, die Worte laut auszusprechen, fühlte er sich verletzlich und entblößt, aber es war das Einzige, woran er denken konnte. Er hatte sich selbst davon überzeugt, dass sich diese Sache von selbst lösen würde. Aber jetzt, da Marc so nah war und doch so fern, wurde ihm klar, wie dumm er gewesen war.

Aber er konnte es Dan nicht sagen. Nicht jetzt. Er trat einen Schritt auf ihn zu. »Hör zu, Alter, ich –«

»Komm mir bloß nicht so.« Dans dunkle Augen hatten sich zu Schlitzen verzogen, und der Alkohol ließ seine Stimme ein wenig undeutlich klingen, aber Seb vermochte dennoch herauszuhören, wie verletzt sein Freund war. »Du bist genauso schlimm wie mein verfluchter Vater. Du schleichst hinter meinem Rücken herum und hütest deine Geheimnisse. Und was ist mit Jess? Oh Mann …« Er fuhr sich mit der Hand durch die Haare. »Das macht mich so verdammt wütend.«

»Jetzt beruhige dich doch mal.« Marc machte einen Schritt auf Dan zu und legte ihm die Hand auf den Arm.

Seb zuckte zusammen und wartete. Eine Sekunde. Zwei.

Dann kam es. »Lass bloß die Pfoten von mir!«, knurrte Dan.

Marc war groß, einen guten Kopf größer als Dan. Aber Seb wusste, dass Dan sehr rauflustig war. Das war er schon immer gewesen. Seit sie in die Pubertät gekommen und Dan klar geworden war, dass er nur so groß werden würde, um den meisten Menschen bis zum Kinn zu reichen.

Dan ballte die Fäuste. »Bring mich nicht dazu, dich zu schlagen.«

Marc verschränkte die Arme. »Was macht dich denn so wütend?«

Dans Finger durchbohrte die Luft, als er auf Seb zeigte. »Die Tatsache, dass er ein verdammter Lügner ist.«

»Bloß weil du selbst auf sie stehst«, erwiderte Marc.

Dans Augenbrauen schossen bis zu seinem Haaransatz in die Höhe. Er wandte sich mit ausgebreiteten Armen Seb zu. »Du hast ihm erzählt, dass ich auf Jess stehe? Scheiße. Einfach unglaublich.« Er blickte Seb geradewegs ins Gesicht. »Also entweder erzähle ich ihr von dir und ihm oder du tust es selbst. Kapiert?«

Seb wäre am liebsten in Tränen ausgebrochen, aber er blieb standhaft. Jetzt, da er miterlebt hatte, wie die Reaktion aussah, mit der er rechnen musste, war ihm klar geworden, dass er dazu noch nicht bereit war. Nicht bereit war, diese Worte auszusprechen.

Er reckte das Kinn. »War doch bloß Spaß, stimmt's, Marc? Wir haben ein bisschen rumgealbert.«

Marc sah ihn an, schüttelte langsam den Kopf. Seb verspürte eine große Traurigkeit, machte aber dennoch weiter. »Ich hab bloß rumgeblödelt, Alter.«

Dan schüttelte den Kopf. »Von wegen. Ich habe dich doch gesehen. Du wolltest gerade –«

»Ach was!« Seb zuckte mit den Schultern. »Du weißt doch, dass ich nicht so bin.« Er hasste sich bereits selbst, und mit jedem Wort hasste er sich mehr. Aber mit einem Mal umschwirrten sie die Teilnehmerinnen eines Junggesellinnenabschieds, die sich in ihren hautengen Kleidern und mit Tiaras im Haar Zigaretten ansteckten und Turbojäger kippten. Jetzt war wirklich nicht der richtige Zeitpunkt, um darauf einzugehen.

Dan kniff argwöhnisch die Augen zusammen. »Wehe du lügst.«

Seb versuchte sich an einer Lockerheit, die er nicht empfand. »Tu ich nicht. Du kennst mich doch, Alter.«

»Das beginne ich gerade sehr stark zu bezweifeln.« Dan war immer noch angespannt. Bereit zu kämpfen.

Sie zogen die Blicke des Türstehers auf der Rückseite des Klubs auf sich.

»Und ob du mich kennst.« Seb setzte ein falsches Lächeln auf. »Lass uns wieder reingehen. Ein paar Shots nehmen.«

»Okay.« Dan beäugte ihn immer noch misstrauisch.

Marc schüttelte den Kopf und stellte sich Seb in den Weg. »Ich hab dich ja schon immer für einen ziemlichen Loser gehalten, aber jetzt habe ich den Beweis dafür, dass ich richtig lag. Ich dachte, du wärst ein bisschen erwachsener geworden. Falsch gedacht. Du bist immer noch ein Arschloch.« Seine Stimme hatte einen bitteren Klang. »Immer noch ein Lügner. Ich hau ab.«

»Aber …« Seb wollte nicht, dass er ging. Weder jetzt noch irgendwann.

»Lass ihn, Seb«, sagte Dan barsch. »Der Typ ist hier der Loser. Scheiß drauf, was der denkt.«

Marc blieb noch einen Moment stehen, die Augen auf Seb gerichtet, als warte er darauf, dass der eingreifen und für ihn eintreten würde. Aber Seb senkte bloß den Blick, und eine Minute später war Marc verschwunden.

In dem Moment verspürte er ein fast schon schmerzhaftes Verlangen, mit seiner Mutter zu reden. Hätte sich so gern mit ihr unterhalten, wie damals, in der guten alten Zeit, bevor das mit dem verdammten Krebs losgegangen war. Als sie noch Dinge gemeinsam unternommen hatten – zum Beispiel bei dem Konzert dieses griechischen Sängers gewesen waren, den sie so mochte, wo sie am Ende Sirtaki getanzt und noch ein Bier (oder in Sebs Fall eine Cola light) mit der Band getrunken hatten. Anschließend waren sie dann in ein griechisches Restaurant gegangen und hatten sich Feta und knackiges Grünzeug, gefüllte Weinblätter und Moussaka schmecken lassen.

Sie hatten Spaß gehabt, und er hatte es sogar mehr als einmal zugelassen, dass sie ihm durchs Haar zauste. Und auf dem Heimweg hatten sie sich gemeinsam ihre Playlist für den späten Abend angehört – ein Kopfhörer in ihrem linken

Ohr und einer in seinem rechten. Stevie Wonder. Beyoncé und den ultimativen Song für den späten Abend: »Get Lucky« von Daft Punk. Er vermisste diese Nähe so sehr, dass er einen Kloß im Hals verspürte. Jetzt kam es ihm so vor, als würde er sie jeden Tag und in jeder Hinsicht nur noch enttäuschen. Sie sah ihn ständig an, als bedeute es das Ende der Welt. Gerade als klar war, dass sie diese Welt nicht verlassen würde.

Da er sie nicht anrufen konnte, ging er vorbei an Menschenhorden, die den Text von »Uptown Funk« grölten und einem Mädchen, das einem Typen auf die Nikes kotzte. Folgte seinem ältesten Freund zurück in den Klub. Dem Jungen, der zusammen mit ihm auf einer Duke-of-Edinburgh-Expedition im Snowdonia-Nationalpark in einem unförmigen Zelt vor Kälte gebibbert hatte. Dem Jungen, der jeden Abend nach der Schule mit ihm Fußball gespielt hatte.

Seit der Grundschule spielten sie nun schon zusammen. Hatten es dem anderen anvertraut, als sie zum ersten Mal in ein Mädel verknallt gewesen waren. Hatten fast zeitgleich ihr erstes Handy bekommen. Sich über ihr erstes Date ausgetauscht. Wenn ihn jemand kannte, dann Dan.

Aber das war einmal.

Oh Gott. Er war hier in einem Raum voller Menschen und hatte sich doch noch nie so einsam gefühlt.

Sebs Hände zitterten. Die Kälte draußen war ihm trotz des vom Alkohol erzeugten Wärmegefühls bis in die Knochen gedrungen. Er brauchte Nachschub. Ihm war klar, dass er mit Jess Schluss machen musste. Aber er hatte keinen Schimmer, wie er ihr das erklären sollte, was ihm selbst gerade erst bewusst geworden war.

Er packte Dan am Arm und deutete zur Bar hinüber.

Hauptsache Zeit schinden. Hauptsache die Suche nach dem Geburtstagskind weiter hinausschieben. Dem Mädchen, das ihn liebte. Dem Mädchen, das seine Hand gehalten hatte, als seine Mutter krank war. Dem Mädchen, das immer für ihn da gewesen war.

Sie schoben sich durch die Menschenmenge zur Bar. Seb bestellte so viele Tequilas, wie er es sich leisten konnte, und sie schütteten sie alle in sich hinein. Betäubung. Das war die Lösung.

Dann machte er sich auf den Weg, um mit dem Mädchen zu tanzen, dessen Herz er brechen würde.

ABI

»Ach, komm schon. Lass dich gehen. Du hast dir einen Drink verdient. Eigentlich sogar zehn.«

»Nein, danke.« Abi zog sich die Wollmütze vom verschwitzten Kopf und kratzte sich. »Tut mir leid, Lesley. Aber bei der Vorstellung, das Zeug zu trinken, überkommt mich immer noch das Bedürfnis, den Abend auf der Toilette zu verbringen.«

»Wow.« Lesley starrte auf den Glaskrug vor sich, der mit Mojito gefüllt war. »Na gut.« Sie setzte sich aufrechter hin. »Das wird zwar hart werden, aber irgendjemand muss es ja tun. Ich werde mit heldenhaftem Einsatz versuchen, jeden einzelnen Tropfen davon zu trinken. Versprochen!«

»Ich weiß dein Opfer zu schätzen.« Abi starrte emotionslos auf ihre Flasche mit stillem Wasser. Trotz zahlreicher Versuche während der Weihnachtszeit schien sie immer noch nicht mit Alkohol klarzukommen. Ihr wurde bloß heiß davon, und sie bekam es mit der Angst zu tun. Das war die Sache nicht wert. Sie gab einen Seufzer von sich und goss Wasser in ihr Glas.

»Wie war dein Weihnachten?« Sie lehnte sich auf ihrem Stuhl zurück und sah ihre Freundin an. Lesley hatte sich ihr langes dunkles Haar hochgesteckt und trug ein tief ausgeschnittenes grünes Oberteil, das Abi noch nie an ihr gesehen hatte.

»Halt!« Lesley hob die Hand. »Bitte noch keine Fragen. Gib mir erst die Chance, mich zu betäuben.« Sie nahm einen großen Schluck aus ihrem Glas. »Okay. Jetzt bin ich bereit.« Sie holte tief Luft. »Wegen drei Zugverspätungen haben wir erst die Zeit mit Verzweiflungskäufen bei Accessorize totgeschlagen, bis es endlich weiterging. Dann hat Mum die Fernbedienung verlegt, und wir haben sie nicht wiedergefunden, sodass wir gezwungen waren, stundenlang Trivial Pursuit zu spielen, was immer dazu führt, dass Dad irgendwann davonstapft und brummend in seinem Hobbyraum verschwindet, weil er der Ansicht ist, dass die Fragen Frauen bevorteilen. Und Hope war so damit beschäftigt, Zane zu texten, dass sie kaum ein Wort von sich gegeben hat, und es an mir hängen blieb, den ganzen Pfefferminzlikör allein zu trinken, woraufhin ich mich mit der Frage beschäftigt habe, wie bald wir wohl wieder nach Hause zurückfahren können, ohne unhöflich zu wirken. Wenn du dir dann noch meinen Bruder mit seiner Brut dazudenkst, die in diversen Kleinkindphasen steckt, dann hast du das Rezept für eine wirklich schreckliche Hollywood-Komödie mit Robert de Niro in seinen späten Jahren.« Sie hob ihr Glas und trank es aus. »Frohes neues Jahr, mehr kann ich nicht dazu sagen.« Sie knallte ihr Glas auf den Tisch. »Und wie war's bei dir? Friede, Freude, Eierkuchen?«

»Nicht wirklich.« Abi trommelte mit den Fingern gegen ihr Glas und beobachtete aus dem Augenwinkel heraus die Truppe am Nebentisch. Sie schien aus Büroangestellten zu bestehen, die sich selbst feierten, weil sie bis zum Ende der Arbeitswoche durchgehalten hatten. Eine Frau schob ihren Stuhl zurück und stand auf, wobei sie leicht zu schwanken begann, als ob ihr Körper versuchte, sich auf die Alkoholmenge einzustellen, die sie intus hatte. Sie trug einen roten Büstenhalter über einem blauen Kleid. Abi war sich nicht ganz sicher, ob dies Mode war oder ob sie eine Bürowette verloren hatte. Die Frau hielt einen Finger in die Höhe und wankte gefährlich auf ihren spitz zulaufenden Stöckelschuhen. Ihre Stimme war über die Musik hinweg zu vernehmen. »Was trinken wir noch mal?«

»Tequila«, rief die Gruppe im Chor.

Abi grinste Lesley an. »Das waren noch Zeiten.«

»Das kann man wohl sagen.«

Abi nahm einen Schluck von ihrem Wasser. »Immerhin bin ich nach zehn noch unterwegs. Das ist ja schon ein Fortschritt!«

Lesley goss sich Mojito aus dem Krug nach. Ihre Fingernägel leuchteten neonpink auf dem geeisten Glas. »Und Weihnachten? Wie ist es gelaufen?« Sie lehnte sich nach vorn. Abi erblickte einen winzigen Salzrest auf ihrer Oberlippe. »Es geht dir doch gut, oder?«

Abi nickte. »Ja.« Abgesehen von den ständigen Kontrolluntersuchungen und Tests fühlte sie sich wirklich gut. Auch wenn der Krebs verschwunden war, den Schatten der Krankheit würde sie niemals wieder loswerden. Das war ihr inzwischen klar. Sie nahm einen weiteren Schluck. »Das ist im Grunde das Gute an der jetzigen Situation: Ich darf mir um anderen Mist Gedanken machen.«

»Äh … ist doch irgendwie super, oder?«, erwiderte ihre Freundin lächelnd. »Das hättest du dir vor einem Jahr gar nicht vorstellen können.«

Abi grinste, als »Parklife« aus den Lautsprechern ertönte. Die Frau mit dem roten Büstenhalter unternahm unklugerweise den Versuch, mit ihrem Tablett voller Shots auf einen Stuhl zu steigen und verpasste einem der Männer eine Alkoholdusche. Der fand das ganz offenbar saukomisch und streckte nur die Zunge heraus, um die herabströmende Flüssigkeit von seinem Gesicht zu lecken. »Wo bleibt die Zitrone?«, grölte er.

Lesley tippte gegen Abis Hand. »Weihnachten?«

Abi wandte sich ihr wieder zu. »Ich habe die Ergebnisse von Sebs Eignungstest für die Uni entdeckt.«

»Hm«, brummte Lesley. »So weit, so uninteressant.«

»Er hat nicht gerade toll abgeschnitten. Zu schlecht für die UCL und die anderen Unis, für die er sich interessiert.«

»Wie bitte? Seb? Der schon mit sechs mit einem Spielzeugstethoskop herumlief?« Lesley drehte ihren Strohhalm zwischen den Fingern. »Der wild entschlossen war, Arzt zu werden? Was ist passiert?«

»Ich habe keine Ahnung.«

»Wirklich?«

»Jep«, erwiderte Abi nickend.

Lesley stützte ihr Kinn auf die Hand. »Aber das klingt so gar nicht nach ihm. Hast du schon etwas herausgefunden? Irgendeine Ahnung?«

»Nein.« Abi stieß einen Seufzer aus. »Wir haben alles Mögliche angestellt, um zu ihm durchzudringen. Ich versuche nach wie vor mit ihm zu reden, aber ich werde mit jedem Gespräch ratloser. Es kommt mir so vor, als würde er mir gar nicht zuhören.«

»Willkommen im Klub!« Lesley verschränkte ihre Arme vor der Brust. »Hope redet nur mit mir, wenn sie ihren Datenfreibetrag ausgeschöpft hat oder sich ein Oberteil von mir leihen will, das sie nicht gruselig findet.«

»Das glaube ich dir nicht. Ihr zwei habt doch ein tolles Verhältnis.« Abi wusste, dass ihre Freundin das nur sagte, damit sie sich besser fühlte. »Aber das Schlimmste ist …«

»Es wird noch schlimmer?«

»Ja.« Abi biss sich auf die Lippe. »Das Schlimmste ist, wenn er sich dann doch einmal bequemt, etwas zu tun, dann gehen seine Noten in den Keller. Und alles, was er sich erhofft hat – und wofür er gearbeitet hat – scheint ihm zu entgleiten.«

»Oh Mann, offenbar packt er fünf Jahre Teenagerdrama in zwölf Monate.«

»Sieht ganz so aus.« Abi lächelte zum ersten Mal seit einer Woche.

»Er hat während deiner Krankheit einfach nie die Möglichkeit gehabt, seine rebellische Phase auszuleben.«

»Vermutlich hast du recht«, erwiderte Abi.

»Also, ich würde an deiner Stelle erst mal aufhören, ihn deshalb zu löchern und lieber am Küchentisch lauern, bis er dir sagt, was los ist«, sagte Lesley und nahm einen weiteren Schluck aus ihrem Glas.

»Aber Seb und ich, wir haben immer miteinander geredet.«

»Dann seid ihr die Ausnahme, die die Regel bestätigt.«

»Mag sein.« Abi versuchte dies zu verdauen, während sich die Meute am Nebentisch an ihre nächste Runde Tequila machte. Sie beneidete sie darum, den Alkoholschleier des Vergessens über alles legen zu können. »Und dann hat mir John gestern Abend erzählt, dass Seb im September auch noch einen Mitschüler in der Schule geschlagen hat. Was sie mir beide verschwiegen hatten. Die ganze Zeit hat mir niemand etwas davon gesagt.«

Lesley zuckte mit den Schultern. »Sie wollten wahrscheinlich vermeiden, dass du dich aufregst.«

Abi spürte Frust in sich aufsteigen. »Aber das ist doch nicht in Ordnung, oder? Also, ich verstehe ja, dass Seb es vor mir zu verheimlichen versucht, aber nicht John. Er weiß ganz genau, dass ich miteinbezogen werden möchte. Es ist einfach nicht richtig, mich auszuschließen.«

»Aber das hat er doch gar nicht getan. Er hat nur versucht, dich zu schützen.«

»Also, wenn du einen –«

»Wenn ich einen Partner hätte?« Lesley zog die Augenbrauen in die Höhe.

»Na ja. Ja.« Abi schluckte. »Wenn du noch mit Paul zusammen wärst – in euren guten Zeiten –, dann würdest du dir doch auch wünschen, dass er offen mit dir über alles spricht, oder?«

»Grundsätzlich ja«, sagte Lesley nickend. »Bis er mit seinen Affären anfing.«

»Ja klar«, erwiderte Abi. »Aber ich habe doch das Recht, wütend zu sein, oder etwa nicht?«

Lesley zog nachdenklich die Nase kraus. »John hat im Augenblick viel um die Ohren, Abi. Seine Firma muss schon seit Monaten auf der Kippe stehen. Vermutlich kann er gar nicht mehr klar denken.«

»Deshalb ist es trotzdem nicht in Ordnung.«

Lesley goss sich von ihrem Cocktail nach. »Also hat das mit dem Sex nicht funktioniert?«

»Wie bitte?« Abi spürte, wie sie vor Scham errötete.

»Na, du scheinst so wütend auf ihn zu sein, da dachte ich …«

Abi hatte keine Lust darüber zu reden. »Es läuft bestens, Lesley.« Es war leichter zu lügen. »Das ist nicht das Problem. Wir sollten doch eigentlich Dinge teilen. Und wenn wir kein Team sind, dann …«

»Geh nicht so hart mit ihm ins Gericht.«

»Wieso nicht?«

»Weil niemand perfekt ist, Abi. Er hat dir also das eine oder andere nicht erzählt. Na und? Du musst ein bisschen nachsichtiger mit ihm sein.«

Sebs Ausraster. Seine schlechten Ergebnisse. Die Sache mit dem Haus. Die Zurückweisung.

Sie war verdammt nachsichtig gewesen.

»Also gibst du zu, dass er es mir hätte sagen sollen.«

»Ja.« Lesley schob ihren Stuhl zurück. »Aber ich glaube, dass er es nur gut gemeint hat. Ich muss mal für kleine Mädchen. Bin gleich wieder da.«

»Okay.« Abi starrte ihr nach und fragte sich, ob Lesley recht hatte. Vor ihrer Erkrankung war es Abi gewesen, die die Lehrer angerufen oder angemailt oder angesprochen hatte. Aber seit ihrer Diagnose hatte sich alles geändert. Sie war gezwungen gewesen, die Welt zu ignorieren, um wieder gesund zu werden, und John benötigte Zeit, sich an die Tatsache zu gewöhnen, dass sie wieder da war. In der Lage, Entscheidungen zu treffen. Zu helfen.

»Ich würd' zu gern wissen, was du gerade denkst!« Eine Flasche Heineken landete auf dem Tisch.

Das Rasierwasser kam ihr bekannt vor.

Sie drehte sich um und schaute blinzelnd zu dem Neuankömmling auf.

»Oh mein Gott. Steve!« Hätte sie sich doch nur umgezogen, bevor sie hergekommen war! Sie hatte heute Nachmittag die einzige noch verbliebene staubige Ecke des Ladens aufgeräumt, um Platz für die bald eintreffenden Frühlingsdrucke von Sam Toft und Dave Thompson zu schaffen, und sie befürchtete, die eine oder andere Staubfluse im Haar übersehen zu haben.

»Bleib ruhig sitzen.« Er zog sich einen Stuhl herüber, drehte ihn mit der Lehne nach vorn und nahm rittlings auf ihm Platz, wie er es immer schon getan hatte. Sie konnte durch einen Riss in seiner dunkelblauen Jeans ein Stückchen von seinem Bein erblicken. Hoffentlich hatte sie keinen Spinat zwischen ihren Zähnen. Oder Schokolade.

Sie holte Luft. Das war doch albern. Aber ihn zu sehen war wie eine kleine Reise in die Vergangenheit, zurück in eine Zeit, als sie besessen gewesen war von Pulp, erst lernen musste zu rauchen ohne zu husten, und ihr einziges Ziel im Leben darin bestanden hatte, ihre Haare bis zum Hintern wachsen zu lassen.

Steve war ein Jahr älter als sie. Er war sechzehn gewesen, als sie sich kennenlernten. Eines Nachmittags hatte er an der Bushaltestelle schützend seine Hände um die ihren gelegt, während sie sich eine Zigarette anzündete – und von dem Augenblick an waren sie unzertrennlich gewesen. Es fehlte ihr etwas, wenn sein Arm nicht um ihre Schultern lag. Sie hatten über Liedtexte gestritten, waren über Festivalzäune geklettert und hatten wie die Verrückten in stickigen Zelten bis zur Morgendämmerung durchgetanzt. Zwei Jahre lang hatten sie Wein aus Teetassen getrunken, sich Liebesbriefe auf Servietten geschrieben und einander jeden einzelnen Tag angerufen oder sich getroffen, bis er an der Uni in St. Andrews zu studieren begann und nicht mehr zurückgekehrt war.

Es hatte tränengetränkte Briefe gegeben. Billigen Gin. Endlose Zigaretten, die sie in düsterer Stimmung am Fenster geraucht hatte. Und dann war irgendwann John aufgetaucht und die Erinnerung an Steve endlich verblasst.

»Ich hätte wissen müssen, dass das eine Bar ist, auf die du stehst.« Er zog die Lederjacke aus.

»Ach ja? Wieso?«

»Die spielen hier Indie, haben tolle Cocktails und auch Nachos, wenn mich nicht alles täuscht«, erwiderte er lächelnd.

»Stimmt.« Abi erinnerte sich an Abende, als sie Stunden damit verbracht hatten, um die Nachos ganz unten im Haufen, die durchtränkt waren von Oliven und Tomaten und Sauerrahmsoße, zu ergattern.

Ihn hier zu sehen, im gedämpften Licht, brachte die Vergangenheit zurück und mit ihr ein tröstendes Gefühl. »Erinnerst du dich noch an den Pub mit den Gitarren an der Wand?« Sie lehnte sich zu ihm hinüber. »Der, in dem der Barkeeper dir erlaubt hat, sie zu spielen, wenn du nach der Sperrstunde beim Spülen der Gläser geholfen hast.«

»Oh mein Gott, JA!« Er klatschte in die Hände und sie sah, dass er immer noch diesen dicken Silberring am Zeigefinger trug. »Wir haben so viele Abende dort verbracht.«

»Kann man wohl sagen«, sagte sie lächelnd. »Allerdings bin ich mir nicht sicher, ob der ganze Whisky deinem Spiel so gut bekommen ist.«

»Da könntest du recht haben.« Sie liebte sein verschmitztes Lächeln. Eine junge Frau an einem Nebentisch warf ihm einen bewundernden Blick zu. Manche Dinge änderten sich nie.

Er nahm einen Zug aus seiner Bierflasche. »Und was hast du so getrieben, seit wir uns das letzte Mal gesehen haben und du nicht mehr auf meine Anrufe reagierst?«

»Nicht viel.« Sie spürte, dass sie rot wurde. Sehr hilfreich. »Ich bin mit Lesley unterwegs«, fügte sie hinzu, ehe sie ins Stocken geriet.

»Lesley aus der Schule?«

»Ja. Wir sind immer noch befreundet.« Oh Gott, sie war wirklich ein bisschen eingerostet, was Small Talk anging.

»Das ist ja toll.«

»Ja.« Ihre Welt musste ihm furchtbar klein vorkommen.

»Und immer noch eine Partymaus?«

»Aber klar.« Für ihn wollte sie auf gar keinen Fall das Mädchen sein, das den Krebs überlebt hat. Keine Chance.

Er warf einen Blick auf ihr Glas. »Also ist das da Wodka?«

»Gin Tonic«, log sie.

»Offenbar hat sich ja nichts geändert.« Der Haizahn-Anhänger an seinem Hals verrutschte, als er erneut nach seinem Bier griff.

»Na, das nenn ich eine Überraschung«, erklang Lesleys Stimme, die am Tisch auftauchte und wie eine Eule aussah, die einen Jäger mit der Hand in ihrem Nest entdeckte. »Was machst du denn hier, Steve?«

»Hallo.« Er grinste, stand auf und küsste sie auf beide Wangen. »Muss mein Glückstag sein.«

Lesley zog eine Augenbraue in die Höhe.

»Wir sind uns zufällig begegnet«, sagte Abi rasch und hatte dabei unerklärlicherweise ein schlechtes Gewissen.

»Scheint euch häufiger zu passieren.« Lesley setzte sich hin und schlug entschlossen die Beine übereinander. »Was hast du denn so angestellt, seit du Abi vor all den Jahren das Herz gebrochen hast?«

Steve neigte den Kopf zur Seite. »Och, alles Mögliche.«

»Ach ja?« Lesley goss sich ein randvolles Glas Mojito ein. »Was denn zum Beispiel? Noch mehr Herzen gebrochen?«

Abi schoss vor Verlegenheit das Blut ins Gesicht. Das war schon lange her. Lesley sollte ihn vom Haken lassen.

Steve schien allerdings offenbar immun gegen Lesleys

tadelnden Tonfall zu sein. »Ein paar schon. Aber mein eigenes wurde mir auch gebrochen. Das nennt man dann wohl ausgleichende Gerechtigkeit.« Er lächelte. »Möchte jemand noch etwas zu trinken?«

Abi schüttelte den Kopf. Sie wollte verhindern, dass er herausfand, warum sie keinen Alkohol trank. Wollte nicht sehen, wie das Licht in seinen Augen erlosch, wenn er das Wort »Krebs« hörte. »Nein, danke.«

»Okay.« Sein Blick ruhte einen Moment länger als nötig auf ihr, ehe er auf dem Absatz kehrtmachte und zur Theke hinüberschritt.

»Gott. Arrogant wie immer.« Lesley inhalierte ihren Mojito förmlich. »Was für ein Arschloch.«

»Mhmmm.« Abi sah zu, wie er sich den Weg zur Theke bahnte. Breite Schultern. Lange Beine. Das Haar gerade lang genug, dass es sich am Kragen seines schwarzen Hemdes lockte.

»Jetzt fehlt ihm bloß noch die Gitarre auf dem Rücken, und das Bild vom tragischen Wichser ist komplett.«

»Ja«, erwiderte Abi, die ihm immer noch hinterherstarrte.

»Hallo?«

»Was denn?«

Sie wurde sich bewusst, dass eine Hand vor ihrem Gesicht herumwedelte.

»Erde an Abi.« Lesley seufzte und verdrehte die Augen. »Gott, man könnte meinen, dass du immer noch scharf auf ihn bist.«

»Blödsinn.« Abi zwang sich, den Blick auf ihre Freundin zu richten. »Es ist einfach schön, ein Gesicht aus der Vergangenheit wiederzusehen. Da werden Erinnerungen wach.«

»Oh ja, an weiße Hosen und Sportschuhe in Neonfarben,

also werde mal nicht zu wehmütig.« Lesley kramte in der Handtasche nach ihrem Handy. »Scheiße. Hope. Sie ist mit ein paar Freunden zu Hause und droht damit zu kochen. Hoffentlich fackelt sie nicht das Haus ab.« Sie tippte auf das Display. »Hallo?« Dann sprang sie auf und marschierte mit den Worten »Bin gleich wieder da« zur Tür.

Abi fühlte sich erleichtert, weigerte sich aber, über den Grund nachzudenken.

»Wo ist denn unser Sonnenschein hin?« Steve stellte ein Bier für sich und einen weiteren Krug für Lesley auf dem Tisch ab und nahm wieder Platz.

»Sie musste mal telefonieren.« Abi sah ihn an. »Ist es nicht komisch, dass es beim letzten Mal, als wir einen Abend zusammen verbracht haben, nur diese riesigen Handys aus den Hollywood-Filmen gab? Die so groß waren wie Schuhkartons. Weißt du das noch?«

»Gott, erinnere mich bloß nicht daran. Dann komme ich mir furchtbar alt vor.«

Abi zuckte mit den Schultern. »Wir gehen auf die vierzig zu.«

»Du killst die Stimmung.«

»Das höre ich ständig.« Sie spielte mit ihrem Strohhalm, verspürte eine Nervosität wie bei ihrer ersten Verabredung mit ihm beim Apfelfest im Jahre 1994. Sie erinnerte sich daran, wie sie zu ihm aufgeblickt hatte und sich seine Silhouette gegen den Abendhimmel abhob. Seine Hand, die nach ihr griff, als sie auf der Kirmes in die Gondel der Krake sprang. An das Klimpern der Musik, den Duft von kandierten Äpfeln und Apfelwein in der Luft.

»Also …« Er nahm einen Schluck von seinem Bier. »Was hörst du denn heutzutage für Musik?«

Natürlich. Das war schon immer ihr Gesprächsthema Nummer eins gewesen. Musik. »Ich mag Chvrches. Hast du schon von ihnen gehört?«

»Ob ich von Chvrches gehört habe?« Seine Augen weiteten sich. »Ob *ich* von Chvrches gehört habe?«

Sie verdrehte die Augen. »Das ist doch eigentlich keine so schwierige Frage.«

Er schüttelte melodramatisch den Kopf. »Ich kann einfach nicht glauben, dass du mir eine solche Frage überhaupt stellst.«

»Warum beantwortest du sie dann nicht einfach? Es sei denn …« Sie blickte sich um. »Es sei denn, du musst wieder los. Wartest du auf jemanden?«

Er grinste. »Nein. Ich warte auf niemanden. Ich bin nur auf ein Bier vorbeigekommen, ehe ich mich auf den Weg nach Hause mache.«

»Großartig.«

»Also, was hältst du von: ›Every Open Eye?‹ Er begann das Etikett von der Bierflasche abzuknibbeln.

»Ein Wahnsinnssong.«

»Wieso?«

Und schon glitten sie mühelos in eine dieser Unterhaltungen, wie sie sie in Bussen, in Warteschlangen, bei ihren Dates in dunklen Pubs voller Genuss geführt hatten. Unterschiedliche Bands. Unterschiedliche Orte. Aber immer dieselbe Leidenschaft.

Sie fühlte sich zurückversetzt in eine Zeit, als sie noch ein Mädchen mit Träumen gewesen war und CDs und Poster von Bands und Sängern ihre Wände schmückten. Es fühlte sich gut an, diesem Mädchen noch einmal zu begegnen. Und als die ersten Töne von »She's Electric« erklangen, da ließ sie sich einfach mitreißen. Ohne nachzudenken. Ohne an zu Hause zu denken. Das Einzige, was ihre Gedanken erfüllte, waren die Bands und die Musik und die Texte und die Freude darüber, sich endlich wieder einmal mit jemandem darüber zu unterhalten, der sie auch toll fand.

Erst später, als Lesley wieder am Tisch Platz nahm, wurde ihr bewusst, dass sie sich – zum ersten Mal seit Monaten – wieder ganz wie die alte Abi gefühlt hatte. Diejenige, die sich in Steves Lächeln spiegelte.

FEBRUAR

»The Promise«

(Tracy Chapman)

Für John. Schließlich ist es nur gerecht, dass du mehr als einen Song bekommst. Solltest du dich nicht mehr daran erinnern (was höchstwahrscheinlich der Fall ist): Das war der Song, den sie gespielt haben, als ich vor den Altar getreten bin. Der Song, bei dem die Leute feuchte Augen bekamen, der Song, mit dem niemand gerechnet hatte, der Song, den ich mehr liebe als jeden anderen. Der für mich die Liebe verkörpert. Den ich mit dir verbinde. Der all das beinhaltet, warum ich ums Überleben kämpfe. Der für mich die Welt bedeutet.

(Und ja, ich liebe ihn so sehr, dass ich mir bei diesen Zeilen ironische Bemerkungen verkniffen habe, was in der Tat ein Kompliment ist!)

ABI

»Warum verabredest du dich nicht mit ihr, Onkel Rob?« Seb tunkte eine Fritte tief in den Ketchup, ehe er sie in seinem Mund verschwinden ließ. Das Tempo, mit dem er aß, legte die Vermutung nahe, dass er mindestens einen Monat gehungert haben musste, obwohl er in Wahrheit eine Stunde bevor sie aufgebrochen waren, noch einen halben Zitronenkuchen verdrückt hatte.

Rob schien sich in sein Schneckenhaus zurückzuziehen. »Keine Ahnung, wovon du redest.« Er griff nach seinem Hamburger in der Absicht, der Unterhaltung damit ein Ende zu setzen.

Aber das konnte er sich abschminken. Während dieses Essens waren bisher zirka zehn Themen zur Sprache gekommen, die alle damit geendet hatten, dass Leute schweigend den Inhalt ihrer Gläser in sich hineinkippten. Die Familienfeier zu Ehren von Abis und Johns Hochzeitstag lief nicht ganz so, wie es sich ihre Eltern vorgestellt hatten. Genau genommen lief es so furchtbar, dass Abi entschieden hatte, Rotwein zu trinken, in der Hoffnung, dass das Ganze schneller vorbeiging.

Sie tat noch etwas mehr Ketchup auf ihren vegetarischen Hamburger und nahm einen Bissen. Sie hätte sich hüten sollen, ihrer Mutter zu vertrauen, die erfahrungsgemäß nicht in der Lage war, sich aus irgendetwas herauszuhalten. Zwei Wochen zuvor um sieben Uhr morgens, als ihre Mutter bereit für ihren Tag als ehrenamtliche Helferin im Oxfam-Laden war, gekleidet in ihren roten Rollkragen und um den Hals den klobigen Anhänger, den Abis Vater ihr zum siebzigsten Geburtstag geschenkt hatte, war Abi noch im Morgenmantel und trank Tee.

»Natürlich ist es *euer* Hochzeitstag. Aber ihr müsst ihn feiern.« Ihre Mutter hatte ihre Tasse auf den Unterteller abgestellt und die Müslipackung zur Seite geschoben. Damit war Abis letzte Deckung dahin gewesen und ihre einzige verbliebene Waffe ihr Schweigen.

Ja. Es war ihr Hochzeitstag. Der, von dem sie geglaubt hatten, ihn niemals feiern zu können. All diese Wochen mit Chemo, in denen Lesley oder John mit Zeitschriften und einem iPad voll mit amerikanischen Fernsehserien und Konzerten ihrer Lieblingsbands an ihrem Bett gesessen hatten. Tage, an denen sie nur auf ihre Zimmerwand gestarrt und sich Bob Dylan oder die Stone Roses angehört und sich gefragt hatte, ob die Übelkeit wohl jemals nachlassen würde.

Damals hatte sie der Gedanke an ihre Jungs am Leben gehalten. Aber nun hatten die drei sich so weit voneinander entfernt, dass es ihr fast schon verlogen erschien, gemeinsam mit ihnen an einem Tisch zu sitzen. John dämmerte mit der Begeisterung eines Mannes, der darauf wartete, dass ihm ein eingewachsener Zehennagel entfernt würde, vor sich hin, während Seb es auskostete, als Achtzehnjähriger durchzugehen und schon sein zweites Bier trank.

Sie wünschte, sie könnte sie erreichen. Ihnen helfen.

Rob rutschte auf seinem Stuhl hin und her. »Lesley ist bloß eine Freundin, okay?«

»Du bist ein schrecklicher Lügner, Onkel Rob.« Seb lehnte sich zurück und trat dabei gegen das Tischbein.

»Und du taugst nicht zum Kuppler.« Rob nippte an seinem Bier. »Bloß weil du Erfolg bei den Damen hast.«

Eine Mischung aus Traurigkeit und Ratlosigkeit erschien auf Sebs Gesicht, und Abi hätte nur zu gern den Grund dafür gewusst.

»Darf ich Ihnen noch etwas bringen?« Der junge amerikanische Kellner war zweifellos die fröhlichste Person in ihrer Umgebung.

»Noch ein Bier, bitte.« Seb starrte Abi an, als rechne er damit, dass sie ein Veto gegen seine Bestellung einlegen würde. Sie spielte in seiner Welt definitiv die Rolle des bösen Bullen. Als er noch klein war, hatten sie zusammen Raumschiffe aus Pappkartons und Alufolie gebastelt und waren zu weit entfernten Planeten gedüst, wo sie Rosinen und Käse genascht hatten.

Nun hatte ein Teil von ihr Angst vor dem, was er vor ihnen verbarg und der andere Teil war furchtbar wütend, dass er sein Leben einfach so wegwarf. Doch gleichzeitig plagten sie auch schreckliche Schuldgefühle, weil sie befürchtete, dass sie der Grund für das war, was er durchmachte. Weil sie Krebs bekommen hatte. Weil sie ihn im Stich gelassen hatte.

Sie seufzte, als das Restaurant entschied, dem Ganzen noch die Krone aufzusetzen, indem sie »Our House« spielten. Auf der anderen Seite der High Street unterhielt sich eine Gruppe von Studenten auf den breiten Steinstufen, die zum Queen's College hinaufführten. Sie sahen so jung aus. Als läge ihnen die Welt zu Füßen. Abi wollte, dass sich Seb auch so fühlte, aber im Augenblick wirkte er eher so unbeschwert wie ein Gefangener auf der Anklagebank.

Wenn sie doch nur wüsste, was zu tun war.

Wenn sie sich doch nur darauf verlassen könnte, dass John sie unterstützte.

Sie trank einen großen Schluck Wasser, denn sie merkte, dass ihr der Wein zu Kopf stieg. Bald schon würden sie alle mit dem Essen fertig sein und nach Hause gehen, und sie könnte auf der Bank im Garten sitzen und darüber nachdenken – wirklich nachdenken –, wie sich die Dinge verbessern ließen. Sie wäre an der frischen Luft. Könnte auf die Narzissen schauen. Sich Tracy Chapman und Amy Winehouse anhören und versuchen, den Weg zurück zu dem Mann zu finden, der ihr so viel gegeben hatte, aber nun scheinbar fähig war, ihr all dies wieder zu nehmen. Zuneigung. Sicherheit. Vertrauen.

Ihre Mutter war mit dem Salat fertig.

»Erinnert ihr euch noch an den Tag, als ihr euch kennengelernt habt?«

Oh nein. Nostalgische Schwelgerei war gerade das Letzte, was sie gebrauchen konnten.

»Mum.« Abi versuchte einen warnenden Ton in ihre Stimme zu legen, aber ihre Mutter bekam die Botschaft wie immer nicht mit.

»Abi hat damals in diesem furchtbaren Büro gejobbt.« Ihre Mutter blickte dabei ihren Dad an, der dies durch ein Nicken bestätigte. »Wo sie ein paar Jahre zuvor eine Leiche gefunden hatten. Channel 4 hat mal eine Dokumentarsendung darüber gebracht. Erinnert ihr euch noch?«

Abi und Rob sahen einander an. Ihre Mutter hatte eine Schwäche für Dokumentationen, schlief aber in der Regel meist schon nach fünf Minuten ein, während alle anderen die Geschichten über Leichen oder Missbrauch oder

Drogenhandel bis zum Nachspann über sich ergehen ließen.

»Ist ja auch egal. Ich glaube, es war in den Weihnachtsferien. Dein erstes Semester an der Uni.« Ein sanftes Lächeln lag auf ihrem Gesicht. »Du hast gejobbt, und dein Haar war pink gefärbt, und du musstest irgendwelche Broschüren zusammenstellen. Und dann kamst du eines Tages mit diesem Lächeln auf dem Gesicht nach Hause, und da war mir klar, was das zu bedeuten hatte.«

Abi starrte auf ihren Teller hinab.

»Du hast es noch für eine Weile für dich behalten«, fuhr ihre Mutter lachend fort, »und da wusste ich, dass es etwas Ernstes war. Und dann tauchtest du eines Tages Händchen haltend mit John in unserem Wohnzimmer auf und hast uns mitgeteilt, dass ihr ein Baby erwartet.«

Seb lächelte den Kellner an, der ihm sein nächstes Bier brachte. »Sex vor der Ehe. Was für eine Schande.«

»Es kam ein wenig überraschend«, bemerkte Abis Vater, legte Messer und Gabel zusammen und tupfte sich den Mund mit der Serviette ab.

Abi zog eine Augenbraue in die Höhe. »Mum hat eine Woche lang kaum ein Wort gesprochen.«

Ein Mundwinkel ihres Vaters wanderte in die Höhe. »Es war ruhiger als gewöhnlich.«

»Du hast ihn nicht gemocht, stimmt's, Mum?«

»Also, ich habe doch wohl bereits zugegeben, dass ich mich in ihm getäuscht habe, oder?« Ihre Mutter lächelte John an, der angesichts ihrer Worte einen unendlich dankbaren Eindruck machte. Abi verspürte ein schlechtes Gewissen. Sie sollte verständnisvoller sein. Ihn mehr unterstützen. Wenn da nicht seine Geheimnisse wären. Und die Art, wie er ihr jeden Abend, wenn sie ins Bett schlüpfte, den Rücken zukehrte.

Ihr wurde bewusst, dass sie eine Fritte mit der Gabel zerstach und legte sie rasch aus der Hand.

John streckte den Rücken, den Anflug eines Lächelns auf den Lippen. »Und unsere Hochzeit. Was für ein herrlicher Tag.«

»Ernsthaft?« Sebs Stimme triefte vor Zynismus. »Hat dir dein Babybauch nicht das Kleid ruiniert?«, fragte er an seine Mutter gewandt.

»Ganz und gar nicht.« Abi schüttelte den Kopf. »Es war hellgrün, und wir haben die Nähte einfach etwas herausgelassen, nicht wahr, Mum?«

»Klingt, als hättet ihr keine andere Wahl gehabt.« Seb nahm einen großen Schluck von seinem Bier.

»Das hat uns nichts ausgemacht.« Abi versuchte Augenkontakt zu ihm herzustellen, doch er sah weg. »Wir haben uns so auf dich gefreut.«

»Wenn du das sagst.« Seb seufzte und nahm eine andere Sitzposition ein.

Ein Lächeln breitete sich auf Robs Gesicht aus. »Und wie die beiden sich gefreut haben.«

Abi sah mit einem Anflug von Neid, dass Seb ihren Bruder voller Interesse ansah. »Ich habe sie nie glücklicher gesehen. Die meisten Leute würden wohl ausflippen, wenn wenige Wochen nach dem Kennenlernen schon ein Kind auf dem Weg wäre, aber nicht diese zwei. Sie haben sich sofort zum nächsten Babyladen aufgemacht und ein wirklich nerviges Mobile gekauft, das Kinderlieder mit Panflöten spielte.« Er schüttelte sich. »Gott, wie habe ich dieses Ding gehasst.«

Abi lachte. »Wirklich? Ich habe es *andauernd* gespielt.«

»Ich weiß«, sagte Rob nickend. »Ich erinnere mich nur zu gut daran. Es hat sich in mein Hirn eingebrannt. Aber mach dir keine Sorgen. Ich hab's überlebt.«

Abi begann »LaLeLu« zu summen.

»Hör auf!«, rief Rob und hielt sich die Ohren zu.

Seb rang sich tatsächlich ein Lächeln ab. »Vielleicht sollte ich Panflöte lernen.« Doch mit einem Mal huschte wieder dieser niedergedrückte Ausdruck über sein Gesicht. »Oder vielleicht auch nicht.« Er hob die Hand, um sich ein weiteres Bier zu bestellen. Abi war sich bewusst, dass sie einschreiten sollte, besaß aber nicht die Kraft für einen weiteren Streit.

»Lasst uns das Glas erheben«, sagte ihre Mutter und blickte flüchtig in die Runde.

»Ja«, stimmte ihr Vater zu und hob seins in die Höhe. »Auf Abi und John. Mögen euch noch viele glückliche Jahre vergönnt sein.«

»Auf Abi und John«, folgte Rob brav seinem Beispiel, während Seb nur etwas in sein Bier murmelte.

Das brachte das Fass für Abi zum Überlaufen. »Was ist mit dir los, Seb? Das hier ist eine Feier. Also warum sitzt du da und machst ein Gesicht wie drei Tage Regenwetter?«

»Ist die Frage ernst gemeint?«

»Ja, das ist sie. Weil es verdammt unhöflich ist.« Sie warf ihrer Mutter einen Blick zu. »Ich weiß, dass ich nicht fluchen sollte. Tut mir leid.« Sie wandte den Blick wieder ihrem Sohn zu und ihre Wut wuchs, als sie sein mürrisches Gesicht sah. Dieses Gesicht, von dem sie wusste, dass es die ganze Welt zu erhellen vermochte, wenn er nur wollte.

»Na ja, du hast mich ja gezwungen mitzukommen.«

»Weil das hier eine Familienfeier ist. Und du bist Teil dieser Familie, ob es dir nun gefällt oder nicht.«

»Super Familie«, sagte er mit abfälligem Ton.

»Was soll denn das heißen?«

»Als ob du das nicht wüsstest«, zischte er.

»Wie war das?«, fragte sie drohend und lehnte sich dabei zitternd zu ihm hinüber. Sie hatte keine Angst mehr. Den Streit würden sie jetzt und hier austragen.

»Ich versteh es einfach nicht, Mum.« Der Schmerz in Sebs Augen war echt. »Du hast überlebt. Dies sollte eigentlich der ›Glücklich bis ans Lebensende‹-Teil sein. Und ihr zwei versaut es.«

»Tun wir nicht. Wir haben eine schwierige Phase, das ist alles.«

»Aber du warst es doch, Mum«, sagte er und dabei durchbohrte sein Finger, mit dem er auf sie zeigte, die Luft, »du warst es, die mir damals, als du krank warst und wir uns über die Zukunft unterhalten haben, geraten hat: Mach dir keine Gedanken, ob richtig oder falsch, sei einfach glücklich. Weil das Leben zu kostbar ist, um es zu verschwenden.« Er breitete die Arme aus. »Und hier bist du nun und tust genau das. Du wirfst es weg. Du trägst immer noch diese schreckliche graue Strickjacke, genau wie du es jeden Tag während deiner Krankheit getan hast.«

Abi zog die graue Wolle enger um sich. »Sie ist nicht schrecklich. Sie ist warm.«

»Sie ist schrecklich«, entgegnete er mit wutverzerrtem Gesicht. »Sie steht für all das, was bei dir nicht in Ordnung ist. Du hast früher nie diese Farbe getragen. Bevor du …« Er musste seine Tränen unterdrücken.

»Es ist bloß eine Strickjacke.«

»Nein. Sie zeigt, dass du aufgegeben hast, Mum.«

Sie wusste, dass er recht hatte. Sie erinnerte sich an den Tag, als sie sich darüber unterhalten hatten, das Beste aus jedem einzelnen Tag zu machen. Sie konnte die Wärme der Sonne durch das Fenster spüren, das Rotkehlchen draußen auf dem Stechpalmenbusch hüpfen sehen, den warmen Teebecher in ihren Händen fühlen. Damals war für sie alles so klar gewesen. Wenn sie doch nur heute diese Gewissheit empfinden würde.

»Das ist der Grund, warum ich nicht mitkommen wollte.« Seb nahm dem Kellner das nächste Bier aus der Hand und nahm einen Schluck davon. »Weil all das hier einfach – falsch ist.« Er stellte die Flasche auf dem Tisch ab. »Aber egal. Das gibt mir zumindest die Gelegenheit, euch allen etwas mitzuteilen.«

»Was denn?« Abi presste die Stirn in die Hände. Ihre Schläfen begannen zu schmerzen. Der Wein. Die Anspannung. Der Anblick des zornigen Gesichts ihres Sohnes, das dem ihren zugewandt war.

»Dass ich nächstes Jahr nicht auf die Uni gehen werde«, sagte Seb achselzuckend. »Keine Diskussion. Kein gar nichts. Ich setze ein Jahr aus.«

»Nein, Seb.« Sie würde nicht zulassen, dass all seine harte Arbeit umsonst gewesen war. »Das Medizinstudium ist so lang – du musst jetzt damit beginnen. Das ist doch das, was du immer wolltest. Bitte …«

Er reckte das Kinn. »Du hast mir mal gesagt – hast es mir sogar geschrieben –, dass du das Vertrauen in mich hast, dass ich das Beste aus meinem Leben machen werde.« Die Worte sprudelten förmlich aus ihm heraus. »Tja, das war ja offensichtlich eine Lüge. Du glaubst, dass ich alles vermasseln werde. Du möchtest Entscheidungen für mich treffen. Aber das wird nicht passieren, okay? Die Zeiten sind vorbei. Ich bin es einfach leid, ständig zu versuchen, der zu sein, der euren Vorstellungen entspricht. Deshalb werde ich mir einen anderen Teilzeitjob suchen, Fußball spielen und nach London abhauen, sobald das Sommerhalbjahr vorbei ist. Und wenn euch das nicht passt, dann habt ihr Pech gehabt, denn ich werde das durchziehen.«

Er schob seinen Stuhl zurück und stand auf. »Es tut mir echt leid, Gran und Gramps. Und Onkel Rob. Ihr seid voll lieb, und das Essen war super. Aber ich habe die Nase voll davon, immer alles mitzumachen. Ich trinke nicht auf irgendeinen Hochzeitstag, wenn die beiden in einem Jahr ohnehin geschieden sein werden, weil sich keiner auch nur im Geringsten um den anderen bemüht, alles klar?«

Er machte auf dem Absatz kehrt und verschwand, rannte praktisch aus dem Restaurant hinaus und wich in seinem Bestreben, so schnell wie möglich die Straße zu überqueren, einem Linienbus und einem Taxi aus.

Alle fünf starrten sie für einen langen Moment auf die karierte Tischdecke. Sogar ihre Mutter schwieg. Es gab nichts zu sagen.

Schließlich brach Abis Vater das Schweigen. »Soll ich zahlen?«

Normalerweise würden sie das nicht zulassen. Normalerweise sprang John oder sie in solchen Momenten mit einer Kreditkarte und einem Lächeln auf, um die Rechnung zu begleichen.

Aber nicht dieses Mal.

Damit war die Demütigung komplett.

Abi umklammerte ihr Glas, hielt an der unwirklichen

Hoffnung fest, dass John seine Hand ausstrecken und versuchen würde, die ihre zu ergreifen. Dass er wollte, dass das hier funktionierte. Dass er sie wollte.

Aber er rührte sich nicht.

SEB

»Komm schon, Seb. Gib wenigstens den Job auf. Gib dir eine Chance.«

Seb starrte seinen Vater an. Dessen Haare waren zu lang, und die Tränensäcke unter seinen geröteten Augen ließen ihn müde wirken, was er vermutlich auch war.

»Dad, ich weiß wirklich nicht, warum du dir überhaupt die Mühe machst. Wir haben doch über all das bereits gesprochen. Dass du hier bist, ist sinnlos.« Es war eigentlich seine Absicht gewesen, allein herzukommen, um ein Bier zu trinken und ein wenig Zeit mit den Sportschlagzeilen der BBC zu verbringen, ehe er sich später mit Jess traf. Und sich dabei die richtigen Worte für sie zurechtzulegen.

Man konnte sich in diesem Pub verstecken – das war einer der Gründe, warum er ihn mochte. Das Thekenpersonal wollte nie einen Ausweis sehen, und Rockmusik übertönte so ziemlich alles, selbst den riesigen Kerl, der drüben an der Theke in sein Handy brüllte. Seb wäre es fast gelungen, sich unbemerkt aus dem Haus zu stehlen, doch dann hatte ihn sein Vater gesehen und darauf bestanden, mitzukommen und zu versuchen, das trostlose Gespräch aus der Vorwoche fortzusetzen.

Seb wusste, dass das Zeitverschwendung war. Es gab nichts hinzuzufügen.

»Deine Mutter möchte nur helfen.«

»Sie hat eine komische Art, das zu zeigen.«

»Mag sein. Aber gib ihr noch eine Chance.«

Seb war das alles so leid. »Wieso trittst du für sie ein? Ihr zwei streitet euch doch andauernd. Also hör auf, so zu tun, als wärst du auf ihrer Seite.«

»Das bin ich aber. Ebenso wie auf deiner. Ich weiß, dass du eine schwere Zeit hinter dir hast.«

Seb schüttelte den Kopf. Er hatte es so satt zu erklären, dass es nicht um den Krebs ging. Sondern um ihn. Um etwas, das er sich gerade erst selbst einzugestehen begann. Etwas, das ihn aus seinem lockeren, angenehmen Leben als Fußballkapitän hinauskapitulieren würde in ein Leben im Abseits. Er hatte Angst. Er hatte gesehen, wie sein Vater mit seinen Arbeitskollegen oder mit Noah herumgealbert hatte und dabei mit seinen Bierchen und seiner hinreißenden Frau immer im Mittelpunkt gestanden hatte. Er wäre niemals imstande zu begreifen, was Seb gerade durchmachte. Von ihm war keine Hilfe zu erwarten.

»Dad, wenn du auf meiner Seite bist, könntest du mich dann bitte in Ruhe lassen? Denn das ist es, was ich wirklich brauche.« Er stellte sich vor, wie er das zur Sprache brachte, was ihn quälte, und hätte beinahe losgeprustet vor Lachen. »Ich habe dir doch gesagt, was ich will. Ich will für ein Jahr nach London ziehen. Etwas Neues ausprobieren.«

»Aber deine Ausbildung …«

»Scheiß auf die Ausbildung.« Seb schüttelte den Kopf. »Ich kann später noch studieren. Wenn ich mir über alles im Klaren bin. Im Übrigen hat dich dein Studium doch auch nicht gerade weit gebracht, Dad.« Die Worte purzelten einfach so aus ihm heraus. »Du hast dein Haus verloren, deine Firma geht den Bach runter und jetzt musst du dir das Geld für ein Bier zusammenkratzen.«

Sein Vater lehnte sich auf seinem Stuhl zurück, starrte in

sein Glas. Ein Muskel zuckte in seiner Wange. Seb durchfuhr Panik. Er war zu weit gegangen.

»In Ordnung.« Die Stimme seines Vaters klang verdächtig ruhig. »In Ordnung. Du hast recht. Wer bin ich schon, dass ich versuche, dir einen Rat zu geben?« Er erhob sich. »Aber du hast viel zu bieten, Seb. Es spricht viel für dich. Sehr viel. Und du sollst wissen, wie stolz ich auf dich bin. Egal wie du mich zusammenscheißt. Egal wie zornig du auch sein magst. Okay?«

Als er sich zum Gehen wandte, hätte Seb ihn beinahe zurückgehalten. Aber nur beinahe. Denn etwas hielt ihn davon ab: Seine Einsamkeit war leichter zu ertragen als die Enttäuschung in den Augen seines Vaters.

Also blieb er sitzen, starrte in sein Bier und verlor sich in seinen aufwühlenden Gedanken. Minuten vergingen, und sein Glas war leer, also holte er sich ein weiteres Bier und nahm wieder Platz.

»Hallo, Seb.«

Er hatte ganz vergessen, dass sie kommen würde. »Jess. Hallo.« Beim Aufstehen stieß er mit dem Knie gegen den Tisch, der nach vorn ruckte. Und als er sich darüber beugte, um sie auf die Wange zu küssen, stieß er dabei sein fast noch volles Bierglas um.

Die goldfarbene Flüssigkeit lief an ihrer weißen Jeans hinab. Scheiße.

»Oh Mann, tut mir echt leid!« Er rannte zum Tresen hinüber und griff sich eine Handvoll Servietten. Jess stand einfach nur da, als er versuchte, die schäumende Schweinerei aufzuwischen, wobei ihre Augen keinen einzigen Moment von ihm wichen, während er schwitzend und fluchend um den Tisch herumwuselte und ihre Jeans abtupfte. Er bemerkte, dass der Riesenkerl aufgehört hatte zu reden und auf Jess' Hintern starrte, ehe sein Blick hinauf zu ihrer Brust wanderte. Sebs Beschützerinstinkt regte sich, und er versperrte ihm die Sicht mit seinem eigenen Körper. Der Mann wandte sich wieder seinem Handy zu.

»Möchtest du etwas trinken?« Für einen so kalten Februartag war ihm verdammt heiß. Er konnte förmlich spüren, wie sein Gesicht vor Schweiß glänzte.

»Na klar.« Sie setzte sich hin und legte ihre Handtasche auf den Tisch, als er zur Theke hinüberging.

»Einen Gin Tonic, bitte.« Der tätowierte Barkeeper nickte und nahm ein Glas von dem Stapel hinter sich. »Und noch ein Beck's.«

Er zog einen Zehner aus der Tasche und dankte Gott für den Teilzeitjob, den er letzte Woche begonnen hatte, nachdem er einen Bewerbungsbogen ausgefüllt, sich vorgestellt und eine App heruntergeladen hatte. Zwar gefiel ihm weder die riesige Tasche noch die beschissene Gangschaltung an seinem Rad, aber er hatte rein gar nichts gegen die Bezahlung einzuwenden.

Er machte sich mit den Getränken wieder auf den Rückweg zum Tisch. Jess saß kerzengerade da. Die roten Strähnchen in ihrem Haar schimmerten im Sonnenlicht.

»Danke.« Sie streckte ihre Hand über den Tisch hinweg, und er nahm sie in die seine. Sie war so warm. So vertraut. Er spürte einen Kloß im Hals und verstand nicht ganz wieso.

»Ist dir klar, dass das seit geraumer Zeit das erste Mal ist, dass wir uns berühren?«

»Was?« Er griff nach seinem Bier. Stürzte die Hälfte des Glases hinunter.

Sie nahm einen Schluck aus ihrem Glas und stellte es

wieder auf dem Tisch ab. Die Bewegung wirkte bedächtig, aber entschlossen, und der geflochtene Silberring, den er ihr in der guten alten Zeit geschenkt hatte, als er noch wusste, wer er war und was sie ihm bedeutete, glänzte an ihrem Mittelfinger. Er strich über das Lederarmband, das er zu seinem siebzehnten Geburtstag von ihr erhalten hatte.

»Was meinst du damit?« Zu seinem Entsetzen klang er wie sein Vater vor wenigen Minuten. Er zwang sich, ihr in die Augen zu sehen.

»Hör zu.« Ihre Stimme war sanft, und dennoch vermochte er die Tapferkeit herauszuhören. »Ich glaube, das mit uns funktioniert nicht, stimmt's?«

Er sah sie überrascht an. Ihre Worte schreckten ihn auf, und sein schlechtes Gewissen machte sich bemerkbar.

»Äh …«

Sie zog eine Augenbraue in die Höhe. »Ich glaube, das sagt dann wohl alles.«

Sie nahm einen weiteren Schluck. Er sah, wie ihre Lippen glänzten, rang nach Worten, aber die Dinge, die er ihr zu sagen hatte, waren von einer solchen Tragweite, dass er einfach nicht wusste, wie er sie über die Lippen bringen sollte.

Ein angespannter Ausdruck erschien auf ihrem Gesicht. »Dachte ich's mir doch.«

»Was?« Sein Verstand schien ihn ausgerechnet jetzt, wo er ihn am dringendsten benötigte, im Stich zu lassen. Er wusste, dass er es ihr sagen sollte. Das mit Marc. Das mit dem Kuss, zu dem es beinahe gekommen wäre. Dass ihm klar geworden war, dass er, wenn er andere Jungs ansah, nicht bloß abcheckte, ob sie zum Fußballspielen taugten.

Sie fuhr fort und wirkte dabei alarmierend gefasst. »Du berührst mich kaum noch. Du willst nie über Nacht bleiben, und du behauptest, dein Bett sei zu schmal für uns zwei, sodass ich nie bei dir bleiben kann. Du küsst mich auf die Wange. Daraus vermag ich nur eine einzige Schlussfolgerung zu ziehen.« Ihre Miene wirkte ein wenig gequält.

Er hasste es, der Grund dafür zu sein.

»Und wie lautet die?«, zwang er sich zu sagen.

Trotz allem war ihr Blick fest und entschlossen. »Dass du auf eine andere stehst.«

Seb zuckte zusammen.

Sie drehte seinen Ring an ihrem Finger. »Weiß der Henker wer.«

Er spürte, wie ihn Erleichterung überkam. Man war ihm noch nicht auf die Schliche gekommen.

»Vielleicht diese eine blonde Barkeeperin oder die blöde Kuh aus dem Supermarkt mit den beknackten Fingernägeln – keine Ahnung. Aber ich werde ganz bestimmt nicht abwarten, bis ich es herausgefunden habe. Auch wenn ich mich im Augenblick scheiße fühle, ist selbst mir klar, dass ich in diese Beziehung mehr hineinstecke, als ich zurückbekomme.«

Gott, er hasste es, dass er so ein Arschloch war. Er musste es ihr sagen. »Jess, ich –«

Sie hielt eine Hand in die Höhe. »Nein. Lass mich zu Ende reden. Ich denke schon eine Ewigkeit darüber nach. Was mit mir nicht stimmt. Warum du mich nicht auf die gleiche Weise lieben kannst, wie ich dich liebe.« Sie starrte in ihr Glas, blickte dann aber auf, um ihn anzusehen. »Denn du hast mich doch einmal geliebt, oder?«

Der mutige Ausdruck in ihren Augen brachte ihn dazu, ehrlich zu sein. »Ich liebe dich immer noch.«

»Aber nur wie eine gute Freundin, nicht wahr?«

Scheiße.

»Ja.« Er beugte sich vor und versuchte ihre Hand zu ergreifen, doch sie zog sie weg. »Es tut mir furchtbar leid.«

»Mir auch.« Ihr Lächeln wirkte verkrampft und wenig überzeugend. »Vielleicht hast du mich nur gebraucht, um die Krankheit deiner Mutter durchzustehen. Ist es so?«

»Nein.« Er schüttelte erschrocken den Kopf. »Ich dachte … dass es sich anders entwickeln würde.«

»Also hast du mich angelogen, als du mir gesagt hast, dass du mich liebst?«

»Jess …«

»Nein.« Sie stürzte den Rest ihres Drinks hinunter. Tränen schimmerten in ihren Augen.

»Bitte. Hör mir zu.« Seine Stimme schien eine Oktave höher zu klingen.

»Wieso sollte ich das tun, Seb?« Ihre Wut schien sich den Weg zu bahnen. »Wieso, zum Teufel? Wenn ich von dir doch nichts anderes zu hören kriege als Ausflüchte und Lügen und Schwachsinn?« Sie warf die Arme in die Luft. »Ich finde, da habe ich mehr verdient.«

»Ich weiß.«

»Und ich verstehe einfach nicht, was zum Teufel mit dir los ist, oder warum du nicht mit mir darüber reden kannst.«

»Ich …«

»Was?« Die Ungeduld stand ihr ins Gesicht geschrieben. »WAS IST MIT DIR LOS?«

Ihr Schrei durchdrang den Titel von AC/DC, der gerade aus den Lautsprechern erklang, und nun sah der ganze Pub sie an. Der riesige Kerl schien ganz gebannt, blickte sie mit offenem Mund und neugierigen Augen an. Seb würde einen Zehner darauf wetten, dass dieser Typ sie mit seinem Smartphone filmen würde, je nachdem, wie sich die Dinge entwickelten.

Er sprach mit gesenkter Stimme weiter, in der Hoffnung, dass sie seinem Beispiel folgen würde. »Jess, ich weiß, dass ich in letzter Zeit nicht viel geredet habe.«

»Oder vorbeigekommen bist.«

»Oder das.« Er schluckte. »Aber ich hatte wirklich viel um die Ohren und –«

»Ach, *du* hattest viel um die Ohren?« Sie schüttelte den Kopf, schrie aber wenigstens nicht mehr.

»Also mir kam es so vor, als wäre ich diejenige gewesen, die viel um die Ohren hatte mit Prüfungen und Auswahlgesprächen und Eltern, die nie da gewesen sind.« Sie holte zittrig Luft. »Zuerst dachte ich, dass es vielleicht mit deiner Mutter und ihrer Krankheit zu tun hatte oder der Tatsache, dass deine Eltern nicht miteinander klarkommen, doch dann begriff ich irgendwann, dass ich dir mehr als genug Chancen gegeben hatte.«

Die Tränen strömten ihr nun über die Wangen. Oh Gott, es war nie seine Absicht gewesen, so gemein zu sein.

»Ich war so blöd, deinen ganzen Scheiß mitzumachen. Es war mir egal, mit wem du Zeit verbracht hast, so lange du dir auch Zeit für mich genommen hast. Aber das tust du nun nicht mehr. Also ist es jetzt so weit, eine Entscheidung zu treffen. Mich auf das zu konzentrieren, was wichtig ist. Auch wenn du darauf keine Lust mehr hast. Ich muss raus hier.«

Er starrte sie an. Ein Teil von ihm wollte etwas sagen, um das zu verhindern. Aber der andere Teil wusste, dass das unmöglich war. Dass es Zeit wurde, sich dem Ganzen zu stellen. »Es tut mir unglaublich leid.«

»Mir auch.« Er sah, wie ihre Hände zitterten, als sie nach ihrer Tasche griff. »Weil ich dich wirklich liebe, Seb.« Ihr Blick brannte sich in sein Gesicht. Er wusste, wie sehnlich sie sich wünschte, dass er ihr widersprechen und aufspringen würde, um ihr zu versichern, dass er sie auch liebte.

Aber das vermochte er einfach nicht. All diese Monate, die sie miteinander verbracht hatten – doch nun wusste er, dass es vorbei war.

»Jess?«

»Ja?« Der hoffnungsvolle Ausdruck auf ihrem Gesicht traf ihn mitten ins Herz.

»Du bist großartig. Ich hoffe, du weißt das.«

Sie schüttelte den Kopf.

»Du redest so einen Müll.« Sie nahm ihre Tasche und stand auf. »Manches ändert sich eben nie.«

Sie holte tief Luft und ging mit erhobenem Kopf und festem Schritt auf die Tür zu. Und dann war sie verschwunden.

Er griff nach seinem Handy. Scrollte an der Nummer seines Vaters vorbei bis zu der seiner Mutter. Hielt dann inne, weil er sich an die Unterhaltung erinnerte, die er mit ihr an dem Abend geführt hatte, als seine Urgroßmutter gestorben war und er begriffen hatte, dass die Welt nicht unbedingt immer ein sicherer Ort war. Dass Menschen einfach so verschwanden. Der Boden unter seinen Füßen nicht fest war. Es wäre so schön, mit ihr zu reden.

Doch dann legte er das Handy wieder auf den Tisch.

Sie war zu wütend auf ihn. Er hatte sie zu sehr enttäuscht. Am besten hielt er sich von ihr fern.

Er wartete noch einen Moment und ging dann zum Tresen hinüber. Es gab nichts weiter zu tun, und er konnte nirgendwo anders hin. Also würde er hierbleiben und so lange trinken, bis dieses Gefühl verschwand. Dieses Gefühl, dass alles vorbei war.

ABI

»Na, fühlst du es schon in deinen Fingern. Fühlst du es in deinen Zehen?«

»Oh Gott.« Abi tunkte ihr Fladenbrot in das Olivenöl. »Ich hatte diesen verdammten Song ganz vergessen.«

»Vierundneunzig.« Steve stellte sein Bier wieder auf den Tisch. »Das Jahr von Wet Wet Wet und Mr. Mittelscheitel: Hugh Grant. Und natürlich das Jahr, in dem du das Fladenbrot entdeckt hast.«

Abi neigte den Kopf zur Seite. »Oder das Jahr von Whigfield. Je nachdem, aus welchem Blickwinkel man die Sache sieht.« Sie lehnte sich auf ihrem Stuhl zurück und warf die Hände in die Luft, um die Bewegungen von damals nachzuahmen, die ihr Gehirn scheinbar noch perfekt abgespeichert zu haben schien, auch wenn es solch nützliche Informationen wie ihre PIN-Nummer und wohin das Umsatzsteuerheft verschwunden war, schlicht ausgelöscht hatte. »Saturday night, I feel the air is getting hot …«

»Stopp!« Steve hielt die Hand in die Höhe, um sie vom Weitersingen abzuhalten.

Abi lachte. Wenn es um Pop ging, dann hörte sein Verständnis auf. Das war schon immer so gewesen. Aber insbesondere in jenem Sommer, als jeder Radiosender auf der Welt täglich diesen Song spielte. Abi fiel wieder ein, wie sie damals zusammen im Woolworth gewesen waren, um *Definitely, Maybe* zu kaufen und sich Steve in seiner Baggy-Jeans, dem Poloshirt von Fred Perry und mit seinen langen

Locken sofort die Ohren zugehalten hatte, als sie den Laden betraten, weil ihnen wieder einmal Whigfield und ihr nicht tot zu kriegender Song entgegendröhnte.

Steve setzte sich aufrecht hin und breitete die Hände aus – offenbar stolz auf den Einfall, der ihm gerade gekommen war. »Das war gar nicht das Jahr von Whigfield. Und auch nicht das von Wet Wet Wet!«

»Ach nein?« Abi nahm einen Schluck von ihrem Saft. »Sondern?«

Steves Gesicht trug einen Ausdruck gespielter Ernsthaftigkeit. »Blur, Dummi. ›Parklife‹.«

»Ja. Das ist im April rausgekommen. Das weiß ich noch, weil ich damals beim Zuhören die letzten Ostereier gegessen habe.«

»Du hast dich wirklich nicht verändert.«

»Danke.« Abi strich sich eine Haarsträhne hinter das Ohr. »Erinnerst du dich noch an all die Male, die wir uns wegen Oasis und Blur gestritten haben?«

»Bloß daran, dass ich jedes Mal gewonnen habe.« Steve verschränkte die Arme vor der Brust.

»Du leidest also immer noch an Wahnvorstellungen.« Abi zog ihre Augenbrauen in die Höhe. »Weißt du es denn wirklich noch? Wie wir damals alle vor dem einzigen beschissenen Münzfernsprecher an der Schule Schlange gestanden und darauf gewartet haben, unsere Eintrittskarten für die *(What's the Story) Morning Glory*-Tour vorzubestellen?«

»Klar!« Steve grinste. »Und ich weiß auch noch, wie ich diesem Idioten Larry erzählt habe, dass wir die letzten beiden ergattert hatten. Wie der geguckt hat!« Er schüttelte den Kopf. »Geschah ihm ganz recht. Schließlich hatte er mich einmal in der Grundschule geschlagen.«

Abi kaute auf ihrem Brot herum. »Wie ich sehe, bist du immer noch gut darin, zu vergeben und zu vergessen.«

»Absolut.« Steve nickte und blickte sich in dem schnatternden Gewühl der Bar um. »Ist das nicht toll? Abends in der Stadt unterwegs so wie früher.«

Abi lachte. »Das ist aber schon verdammt lange her.«

»Wenigstens haben wir jetzt etwas mehr Geld.« Steve starrte auf die Speisekarte. »Was bei den Preisen hier auch gut ist.«

Abi blieb stumm. Es war ein wenig deprimierend, dass ihr Taschengeld seit ihren Teenagerjahren weniger geworden war. Damals hatte sie es sich dank eines Wochenendjobs im Supermarkt und der gelegentlichen Aushilfe im Laden ihres Vaters leisten können, Konzerte zu besuchen, Adidas-Sportschuhe und ein oder zwei Flaschen Apfelwein am Samstagabend zu kaufen. Jetzt ging ihr Gehalt aus dem Laden sogleich wieder von ihrem überzogenen Konto ab, das einem großen schwarzen Loch glich.

Sie seufzte.

»Ich freue mich, dass du heute Abend Zeit hattest.« Steve lehnte sich zu ihr hinüber, und Abi kam es so vor, als würde ihr Ehering ein Loch in ihren Finger brennen. »Ich hätte nicht gedacht, dass es auf den letzten Drücker bei dir klappen würde!«

»Ich auch nicht.« Abi wirbelte den Strohhalm in ihrem Glas herum. Sie hatte sich aus dem Staub gemacht. Eigentlich sollte sie zu Hause sein und Kalkulationstabellen mit John durchgehen. Versuchen zu retten, was zwischen ihnen noch zu retten war. Aber seit ihrem Hochzeitstag war sie sich zunehmend bewusst geworden, dass das Leben an ihr vorbeizog. Dass sie etwas Spaß brauchte. Eine Aufmunterung.

Und als Steves Textnachricht kam, da hatte sie nicht gezögert. Sie brauchte das hier. Brauchte neuen Schwung. In den letzten Tagen hatte sie noch einmal einen Blick in ihr Krebstagebuch geworfen, das so voller Vorfreude auf all das war, was sie tun würde, wenn es ihr nur besser ginge. *Wenn es mir wieder gut geht, dann werde ich das Beste aus jedem Tag machen.*

Nun, heute Abend würde sie genau das tun.

»Also, was ist passiert?« Sie lehnte sich nach vorn. »Wer hat dich versetzt?«

Er machte ein langes Gesicht, und sie hätte sich für ihre große Klappe wieder einmal ohrfeigen können.

»Jemand, der offensichtlich keinen Geschmack hat.« Seine Lippen verzogen sich zu einem Lächeln. »Ich habe sie im Internet kennengelernt.«

»Verstehe.«

»Manchmal erfüllen sich die Erwartungen im realen Leben eben nicht.«

»Stimmt.« Ihr fiel nicht so ganz das Richtige ein, was man dazu sagen könnte. »Hast du es denn schon oft mit Onlinedating versucht?«

Er zuckte mit den Schultern. »Ein paarmal.« Er trommelte mit den Fingern auf den Tisch, wie in den Nächten ihrer Jugend. »Sei's drum! Andere Mütter haben auch schöne Töchter.« Er blickte sich in der brechend vollen Bar um. »Selbst wenn sie alle nur halb so alt sind wie ich.«

»Wenn die wüssten, was ihnen entgeht!«

»Stimmt genau!« Er wackelte mit den Augenbrauen, und sie lachte.

Er spielte mit dem Bierdeckel unter seinem Glas. »Auf dem Weg hierher habe ich an unsere erste Begegnung gedacht.«

Sie errötete. »Vermutlich hat dich meine Schuluniform beeindruckt.«

»Offenbar habe ich den V-Ausschnittpulli selbst in der Schule getragen.« Er tat so, als würde er sich damit brüsten. »Und es war total sexy, dass man meine Unterhose sehen konnte, weil die Jeans so tief hing.« Er neigte sich nach vorn. »Es ist ein Wunder, dass du mir widerstehen konntest.«

»Wenn ich mich recht erinnere, konnte ich es nicht.« Sie blickte auf den Tisch hinab.

»Es ist so schön, dich wiederzusehen.« Er öffnete die Manschetten seines schwarzen Hemds und rollte die Ärmel auf.

»Dich auch.« Sie trank den Rest ihrer Limonade. »Als wir uns das letzte Mal getroffen haben, da hatte ich einen CD-Walkman von der Größe eines kleinen Hundes. Erschreckend, nicht wahr?«

»Ich weiß noch, dass ich manchmal auf das Ding eifersüchtig war. Es kam mir so vor, als würdest du es mehr lieben als mich.«

»Unmöglich.« Sie hielt inne, wurde sich bewusst, dass sie eine Grenze überschritten.

Doch er schien ganz gelassen. »Besonders an dir geliebt habe ich, dass du immer anfingst zu tanzen, sobald du Musik gehört hast. Die ganze Welt war deine Tanzfläche.«

Sie lachte. »Wie damals als wir in der Busschlange getanzt haben?«

»Genau.«

»Oder draußen vor dem Kino, als wir uns *Trainspotting* im Phoenix anschauen wollten.«

»Ist da nicht die Polizei aufgetaucht?« Steve legte den Kopf in den Nacken und lachte schallend. »Weil du versucht hast, an einem Laternenmast hinaufzuklettern, oder so?«

»Scheiße, ja!« Abis Hand flog zum Mund. »Das hatte ich ganz vergessen!«

»Du bist wochenlang gehumpelt.«

»Aber ich bin trotzdem nach Glastonbury gefahren«, erwiderte sie lächelnd. »In Ewan Ingrams Lada.«

»Und du hast den ganzen Weg über seinen beschissenen Musikgeschmack gemeckert.«

Abi verzog das Gesicht. »Diese verdammte Trance-Musik. Ich habe sie gehasst.«

»Das ist mir durchaus im Gedächtnis geblieben.«

»Keine verdammte Melodie.« Sie verdrehte die Augen. »Gib mir einfach eine Melodie.«

»Tja, da wäre eine.« Steve deutete zum Nebenraum. »Klingt, als würden sie in Fahrt kommen.«

»Wer ist das noch mal?« Abi blickte zur Tür hinüber.

»Eine neue Band. Aus der Gegend.« Steve zog sein Smartphone zurate. »Offenbar sind sie für den ›BBC Sound Award 2017‹ nominiert.«

»Kann es kaum erwarten, sie zu hören.«

Er lächelte. »Bei welchem Konzert bist du zuletzt gewesen?«

In Wahrheit war das Professor Green. Und es war eine Ewigkeit her. 2012. Aber sie hatte nicht vor, es laut auszusprechen. Heute Abend war sie die alte Abi. Die kicherte, tanzte und unternehmungslustig war.

»Oh, ich kann mich gar nicht mehr daran erinnern. Muss daran liegen, dass ich damals unsere goldene Regel gebrochen habe. Das hat mich wohl irgendwie traumatisiert.«

»Meinst du unsere Regel, dass man eine Band lieben muss, bevor man sich Tickets besorgt?«

»Genau«, erwiderte sie nickend.

Er sog die Luft zwischen den Zähnen ein. »Oh je!«

»Und es war draußen, aber kein Festival.«

»Du hast zwei Regeln an einem Abend gebrochen?« Sie fand es toll, dass sie ihm genauso in Erinnerung geblieben waren wie er ihr.

»Ja. Ganz übel. Ich weiß.« Sie vernahm die Vibration ihres Handys und zog es aus der Handtasche. Es war John. Sie schickten sich heutzutage viel häufiger Textnachrichten, als persönlich miteinander zu reden. Die hier war wieder einmal typisch. *Bist du schon zu Hause?* Dabei hatte sie ihm doch Bescheid gesagt, dass sie verabredet war. Und das vor einer Stunde erst.

Leider überraschte es sie keineswegs, dass er ihr nicht zugehört hatte.

Sie schaltete genervt ihr Smartphone aus. Dieser Abend gehörte ihr. Sie wollte ihn mit Musik und guter Laune und einem Begleiter verbringen, der nichts von ihrer Krebserkrankung wusste.

Sie ließ das Handy in ihre Handtasche fallen.

»Noch etwas zu trinken?«

»Gern«, erwiderte sie nickend. »Und dieses Mal etwas Interessanteres. Einen Wodka-Cranberry.« Allmählich kehrte ihre Lust auf Alkoholisches zurück.

»Die Zeiten, in denen du gern Apfelwein getrunken hast, sind wohl vorbei?« Steve erhob sich. »Als du noch ein erschwingliches Date warst.«

Sie ignorierte das wohlige Gefühl, das sie bei dem Wort »Date« durchströmte. Das hier war kein Date. Sie besuchte ein Konzert. Mit einem alten Freund. Lesley würde sich über die Vorstellung lustig machen, aber es stimmte. Sicher, Steve und sie waren einmal ineinander verliebt gewesen, hatten sich zusammen ins Festival von Reading geschlichen und waren mit Zigaretten in den Händen und Wodka-Atem zu Abenteuern aufgebrochen, aber das war Vergangenheit. Heute waren sie lediglich zwei Menschen, die gern ausgingen.

Als er zur Theke hinüberging, erinnerte sie sich an einen Abend, an dem sie zu Hause in ihrem Zimmer an ihren Hausaufgaben gesessen hatte und plötzlich Kieselsteinchen gegen ihr Fenster geworfen wurden. Als sie es öffnete und im Dunkeln rein gar nichts sehen konnte, ertönte ein tiefes Lachen. Sie spähte hinaus, der Regen peitschte ihr ins Gesicht und plötzlich tauchte ein in Plastik gewickeltes Päckchen am Ende eines sehr langen Besenstils vor ihrem Gesicht auf.

Es war eine Musikkassette mit Songs, die er zusammengestellt hatte. Eine Kassette, mit der er ihr in der Sprache von Leonard Cohen und den Beatles sagte, dass er sie liebte. Eine Kassette, die immer noch in ihrem Besitz war – versteckt in der Ecke ihres Kleiderschranks unter der Schuhcreme, die sie nie benutzte.

Sie erinnerte sich daran, wie sie sich an dem Abend auf den Boden gesetzt, die Beine übereinandergeschlagen und die Kassette in ihren Kassettenrekorder eingelegt hatte, um sie sich immer wieder und wieder anzuhören. Später, als ihre Mutter sich endlich nicht mehr im Haus herumtrieb und zu Bett gegangen war, hatte sie sich hinuntergeschlichen und ihn vom Telefon im Flur angerufen. Sie erinnerte sich an den Brummton des Freizeichens, als sie die Schnur um ihre ungeduldigen Finger wickelte und Steves Nummer wählte. Wenn er sie wirklich liebte, wenn es wirklich stimmte, dann würde er drangehen.

Und das tat er. Er war da. Und sie gestand ihm, dass sie ihn auch liebte, und dann waren sie den Rest der Schulzeit zusammengeblieben, waren gemeinsam zu Konzerten gegangen und hatten sich Platten angehört, bis zu dem Tag, an dem er sie von einem Münzfernsprecher an seiner Uni angerufen und ihr mitgeteilt hatte, dass er nicht zurückkommen werde. Sie starrte in ihr Glas. Erinnerte sich an den Schmerz, den sie empfunden hatte. An die Tränen. Die melodramatische Zugreise, um zu versuchen, ihn umzustimmen.

Steve nahm wieder auf seinem Stuhl Platz. »Verrate mir doch mal, was das beste Konzert ist, bei dem du warst.«

»Primal Scream.« Abi grinste. »Das war genial.«

»Und das schlimmste?«

»Barenaked Ladies. Die waren zwar klasse, aber ich war zu weit weg und in meinem Block hat keiner getanzt. Hammersmith Apollo. Ich hasse den Laden.« Sie schüttelte den Kopf. »Aber Seb hat es gefallen. Er war damals zehn.«

»Da hast du ja schon früh mit ihm angefangen«, sagte Steve lächelnd.

»Allerdings. Und was ist mit dir? Bestes Konzert?«

»Blur. Der Gig zur Wiedervereinigung.«

»Oh mein Gott. Dafür hast du Karten bekommen?«

»Klar.« Er nahm einen Schluck von seinem Bier. »Ich war innerhalb von Sekunden auf der Website. Das wollte ich auf keinen Fall verpassen.«

»Und wie war es?«

»Spektakulär.« Er lächelte, als er das Wort benutzte, das in der Vergangenheit eines ihrer Lieblingswörter gewesen war. Ob in Bezug auf Texte oder Essen oder Sex.

Sie errötete und nahm einen großen Schluck von ihrem Cocktail.

»Was ist los?« Er runzelte die Stirn. »Alles in Ordnung?«

»Ja«, sagte sie mit erstickter Stimme und trank rasch noch einen weiteren Schluck. »Alles wunderbar.«

»Da bin ich ja beruhigt«, erwiderte er lächelnd. »Wäre auch zu blöd, wenn du mittendrin schlappmachst.«

»Keine Sorge. Das wird nicht passieren.« Sie schüttelte den Kopf und fragte sich, wie er wohl reagieren würde, wenn er wüsste, wie kurz sie davor gewesen war, genau das für immer zu tun. »Heute Abend bin ich zu allen Schandtaten bereit.«

»Wirklich? Gut zu wissen.« Er sah sie an. Sein Blick schien nicht von ihrem Gesicht weichen zu wollen. »Gott, es kommt mir so vor, als wäre überhaupt keine Zeit vergangen.«

»Findest du?«

»Ja.« Er nickte, und seine langen Finger schlangen sich um sein Glas. Sie betrachtete sie fasziniert. »Ich habe dich nach unserer Trennung vermisst.«

»Tja, es war deine Entscheidung.« Sie schüttelte den Kopf. »Sei's drum. Das ist lange her.«

Er trommelte mit den Fingern auf den Tisch. »Und du siehst toll aus, Abi. Wirklich toll. Du könntest glatt noch für Mitte zwanzig durchgehen.«

Sie dachte an die Narben unter ihrem Kleid, und zum ersten Mal verspürte sie dabei keine Traurigkeit. Ihr Stolz erwachte wieder zum Leben. »Das ist wirklich nett von dir, aber …«

»Das ist nicht nett. Nur ehrlich.«

Der bewundernde Blick, mit dem er sie musterte, machte sie nervös, und sie lehnte sich auf ihrem Barhocker nach hinten. Doch er beugte sich zu ihr hinüber, bis sein Gesicht dem ihren nahe war. Sie verspürte das vertraute Flattern im Bauch, und ihr wurde klar, wie sehr sie es vermisst hatte. Doch dann sah sie mit einem Mal Johns Gesicht vor sich, und sie wusste, dass sie etwas unternehmen musste. Den Zauber brechen musste.

»Sollen wir reingehen?« Sie trank ihren Cocktail aus, spürte, wie der Alkohol durch ihre Adern floss.

»Okay.« Er erhob sich langsam, lässig. »Wenn du darauf bestehst.«

»Na, es wäre doch schade, wenn wir den Anfang nicht mitbekommen würden, oder?« Das Armkettchen, das John ihr geschenkt hatte, glitzerte im Licht.

»Aber klar.« Er schritt neben ihr her. »Ich finde es übrigens super, dass du deine Doc Martens angezogen hast.«

»Was denn sonst?«, erwiderte sie grinsend.

»Richtig. Was denn sonst.«

Sie traten durch die Tür, und Dunkelheit umfing sie. Oben auf der Bühne stand die Band, deren Mitglieder T-Shirts in leuchtenden Farben, enge Jeans und weiße Turnschuhe trugen. Ein junger Mann sang ins Mikrofon. Seine Stimme war rau und ergreifend. Eine junge Frau schlenderte über die Bühne, den Bass um den Hals geschlungen, mit dem sie ihn begleitete. Im hinteren Teil der Bühne wartete die Drummerin mit den Stöcken in der Hand, im Rhythmus nickend, auf ihren Einsatz.

Und dann ertönte ein langer Akkord, und sie begannen gemeinsam zu spielen. Die Lichter der Scheinwerfer schwirrten durch den Raum, und die Band begann im Gleichtakt zu hüpfen. Es war ein schneller Rhythmus. Rockig. Süchtig machend. Abi spürte ihn in ihren Füßen. In ihrem Körper. In ihrem Herzen.

Das hier war einer dieser Gigs. Bei dem man als Mensch zur Tür hereinkam und sich am Ende fühlte, als wäre man unsterblich. Sie konnte einfach nicht aufhören zu lächeln. Sich zu bewegen. Das hier war Musik. Adrenalin.

Leben.

Und in diesen kostbaren Momenten spielte es keine Rolle, dass John und sie sich immer weiter voneinander entfernten. Und auch nicht, dass Seb sie hasste.

Hier drin hatte all das keine Bedeutung. Wegen der Musik. Wegen der hellen Lichter. Wegen des Publikums, das berauscht war von dieser Mischung aus Akkorden, Hitze, Worten, Energie und dem Wissen, dass alle um sie herum ebenso drauf waren.

Sie fühlte sich endlich wieder lebendig.

Steve wandte sich ihr zu, hob sie in die Höhe und wirbelte sie herum, wie er es vor all den Jahren so oft getan hatte. Wie sie es sich gewünscht hatte, seitdem ihr Entschluss feststand, herzukommen und sich mit ihm zu treffen.

Und genau in dem Moment, als ihr Gesicht vor Freude strahlte und die Welt endlich wieder ihr gehörte, da erblickte sie Seb, der ein paar Meter entfernt stand und sie mit hasserfüllten Augen ansah.

MÄRZ

»Faith«

(George Michael)

Für Lesley. Meine Freundin. Die einen fürchterlichen Musikgeschmack hat und seltsamerweise süchtig ist nach Steps. Das hier ist der einzige Song, bei dem wir uns einig sind. Ich weiß, dass ich immer so getan habe, als würde ich Kylie mögen, aber das war gelogen! Doch ich will nicht (schon wieder!) über deinen Musikgeschmack lästern, sondern mich bei dir bedanken. Für alles. Ich weiß nicht, was ich ohne dich tun würde. Vermutlich ein paar Cocktails weniger trinken und mehr Zeit mit einem guten Buch verbringen, aber wo zum Teufel bleibt da der Spaß? Ich liebe dich, du tanzender Derwisch!

Du bist das, was Diana Barry in *Anne auf Green Gables* für Anne Shirley gewesen ist. Bloß dass du viiiel schönere Haare hast.

ABI

»Könntest du das Gejaule bitte mal leiser stellen?«

»Das ist kein Gejaule, sondern das beste Album, das Primal Scream je rausgebracht hat.« Abi schüttelte den Kopf. »Du bist wirklich ein hoffnungsloser Fall«, setzte sie hinzu, eh sie dem Wunsch ihrer Freundin folgte.

»Da ist mir Katy Perry tausendmal lieber«, zischte Lesley durch ihre aufeinandergepressten Zähne. »Und bitte wiederhole noch einmal, was du da eben gesagt hast.« Sie lehnte sich nach vorn auf die Theke und stützte ihr Kinn in die Hand. »An der Stelle, wo Steve dir getextet hat, habe ich irgendwie den Faden verloren. Und ich erröte jetzt noch vor Verlegenheit, wenn ich daran denke, wie ich John begegnet bin, obwohl ich doch eigentlich mit dir hätte zusammen sein sollen.« Sie griff nach einer Rolle Bindfaden und begann geistesabwesend an deren Ende zu zupfen. »Was für ein Glück, dass ich so eine gute Lügnerin bin. Ich habe ihm erzählt, dass du zu Hause bei mir bist und ein Plätzchen auf dem Sofa warmhältst, während ich mehr Wein besorge. Aber ich habe mich dabei so beschissen gefühlt!«

»Ich habe dir doch schon gesagt, dass es mir leidtut.« Abi legte einen Druck der Themse bei Nacht, den sie in Luftpolsterfolie eingepackt hatte, mit etwas mehr Wucht als nötig auf die Theke zurück. »Es war eine spontane Sache, okay? Ich hatte nichts anderes vor und –«

»Und da dachtest du, es sei eine gute Idee, mit deinem Ex auszugehen? Anstelle von – hm, lass mich nachdenken –

deinem Ehemann? Ich weiß, dass ihr zwei pleite seid, aber ihr hättet euch doch bestimmt ein Bier und ein Päckchen Erdnüsse im Pub teilen können, oder?« Lesley griff in die vor ihr liegende Tüte und zerkaute vernehmlich die darin befindlichen Maischips mit Schinkengeschmack. Abi stellte den Druck zu den anderen erledigten Bestellungen auf den Boden. Der Weihnachtstrubel hielt unverändert an, und Rob vermochte kaum Schritt zu halten, mit all den Dingen, die die Leute rahmen lassen wollten. Babyschuhe. Rugbyshirts. Eine Reihe von Bildern, auf denen Cricket- und Fußball-Teams zu sehen waren, und eins, das Mädchen zeigte, die in einer Art von weihnachtlicher Ballett-Darbietung mehr schlecht als recht auf Zehenspitzen herumtänzelten. Ein strahlender Mini-Josef mit einem Geschirrhandtuch um den Kopf stand Hand in Hand da mit einer Maria, die sich alle Mühe gab, das Spielzeugjesuskind unter ihrem Arm zu enthaupten.

»Ich wollte zur Abwechslung doch nur mal ein bisschen Spaß haben.« Sie schluckte bei dem Gedanken an Sebs Gesicht, als sie nach dem Konzert versucht hatte, mit ihm zu reden. Sein starrer Rücken, als er zur Tür hinausgestürmt war. Sein verschlossener Gesichtsausdruck. Wie er Richtung Toilette an ihr vorbeigefegt war, sie wie Luft behandelt hatte.

Sie schob diese Gedanken beiseite. »Ich wollte bloß mal ausgehen, Lesley. Das darf ich doch wohl noch, oder?«

»Natürlich darfst du das.« Lesley hatte die restlichen Chips aus der Tüte vertilgt und leckte sich nun die Finger ab. »Was hat John denn dazu gesagt, als du ihm erzählt hast, wo du wirklich gewesen bist?«

»John?« Abi schluckte.

»Oh mein Gott, du hast es ihm immer noch nicht gebeichtet!«

Abi ignorierte die Scham, die sie überkam. »Er ist zu gestresst, um über solche Sachen reden zu wollen.«

»Wie praktisch.« Lesley trommelte mit den Fingern auf den Tisch.

»Du hast ja keine Ahnung, wie es im Moment ist«, entgegnete Abi gereizt. »Ich war endlich mal wieder spontan. Erinnerst du dich überhaupt noch wie das geht?«

»Vage.« Lesley nahm einen schlürfenden Schluck aus ihrer Wasserflasche. »Aber ich glaube, dass es hauptsächlich dazu führt, neben Männern aufzuwachen, die sich nicht mehr an meinen Namen erinnern.«

»Ich wollte mich bloß einmal frei fühlen. Nur für einen Abend. Ich habe diesen ganzen Scheiß durchgemacht, als ich krank war …«

Lesley blies sich eine Haarsträhne aus dem Gesicht. »Das habt ihr alle, Abi. Deine ganze Familie. John eingeschlossen.«

»Ich weiß.« Abi wollte nicht, dass ihr Lesley die Freude über diesen Abend mit Steve vermieste. Trotz Seb. Trotz dessen Wut ließ sie die Erinnerung an Steves Arme um ihren Körper strahlen, während John und sie stumm beim Frühstück saßen und sich auf den Weg zur Arbeit machten. Die Erinnerung gab ihr Kraft, die Stille im Wagen zu überstehen, während sie Sebs Verachtung hinter sich spürte, und bis John sie vor dem Laden absetzte und ins Büro fuhr, um weiter an dem letzten Versuch zu arbeiten, seine Firma zu retten.

Sie hatte versucht, mit John zu reden. Das hatte sie wirklich. Aber der hatte immer nur gemurmelt, dass er noch eine Weile arbeiten müsse, sodass es ihr nach jedem Wortwechsel vorkam, als wäre sie noch weiter von ihm entfernt als zu Beginn.

Ihr war bewusst, wie viel er für sie getan hatte. Wie sehr er sie liebte. Doch sie sah keine Möglichkeit zu ihm zurückzufinden – nicht jetzt, wo sie nur noch darüber sprachen, wer zuerst ins Bad ging oder wer von ihnen den Wagen benötigte. Sie sah ihre Freundin an. »Lesley, ich glaube …« Sie verstummte, war nicht bereit, die Worte laut auszusprechen. Sie kochte innerlich und begann sich am Fenster neben ihr zu schaffen zu machen, brauchte etwas kühle Luft auf ihrem Gesicht. Die Fassung des Fensters klemmte. Sie zerrte weiter dran, bis sich eine Schweißschicht auf ihrer Haut gebildet hatte.

»Verdammt.« Sie gab erschöpft auf, woraufhin Lesley aufstand und das Fenster mit einer irritierenden Leichtigkeit öffnete.

»Ich weiß, was du durchgemacht hast«, sagte Lesley mit leiser Stimme. »Ich verstehe das. Ich habe es miterlebt, schon vergessen?«

»Nein, natürlich nicht.« Abi biss sich auf die Lippe.

Lesley seufzte. »Aber du musst es weiter versuchen mit John. Gib nicht einfach auf und verschwinde mit deiner ersten großen Liebe. Das kann nicht gut gehen, oder?«

Aber ich habe mich so lebendig gefühlt. Abi presste die Lippen zusammen, um die Worte nicht aus ihrem Mund hinauszulassen, und holte tief Luft. »Mir ist klar, dass die Sache von letztem Samstag verrückt wirken muss. Aber ich habe einfach nicht nachgedacht, Lesley.« Sie wusste sehr wohl, dass das nicht stimmte, fuhr aber dennoch unbeirrt fort. »Du weißt doch, wie gern ich zu Konzerten gehe.«

»Allerdings«, erwiderte Lesley trocken. »Es sei denn, es handelt sich um Take That.«

Abi zuckte zusammen. »Ja. Nur das nicht.«

»Wie bitte?« Lesley versetzte ihr einen Schlag auf den

Arm. »Ich habe mit eigenen Augen gesehen, wie du zu ›Shine‹ getanzt hast, und das obwohl Indie doch angeblich für dich über allem steht. Du hast abgetanzt.«

»Abgetanzt? Wir leben doch nicht mehr in den Siebzigern«, sagte Abi lachend. »Machst du Witze? Hat Hope dir denn gar nichts beigebracht?«

»Nö.« Lesley schüttelte den Kopf. »Bloß schade, dass das Konzert vor der Handy-Ära stattgefunden hat. Das Einzige, was ich als Beweis dafür habe, dass du auch Popmusik magst, ist ein unscharfes Foto mit einem Daumenabdruck genau in der Mitte.«

Abi griff nach einem weiteren Kunstdruck, um ihn einzupacken.

»Oh, darf ich das tun?« Lesley streckte die Hand nach dem Klebebandabroller aus.

»Meinetwegen, aber pass bitte auf, dass du nicht wieder deine Hand mit einpackst wie beim letzten Mal.«

»Versprochen.« Ein Lächeln umspielte Lesleys Lippen.

»Oh nein.« Abi hielt den Abroller fest. »Das ist mein Ernst, Lesley.«

»Schon gut, schon gut.« Lesley sackte in sich zusammen. »Spielverderberin.«

Sie schwieg für eine Minute und beugte sich über ihre Arbeit, während Abi ein weiteres Mal die Kataloge mit neuen Drucken durchsah, auf der Suche nach etwas Neuem fürs Frühjahr, etwas Aufregendem, das den Mittelpunkt ihres Schaufensters bilden könnte. Doch egal wie oft sie die Kataloge auch durchforstete, sie hatte es bisher noch nicht gefunden.

»Und wie war es, Zeit mit Steve zu verbringen?« Lesley mochte zwar den Eindruck erwecken, als gelte ihre ungeteilte Konzentration der Luftpolsterfolie, aber Abi wusste, dass all ihre Sinne auf ihre Befragung gerichtet waren. Diese Frau war ein menschlicher Lügendetektor.

»Es war großartig«, erwiderte Abi bedächtig. »Wir haben uns über alte Zeiten unterhalten und sind zu lauten Gitarrenklängen herumgehüpft.« Sie übersprang den Teil mit Seb. Schämte sich zu sehr dafür. Ihr Tee war eiskalt, als sie den letzten Schluck trank. »Eigentlich wie früher.«

»Nun, ich hoffe, dass nicht alles so wie früher gewesen ist«, erwiderte Lesley und warf ihr dabei einen finsteren Blick zu. »Denn man sollte dabei nicht vergessen, dass ihr zwei es gern neben dem Fußballplatz getrieben habt und die Hälfte der Mannschaft am Ende des Sommerhalbjahres Steves nackten Hintern kannte.«

Abi kicherte. »Das hatte ich ganz vergessen.«

»Diese armen Fußballer aber vermutlich nicht.«

Abi dachte an das Bett, das sie sich mit John teilte. Es war kein glücklicher Vergleich. Früher hatten sie gekuschelt, doch nun lagen sie Rücken an Rücken und vermochten die Kluft zwischen sich nicht zu überwinden. Und mit jedem Tag, der verging, wurde es schwerer, es zu versuchen. Er wollte sie nicht. Dessen war sie sich sicher. Manchmal erwischte sie ihn dabei, wie er sie anstarrte, mit großen Augen voller Bedauern. Doch wenn sie dann endlich die Worte gefunden hatte, die sie ihm sagen wollte, saß er schon wieder über sein Smartphone gebeugt da oder griff nach der Fernbedienung, um umzuschalten. An den Wochenenden nahm sie ihren Tee mit zu der Bank in den Garten hinaus, blickte zu den Zweigen der Weide hinauf und fragte sich, wie es nur dazu hatte kommen können, dass ihnen die Dinge so entglitten waren.

Sie öffnete die Kasse, um abzurechnen. »Keine Sorge, am Samstag gab es definitiv keine Hintern zu sehen.«

»Und was ist mit seiner Brust?« Lesley schaute auf und Abi wich ihrem Blick aus, der sie wie ein Laserstrahl durchbohrte. »Wenn ich mich recht erinnere, hat er die doch auch ganz gern gezeigt.«

»Ach ja. Stimmt.« Angesichts dessen, was oben unter dem schwarzen Hemd hervorgeschaut hatte, war seine Brust immer noch so haarig wie damals. Ganz anders als Johns glatte Haut. Sie schüttelte den Kopf. Sie sollte keine Vergleiche anstellen.

Themenwechsel. »Und wie sieht's bei dir aus?«

»Bei mir?«

»Wie waren deine Dates?«

»Oh. Eine absolute Katastrophe.« Abi vernahm die Enttäuschung die in Lesleys flapsigem Tonfall mitschwang. »Ich habe die App gelöscht.«

»Wirklich?«

»Ja.« Lesley zuckte mit den Schultern. »Ich fing an, mich nach Paul zu sehnen, da wurde mir klar, dass ich die Sache beenden muss.«

»Oh. Das ist wirklich übel.« Abi dachte an den Exmann ihrer Freundin und die Streitereien, die die beiden gewöhnlich hatten.

»Ich glaube, ich benötige mal eine Pause.« Lesley war mit dem Einpacken fertig und legte widerwillig den Klebebandabroller zur Seite.

»Klingt nach einer guten Idee.«

»Ja.« Lesley streckte die Arme über den Kopf. »Du solltest John das mit Samstag erzählen. Er ist doch nicht der eifersüchtige Typ, oder?«

»Nein.« Abi fragte sich, ob sie nicht tief in ihrem Inneren wünschte, dass er es wäre.

»Warum tust du es dann nicht?«

»Weil …« Abi war sich bewusst, dass sie sich aufregte. »Weil ich keinen Grund dazu sehe.« Tief in ihrem Inneren wusste sie, dass das nicht der Wahrheit entsprach.

»Na ja, ein Grund wäre beispielsweise, dass er glauben könnte, dass du Geheimnisse vor ihm hast, sollte er davon erfahren.«

»Aber die hat er doch auch!« Abis Worte kamen viel lauter heraus, als sie beabsichtigt hatte. »Er hat so viele verdammte Geheimnisse, dass ich gar nicht weiß, wo ich anfangen soll!« Sie biss sich auf die Lippe. »Ich weiß, dass du ein Fan von ihm bist, Lesley, aber offen gesagt, fühlt es sich an, als ob wir feststecken würden.«

Ihre Freundin sah sie schweigend an.

»Es ist schwer, wenn man sich so einsam fühlt.« Sie wartete auf die verständnisvolle Umarmung. Doch die kam nicht.

»Meinst du nicht, dass er auch abgekämpft ist?«

»Was meinst du damit?«

»Du verheimlichst mir doch etwas, Abi.«

Keiner schien ihr mehr zu vertrauen. »Nein, das tue ich nicht.«

»Blödsinn!« Lesley neigte den Kopf zur Seite. »Hast du Steve geküsst?«

»Was?« Abi schüttelte den Kopf. Das hatte sie nicht. So etwas würde sie nicht tun. »Nein. Wie kannst du so etwas überhaupt fragen?«

Da war ein trauriger Ausdruck auf Lesleys Gesicht. »Aber du wolltest es, nicht wahr?«

»Nein.« Abi schüttelte erneut den Kopf. Die Frage traf sie. »Wieso redest du so mit mir?«

Lesley erhob sich. Schritt zum Fenster hinüber. Drehte sich um. »Dieser ganze Mist, den John durchgemacht hat – wovon er dir, nebenbei bemerkt, noch nicht einmal die Hälfte offenbart hat …«

»Wie bitte?«

»Er hat sich daran gewöhnt, dich zu beschützen, Abi. Während deiner Krankheit sind einige Dinge passiert. Und er hat sich darum gekümmert, ohne dich damit zu belasten.«

»Ich weiß. Beispielsweise die Sache mit Sebs Schule.«

»Weit mehr als das.« Lesley wickelte sich eine Haarsträhne um den Finger. »Zum Beispiel damals, als dich dein Chef feuern wollte, weil du schon so lange krankgeschrieben warst und John ein Vermögen für Anwaltshonorare ausgegeben hat, um das zu verhindern. Bloß damit du sang- und klanglos kündigst, ohne auch nur einen Tag wieder in deinem alten Job gearbeitet zu haben.«

»Was?« Abi starrte sie mit einem verständnislosen Blick an.

Lesley zählte die Dinge an den Fingern ab. »Dann als Seb den Mietwagen zu Schrott gefahren hat und John ihn ohne dein Wissen ersetzen musste.«

»Niemals!« Abi schüttelte den Kopf. »Davon hätte ich erfahren.«

»Ach ja und dann noch die Sache, als du so krank warst wegen dieser Harnwegsinfektion, und dich geweigert hast die Klinik anzurufen, wie du es hättest tun sollen.« Lesleys Stimme war wie ein Messer. »Du bist zusammengebrochen, und John hat dich auf dem Boden gefunden, und du hast irgendetwas von einer Band gefaselt, die du in der Royal

Albert Hall sehen wolltest. Er musste dich praktisch ins Krankenhaus zerren und hat dann Wochen damit verbracht sicherzustellen, dass niemand, der auch nur einen Schnupfen hatte, in deine Nähe kam, während er dir gegenüber so getan hat, als ob die Leute in Urlaub wären. Er hat dir gesagt, dass Seb auf einer Klassenfahrt war, Herrgott noch mal.«

»Das war er auch.« Abi blinzelte.

»Zwei Wochen lang?!« Lesley schüttelte den Kopf. »Er ist doch nicht auf einer Privatschule, oder? Nein, Seb hat bei Dan und seinen Eltern gewohnt, weil er die Grippe hatte und du so schwach warst, dass John dachte, du könntest sterben, wenn du mit ihm in Kontakt kommen würdest. Genau wie es bei seinem Freund Noah passiert ist. Kannst du dir vorstellen, was das mit einem Mann anstellt? Du hättest ihn mal sehen sollen, Abi.«

»Ich habe ihn gesehen.«

»Oh nein.« Lesley schüttelte den Kopf. »Du hast gesehen, was er dich sehen lassen wollte. Das war doch alles nur Fassade, du dumme Nuss. Aber ich habe ihn einmal erlebt, nachdem er dein Zimmer verlassen hatte. Er stand da am Handspender für das Desinfektionsgel und starrte nur auf den Boden, als fände er dort unten auf dem beschissenen blauen Vinyl die Antworten, die er benötigte. Er glaubte, dass das Ende seiner Welt gekommen war, weil er sich ein Leben ohne dich nicht vorstellen konnte. Und er hatte das Ganze schon einmal mit Noah durchgemacht.« Sie atmete vernehmlich aus. »Natürlich hat er versucht, alles auf diesem Planeten zu kaufen, um dich zu retten. Natürlich hat er seine Firma aus den Augen verloren und versucht, allein mit Seb klarzukommen. *Natürlich* hat er das getan.«

Ihr versagte die Stimme, und Tränen glänzten in ihren

Augen. »Ich würde alles für eine solche Liebe geben, Abi. Jeder baut mal Mist. Also wirf ihn bitte nicht einfach für jemanden weg, von dem du bereits weißt, dass er nicht der Richtige für dich ist.«

Abi starrte ihre Freundin an. Als draußen auf der Straße eine Autohupe ertönte, streckte sie die Hand nach der Theke aus, um den Halt zu finden, den sie längst verloren hatte. Wie konnte sie nur jemand so missverstehen. Und ausgerechnet Lesley. Das war einfach zu viel. Es gab so vieles, was ihre Freundin nicht wusste. John war nicht perfekt. Er war derjenige, der sie ausschloss.

»Ich war bloß da, um mir die Band anzusehen. Das ist alles, okay?«

»Hör endlich auf damit«, entgegnete Lesley mit gerunzelter Stirn. »Hör auf dir was vorzumachen. Ich sehe doch, wie du lächelst, wenn du über Steve sprichst. Ich weiß, was du empfindest, auch wenn du es dir selbst nicht eingestehen willst.«

»Ich habe keine Ahnung, warum du mich auf diese Weise angreifst.« Abi zitterte jetzt.

Doch ein Teil von ihr erinnerte sich daran, wie Steve sie in die Höhe gehoben und sie sich gefühlt hatte, als wäre sie nach Hause zurückgekehrt. Ein Zuhause, wo es keine krebskranke Abi gab. Wo sie bloß wieder Abi war, das Mädchen, das Wrigley's mochte und Portishead in voller Lautstärke spielte.

»Komm schon, Abi. Sei ehrlich.«

»Bin ich ja.« Sie drehte sich um und drehte die Lautstärke am Radio auf, wo gerade »Faith« lief – der Lieblingssong ihrer Freundin.

Aber Lesley ließ sich nicht ablenken. Nicht für eine Sekunde.

»Nein, bist du nicht.« Die Kälte in ihrem Blick machte dem Winter Konkurrenz.

»Du kannst es mir glauben«, erwiderte Abi und schaute ihr dabei in die Augen. »Das kannst du wirklich.«

Lesley holte sich Mantel und Handtasche. »Okay, alles klar. Wenn du es sagst. Ich muss jetzt ohnehin los und ein paar Leuten Honig ums Maul schmieren. Dafür werde ich schließlich bezahlt.«

»In Ordnung.« Aber das war es nicht. Abi spürte, wie sie eine plötzliche Traurigkeit überkam.

Lesley wandte sich an der Tür um und kehrte dann noch einmal zurück, um Abi einen Kuss auf die Wange zu geben. »Bis bald. Wie wäre es nächste Woche auf einen Cocktail. Oder zwei?«

»Okay.«

Lesley hielt einen Finger in die Höhe. »Aber bring mich niemals wieder in eine Lage, wo ich für dich lügen muss, okay?«

Abi starrte auf den sich entfernenden Rücken ihrer Freundin und versuchte das nagende Gefühl zu ignorieren, dass vielleicht etwas von dem, was ihre Freundin gesagt hatte, wahr sein könnte.

Eine Stunde später drückte Abi Robs Klingelknopf. Keine Reaktion. Sie drückte ihn erneut. Sie hatte gedacht, er hätte heute Abend für sie kochen wollen. Zumindest hatte er so etwas beim Verlassen des Ladens angedeutet, als er heute früher als sonst nach Hause gegangen war.

Sie wartete eine Minute, bevor sie gegen die Tür drückte. Sie ging auf. Das war mal wieder typisch Rob: Einerseits machte er sich Gedanken über jedes Wort, das aus seinem

Mund kam, aber andererseits ließ er die Tür unverschlossen, sodass jeder x-Beliebige ins Haus gelangen konnte.

Sie ging den Flur entlang auf die ramponierte Tür zu. Hier hatte sich in all den Jahren, in denen Rob hier wohnte, nicht viel verändert. Die Farbe blätterte immer noch ab. Der Fleck auf dem Teppichboden erinnerte immer noch an die Farbe von Pipi. Der Geruch von frittiertem Essen ließ sich bereits auf ihrem Haar und ihrer Kleidung nieder.

Am Ende angekommen klopfte sie und nach einer Weile streckte ihr Bruder den Kopf zur Tür heraus. Seine Augen waren gerötet. Seine Haut blass. Er schien eine Art Overall zu tragen, der mit roten Flecken bedeckt war. Erst bei genauerem Hinsehen stellte sich heraus, dass es sich nicht um Blut handelte.

»Oh. Abi. Hallo.«

»Du scheinst überrascht, mich zu sehen.«

»Nein, nein. Ich … habe bloß das Zeitgefühl verloren und …«

»Hattest du mich nicht erwartet?« Sie drängte sich an ihm vorbei und steuerte auf das Wohnzimmer zu, doch er holte sie ein und stellte sich ihr mit verschränkten Armen in den Weg.

»Du kannst da nicht rein.«

»Wieso denn nicht?« Erst jetzt bemerkte sie den Pinsel in seiner Hand, und etwas machte Klick. »Oh mein Gott. Hast du etwa wieder angefangen zu …?«

»Nein.«

Doch, das hatte er.

Sie versuchte erneut, an ihm vorbeizukommen, doch dieses Mal war er auf der Hut.

»Rob, du musst es mir zeigen!«

»Nein. Es ist noch nicht fertig. Ich …«

Sie täuschte eine Bewegung nach links an, duckte sich dann rechts an ihm vorbei und marschierte ins Wohnzimmer.

»Wie aufregend!« Sie war fast an der Staffelei angelangt. »Ich liebe deine Bilder.«

»Wirklich?«

»Ja klar! Ich hatte jahrelang eins von dem Mädchen am Klavier an meiner Wand.«

»Ich dachte, das hing da nur, weil du dich verpflichtet gefühlt hast. Nicht, weil es dir gefallen hat.«

»Wie um alles in der Welt bist du denn darauf gekommen?«

Er kratzte sich oben am Kopf. »Keine Ahnung. Kam mir eben so vor …«

Als sie das Bild auf der Staffelei erblickte, verschlug es ihr den Atem. Die dunkle Silhouette einer Frau stand vor einem riesigen Riss, der umrandet war von Licht und Schatten. Blau- und Silbertöne wirbelten bis zum oberen Ende in spiralförmigen Bewegungen über die Leinwand, und den Kopf der Frau, der zum Licht hinauf gerichtet war, überspannte ein Regenbogen.

»Das ist wunderschön.« Sie streckte eine Fingerspitze nach dem Bild aus, aber er stupste sie weg.

»Nicht anfassen. Ist noch nicht trocken.«

»Entschuldige.« Sie setzte sich hin und betrachtete es. »Es gibt so viele Details zu entdecken.« Sie betrachtete den Riss genauer und stellte fest, dass er voller winziger Nadeln war. Außerdem erblickte sie ein Minikissen und eine Sauerstoffmaske, die so klein war, dass man sie fast mit einer Wolke verwechseln konnte. »Es ist erstaunlich.« Sie neigte den Kopf zur Seite. »Man erkennt, dass sie Mut hat, auch wenn man ihr Gesicht nicht sieht.«

Er räusperte sich. »Na ja, die Frau, die mich dazu inspiriert hat, war schon sehr beeindruckend.«

»Ach ja? Wer war es denn?«

»Du.«

»Ich?« Sie schaute sich die Frau genauer an. Die Form des Kinns im Profil. Wie entschlossen sie den Kopf hob. »Auf gar keinen Fall. Sie wirkt so mutig.«

»Genau wie du.« Er hielt für einen Moment inne. »Eigentlich wollte ich dir zu Weihnachten davon erzählen. Im Grunde um dich um Erlaubnis zu bitten, dich malen zu dürfen. Ich hatte mir die Fotos angesehen, die wir an deinem Geburtstag gemacht hatten – als du nach dieser ersten Operation wiederkamst und darauf bestanden hast, dass wir ein Foto von uns allen machen. Und da ist mir diese Idee gekommen.« Er deutete auf die Leinwand.

Tränen schossen ihr in die Augen.

»Ich habe mich ganz ehrlich nie so mutig gefühlt wie sie.« Abi schluckte. »Ich wünschte, ich hätte es.«

»Aber mir kamst du immer unglaublich mutig vor.«

»Wirklich?«

»Ja.« Er trat von einem Fuß auf den anderen.

»Und warum habe ich dann solche Angst, Rob? Warum geht alles in die Brüche?«

Er begegnete ihrem Blick. »Weil das Leben weiß, dass du damit klarkommst.«

»Werde ich das?«

Er nahm ihre Hand und drückte sie einmal kurz. »Ich glaube schon, du kleiner Mistfink.« Er zog seine Hand wieder weg. »Darf ich jetzt aufhören, nett zu dir zu sein?« Er schenkte ihr ein gequältes Lächeln. »Das ist ein bisschen zu viel für mich an einem Dienstagabend.«

»Klar, Dumpfbacke.« Sie vermochte den Blick nicht von dem Bild abzuwenden. »Ich liebe es.«

»Es war eigentlich bloß ein bisschen Beschäftigungstherapie.«

»Oh nein, Rob«, entgegnete sie und sah ihn an. »Das hier ist schon etwas mehr. Es ist brillant.«

»Du kannst es gern haben, wenn du möchtest. Ich …«

»Nein.« Sie umfasste sanft seine Hände. »Schenk es nicht einfach so weg. Du könntest eine ganze Bildserie daraus machen. Für den Laden. Natürlich nicht über mich.« Sie errötete. »Aber eine Reihe von diesen Silhouetten. Das würde toll aussehen im Schaufenster. Die Leute würden sich darum reißen.«

»Oh nein.« Er schüttelte den Kopf. »Das könnte ich nicht. Wirklich nicht.« Er begann zu zittern. »Ich möchte nicht, dass sie sonst jemand zu sehen bekommt. Niemand würde sie kaufen, und ich wäre …«

»Was wärst du?«, fragte sie leise.

»Am Boden zerstört.« Es war kaum mehr als ein Flüstern. »Es ist leichter, wenn meine Bilder hier sind. Bei mir.«

Sie schlang ihre Arme um ihn und hielt ihn fest, bis sie spürte, dass sich seine Schultern entspannten. »Dann werde ich wohl dafür sorgen müssen, dass deine Bilder richtig gut aussehen.«

»Nein.« Er schüttelte wieder den Kopf. »Das schaffe ich nicht.«

»Und ob du das schaffst.« Sie nickte und dachte an das letzte Mal zurück, als sie beide diese Worte in einer umgekehrten Rollenverteilung gewechselt hatten – damals, vor ihrer letzten Chemo. Seine Stärke im Angesicht ihrer Zweifel. »Vertrau mir.«

Sie las tausend Fragen in seinen Augen. »Also gut, Stinker«, sagte er schließlich. »Lass es uns tun.« Und dann war er es, der sie ganz fest in den Arm nahm.

»Glaub ja nicht, dass du dich dadurch vorm Kochen drücken kannst«, teilte sie ihm mit, ehe sie den Klingelton ihres Handys vernahm und hinüberging, um nachzuschauen.

»Alles klar«, entgegnete Rob und begab sich in seine winzige Küche. »Ich bin schon dabei.«

»Gut.« Sie warf einen Blick auf das Display. Es war Steve. Doch ihre Freude über seinen Anruf erhielt sogleich einen Dämpfer, als ihr Lesleys Worte in den Sinn kamen. Sie sollte nicht mit ihm reden. Das wusste sie in ihrem tiefsten Inneren.

Also lehnte sie den Anruf ab und steckte das Handy wieder in ihre Handtasche, wünschte aber ihr Herz hätte ihr das Gegenteil gesagt.

SEB

»Hier rüber!« Seb stürmte mit brennenden Lungen den Flügel hinunter.

Doch Dan passte stattdessen zu Ant, und Seb stieß einen unterdrückten Fluch aus als der Ball wie vorherzusehen von einem Spieler der gegnerischen Mannschaft abgefangen wurde. Es waren mindestens dreißig Minuten in einem Schlüsselspiel der Liga vergangen, und er hatte nur zweimal Ballkontakt gehabt. Damit war er als Kapitän wirklich kein großer Spielmacher.

»Probleme, Schwuchtel?« Der Typ, der ihn deckte, rannte mit schweren Schritten über den matschigen Rasen an ihm vorbei.

»Was?« Seb starrte ihm hinterher, hoffte, dass er sich verhört hatte. Der Ball flog unter den verärgerten Rufen seiner Mitspieler an ihm vorbei.

»Hast schon richtig gehört.« Der Typ schüttelte den Regen aus seinem roten Haar, und plötzlich wusste Seb, wo er ihn schon einmal gesehen hatte. An Jess' Geburtstag. Im Klub. Als Marc und er …

Genau in dem Moment, als Ant den Ball abfing und zu ihm zurückpasste, drehte sich ihm der Magen um. Seb beabsichtigte den Ball entlang der Seitenlinie nach vorn zu spielen, doch er rutschte von seinem Fuß ins Seitenaus.

Scheiße.

Ihr Trainer, Mr. Vanger, der in seinem üblichen curryfarbenen Trainingsanzug mit den rissigen weißen Streifen an der Seite dort auf und ab tigerte, machte keinen sehr glücklichen Eindruck. Er formte die Hände vor seinem Mund zu einem Trichter und schrie: »Komm schon, Seb! Reiß dich zusammen.«

Seb schluckte. Die Worte des Typen gingen ihm nicht aus dem Kopf. Er versuchte sich zur Konzentration zu zwingen. Er streckte sich, um den eingeworfenen Ball gleich wieder in seinen Besitz zu bringen, doch stattdessen prallte er von seinem Fuß ab in den Lauf des gegnerischen Stürmers.

Die verärgerten Rufe mehrten sich. Dann war der Rotschopf plötzlich wieder da. »Schon müde? Verbringst zu viel Zeit auf Grindr, was?«

Ant rannte vorbei und drehte den Kopf. »Halt die Schnauze, du Loser!«

Seb fühlte Panik in sich aufsteigen. Wann immer er sich vorgestellt hatte, der Welt mitzuteilen, dass er schwul war, musste es nicht mitten in einem Fußballspiel sein.

Der Rotschopf wackelte in seinen engen Shorts mit dem Hintern. »Oder vielleicht lenke ich dich auch zu sehr ab? Hast wohl Bock auf das hier?«

»Halt die Klappe.« Seb versuchte den Regen aus den Augen zu blinzeln.

Aber der Rotschopf hörte nicht auf.

»Oder macht dich vielleicht mein Bizeps an?« Er hob einen Arm und ließ die Muskeln spielen.

»Wohl kaum, da du offensichtlich keinen hast.« Der Ball befand sich in ihrem Strafraum, und Seb betete, dass Dan ihn nicht reinlassen würde. Er sah zu, wie der Stürmer mit dem Fuß ausholte und sein Freund sich dem Ball in den Weg zu werfen versuchte, doch er flog an ihm vorbei in die rechte Ecke des Netzes.

Scheiße. Jetzt lagen sie zwei Tore hinten. Der Schiedsrichter pfiff zur Halbzeit, und Seb trottete zur Seitenlinie auf Mr. Vanger zu, der kurz vor einem Herzstillstand zu sein schien.

»Was zum Teufel ist hier los?« Seb schaute auf seine Schuhe hinab, um dem Blick des Trainers zu entgehen. »Was ist mit dem Spielsystem, das wir besprochen haben?« Ein Speichelspritzer schoss aus seinem Mund und landete auf Ants violettem Teamtrikot. »Wo bleibt das Tempo? Wo der Einsatz? Haben wir nicht besprochen, dass ihr in der Offensive bleiben und keinen Zentimeter herschenken sollt? Und was macht ihr?« Sein Gesicht rötete sich. »Ihr huscht umher, passt vor und zurück und kommt nicht vom Fleck! Und dabei macht ihr so viele Fehler, dass ihr ihnen den Sieg auch gleich auf einem verdammten Silbertablett servieren könnt!« Er ballte die Fäuste. Es war immer sein Traum gewesen, einmal die Meisterschaft zu gewinnen. Das hier war sein letztes Jahr als Trainer, bevor er in Pension ging, und daher war es kein Wunder, dass er stocksauer war.

Während die anderen davongingen, um etwas zu trinken und einen Energieriegel zu essen, wandte sich Mr. Vanger Seb zu. »Und was zum Teufel treibst *du* da draußen?«

Seb reagierte im ersten Moment verärgert. »Ich gebe mir Mühe, Sir.«

Der Rotschopf schlenderte vorbei und zeigte ihm den Stinkefinger. Sebs Nägel gruben sich in seine Handflächen, und er strich sich das feuchte Haar aus den Augen.

»Du hast doch normalerweise immer Bock aufs Spiel. Kannst nicht genug vom Ball kriegen. Aber heute machst du den Eindruck, als gäbst du dir größte Mühe, Scheiße zu bauen!«

»Tu ich nicht.« Seb trat mit seinem Schuh in den Boden,

und ein Matschklumpen flog durch die Luft. »Ich habe es bloß etwas langsamer angehen lassen.«

Mr. Vangers Augenbrauen wanderten in die Höhe. »Also, wenn du noch langsamer machst, kannst du auch gleich Korbball spielen. Krieg dich wieder ein. Zeig den Jungs wo's langgeht, okay?«

»Okay, okay.« Seb blickte zu seinen Mitspielern hinüber. Sie saßen in Gruppen an der Seitenlinie, Beine und Haare voller Matschspritzer. Früher hätte er gewusst, welche Worte die richtigen wären. Hätte gewusst, wie er sie heiß auf den Sieg machen könnte. Aber jetzt hatte er keine Ahnung, wie er das anstellen sollte.

Er zwang sich, zu ihnen hinüberzugehen, und bemerkte dabei seine Mutter, die hinter dem Tor am anderen Ende des Spielfelds mit dem Handy in der Hand auf und ab lief. Es machte ihn sauer, dass sie so tat, als würde sie ihn unterstützen, während sie doch nichts anderes wollte, als ihn an einen Schreibtisch zu ketten und das Happy End aus ihrer Vorstellung von einem perfekten Sohn zu erzwingen. Dabei hatte sie die ganze Zeit schon eine Affäre mit diesem blöden Typen mit der Kackfrisur und der dämlichen Jacke.

Wut flammte in ihm auf. Allein der Gedanke an London und die Aussicht darauf, bald frei zu sein, ließen ihn überhaupt noch weitermachen.

Er rief die Mannschaft zusammen, und die Jungs scharrten sich um ihn.

»Soll ich ihm eine verpassen, Seb?« Ant deutete auf den Rotschopf.

»Nein.« Seb schüttelte den Kopf. »Lass es.«

»Aber er nennt dich eine Schwuchtel.« Ant schüttelte den Kopf. »Er versucht dich fertigzumachen.«

Sebs Puls schnellte in die Höhe. »Aber das wird ihm nicht gelingen. Am besten ignorieren wir ihn einfach.«

»Das sieht dir gar nicht ähnlich, Seb.« Dans blaue Augen waren voller Misstrauen.

Seb dachte an den Klub. An das, was Dan gesehen hatte. Seit diesem Abend hatte sich etwas zwischen ihnen verändert – es war alles nur noch oberflächlich, ohne jeden Tiefgang. Zu viel Macho-Gerede in der Umkleide, wo Dan ihn so lange anstarrte, bis Seb sich genötigt fühlte mitzumachen. Titten. Beine. Mädchen, die auf Körperteile reduziert und mit Punktzahlen von eins bis zehn bewertet wurden. Mit jedem Satz, den Seb dabei zum Besten gab, hasste er sich selbst ein bisschen mehr.

Dan beobachtete ihn. »Normalerweise lässt du dir so was nicht gefallen.«

»Wir sollten uns lieber darauf konzentrieren, dieses Spiel zu gewinnen.«

Dan wischte sich mit dem Ärmel den Regen aus dem Gesicht. »Also wir geben uns ja auch alle Mühe, aber du scheinst heute in deiner eigenen Welt zu leben. Du bist so damit beschäftigt, dir alles von deinen Gegenspielern gefallen zu lassen, dass du den Ball nicht mal siehst, wenn er direkt vor dir ist.«

Seb vermochte seine Ungeduld nicht mehr im Zaum zu halten. »Halt endlich die Klappe!« Er richtete seinen Finger auf die andere Mannschaft. »Wir haben noch ein paar Minuten bis zur zweiten Halbzeit. Also hört mir einfach zu und lasst uns auf den Platz gehen und denen zeigen, was wir drauf haben!«

Er hatte gar nicht bemerkt, dass der Rotschopf hinter ihm stand. Erst als der sich um Sebs Schulter herumlehnte und an seinem Ärmel zupfte. »Solltest du nicht eigentlich ein rosa Trikot tragen?«

Seb spürte, dass er knallrot wurde. Er sah, wie Dan den Kopf schüttelte und sich abwandte. Er hatte das Bedürfnis zuzuschlagen. Zu schreien.

Aber er musste eine Mannschaft anführen.

Ant hatte das Gesicht zu einer Grimasse verzogen. »Wieso sagt der andauernd solche Sachen?« Er trat auf den Rotschopf zu und baute sich vor ihm auf. »Was hast du für ein Problem?«

»Ach, weißt du«, sagte der Rotschopf mit einem verschlagenen Lächeln, »ich war im Januar in einem Klub und habe gesehen, wie euer Kapitän einen Typen mit blondierten Haaren geküsst hat.«

»Verpiss dich, Mann!« Ant lachte ihm ins Gesicht. »Seb hat gerade mit dem heißesten Mädchen der Schule Schluss gemacht. Er ist keine Schwuchtel.«

Seb zuckte zusammen. Kein Wunder, dass Profifußballer darauf verzichteten, sich zu outen. Wer wollte sich schon mit so einem Scheiß abgeben? Er sah, dass seine Mutter in ihr Handy lachte, und mit einem Mal wusste er, auf wen er seine Wut richten konnte.

»Bin gleich wieder da«, rief er und rannte auf sie zu.

Sie beendete ihren Anruf gerade, als er bei ihr eintraf. Sie lächelte, und ihre Wangen waren in der Märzbrise gerötet. Wahrscheinlich hatte sie mit diesem Loser telefoniert, mit dem er sie gesehen hatte. Er ballte die Hände zu Fäusten.

»Tolles Spiel.« Ihr Lächeln ließ ein wenig nach. »Du spielst so gut.«

Ganz offenbar hatte sie nicht einen einzigen Blick auf ihn verschwendet.

»Hör zu, ich weiß, dass du wütend auf mich bist, aber ich wollte unbedingt herkommen. Tut mir leid, wenn …«

Die Wut vieler Monate brach aus ihm heraus. »Ich will dich nicht hierhaben, okay? Waren all meine Hinweise wirklich nicht deutlich genug? Es ist alles scheiße, Mum, und du machst es nur noch schlimmer.«

Sie trat einen Schritt auf ihn zu. Eins musste man ihr lassen: Sie gab nicht so schnell auf. »Es ist nicht so, wie du denkst.«

»Lass es einfach!«, brüllte er. »Hör endlich auf zu lügen! Ich habe dich doch gesehen. In seinen Armen wie zwei Loser beim ersten Date.« Köpfe wandten sich zu ihnen um, aber das kümmerte ihn einen Dreck. Es war eine solche Erleichterung, es hinauszuschreien.

»Seb, bitte …« Sie streckte die Hand nach ihm aus, aber er schlug sie weg. Es war ihm egal, ob er ihr wehtat. Er wollte bloß, dass sie verschwand.

Sie starrte ihn erschrocken an, und er blickte weg, starrte auf dieses Spielfeld, auf dem er sich einst so frei gefühlt hatte. Er war schwul. Und alles in ihm sträubte sich dagegen. Denn er wollte unbedingt hierhergehören, in dieses Team. Wollte über Mädchen reden, wenn er mit den Jungs wegging. Er wollte nicht, dass sie sich in den Duschräumen bedeckten. Wollte nicht betretenes Schweigen oder skeptische Blicke erleben, wenn er sich nicht an ihrer Unterhaltung beteiligte, wer von den Kardashians am heißesten war.

Er wollte nicht schwul sein. Er hatte nicht darum gebeten. Und hier war er nun, mit einem gewaltigen Scheißhaufen, der mitten in seinem Leben gelandet war, der all seine Kraft und all sein Hirnschmalz beanspruchte, obwohl er sich doch gerade eine verdammte Pause verdient hatte.

All das kam in seinem Kopf zusammen, und er hätte am liebsten nur gebrüllt.

Seine Mutter versuchte es erneut. »Ist es nicht vielleicht auch wegen Jess? Eurer Trennung? Also ich bin mir sicher, dass ihr zwei wieder zueinanderfinden werdet. Sie liebt dich, das weiß ich.«

Toll. Das war also ihre Lösung.

»Das hier hat überhaupt nichts mit Jess zu tun. Es geht nur um dich und diesen Typen und Dad und dass alles den Bach runtergeht.«

»Seb, ich …« Sie blickte nach links und rechts und senkte die Stimme. »Ich habe nichts mit ihm.«

»Du kannst mich mal, Mum!«, schrie er in einem gequälten Ton. »Ich habe dich doch gesehen. Es war …« Er schnappte nach Luft. »Es war einfach nur peinlich. Also hör auf, so zu tun, als wüsstest du nicht, wovon ich rede. Ihr lasst euch scheiden, stimmt's?«

»Nein.« Sie schüttelte den Kopf. »Das tun wir nicht. Niemals.«

»Lass diese Spielchen!« Er schüttelte den Kopf. »Ich weiß, dass du Dad nichts von diesem Abend erzählt hast. Ich weiß, dass du ihn anlügst, genauso wie du mich anlügst. Also verzieh dich einfach. Ich will dich hier nicht haben.«

»Aber Seb –«

»Nein«, brüllte er ihr ins Gesicht und verspürte ein boshaftes Vergnügen, als er sah, wie ihr die ersten Tränen über die Wangen liefen. »Ich will nichts mehr hören. Kein einziges Wort mehr.«

Er kehrte ihr den Rücken zu und rannte zurück aufs Feld. Das Blut pochte in seinen Ohren, was jedoch nicht verhinderte, dass er bemerkte, wie ihn alle anstarrten. Und dass eine gespenstische Stille über dem Spielfeld lag. Eine Stille, die er bewirkt hatte.

Der Pfiff des Schiedsrichters ertönte, und das Spiel begann wieder.

Er warf keinen Blick zurück, um zu sehen, ob sie wegging. Es interessierte ihn nicht.

Nicht die Bohne.

Erst nach dem Spiel hielt er Ausschau nach dem vertrauten blonden Haar.

Doch sie war gegangen.

ABI

Steve hatte ihr gerade eine Nachricht geschickt, als John eintraf. Ihre Hand zitterte, weil sie sich sogleich wieder an den Ausdruck auf Sebs Gesicht erinnerte, der sie mit einer solchen Verachtung angesehen hatte, und sie löschte die Nachricht, ohne sie gelesen zu haben.

»Hallo.« Sie holte Luft, um sich zu beruhigen, stand auf und küsste ihren Mann auf die Wange. Zum ersten Mal seit einer Ewigkeit war er glatt rasiert und sie stellte erschrocken fest, wie sehr es sie überraschte, dass er lächelte.

»Hallo.« Seine blauen Augen strahlten, und er sah um Jahre jünger aus – war wieder der Mann, der eine Meile in einem eiskalten See schwamm oder einen Abend mit Gesprächen über die zehn besten Käsesorten verbringen konnte.

War wieder der Mann, den sie geheiratet hatte.

Er nahm ihre Hand und drückte sie. »Schön, dich zu sehen.« Und damit geriet ihre Unterhaltung auch schon ins Stocken. Sie waren wie zwei Fremde, die sich zu ihrer ersten Verabredung trafen. Abi konnte es kaum glauben, dass die anderen Gäste des Restaurants immer noch lächelten, kauten und plauderten, gar nicht den dichten Nebel zu bemerken schienen, der sich über ihrem Ecktisch sammelte.

Sie starrte auf die Lichterketten entlang der Little Clarendon Street, während sie sich den Kopf darüber zerbrach, was sie sagen sollte.

»Darf ich Ihre Jacke aufhängen, Sir?« Glücklicherweise tauchte der Kellner auf und füllte die Gesprächslücke.

»Ja, danke.« John schlüpfte aus seiner schwarzen Jacke und streifte einen Faden von seinem Jeanshemd.

»Hätten Sie gern etwas zu trinken?« Das dunkle Haar des Kellners war zu einem ordentlichen Pferdeschwanz gebunden. Seine Augen schimmerten hinter den Gläsern seiner Brille, und Abi fragte sich, ob er vielleicht ein Student war, der in seiner Freizeit komplexe Gleichungen löste. Ein Student, wie Seb einer geworden wäre. Seb, der sie hasste. Seb, den sie so liebte.

Sie hatte ihn verloren. Sie beide hatten ihn verloren.

Und einander noch dazu.

»Was darf ich Ihnen bringen, Madam?«

Die unausgesprochenen Ängste verursachten ein Flattern in Abis Bauch. »Ich nehme einen Rotwein.« Ohne etwas Alkohol würde sie das hier vermutlich nicht überstehen. Dinge mussten ausgesprochen werden. Entscheidungen getroffen werden.

John bestellte ein Bier. Hinter ihm erblickte Abi eine Frau mit langen grauen Haaren und funkelnden Augen, die ihren Löffel in eine Suppenschüssel tauchte. Als sie den Löffel an den Mund hob, brachte sie ihr Begleiter zum Lachen, und sie legte den Kopf in den Nacken, dass der Rubinanhänger an ihrem Hals im Licht funkelte.

John lehnte sich zu ihr hinüber, und Abi wünschte mit einem Mal, es gäbe einen Fernseher oder ein Radio, um die Stille zwischen ihnen zu verscheuchen. Er griff wieder nach ihrer Hand, und sie wäre vor Überraschung beinahe zurückgezuckt. Sie blickte auf den Tisch hinunter, zeichnete mit dem Finger die Maserung des Holzes nach. Das war leichter, als ihn anzusehen.

»Ist es nicht gut, endlich mal wieder hier zu sein?« Er strich mit dem Daumen über ihren Handrücken.

Sie musste ihn so fragend angeschaut haben, dass er hinzufügte: »Hier, in unserem Restaurant.«

»Oh.« Sie nickte. »Ja.« Ihr Handy vibrierte in ihrer Tasche, die unten neben ihren Füßen stand, und sie fragte sich, ob es wohl wieder Steve war.

Sie musste sich zusammenreißen. Musste sich konzentrieren.

»Können wir uns das hier denn überhaupt leisten?«, fragte sie ihn. Dies war in besseren Tagen einmal »ihr« Restaurant gewesen, damals, als Johns Firma gerade die ersten Verträge mit großen Londoner Hotels und Restaurants geschlossen hatte. Doch sie waren schon seit Jahren nicht mehr hier gewesen. Schon lange vor ihrer Diagnose nicht mehr. Aber es war noch alles so wie damals – die Speisekarte, die blaue Markise und die Küche am hinteren Ende, aus der es dampfte – aber Abi fühlte sich so anders. So als hätte sie darum gekämpft, die Ziellinie zu überqueren, bloß um festzustellen, dass alles, was sie dort zu finden gehofft hatte, verschwunden war.

»Ja.« John nickte mit einer Überzeugung, die sie eine ganze Weile schon nicht mehr bei ihm gesehen hatte. »Das können wir. Der Abend geht auf meine Rechnung.«

Sie entschied, keine weiteren Fragen mehr zu stellen, und lächelte den Kellner an, der ihren Rotwein und Johns Bier auf den Tisch stellte. Der Stil ihres Glases war lang und elegant und glänzte im flackernden Kerzenlicht. Abi nahm einen Schluck und betrachtete die rote Rose in der Vase, die zwischen ihnen stand. Es war ein kräftiger, schwerer Wein, und sie spürte, wie sie langsam eine Wärme erfüllte. Sie trank noch etwas mehr und erinnerte sich an all die Abende, an denen sie das Hausmenü probiert hatten. Bouillabaisse. Moules frites. Pâté de volaille. Sie hatte ganz vergessen, dass sie einmal regelmäßig zusammen ausgegangen waren. Spaß hatten. Gelacht hatten. Abende, an denen sie nicht schon vor dem Ende der Zehn-Uhr-Nachrichten das Licht ausmachten.

»Ich wollte dir eine Freude machen«, sagte er lächelnd. »Ich hoffe, es ist mir gelungen.«

»Oh ja«, erwiderte sie nickend. »Und wie.«

»Fein.« Er presste die Lippen zusammen. »Ich habe nämlich das Gefühl, dass ich etwas wiedergutmachen muss. In der letzten Zeit ist es mit uns so schlecht gelaufen, und das ist alles meine Schuld.«

Steves Gesicht kam ihr in den Sinn, und sie griff nach der Speisekarte, um die Röte zu verbergen, die ihr in die Wangen schoss.

Sie holte Luft und sagte: »Das ist nicht deine Schuld.«

Er streckte die Hand aus und strich ihr eine Haarsträhne hinters Ohr. »Ich weiß, dass ich dich ausgeschlossen und einfach mein Ding durchgezogen habe.«

Da waren tiefe Falten in seinem Gesicht.

»Das Ganze war sehr schwer für dich, das ist mir bewusst«, erwiderte sie.

»Ja, aber ich hätte mehr mit dir reden sollen.« Er schüttelte seine Serviette auf. »Hätte mich nicht so bescheuert benehmen müssen.«

Der Kellner tauchte wieder auf, und Abi stürzte sich auf die Karte, bestellte die Miesmuscheln und das Risotto. John entschied sich für die Schnecken und ein Steak mit Fritten. So wie immer.

»Manches ändert sich nie.«

Alles ändert sich, dachte Abi, nickte aber dennoch.

Sie setzte sich aufrecht hin. Es war an der Zeit, sich einen Ruck zu geben. »Du musst dich nicht entschuldigen, John. Du hast dich während meiner Krankheit zu sehr daran gewöhnt, Dinge für dich zu behalten. Was Seb anging oder die Firma. Einfach alles.«

Er zuckte mit den Schultern. »Stimmt. Schien mir leichter zu sein. Aber ich habe keine Ahnung, warum ich damit weitergemacht habe, als es dir besser ging.«

Abi spielte mit dem schweren Silberbesteck.

»Und dann die Sache mit der Firma ...« John nahm einen Schluck von seinem Bier. »Ich habe mir solche Mühe gegeben, sie am Laufen zu halten, es war so verdammt schwer, und als ich es dann vermasselt hatte, da habe ich mich so geschämt. All die Jahre war ich so stolz gewesen, weil ich es geschafft hatte, meine eigene Firma zu gründen, und dann habe ich es versaut. Einfach so. Und ich war jeden Abend mit Kunden unterwegs oder hing am Telefon, um Leute zusammenzubekommen, und ich fühlte mich immer schlechter und schlechter. Als würde das, was wirklich wichtig ist, zu kurz kommen.«

Sie sah ihn an.

»Nämlich du.«

Sie schluckte. Hier war die Liebe, nach der sie sich gesehnt hatte. Hier war das Gefühl, das ihr so lange gefehlt hatte.

Vielleicht konnten sie das Ganze doch noch zum Guten wenden.

»Und ich habe Neuigkeiten.« Ein Lächeln zuckte um seine Mundwinkel.

»Was denn für Neuigkeiten?« Sie verspürte das merkwürdige Verlangen zu scherzen. »Hat sich Mum etwa endlich entschieden, eine neue Türklingel zu kaufen?«

»Nein«, erwiderte John kopfschüttelnd. »Aber noch haben wir die Hoffnung ja nicht aufgegeben, stimmt's?«

»Ich wünschte nur, sie würde es endlich tun. Seit sechs Wochen beschwert sie sich jetzt schon, dass ihre Bestellungen von Amazon nie ankommen.«

»Dein Vater hat gedroht, die Klingel zu reparieren«, sagte John grinsend. »Damit wäre das Problem dann wohl gelöst.«

»Oh Gott.« Abi erschauderte bei dem Gedanken. »Bloß das nicht.« Sie wappnete sich, ehe sie ihn fragte: »Und was hast du nun für große Neuigkeiten?«

John zog die Augenbrauen in die Höhe und lehnte sich weiter zu ihr hinüber. Sie konnte den dezenten Duft seines Rasierwassers riechen. Sie atmete ihn ein, und er versetzte sie für einen Momente zurück in die Pubs und Cafés und Parks aus den ersten Wochen ihrer Beziehung. Wie ihre Hand nach der seinen gegriffen hatte, wohl wissend, dass sie immer da sein würde.

Vielleicht war dies der Moment, in dem sie feststellten, dass ihre Probleme gelöst waren. Sie musste sich daran erinnern weiterzuatmen.

»Also, die gute Neuigkeit ist, dass ich es geschafft habe, einige größere ausstehende Zahlungen einzutreiben und JCN Recruitment endlich aus den roten Zahlen ist.«

»Oh mein Gott, das ist ja großartig!« Abi hielt ihr Glas in die Luft. »Darauf trinken wir.«

»Aber …«

Verdammt. Sie stellte ihr Glas wieder ab.

»Aber?«

»Aber da ist noch mehr.«

»Und das wäre?«

Er grinste. »Jetzt, da es besser läuft, habe ich mich entschlossen, die Firma zu verkaufen. Ich habe ein Angebot von einer großen Firma für Personalbeschaffung erhalten, die ihren Sitz in London hat und gerne im Gaststättengewerbe Fuß fassen will.«

»Wie bitte?«

Er schien die Verwirrung, die ihr ins Gesicht geschrieben sein musste, nicht zu bemerken. »Und ich werde einen Job bei einer neuen Firma annehmen.«

»Einen Job?« Abi hatte Mühe mitzuhalten. »Mit einem Gehalt?«

»Ja«, erwiderte er lachend. »Ich werde es ganz bestimmt nicht umsonst machen.«

Abi griff nach ihrem Weinglas und stürzte einen großen Schluck hinunter. »Aber du hast doch immer gesagt, dass du nie wieder als Angestellter arbeiten willst.«

Er zuckte mit den Schultern. »Aber die Umstände haben sich geändert. Und als ich den Vertrag unterschrieben habe, da …«

Sie hielt eine Hand in die Höhe. »Moment mal! Du hast schon einen Vertrag unterschrieben?«

»Ja.« Er wirkte nicht einmal verlegen.

Wut stieg in ihr auf. »Aber hast du mir nicht gerade erst erklärt, wie sehr du es bedauerst, dass du mich ausgeschlossen hast?«

»Ja. Und das tue ich auch.«

»Und dann gehst du hin und triffst eine derartig wichtige Entscheidung und erzählst mir erst hinterher davon? Nachdem du den Vertrag bereits unterschrieben hast?«

»Also, wenn du es so formulierst, dann klingt es so …«

»Falsch?«, fiel sie ihm ins Wort.

»Du wolltest doch, dass ich die Sache in Ordnung bringe.«

»Wollte ich das?« Ihre Stimme war zu laut, und die ersten Gäste drehten sich nach ihnen um. Sie versuchte sich zu beruhigen. »Und woher wusstest du das, bitteschön? Telepathie?«

»Jetzt sei doch nicht so, Abs. Wir haben doch was zu feiern.«

»Ach ja? Dass du wieder einmal eine Entscheidung ohne mich getroffen hast?« Sie hob den Blick zur gewölbten Decke. Die hatte auch keine Antwort parat. Wie hatte es nur so weit kommen können? Sie hatten doch einmal in ihren Mittagspausen zusammengesessen und das Logo für JCN entworfen – und jetzt das hier.

Johns Finger trommelten gegen sein Glas. »Es ist ein Weg hinaus aus diesem ganzen Chaos. Der Verkauf der Firma wird nicht viel einbringen, aber meine Schulden werden bezahlt sein. Und ich werde ein regelmäßiges Gehalt bekommen und einen großen Einstellungsbonus noch dazu, der mir hilft, finanziell wieder auf die Beine zu kommen.«

Abi bemerkte, dass er ständig nur von sich sprach, immer nur »ich« sagte, niemals »wir«. Früher waren sie drei einmal ein Team gewesen. Heute schien jeder seinen eigenen Weg zu gehen.

»Großartig, John.« Sie füllte ihr Wasserglas. »Gut gemacht.«

»Das klingt aber nicht, als würdest du es auch so meinen.«

Abi seufzte. »Natürlich tue ich das. Aber du hast all diese Entscheidungen allein getroffen. Ich habe dich gebeten, mit mir zu reden. Aufzuhören, mich weiter zu beschützen. Aber jetzt hast du es wieder getan. Du hast all das in eigener Regie gemacht und mich dabei völlig außen vor gelassen.«

Sein gekränkter Gesichtsausdruck war wieder da. »Ich wollte dich überraschen.«

»Ich weiß. Und das ist auch wirklich lieb von dir.« Ein Gefühl der Frustration stieg in ihr auf. »Aber ich möchte mitmischen, beteiligt werden. Damit wir uns wieder wie ein Team fühlen. Dinge miteinander besprechen, verstehst du?« Sie wollte sich nützlich fühlen, auf Augenhöhe mit ihm sein und auch etwas zu sagen haben. Kein Beschützen mehr. Sie wollte da rausgehen und ihre Gedanken und Gefühle zum Himmel hinaufschreien. Sie wollte ihr Leben wieder in die eigene Hand nehmen, agieren, statt nur zu reagieren.

»Und …« – John streckte seine Beine aus – »außerdem können wir jetzt bei deinen Eltern ausziehen. Ein Haus ist bei dem Job auch dabei.«

Abi wusste, dass sie sich eigentlich freuen sollte, doch stattdessen fragte sie sich, was sie einander wohl noch zu sagen hätten, wenn sie wieder zu zweit wären.

Johns erwartungsvolles Gesicht machte sie traurig. Er hatte gehofft, dass sie sich freuen würde – begeistert wäre, weil er auf seinem weißen Streitross geritten kam und alles wieder in Ordnung gebracht hatte. Sie fühlte sich mit einem Mal so furchtbar allein und das ausgerechnet mitten in »ihrem« Restaurant und im Beisein des Mannes, den sie geheiratet hatte.

John nahm ihre Hand. »Da wäre noch etwas.«

Großartig.

»Was denn?«

»Er ist in Cambridge.«

»Wer ist in Cambridge?«

»Mein neuer Arbeitsplatz. Was toll ist, weil es dort wunderschön ist. Und …«

Abi starrte ihn an. Seine Lippen bewegten sich, aber was er sagte, ergab keinen Sinn für sie. Cambridge? Wie kam er darauf, dass sie dort wohnen wollte?

»… ich werde die Personalbeschaffung für einen der großen Reiseveranstalter übernehmen.«

»Ich …« Ihr Verstand mühte sich immer noch damit ab, das Gesagte zu begreifen.

»Unglaublich, nicht wahr? Es ist einfach perfekt.«

»Für dich vielleicht.« Sie schluckte. »Aber was ist mit Seb?«

John kratzte sich am Kopf. »Der zieht sowieso nach London. Und es ist für ihn gehüpft wie gesprungen, ob er uns nun in Cambridge besucht oder in Oxford.«

»Aber natürlich.«

Offenbar war ihm ihr sarkastischer Unterton entgangen.

»Das ist ein Neuanfang, Abs.«

»Nein.« Abi schüttelte den Kopf. »Ich werde …«

»Was wirst du?«

Abi schüttelte ungeduldig den Kopf, fragte sich, warum John nicht verstand, dass sie sauer war, weil er mit ihr auf die andere Seite des Landes ziehen wollte. Für einen Moment war sie so zuversichtlich gewesen. So optimistisch.

Selber schuld.

Es war Zeit, den Tatsachen ins Auge zu sehen.

»Ich werde da nicht mitmachen. Ich kann hier nicht weg.«

Nun war er an der Reihe, sie verwundert anzusehen. »Wieso denn nicht?«

Weil, egal wohin Seb auch gehen würde, er wissen sollte, dass es hier einen Platz für ihn gab und er hierher zurückkehren konnte. Weil sie hier sein wollte. In der Nähe ihrer Eltern. Ihrer Freunde. Weil sie nicht wieder neu anfangen wollte. Sie war einfach noch nicht so weit.

Und es gab noch einen weiteren Grund.

»Wegen des Krankenhauses, John. Wegen meines Teams. Meiner Kontrolluntersuchungen. Wegen meiner Chirurgin und all der tollen Krankenschwestern und Onkologen. Die sind alle hier. Und ich muss in ihrer Nähe sein.« Bei dem Gedanken an ihre große Untersuchung im August verspürte sie eine leichte Nervosität.

»Natürlich habe ich auch daran gedacht«, erwiderte er und setzte sich gerade hin.

»Ach ja?«

»Ja.« Je breiter sein Lächeln wurde, desto mehr verspürte sie den Drang, sich umzudrehen und das Weite zu suchen. Mit jedem seiner Worte wuchs die Zahl der Hindernisse zwischen ihnen. »Addenbrooke's ist eine der besten Kliniken des Landes. Wir können den Ärzten deine Unterlagen im Voraus zuschicken. Dort wird man sich gut um dich kümmern. Dafür werde ich sorgen.«

Sie saß sprachlos da. Offensichtlich war er nicht mehr in der Lage, sich in sie hineinzuversetzen. Hatte nicht die geringste Ahnung, wie sehr sie diesem Team, das sie gesund gemacht hatte, vertraute. Dieser besonderen Gruppe von Menschen in Krankenhauskitteln, die ihr durch ihre schwere Zeit hindurchgeholfen hatten. Sie konnte diese Stadt nicht verlassen. Konnte nicht einfach weggehen.

»Ich weiß nicht, was ich sagen soll, John«, brachte sie schließlich mit belegter Stimme heraus.

»Sag einfach Ja.«

Er schien rein gar nichts zu begreifen. Glaubte, ihr all das zu bieten, was sie sich schon immer gewünscht hatte, dabei war das Gegenteil der Fall.

»Ich kann nicht mit dir gehen.«

»Aber du willst doch nicht für immer in diesem Laden arbeiten, oder?«

»Keine Ahnung, aber –«

»Dann lass uns hier weggehen. Deine Eltern haben ihr Haus wieder für sich. Wir können neu anfangen. Es ist die ideale Lösung.«

»Nein. Nicht für mich«, sagte sie kopfschüttelnd.

»Aber warum denn nicht?«

»Weil ich für einen solchen Schritt nicht bereit bin. Wie oft soll ich das noch sagen?«

»Lass es uns doch einfach versuchen. Wir sollten mal ein bisschen leben. Das hatten wir uns doch immer vorgenommen, oder?« Er lehnte sich mit einer so zufriedenen Miene zurück, dass sie am liebsten losgeschrien hätte.

»Nein, John.«

Er breitete die Hände aus. »Aber wieso nicht, Abi? Wieso nicht?«

Weil er sie nicht gefragt hatte. Weil sie immer noch furchtbare Angst hatte, dass der Krebs zurückkommen könnte. Einen Moment nicht aufgepasst, zu sorglos gewesen und schon könnte sie sich wieder auf einer Ambulanzliege wiederfinden und in die unerbittlichen Lichter der Krankenhauswelt hinaufstarren.

Aber was viel schlimmer war, war das Bewusstsein, dass sie so, wie die Dinge standen, nirgendwo mit ihm hingehen konnte. Es kam ihr so vor, als würde sie ihn gar nicht mehr kennen. Und selbst ein Blinder konnte sehen, dass auch er keine Ahnung hatte, was in ihr vorging.

»Du willst nicht mit mir zusammen sein.« Er senkte den Kopf. »Das ist es, nicht wahr?«

»Das stimmt nicht.« Sie hielt für einen Moment inne. »Es ist bloß …«

Sein Blick war von Enttäuschung erfüllt, als er sie ansah. »Ach, komm schon, Abi. Sei wenigstens ehrlich.«

Ihre Stimme zitterte. »Wir haben uns so weit voneinander entfernt. Ich weiß im Augenblick nicht, wo wir stehen.«

»Doch, das weißt du. Ich bin John. Dein John«, erwiderte er mit drängender Stimme und streckte die Hand nach ihr aus. Doch in dem Moment tauchte der Kellner mit ihrem Essen auf.

Sie wartete, bis er die zwei Teller mit den köstlichen Gerichten vor ihnen auf den Tisch gestellt hatte, ehe sie antwortete. »Ich bin mir einfach nicht sicher, ob wir es hinkriegen, wenn du in Cambridge bist und ich hier.« Sie biss sich auf die Lippe, um nicht in Tränen auszubrechen.

»Das kriegen wir hin«, versicherte ihr John. »Wir haben so viel durchgemacht. Da werde ich jetzt nicht einfach aufgeben. Ich halte an unserer Beziehung fest.«

»Woran willst du denn festhalten? Wir reden nicht mehr miteinander. Wir schlafen nicht mehr miteinander.« Die Köpfe am Nebentisch drehten sich nach ihnen um, aber das war ihr egal. »Und auch bei wichtigen Entscheidungen gibt es kein Miteinander mehr.« Sie warf die Arme in die Luft, hatte das Gefühl, als würden all die Jahre, in denen sie sich so gut verstanden, einander vertraut und eine so partnerschaftliche Beziehung geführt hatten, sich wie der vom Essen aufsteigende Dampf in Nichts auflösen. »Wir können nicht zusammenbleiben, nur weil ich einmal Krebs gehabt habe. Wenn wir kein Team mehr sind, dann hat es auch keinen Sinn mehr zusammenzubleiben.«

»Aber natürlich sind wir noch ein Team!«

Sie schüttelte den Kopf. »Nein, John. Du hast entschieden, dass wir auf die andere Seite des Landes ziehen, und es nicht einmal für nötig befunden, es mir gegenüber auch nur zu erwähnen, bevor du die Sache unter Dach und Fach gebracht hast.«

»Aber …«, er atmete aus, blies seine Wangen auf, während er um Worte rang. In mancherlei Hinsicht war er ihr so vertraut. Immer noch der alte John. Aber vielleicht bestand das Problem darin, dass sie nicht mehr die alte Abi war. Vielleicht war es an der Zeit, sich das einzugestehen.

Sie blickte auf ihren Teller hinab, brachte es aber nicht fertig, etwas zu essen.

»John. Du hast so viel für mich getan, und ich werde dir niemals genug dafür danken können. Aber – der Krebs hat mich verändert. Er ist jetzt ein Teil von mir und wird es immer sein. Da ist so viel, was ich dir nicht erzählt habe und …«

»Dann erzähl es mir jetzt.«

»Das ist nicht so einfach.« Sie blickte zu dem Fenster hinüber und sah, dass es draußen dunkler war und sie sich beide im Glas spiegelten. Zwei Menschen, die gemeinsam zu Abend aßen, ohne jeden Hinweis auf die folgenschwere Unterhaltung, die dabei stattfand. Sie zwang sich ihn anzusehen.

»Ich glaube, ich möchte eine Veränderung. Ich weiß noch nicht wie. Und ich weiß auch nicht, wohin es führen wird. Aber ich weiß, dass ich es versuchen muss. Denn wir können so nicht weitermachen, John. Wir sind doch beide nicht glücklich. Verstehst du, was ich meine?« Sie knetete die Hände in ihrem Schoß, während sie auf seine Antwort wartete.

Sein Gesicht war voller Traurigkeit. »Du liebst mich nicht mehr.«

»Ach, John.« Sie griff nach seiner Hand, aber er zog sie weg, bevor sie sie erreicht hatte. »Es geht nicht darum, ob ich dich liebe oder nicht.« Die Worte wirbelten durch ihren Kopf, während sie versuchte, es ihm begreiflich zu machen. »Es geht um das, was wir durchgemacht haben und wohin es uns gebracht hast. Wo wir jetzt stehen. Begreifst du, was ich sagen will?«

»Nein.« Er trank den Rest seines Bieres aus. »Tue ich nicht. Ganz und gar nicht.«

»Kannst du wirklich nicht verstehen, warum ich in Oxford bleiben will?«, fragte sie frustriert. »An dem Ort, an dem ich wieder gesund geworden bin? Wo meine Freunde leben? Meine Familie?«

»Der Ort, an dem du krank geworden bist. Der Ort, an dem Noah krank geworden ist. Kannst DU wirklich nicht verstehen, warum ich einen Neuanfang will?« Er deutete wütend nach draußen. »Alle denken, Oxford sei die Stadt der verträumten Turmspitzen, aber für mich ist es bloß ein Ort, der mich daran erinnert, wen ich verloren habe.«

»Aber du hast mich nicht verloren.«

»Ach ja? Bist du dir da ganz sicher?« Er presste seine Lippen zu einer grimmigen Linie zusammen. »Denn ich frage mich gerade, ob es da nicht einen anderen gibt.«

»Nein.« Sie dachte an Steve und hasste sich selbst, weil sie John anlog.

»Bestimmt nicht?«

Sie war es so leid, sich zu verstecken. »Na ja, ich bin vor zwei Monaten mal mit jemandem bei einem Konzert gewesen. Sein Name ist Steve. Es war wirklich ganz harmlos, aber …«

»Aber obwohl es so harmlos war, hast du es bis jetzt nicht erwähnt«, sagte er und kniff argwöhnisch die Augen zusammen. »Verstehe.«

»Nein, tust du nicht. Es ist gar nichts passiert. Wirklich. Darauf gebe ich dir mein Wort.«

»Aber es könnte etwas passieren?«

Ihr Schweigen hielt zu lange an.

Er schüttelte den Kopf und stand auf. »Schon klar. Glaub mir, *jetzt* habe ich es verstanden.« Er warf seine Serviette auf den Tisch. »Ich werde heute Nacht im Hotel schlafen. Ich hole meine Sachen dann am Wochenende ab.«

»Nein, John.« Das ging alles zu schnell. War ihr einfach zu viel. »Bitte bleib. Lass uns reden. Eine Lösung finden …«

Er schüttelte den Kopf. »Das war's dann wohl, oder?«

Sie stand ebenfalls auf. Die Tischkante presste sich in ihre Oberschenkel, als sie sich nach vorne lehnte. »Nein! Du hörst mir nicht zu. Wir …«

»Du glaubst, dass wir es nicht hinkriegen, Abi. Das hast du doch gesagt, oder?« Er blinzelte. Wartete auf ihre Antwort.

»Ja. Nein. Ich weiß es nicht.« Sie war sich über gar nichts mehr sicher.

»Dann lass uns eine Pause einlegen.«

»Ich möchte doch nur, dass du mir zuhörst, John.«

»Oh, das tue ich.« Er zuckte mit den Achseln. »Ich höre dich laut und deutlich.«

»John!« Sie versuchte nach seiner Hand zu greifen, aber

er zögerte nicht. Drehte nicht einmal mehr den Kopf nach ihr um. Sie sank benommen auf ihren Stuhl und sah zu, wie er davonschritt, während die beiden Teller mit ihrem Essen auf dem Tisch vor ihr kalt wurden.

Das war's also. Das war der Neuanfang.

Sie ließ den Kopf sinken und begann zu weinen.

APRIL

»Die vier Jahreszeiten«

(Antonio Vivaldi)

Ach, Dad. Es hätte das »Adagio assai« von Ravels Klavierkonzert sein können. Oder auch Tom Pettys »Free Fallin'«. Selbst die Titelmelodie der *Muppetshow,* die du, glaube ich, fast so sehr liebst wie deine Kinder. Doch ich habe mich anders entschieden. Dies ist dein Lied, denn jedes Mal, wenn ich es höre, muss ich an dich denken. Du bist kein Mann der vielen Worte und doch hast du mich schon so oft behutsam vom Abgrund weggelotst. Ich möchte mir gar nicht vorstellen, was ich ohne dich getan hätte.

ABI

»Seb?«

Keine Reaktion.

»Seb?« Abi und John gingen nervös auf ihren Sohn zu, als wäre der eine Bombe, die jeden Moment hochgehen konnte.

Immer noch keine Reaktion.

Abi trat vor und zog ihm einen Kopfhörer aus dem Ohr. »Seb. Wir müssen mal mit dir reden.«

Seb hob die Hand, um seine Augen vor der lauen Aprilsonne zu schützen. Um sie herum erwachte der Garten zum Leben. Aus Matsch wurde grünes Gras. Narzissen wuchsen um den Fuß der Weide, und die geliebten Windröschen ihrer Mutter erblühten allmählich im Blumenbeet an der Hintertür.

Seb lehnte sich etwas zurück, legte die Handflächen auf seine Knie und blickte sie an. Er trug das knallrote T-Shirt, das sie ihm im Urlaub nach ihrer Chemo im letzten Jahr in Kalamaki gekauft hatte. Sein letztes sauberes war nass geworden, als er damit getaucht hatte, um nach Schildkröten Ausschau zu halten, und sie war zu einem Verkaufsstand geschlendert, um ihm einen Ersatz zu kaufen. Sie erinnerte sich noch an den Salzgeschmack auf ihren Lippen. Die Eiscreme, die schmelzend an ihren Fingern hinunterlief. Wie sie John und Seb dabei zugesehen hatte, als sie versuchten, den Eiffelturm aus dem endlosen goldenen Sand nachzubauen.

Das alles schien wie aus einem anderen Leben. John

nahm an einem Ende der Bank Platz, und sie fragte sich, wie es nur so weit hatte kommen können.

»Das bedeutet sicher nichts Gutes«, sagte Seb gedehnt.

»Was soll denn das heißen?« Sie setzte sich ans andere Ende und legte eine Hand auf die Lehne, ganz in seiner Nähe, allerdings ohne ihn dabei zu berühren.

»Na, wenn ihr zwei ausnahmsweise mal zusammen auftaucht«, sagte er abfällig. »Da kann's ja nur um eins gehen.«

Wenn er damit doch nur falschläge.

Sie blickte zu John hinüber, sah die dunklen Ränder unter seinen Augen. Ob er wohl den Anfang machen würde? Aber er starrte bloß mit einem sorgenvollen Ausdruck auf dem Gesicht vor sich hin.

Dann musste sie es wohl übernehmen. »Seb, dein Vater wird leider für eine Weile ausziehen.«

Seb strich sich das zottelige blonde Haar aus den Augen. Es war inzwischen so lang, dass er es beinahe zu einem Pferdeschwanz binden konnte. Er rieb sich seine breite Nase – die er von John geerbt hatte – und zuckte mit den Schultern.

»Alles klar.« Er zog ganz lässig, so als hätten sie ihm gerade gesagt, dass sie zum Essen ausgehen würden, sein Smartphone hervor. »Kein Problem.«

»Kein Problem?« Sie wagte es, ihm die Hand auf die Schulter zu legen. »Ist das alles, was du dazu zu sagen hast?«

Sein Gesicht war ausdruckslos, als er auf das Display seines iPhones blickte, das ein gezackter Riss zierte, der quer durch die Mitte lief. Er presste mit seinem Daumen immer wieder die Home-Taste. Als er sprach, hatte seine schleppende Stimme einen sarkastischen Tonfall. »Na, da hab ich doch recht gehabt, oder? Ich hab euch ja prophezeit, dass das passieren würde.«

Früher einmal hatte Seb Stunden damit verbracht, sein Bein und das ihre mit Tesafilm zu umwickeln, damit sie ihn in die Grundschule begleiten musste. Jetzt waren ihre Körper nur Zentimeter voneinander entfernt, und doch schien er unerreichbar für sie.

»Ja. Das hast du.«

»Ich wusste, dass ihr euch nicht mehr liebt.«

»Das stimmt nicht.« Die Heftigkeit seiner Worte überraschte sie. Sie sah John an, hoffte auf seine Rückendeckung, doch der betrachtete seinen Sohn nur mit einer unendlichen Traurigkeit in den Augen.

»Hör zu. Ich weiß, dass du im Moment eine Menge durchmachst, Seb.«

Er schüttelte den Kopf. »Du hast ja keine Ahnung.«

»Dann erzähl mir doch, was los ist.« Sie berührte seine Schulter, doch dieses Mal zuckte er zurück.

»Bringt doch eh nichts.« Er starrte wieder auf das Display hinab.

Abis Fingernägel bohrten sich in ihre Handflächen. Aber das half auch nicht. Sie schaute zum Haus hinüber und sah, dass ihre Mutter mit dem Geschirrtuch in der Hand zu ihnen hinüberstarrte. Als sie Abis Blick begegnete, wandte sie sich ab.

Abi seufzte.

Endlich entschied sich John, auch etwas zum Gespräch beizutragen. »Ich ziehe nach Cambridge, Seb. Ich habe einen neuen Job.«

»Hurra«, sagte ihr Sohn mit vor Sarkasmus triefender Stimme, ohne aufzublicken.

»Und ich habe die Firma verkauft.«

»Doppeltes Hurra.«

Abi war versucht, ihm das Handy aus den Fingern zu reißen. Doch dann kam ihr mit einem Mal ein Gedanke.

»Du glaubst doch hoffentlich nicht, dass das deine Schuld ist, Seb! Dass das hier wegen der Sache mit der Schule passiert.«

Sie sah, wie seine Schultern erstarrten. Er antwortete nicht.

»Denn so ist es nicht. Es hat nichts damit zu tun, dass du …«

Sebs Gesicht glich einer steinernen Maske. »Nein, das hatte ich nicht geglaubt. Aber jetzt, wo du es erwähnst. Danke, das hatte mir gerade noch gefehlt.«

Er stand auf, und jetzt war Abi diejenige, die ihre Augen schützte, als sich ihr kleiner großer Junge zu ihnen umdrehte. Er sah schon so erwachsen aus, und dennoch konnte sie kaum glauben, dass er nächste Woche achtzehn wurde.

»Mir ist übrigens schleierhaft, warum ihr so ein Tamtam darum macht. Es kommt doch für keinen überraschend.« Er wandte sich John zu. »Hat sie dir von ihrem tollen Abend mit Steve erzählt?«

»Ja.« John blickte zu Boden. »Das hat sie.«

Falls Abi auf einen Punkt für Ehrlichkeit gehofft hatte, so wurde sie enttäuscht.

»Na«, sagte Seb schulterzuckend, »dann hast du ja wenigstens eine Sache richtig gemacht.«

Sie vermochte seinem Blick nicht standzuhalten. Sie nestelte am roten Stoff ihres Kleides, während der Rest der Welt an diesem Nachmittag seinen samstäglichen Aktivitäten nachging. Gartenarbeit. Nägel lackieren. Zeitung lesen.

Die Glücklichen.

Seb griff in seine Hosentasche und zog eine flache Dose und Zigarettenpapier hervor.

»Seb, du weißt doch, dass du nicht …«

Er schüttelte den Kopf und wandte sich ab. »Was auch immer«, knurrte er und schritt Richtung Haus davon.

»Na, das ist ja toll gelaufen.« John strich mit der Hand über die Rinde der Weide.

»Was tun wir hier nur, John?«

Seine Hand war so nah. »Ich habe nicht die geringste Ahnung.«

Sie hätte sich ihm zuwenden können. Sich zu ihm hinüberlehnen und Trost suchen können. Doch es war zu spät. Das war ihr schon im Restaurant klar gewesen. Es gab einfach zu viele Missverständnisse. Zu viele Verletzungen. Daher ergriff sie seine Hand und küsste sie mit der Erinnerung an all die Umarmungen und die zahllosen Tassen Tee und die vertraulichen spätabendlichen Gespräche.

Dann stand sie auf und ging davon.

Ihre Mutter lauerte in der Küche, tat so, als würde sie die Kochbücher in dem Regal über dem Herd sortieren, die bereits in perfekter alphabetischer Reihenfolge dastanden. Abi schritt zur Spüle hinüber, lehnte sich dagegen und holte tief Luft. Sie griff nach dem Geschirrtuch, machte es nass und presste es sich gegen das Gesicht. Dann nahm sie noch einmal einen tiefen, zittrigen Atemzug und ließ es in die Spüle fallen.

»Oh nein, junge Dame! In die Waschmaschine damit!«

»Tut mir leid.« Abi nahm das Tuch und ging zur Maschine hinüber. Nach fast einem halben Jahr in diesem Haus hatte sie immer noch nicht verinnerlicht, dass hier nichts länger als eine Nanosekunde am falschen Platz bleiben durfte. In neunundneunzig Prozent der Fälle gelang es ihr zwar, die Badezimmermatte über den beheizten Handtuchhalter zu legen, und sie schaffte es auch meistens, die Waschmaschine niemals an einem Montagabend zu benutzen (denn der war reserviert zum Waschen der Handtücher), aber was darüber hinausging, überstieg ihr Fassungsvermögen.

»Was war denn da draußen los?« Ihre Mutter verschränkte die Arme vor der Brust und lehnte sich gegen die Küchenplatte.

Abi ging in die Hocke und warf das Tuch in die Trommel der Maschine. »Ich möchte nicht darüber reden.«

Ihre Mutter zeigte in den Garten hinaus, wo John immer noch auf der Bank saß und vor sich hinstarrte. »Was es auch immer gewesen sein mag, es ist ganz offensichtlich nicht gut gelaufen.«

Abi schüttelte den Kopf. »Nicht jetzt, Ma.«

Ihre Mutter wischte eine unsichtbare Fluse von der Reihe der Becher, die über der Anrichte hing. »Seb ist gerade hier durchgestürmt. Der Junge war ganz schön aufgebracht.«

»Ich weiß!« Abi stand auf. Traurigkeit und Frust bahnten sich ihren Weg. »Ich bin nicht blind, Herrgott noch mal!«

»Na ja …«

Ihre Mutter schwang den Staubwedel mit noch mehr Nachdruck.

»Ich gebe mir ja Mühe, Mum. Das tue ich wirklich. Also hör bitte auf, mir das Gefühl zu geben, als sei ich eine Versagerin. Hör auf, mich zu verurteilen.«

Ihre Mutter reckte das Kinn in die Höhe. »Tue ich doch gar nicht.«

»Doch, das tust du! Du starrst aus dem Fenster. Du weist auf das Offensichtliche hin – dass Seb nicht glücklich ist. Dessen bin ich mir sehr wohl bewusst. Ich bin ja nicht blöd!« Ihr war klar, dass nichts davon die Schuld ihrer Mutter war, aber sie konnte einfach nicht aufhören. »Lass mich einfach in Ruhe, ja?«

Sie starrte zu John hinaus. Der Mann, der so tatkräftig und engagiert war und immer wusste, wo sich die Autoschlüssel befanden. Der Mann, der Erdbeeren mit nach Hause brachte oder Songs mit ihrem Namen darin, und der alles über ihren Tag hören wollte. Der Mann, dem sie alles erzählen konnte.

Sogar, dass sie Krebs hatte.

Bei dem Gedanken an diesen Moment holte sie tief Luft. Die Weinflasche in seiner Hand. Das verwunderte Lächeln auf seinem Gesicht, als er zu ihr in den eiskalten Garten hinauskam, wo sie sich zusammengerollt hatte, um die Worte der Chirurgin immer und immer wieder in ihrem Kopf durchzugehen. Auf der Suche nach einem Schlupfloch. Einem Ausweg. Und dabei nichts fand außer Angst und dem Gefühl, dass sich das Netz um sie herum immer weiter zuzog.

Es war so schwer gewesen, es ihm zu sagen. Noahs Schatten schwebte über ihnen, als sie die Worte ausstieß. Sie erinnerte sich daran, wie Johns Gesicht für einen Moment erschlaffte – fast so, als hätte ihm jemand mit einem einzigen gierigen Atemzug sämtliche Luft genommen –, doch dann fing er sich wieder. Begann über Zweitmeinungen und Krebsdiäten, Therapien in der Schweiz und Vitamine zu reden, und sie erinnerte sich daran, wie sie in ihrem Stuhl gesessen und zugesehen hatte, wie der Frost sich des Gartens bemächtigte und ihr Atem in die Luft hinaufstieg. Sie hatte jede einzelne kostbare kleine Federwolke gezählt und sich gefragt, wie viele sie noch davon haben würde.

Nun wandte sie sich vom Küchenfenster ab. Sie würde ihn vermissen.

»Also, ich sollte mich jetzt mal langsam in Bewegung setzen und …«

»Und was?«

Abi war fast schon zur Tür hinaus. »Und mich ans Bügeln machen.«

Ihre Mutter runzelte die Stirn. »Aber du bügelst doch nie.«

»Und ob ich das tue.«

»Hm, und warum ist dein Kleid dann so verknittert?«

»Später, Mum. Okay?« Abi schlüpfte auf der Suche nach Zuflucht aus dem Raum. Sie blieb für einen Moment im Flur stehen, wo die Uhr immer noch stur die falsche Zeit anzeigte, bevor sie ins Wohnzimmer ging, wo ihr Vater mit einem verzückten Lächeln auf dem Gesicht im Lehnstuhl saß.

Sie lauschte den sich emporschwingenden Klängen der Violine.

»Vivaldi?«

Er wandte sich ihr zu und lächelte. »In der Tat.«

»›Sommer‹. Ich liebe diesen Satz.« Sie schloss die Tür hinter sich und nahm in dem Ledersessel Platz, der einige dramatische Momente ihrer Kindheit miterlebt hatte. Die rissige Stelle auf der Armlehne war entstanden, als sie ihre erste Tasse Kaffee trinken durfte und einen Teil des Inhalts verschüttet hatte – sie konnte sich noch sehr gut daran erinnern, wie ihre Mutter zusammengezuckt war, als die Flüssigkeit das makellose Leder traf. Und die eine geflickte Stelle verdankte er ihrer Trennung von Tommy Martin, als sie vierzehn gewesen war und in ihrer Wut auf den Sessel eingestochen hatte, in dem sie den größten Teil der Woche heulend verbracht hatte. Sie strich mit den Fingern über den kleinen

Höcker. Sie hatte Momentaufnahmen aus jener Zeit so klar vor Augen, als wären sie in einem Instagram-Feed verewigt worden.

Sie lehnte sich zurück, versuchte sich daran zu erinnern, wie man atmete.

»Weißt du, was das Ganze noch viel besser macht?«

»Nein.« Sie schüttelte den Kopf. »Was denn?«

»Eins hiervon.« Er grinste und warf ihr eine Pappschachtel zu.

»Apfelküchlein von Bramley.« Sie gab ein zittriges Lachen von sich. »Perfekt.«

Er biss in seins und kaute genüsslich. »Verrate deiner Mutter bloß nicht, dass ich die hier aufbewahre.«

»Dad.« Abi nahm ein Küchlein aus der Packung. »Dir ist doch hoffentlich klar, dass Mum absolut alles über dich weiß, oder?«

»Lass einem Mann doch wenigstens die Illusion!«

»Okay.« Sie machte es sich im Sessel gemütlich und schloss die Augen. Während sie der Musik lauschte, dachte sie zurück an den Abend, als sie das Stück zum ersten Mal gehört hatte. In den Kreuzgängen des Magdalen College. Mitten im Sommer. Mit ihrem Vater an ihrer Seite, ihre Bäuche gut gefüllt mit Big Macs und McFlurry. Er hatte ein Glas Wein getrunken und sie auf roten Lakritzschnüren herumgekaut und an den Jungen gedacht, den sie am Nachmittag geküsst hatte.

Steve.

Damals waren die Dinge so einfach gewesen. Sie würde eine tolle Psychologin werden. Sich fürs Frühstück am nächsten Morgen Pfannkuchen wünschen. Samstagabend mit Steve Händchenhalten. All dies hatte sie gewusst, als sie neben ihrem Vater auf dem Stuhl saß und sich die alten Steinwände des Colleges um sie herum in den Himmel erhoben. Auf X folgte Y – das war so sicher wie ihr Griff in die Lakritztüte, um sich Nachschub zu holen, wenn sie zu Ende gekaut hatte.

»Abi?« Sie kehrte in die Gegenwart zurück und stellte fest, dass ihr Tränen über das Gesicht liefen.

»Was ist denn los?« Ihr Vater wartete geduldig auf ihre Antwort. Die Vorderseite seines alten Pullovers war mit Krümeln übersät.

Sie schüttelte den Kopf, vermochte nicht aufhören zu weinen. Die Violinen steigerten sich immer mehr und strebten dem wilden Höhepunkt entgegen. Sie schienen sie entzweizuschneiden, rissen den Schutzwall ein, den sie um sich errichtet hatte, zwangen sie, sich nicht mehr länger der Realität zu verschließen, nahmen ihr die Fähigkeit, einen Fuß vor den anderen zu setzen, denn das Einzige, was sie zu sehen vermochte, war das, was sie verloren hatte.

Sie vernahm das Knarren, als er aufstand. Er schlurfte in seinen Hausschuhen zur ihr herüber, setzte sich auf die Armlehne ihres Sessels und legte seinen Arm um sie. Sie lehnte sich gegen seine tröstliche Brust. Er roch wie immer nach Erde und Bleistiften.

Sie blickte durch einen Tränenschleier zu ihm auf. »John geht weg, und ich weiß nicht, was ich tun soll.«

»Er geht weg?« Sein Gesicht nahm einen bedrückten Ausdruck an. »Das tut mir sehr leid.«

»Mir auch.« Sie schaute in den Garten hinaus, aber ihr Mann war verschwunden.

Sie beugte sich vor. Die Tränen strömten ihr nun über das Gesicht.

»Ich habe alles vermasselt.«

»Nein.« Er schüttelte den Kopf. »Nicht du. Nicht mein Mädchen.« Seine Umarmung war so fest und voller Zuversicht. »Du wirst das schon hinkriegen.«

»Meinst du?«

»Oh ja.« In seinem Lächeln lag ein solches Vertrauen. »Das wirst du. Du wirst schon herausfinden, was als Nächstes zu tun ist.«

Sie starrte in den leeren Garten hinaus.

Hoffentlich hatte er recht.

SEB

Die Mannschaft redete über den neuen Freund von Jess. Seb hätte sich einen besseren Ausklang des Tages vorstellen können.

»Er hat einen hässlichen Arsch. Jess steht bloß auf ihn, weil er älter ist.« Ant knallte die Tür seines Spints in der Umkleide zu. »Diese verdammten Wichser mit ihren Autos.« Er rieb sich den Oberkörper mit dem Handtuch trocken. Seb spürte, dass Dan ihn durch den Raum hinweg beobachtete. Sein Gesichtsausdruck befand sich nicht gerade am freundlichen Ende der Skala.

»Also mich kratzt das nicht.« Er gab sich Mühe mit erhobenem Haupt dazustehen. Dann war er ungefähr so groß wie Ant. »Das mit uns beiden hatte eh keine Zukunft.«

»Hast ein Auge auf eine andere geworfen, was?« Ants Augenbrauen wanderten in die Höhe. »Du gerissener Hund. Ich wusste doch, dass die Typen bei dem Spiel falschlagen. Von wegen Schwuchtel! Du hast doch bei den Mädels nie was anbrennen lassen, stimmt's?«

»Absolut.« Seb zog sich sein T-Shirt über den Kopf. »Und nein, ich habe kein Auge auf eine andere geworfen.« Er stellte seine schmutzigen Fußballschuhe in seine Tasche und schmiss seine Shorts drauf.

»Tatsache?« Dans schneidender Tonfall ließ ihn zusammenzucken. »Da habe ich aber was anderes gehört.«

»Ach ja?« Ant brannte derartig darauf zu erfahren, um wen es sich handelte, dass er aus Versehen versuchte, beide

Füße in dasselbe Bein seiner Calvin-Klein-Jeans zu stecken. »Wer ist es denn?«

»Verdammt noch mal.« Seb verdrehte die Augen. »Dan redet Schwachsinn.«

»Tu ich das?«

Das war das Problem mit Dan. Er konnte nie etwas auf sich beruhen lassen.

Ant hatte sich, immer noch in seinen Boxershorts, herausfordernd vor Seb aufgebaut. »Komm schon. Spuck es aus!«

Seb wandte die Augen ab. Hier gab es zu viel Fleisch zu sehen, und er wollte nicht darüber nachdenken, wie er darauf reagierte.

Gestern Abend hatte er sich im Internet auf die Suche nach jemandem gemacht, der so war wie er. Kapitän der Fußballmannschaft, der sich zu Männern hingezogen fühlte und Angst hatte, sich offen dazu zu bekennen. Als Nächstes würde er noch eine Judy-Garland-Nummer hinlegen. Langsam kam er sich vor wie in einer Folge von *Glee*. Gegen zwei Uhr in der Früh hatte er eine Flasche Wodka rausgeholt und sich einiges davon in seinem Zimmer genehmigt. Sein Blick wurde immer verschwommener, während er an die Zeit zurückdachte, als sein Leben noch so einfach gewesen war. Er hätte am liebsten Jess angerufen. Oder wäre nach oben ins Dachgeschoss hinaufgegangen, um mit seiner Mutter zu reden. Aber das konnte er natürlich nicht tun. Nicht nach allem, was gesagt worden war.

Oh Gott. Wenn das so weiterging, würde er gleich zu flennen anfangen. Er musste sich zusammenreißen.

Er schaute Ant direkt in die Augen und sagte: »Erinnerst du dich noch an die Kleine im Coffee Shop in Summertown? Die Blondine? Mit den dicken Titten?«

»Samantha.« Ant leckte seine Lippen. »Na klar. Sag bloß, du treibst es jetzt mit der? Du verdammter Glückspilz.«

»So sieht's aus«, erwiderte Seb schulterzuckend und hasste sich dafür, denn er spürte, wie die Lüge in seinem Inneren wuchs. Er griff nach seiner Tasche. »Entweder man hat's oder man hat's nicht.«

Was für eine gequirlte Scheiße. Er war versucht, sich selbst eine zu scheuern.

Beim Rausgehen fiel sein Blick auf Dan. Was er in dessen Augen sah, sorgte auch nicht gerade dafür, dass er sich besser fühlte. Er versuchte sich einzureden, dass ihm das egal war. Er niemanden brauchte.

Er beschleunigte seinen Schritt, bog um die Ecke und rannte in jemanden hinein, der aus der anderen Richtung kam. Als sie zusammenstießen, schnellte sein Kopf nach vorn und traf auf Knochen.

»Scheiße.« Er legte die Hand auf die Augen, die von dieser überraschenden Begegnung nicht begeistert waren und mit Schmerz reagierten. »Verdammt, das hat wehgetan.«

»Also für mich war es auch nicht gerade spaßig.«

Obwohl die Stimme dumpf klang, erkannte er sie sogleich, ohne hinzusehen.

»Marc.«

»Ja. Ich bin's«, erwiderte der. »Oder besser gesagt, ich war's, bevor du wie ein Verrückter in mich reingerast bist und mir wieder mal eins auf die Nase gegeben hast.«

»Also dazu gehören eigentlich zwei.« Sebs ganzes Gesicht brannte. »Bist du aus Stahl, Mann?« Er riskierte es, seine Hand vom Kopf zu nehmen. Sein Gesicht fiel nicht ab. Das war immerhin schon etwas.

»Nö.« Marc hielt sich immer noch die Nase. »Scheiße, tut

das weh.« Er seufzte. »Damit hat sich mein Vorsprechen für *First Dates* wohl erledigt. Man könnte meinen, du hättest was gegen Dating-Shows.«

Seb starrte ihn an. »Das ist jetzt aber nicht dein Ernst, oder? *First Dates*?«

Marc blieb noch einen Moment ernst, ehe er in Kichern ausbrach. »Natürlich ist das nicht mein Ernst!« Er schüttelte den Kopf. »Ich bin eher der *Love Island*-Typ.«

»Echt?«

»Ja.« Marc nickte und wirkte dabei ziemlich fröhlich für jemanden, dessen Nase auf ihre doppelte Größe anschwoll. »Ich wäre gern auf dieser Insel. Würde dort umherstreifen und dabei natürlich total scharf aussehen in meinen Surfshorts.« Er stolzierte versuchsweise auf und ab. »Ich würde innerhalb von ein paar Tagen bei einem miesen US-Sender landen. Von dort ging's auf direktem Weg in eine Soap, und dann würde natürlich Hollywood an meine Tür klopfen. Weltbekannter Superstar mit zwanzig.« Er verbeugte sich. »Vielen Dank auch.«

»Ganz wie du meinst, du armer, irrer, fehlgeleiteter Mensch. Also, wenn du wirklich okay bist, dann mache ich mich jetzt auf den Weg zur Arbeit.«

»Du hast einen Job?«

»Ja. Ich liefere reichen Leuten, die zu faul sind, es selbst zu holen, das Essen.«

»Oh. Machst du das immer noch? Gefällt's dir etwa so gut?«

»Kennst du den Song ›Time of My Life‹? Das trifft es ziemlich genau: Ich habe gerade die beste Zeit meines Lebens.«

»Oh mein Gott, das ist im Moment der Lieblingssong

meiner Schwester. Ich dachte eigentlich, sie sei zu jung für *Dirty Dancing*, aber da habe ich mich offenbar getäuscht.« Marc verdrehte die Augen. »Also hattest du schon dein Coming-out?«

»Verpiss dich.«

»Schon gut, schon gut.« Marcs Augen funkelten amüsiert. »Was geht denn sonst so ab bei dir?«

Seb öffnete den Mund, um zu antworten, schloss ihn aber wieder. Seine Mutter war auf der Suche nach einer Wohnung für sich. Sein Vater war über alle Berge. Sebs Noten gingen in den Keller. Nein, es gab nichts, worüber er sprechen wollte.

Dann kam ihm mit einem Mal ein Gedanke. »Hast du dir schon das neue Album von Chvrches angehört?«

»Trägt der Papst ein Kreuz?«

»Was hältst du davon?« Sie machten sich gemeinsam auf den Weg und schritten nebeneinander her.

Marc neigte den Kopf zur Seite. »Die Texte sind krass, aber bei den letzten Songs bin ich mir nicht mehr so sicher. Ein bisschen zu orchesterlastig für meinen Geschmack.«

»Finde ich auch!« Seb nickte. Früher hätte er mit seiner Mutter darüber geredet, während sie die Pizza für ihren samstäglichen Fernsehabend aufbackte, bei dem sie sich zu dritt auf das größte Sofa quetschten, die Stücke mit Käse überbackenen Peperoni vertilgten und dabei die Fußballhighlights schauten.

Er bemerkte, dass er die Titelmelodie der Sportsendung vor sich hin summte.

Verdammt.

Marc sah ihn an, und er blieb mit rotem Kopf stehen. Kam sich lächerlich vor.

»Du bist wohl Fan von *Match of the Day?*«

»War ich früher mal.« Seb zog seine Tasche höher auf die Schulter. »Schaust du es auch?«

»Nein.« Marc schüttelte den Kopf. »Nicht mehr seit mein Vater sich entschieden hat, Sky zu abonnieren. Aber komischerweise vermisse ich diese Familienversammlung vor dem Fernseher. Meine Eltern sind ständig unterwegs. Meine Mutter macht Schichtdienst. Mein Vater arbeitet oft am Wochenende.« Er scharrte mit dem Schuh über den Boden.

»Kenn ich.« Seb betrachtete Marcs Gesicht genauer. Etwas Rotes lief ihm aus der Nase. »Warte mal.« Er legte Marc die Hand unters Kinn und kippte seinen Kopf nach hinten. »Du blutest.«

Er suchte gerade in seiner Hosentasche nach einem Taschentuch, das natürlich nicht da war, als er wieder Dans Stimme vernahm. »Ah. Eine Flurliaison. Wie romantisch.«

Seb drehte sich um. »Genau. Während hinter jeder Ecke Lehrer stehen und irgendwelche Trottel Fußball spielen.« Er vollführte eine Kopfbewegung in Richtung einer Gruppe von Elftklässlern am Ende des Flurs. »Das macht mich immer so an.« Er war die Andeutungen seines Freundes leid. »Verzieh dich, Dan.«

Dan spielt den Besorgten. »Oh, ruiniere ich etwa die Stimmung?«

»Nein, aber besser wird sie durch dich definitiv auch nicht«, sagte Marc mit einer Gelassenheit und Kühle, die Seb abging. »Wenn du wirklich das Hindernis in einer romantischen Komödie spielen willst, dann solltest du zumindest witzig sein. Aber im Moment bist du einfach nur nervig.«

»Nervig bin ich also?« Dan presste die Lippen aufeinander und strich sich seinen dunklen Pony aus den Augen.

»Ja.« Marc zuckte mit den Achseln, obwohl ihm das Blut langsam bis zum Kinn hinunterlief. Er zog den Ärmel über seine Hand hinunter, presste ihn gegen die Nase und beugte den Kopf dabei wieder vor. »Also ich dachte, ihr zwei seid Freunde. Weiß der Teufel, warum ihr euch dauernd bekriegen müsst.«

Seb sah, wie ein Muskel in Dans Wange zuckte. »Wie sich rausgestellt hat, kenne ich ihn gar nicht wirklich.«

Marc lachte und blickte für einen Moment auf. »Meinst du etwa den Kuss? Der, der nie wirklich stattgefunden hat?«

»Genau den.« Dan ballte die Fäuste.

»Hast du denn noch nie einen Typen geküsst?«

»Auf keinen Fall!« Dan schüttelte den Kopf.

Marc gab einen Seufzer von sich. »Tja, Seb hat nur etwas ausprobiert. Experimentiert. Stimmt's, Alter?«

Er sah Seb mit großen Augen an. Eröffnete ihm einen Ausweg.

Seb stand da, und es kam ihm so vor, als rücke die Welt bedrohlich näher.

Er könnte die Sache umgehen. Fliehen. Sich weiter verstecken.

Oder endlich das Maul aufmachen. Zu dem Menschen werden, den das Schicksal für ihn vorgesehen hatte.

Und hier in diesem Flur, der nach verstopften Toiletten stank, traf er die Entscheidung, dass die Zeit gekommen war.

»Nein, ich habe nicht bloß experimentiert. Ich …«

Sag es. SAG ES.

Dan verschränkte die Arme, aber Marc sah ihn mit aufmunternder Miene an. Seb starrte ihn an wie ein Ertrinkender. Starrte in diese Augen und auf diese Lippen, als er endlich die Worte laut aussprach.

»Ich bin schwul.«

Dan verdrehte die Augen. »Das haben wir uns schon gedacht.«

»Aber mir ist es gerade erst klar geworden.«

»Natürlich.«

Seb zuckte mit den Schultern. »Ist aber so.« Er zog sich die Fußballtasche höher auf die Schulter. »Und nein, ich stehe nicht auf dich, Dan.« Er sah, wie Marc ein Grinsen unterdrückte. »Also hast du nichts zu befürchten, okay?«

Er verschränkte die Arme und starrte ihn an, bis er wegsah. Es kam ihm so vor, als wäre ihm gerade eine Riesenlast von den Schultern genommen worden. Er hatte das Gefühl, als ob dies möglicherweise der Anfang vom Anfang sein könnte. Und möglicherweise alles doch noch gut werden könnte.

»Noch irgendwelche Fragen?«

Dan schienen die Worte zu fehlen. Seb nickte. »War nett, mit dir zu plaudern.« Er lächelte Marc an. »Lass uns nach draußen gehen, ja?«

Marc nickte. »Okay.«

Als sie davongingen, rief Dan hinter ihnen her: »Ist das dein neuer Freund? Nicht übel, wenn man mal von seiner blöden Frisur und seinen ätzenden Klamotten absieht.«

»Verzieh dich.«

»Ich meine ja nur.« Dan ließ nicht locker. »Samantha wird vermutlich am Boden zerstört sein. Und warte mal ab, wenn ich den Jungs erzähle, mit wem du jetzt zusammen bist.«

Seb schluckte, ging aber weiter. Er vermochte Dan genauso wenig von irgendetwas abzuhalten, wie er sich selbst davon abhalten konnte, Marc nach draußen zu folgen.

Dan rief mit durchdringender Stimme: »Tunte.«

Seb blieb stehen. Drehte sich um. Marschierte zurück und blickte in Dans kleines, zänkisches Gesicht, für das er im Moment nur noch Hass empfand. »Wieso hackst du auf mir rum, Dan? Wieso kannst du mich nicht in Ruhe lassen? Wen interessiert's denn schon, dass ich schwul bin? Ich mag immer noch Stormzy. Bin immer noch der beste Außenstürmer. Habe eine Schwäche für ein gutes Käse-Chutney-Sandwich. Kann dich jederzeit beim Chinesen unter den Tisch essen. Lese immer noch Manga-Comics, liebe McDonald's um vier Uhr in der Früh und hasse die verdammten Brontës. Und ich hoffe immer noch, dass du die Noten bekommst, um nach Loughborough zu gehen und für den Rest deines Lebens Trainingsanzüge zu tragen. Und weißt du was?«

Dan hatte den Kopf gesenkt.

»Ich bin nicht wie dein Dad. Er hat deine Mutter jahrelang angelogen und nebenbei einen Freund gehabt, und ich bin auch sauer auf ihn, wegen dem, was er euch allen angetan hat. Ich lasse dich nicht im Stich – im Moment bist du derjenige, der *mich* im Stich lässt. Aber mir ist das hier nun mal passiert – das *bin* ich –, und es ist eine Riesensache für mich. Ich habe nicht darum gebeten. Habe es mir nicht gewünscht. Aber ich muss da jetzt durch, denn so ist das im Leben nun mal. Meine Mutter hat ihren Scheiß durchgestanden, und jetzt werde ich meinen in Angriff nehmen. Und deshalb brauche ich deine Kommentare nicht. Behalte deinen Mist für dich. Überleg dir lieber, was du willst. Du kannst versuchen, alle gegen mich aufzubringen, oder du kannst einfach die Klappe halten und die Tatsache akzeptieren, dass ich auf Jungs stehe. Deine Entscheidung, alles klar?«

Er war schon fast an der Tür, als er bemerkte, dass er seine Tasche vergessen hatte.

Verdammt.

Als er zurückmarschierte, um sie zu holen, mied er Dans Blick und schritt dann in die frische Luft eines völlig neuen Abends hinaus.

Marc hielt ihm einen Ohrhörer hin. »Möchtest du mithören?«

»Bloß wenn's laut ist.« Seb steckte sich den Kopfhörer ins Ohr, und Marc stellte die Lautstärke hoch. Seb hoffte, damit seine Gedanken, seine Ängste, seine neue Wirklichkeit zu übertönen.

Denn jetzt, da es vollbracht war, hatte er eine entsetzliche Angst. Vor dem, was die Leute sagen und vor dem, was als Nächstes passieren würde. Er hatte sich sein ganzes Leben lang immer überall eingefügt, ohne aufzufallen. Nie einen Gedanken daran verschwendet, dass es anders sein könnte. Von nun an würde er damit klarkommen müssen, dass er sich von der Menge abhob.

ABI

»Es ist wirklich schön, dich zu sehen.« Steve stand auf und gab ihr einen Kuss auf die Wange. »Setz dich doch.«

»Danke.« Abi nahm Platz und blinzelte in die Sonne, die durch das Fenster neben ihnen schien. »Tut mir leid, dass ich mich verspätet habe.«

»Wie läuft die Wohnungssuche?«

»Beschissen.« Ihrer bisherigen Erfahrung nach war alles, was im Rahmen ihres Budgets lag, entweder so winzig, dass sich die Toilette im Schlafzimmer befand oder so weit außerhalb von Oxford, dass sie bis zum Laden ungefähr ein Jahr benötigen würde.

»Tut mir leid, das zu hören. Und, äh …«, er zögerte, »auch das mit dir und John.«

»Danke«, erwiderte sie nur und stellte ihre Handtasche auf den Boden. Sie hatte keine Lust, über dieses Thema zu reden.

»Würde vielleicht ein Stück Kuchen helfen?«

»Bestimmt. Wenn sich nur ein netter Herr finden würde, der es mir bringt.«

»Wird sofort erledigt«, sagte er und salutierte zum Spaß. Dann stand er auf und zog einen Fünfer aus der Jeanstasche.

»Das war doch nur ein Scherz.« Sie griff nach seiner Hand, um ihn abzuhalten. Sie lag eine Sekunde zu lang in ihrer eigenen. Sie war es gar nicht mehr gewohnt, berührt zu werden. Ihre Wangen brannten mit einem Mal, und sie ließ seine Hand los, wich auf sicheres Terrain zurück und zog ihre Jacke aus, um sie über die Stuhllehne zu hängen.

Als sie sich wieder hinsetzte, sah sie an einem der Nebentische ein kleines Mädchen, das beim Anblick des Stücks Schokoladentorte, das sich in seine Richtung bewegte, zu strahlen begann. Wenn Seb doch auch nur so leicht zufriedenzustellen wäre. Sie war entschlossen, eine Wohnung zu finden, die groß genug war, dass es darin ein Zimmer für ihn gab – auch wenn sie keine Ahnung hatte, ob er es auch jemals nutzen würde.

Steve ging zur Kuchentheke hinüber und stellte sich hinter einer Gruppe von Männern in Anzügen an, die die ausdruckslosen Mienen von Menschen trugen, die an Kaffeeentzug litten. Sie beobachtete ihn dabei, wie er den Kopf vorbeugte, um einen Kuchen auszusuchen, bemerkte das kleine Stirnrunzeln und wie er sich mit der Hand über die Bartstoppeln strich, während er begutachtete, was zur Auswahl stand. Dann wanderte sein Blick zu ihr hinüber, und er warf ihr ein schelmisches Lächeln zu, als er sich für das größte, schokoladigste Stück entschied, das er finden konnte.

Er schritt zur Kasse hinüber und nahm sich unterwegs zwei Gabeln und eine Serviette. Die alte Dame am Nebentisch lehnte sich zu Abi hinüber. »Ihr junger Herr sieht sehr gut aus.«

»Er ist nicht mein junger Herr.« Abi schüttelte den Kopf. »Und wenn ich es mir recht überlege, ist er auch nicht jung.«

»Nun, wenn er jetzt noch nicht Ihr junger Herr ist, wird er es aber bald sein.« Die Frau rückte das Goldkreuz an ihrem Hals zurecht. »Was das angeht, irre ich mich nie.«

»Wirklich nie?« Abi warf ihr einen amüsierten Blick zu. Es überraschte sie, dass sie ihren Sinn für Humor offenbar nicht verloren hatte.

»Na ja, bei Harry und Chelsy habe ich mich schon getäuscht.« Die Frau nahm einen kleinen Schluck von ihrem Tee. »Und bei Ashley und Cheryl.«

»Verstehe.« Abi wandte sich ab, um ihr Lächeln zu verbergen. Draußen auf der Broad Street fotografierte eine Gruppe von Touristen, die alle die gleichen Signalwesten mit der Aufschrift *Oxford Tours* trugen, das Museum für Wissenschaftsgeschichte. Sein türkisgrünes Türmchen glänzte in der Sonne, und zwei Kleinkinder sprangen auf den gerundeten Treppenstufen zu seinen Füßen herum. Seb hatte das früher auch einmal getan. Sie sah ihn noch vor sich, wie er kicherte, während John und sie seine pummeligen kleinen Hände festgehalten hatten.

Sie sah ihn überall.

Dieser kleine Junge war letzte Woche achtzehn geworden. Er hatte sein Geschenk kaum eines Blickes gewürdigt und nur ein einziges Stück von seinem Kuchen gegessen – und das auch nur, um seine Großmutter nicht zu enttäuschen. Es war der längste Tag ihres Lebens gewesen.

Sie wandte sich wieder der Gegenwart zu und beobachtete, wie Steve mit dem Teller in der einen Hand und einer Tasse nebst Unterteller in der anderen triumphierend auf ihren Tisch zusteuerte.

»Lass es dir schmecken.« Er stellte alles auf den Tisch und nahm wieder auf seinem Stuhl Platz. »Earl Grey mit genau der Menge Milch, dass er diese langweilige Farbe bekommt, in der sie immer die Schulflure streichen, stimmt's?«

»Stimmt«, erwiderte sie kichernd und nahm einen Schluck. »Perfekt.« Sie erinnerte sich an den Morgen nach ihrer Rückkehr aus Glastonbury, als er ihr stolz das Frühstück ans Bett gebracht hatte. Sein Haar noch feucht vom Duschen. Die schrecklichen orangefarbenen Shorts zu seinem schwarzen Del-Amitri-T-Shirt. Der duftende Schinkenspeck und die Kleckse von brauner Soße auf dem ganzen Teller. Und sein Kuss …

Täuschte sie sich oder wurde es immer wärmer hier drin?

Der Schalk blitzte aus seinen Augen. »Es gibt Dinge, die ein Mann niemals vergisst.«

»Ach, wirklich? Und was hast du noch über mich in Erinnerung behalten?«

Das alles war so entspannt, so ungezwungen. Es fiel leicht, die Realität zu vergessen, die draußen vor der Drehtür lag.

»Dein Lieblingssnack sind geröstete Marshmallows.« Er lehnte sich zurück und begann an seinen Fingern abzuzählen. »Du hasst Pastinaken, obwohl dieser Satz, ehrlich gesagt, für mich überhaupt keinen Sinn ergibt. Du hasst Kylie Minogue, aber eigentlich hauptsächlich nur, weil du sie immer um ihr lockiges Haar beneidet hast. Am liebsten würdest du dich von Chips mit Speckgeschmack ernähren. Ach ja und der Lieblingsteil eines jeden Konzerts ist für dich immer der erste Song – das hast du mir zumindest mal erzählt. Und da wir gerade davon reden …«

»Ja?«

»Hättest du Lust, nachher zu einem Gig mitzukommen?«

Sie wusste, dass sie das lieber lassen sollte, daher schob sie sich rasch eine Gabel voll Torte in den Mund, um sich abzulenken. »Oh Gott, das schmeckt ja einfach himmlisch!«

»Dachte ich mir.« Er streckte die Hand nach der ihren aus, doch sie versteckte sie rasch unter dem Tisch. Seine Finger fielen wieder in seinen Schoß zurück.

»Du hast da etwas Schokolade an deinem Kinn.« Er lächelte und wischte es ihr vorsichtig ab. »Gut gemacht. Alles wieder weg.«

»Vielen Dank. Jetzt komme ich mir vor wie ein kleines Mädchen, das noch nicht richtig mit seinem Besteck umgehen kann.«

»Ich habe nun mal diese Wirkung auf Frauen«, erwiderte er mit einem zufriedenen Nicken. »Ich bin mir sicher, deshalb fühltest du dich damals auch so von mir angezogen.«

»Nein.« Sie führte die Gabel erneut zum Mund. »Es lag eher daran, dass deine Mutter den Süßwarenladen hatte und du mir umsonst Schokoriegel besorgt hast.«

»Na schön. Wenn du meinst.« Er kniff die Augen zusammen. »Obwohl du, wenn ich mich recht entsinne, einmal eine ganze Schachtel von den Dingern hast mitgehen lassen, in der Hoffnung, sie würde es nicht bemerken.«

»Und dann habe ich es Rob angehängt.« Abi kicherte. »Oh Mann, kein Wunder dass er nicht gerade mein größter Fan gewesen ist, als wir jung waren.«

»Autsch.« Er zuckte zusammen. »Vorsicht! Ich fühle mich nämlich immer noch jung, weißt du.«

»Ja, das weiß ich.«

»Wie geht's Rob eigentlich?«

Sie legte ihre Gabel auf dem Teller ab. »Gut. Wir haben letzte Woche zwei seiner Bilder verkauft.« Sie hatte ihn einige Male dabei erwischt, wie er im Laden gestanden und die roten »Verkauft«-Aufkleber angestarrt hatte, als würde er sich fragen, ob sie wirklich echt waren. Es war so wundervoll den stolzen Ausdruck in seinem Gesicht zu sehen.

»Das ist toll.« Steve neigte den Kopf zur Seite. »Er freut sich bestimmt sehr.«

»Also, er hat sich immerhin einen neuen Pullover gekauft, was für ihn ungefähr das Gleiche ist, als wenn ein anderer in der Situation vor Freude auf dem Tisch tanzt. Aber vermutlich versucht er sich einzureden, dass sein Glück schon bald wieder vorbei sein wird. Na ja … du kennst ihn ja …«

»Ja, ja. Der geborene Pessimist.«

»Stimmt. Aber noch zehrt er von seinem Erfolg. Es ist ihm sogar gelungen, sich mit Lesley zu unterhalten, ohne dabei rot zu werden.«

»Ist er etwa immer noch in sie verknallt?« Steve pochte mit den Fingern auf den Tisch. »Wow!«

»Liebe ist für immer«, erwiderte Abi.

»Na, viel Glück für ihn.« Steve lehnte sich wieder zu ihr hinüber und fragte mit gesenkter Stimme: »Warum starrt uns die Dame da drüben so an?« Er vollführte eine ruckartige Kopfbewegung Richtung Nachbartisch.

»Oh«, flüsterte Abi zurück. »Offenbar glaubt sie, dass wir beide füreinander bestimmt sind.«

»Tatsächlich?« Ein Teil von ihr freute sich, dass er die Vorstellung nicht gleich verwarf. »Interessant.«

»Ja, nicht wahr?« Sie wusste nicht, wo sie hinsehen sollte. Ihr Blick fiel auf die Schuhe der alten Dame. Sie trug Doc Martens. Eine Frau ganz nach ihrem Geschmack.

»Also, hast du nun Lust zu dem Gig mitzukommen?«

»Heute Abend?«

»Ja.« Er grinste. »Oder hast du schon etwas anderes vor?«

»Eigentlich wollte ich meiner Mutter dabei helfen, Sicherheitssoftware runterzuladen, daher schwanke ich noch.«

»Es ist eine tolle Band.« Er zog die Augenbrauen in die Höhe. »Wie kannst du da widerstehen?«

»Wie heißt sie denn?«

»Wird dir nichts sagen. Die Jungs sind Newcomer. Eine Mischung aus Oasis und Green Day.«

»Ach ja?« Sie rümpfte die Nase. »Wie klingt das denn?«

»Verdammt gut«, erwiderte er lachend. »Aber wahrscheinlich bin ich ein wenig voreingenommen.«

»Wieso?«

»Weil ich der Sänger bin.«

»Du?«

»Ja.« Er grinste. »Und wir könnten noch jemand an den Rumbakugeln gebrauchen, falls du Interesse hast.«

»Du warst die ganze Zeit in einer Band? Und hast mir nichts davon erzählt?«

»Du kennst mich doch. Ich prahle nun mal nicht gerne.«

Sie holte tief Luft. »Oh mein Gott, ich würde dich wirklich gerne hören.«

»Dann komm mit.« Er griff nach ihrer Hand. Sie blickte nervös aus dem Fenster. Bei ihrem Glück ging wahrscheinlich gerade Seb zufällig dort draußen vorbei.

»Bitte. Ich würde mich riesig freuen, wenn du da wärst. Dann hätte ich jemanden in der Menge, für den ich singen könnte.«

Sie schaute auf ihre Hände hinab, die ineinandergeschlungen auf dem Tisch lagen. Auf seinen Silberring. Seine gebräunten Finger.

Nein. Das war zu viel. Zu früh.

»Es tut mir leid, aber ich kann nicht.« Sie zog schweren Herzens ihre Hand weg, doch er ergriff sie erneut.

»Aber ohne dich wird es nicht das Gleiche sein.«

»Es tut mir leid.« Ausnahmsweise war sie sich einmal sicher. »Ich kann wirklich nicht.«

»Dein Kleid hätte auf der Bühne super ausgesehen. Genau der richtige Lilaton.«

»Was für eine Schande!« Sie rang sich ein Lächeln ab. »Aber

wenn man die Wahl hat, zum Superstar des Rock 'n' Roll zu werden oder den Abend vor dem Computer zu verbringen, um der eigenen Mutter zu helfen, dann muss man eigentlich nicht lange überlegen, oder?«

»Spielverderberin.« Er schob sich auch eine Gabel der Schokoladentorte in den Mund.

Für einen Moment war sie versucht, ihre Entscheidung zurückzunehmen.

Doch dann sah sie das Gesicht ihres Sohnes wieder vor sich. Nein. Sie wollte ihm keinen weiteren Grund geben, sie zu hassen. Sie erinnerte sich noch daran, wie sie in der Nacht, nachdem sie ihre Diagnose erhalten hatte, während er schlief in seinem Zimmer gewesen war, seinen Geruch eingeatmet und sich von ganzem Herzen gewünscht hatte, dass sie ihn nicht verlassen musste. Dass die Liebe immer noch da war und sie nur weiter für ihn da sein musste, bis er sie wieder erwiderte. Es spielte keine Rolle, ob er sie hasste. Es spielte keine Rolle, wie lange sie warten musste.

Mit einem Mal spürte sie, wie sie von einer Woge der Entschlossenheit erfasst wurde.

»Ich muss jetzt los.«

»Warte.« Steve streckte die Hand nach ihr aus. »Geh nicht. Du bist doch eben erst gekommen. Ich werde dich vermissen.«

Sie verdrehte die Augen. »Blödmann! Das wirst du nicht.« Sie lehnte sich zu ihm hinüber und sagte mit gesenkter Stimme: »Die alte Dame würde bestimmt gern einen Tee mit dir trinken. Möchtest du, dass ich sie frage?«

Er schüttelte den Kopf. »Bloß nicht. Dann werde ich hier nie wieder rauskommen.«

»Okay.« Sie schob ihren Stuhl zurück, stand auf und legte

einen Zehner auf den Tisch. »Danke für den Tee und den Kuchen.«

»Wir haben eine richtige *Kampf um die Insel*-Geschichte laufen«, sagte er und stand ebenfalls auf. »Übrigens ein Buch, das ich als Kind heiß und innig geliebt habe. Aber wir sind inzwischen erwachsen, nicht wahr? Und du bist so vernünftig geworden!«

Sie sah ihn an. Wog für einen Moment die Dinge ab.

Und dann sagte sie ihm einfach die Wahrheit.

»Ich hatte Krebs.« Sie schenkte ihm ein breites Lächeln und schlüpfte in ihre Jacke. »Da sieht man die Dinge schon mal aus einer anderen Perspektive.«

»Warte … *Was?*« Er griff sich an die Stirn. »Du kannst mich doch nicht mit so etwas konfrontieren und dann einfach verschwinden.«

»Ach nein?« Sie hob ihre Tasche auf. »Genau das tue ich doch gerade, oder?«

»Ja, aber …« Sein Blick wanderte über ihr Gesicht. Ihren Körper. Verharrte auf ihren Brüsten.

»Es war Darmkrebs, okay?« Ihr Mund wurde ganz trocken. Sie hatte das hier nicht durchdacht. Er war der einzige Mensch, der ihr das Gefühl gab, schön zu sein. Und jetzt hatte sie sich das verscherzt.

Für einen Moment herrschte Schweigen. Sie schüttelte den Kopf und wollte sich gerade zum Gehen wenden, als Steve nach ihrer Hand griff.

Er zog sie an sich. »Was für eine unglaubliche Frau du doch bist.«

»Nein.« Sie versuchte sich zu befreien. Er war zu nah. Er konnte zu viel sehen.

Seine Stimme war kaum zu verstehen. »Ich bin verdammt

froh, dass du es geschafft hast. Und ich hätte so etwas niemals vermutet. Du bist so wunderschön.« Und er legte seine Arme um sie und hielt sie für lange Zeit einfach so fest. Sein Haar roch so gut. Sie spürte seine Bartstoppeln an ihrem Gesicht. Es fühlte sich an wie heute und vor zwanzig Jahren und dann wieder wie heute, und mit einem Mal wusste sie, wie falsch das hier war. Sie hatte so lange auf dieses Gefühl der Verbundenheit gewartet. Begehrt zu werden. Aber das hier waren die falschen Arme. Der falsche Mann.

Sie versuchte sich aus seiner Umarmung zu winden, aber er hielt sie fest. »Oh Gott, Abi.« Er küsste sanft ihren Mund. »Du haust mich um.« Und dann presste er wieder seine Lippen auf die ihren, und sie wich zurück, doch er ließ nicht von ihr ab und ihr einziger Gedanke war, dass sie Sebs Worte verdient hatte, jedes einzelne, das er ihr an den Kopf geworfen hatte.

Als es ihr endlich gelungen war, sich aus seiner Umarmung zu befreien, da tippte ihr jemand auf die Schulter. Es war die kleine alte Dame.

»Ich hab's Ihnen ja gesagt. Ich irre mich nie.«

Sie trippelte fröhlich davon, und Abis Entsetzen wuchs. Was tat sie hier nur?

»Oh Gott.« Ihre Hand flog zum Mund.

»Nein. Kein Grund, etwas zu bereuen.« Seine Finger schlossen sich fest um die ihren.

»Ich muss los.« Sie riss ihre Hand aus seiner Umklammerung.

»Abi.« Er packte sie am Arm.

»Es tut mir leid. Wirklich.« Sie vermochte ihn nicht einmal anzusehen.

»Wann sehen wir uns wieder?«

»Ich kann nicht. Und ich will's auch nicht.« Sie schaffte es endlich, sich loszumachen, und stürzte sich förmlich in die Drehtür. Was unweigerlich dazu führte, dass diese anhielt und sie für einen Moment gefangen war, ihr der Blick in sein betrübtes Gesicht nicht erspart blieb, für das sie der Grund war. Dann rannte sie die Stufen zur Broad Street hinunter, vorbei an den Fahrrädern und den roten Briefkästen und den verlockenden Schaufenstern eines Buchladens.

Seb hatte recht. Sie war selbstsüchtig. Egozentrisch.

All das, was er über sie dachte, traf zu.

MAI

»Get Lucky«

(Daft Punk mit Pharrell Williams und Nile Rodgers)

Dieser Song ist für Seb. Du hast ihn mir schließlich damals zum ersten Mal vorgespielt. Aber er ist auch für dich, John. Meine beiden Jungs.

Ich mag zu viel Zeit unter der Dusche verbringen und an keinem Musikladen vorbeigehen können, ohne etwas zu kaufen, aber in Wahrheit gehöre ich ganz euch. Und soweit es mich betrifft, seid ihr mein Nord, mein Süd, mein Ost und West – mein Ein und Alles. Ich danke euch, dass ihr auf mich aufgepasst habt und mir zwischen all euren Sportprogrammen zumindest hin und wieder die Fernbedienung überlassen habt. Sogar gelegentlich die *Gilmore Girls* mit angeschaut und so getan habt, als fändet ihr das alles nicht nervig. Doch vor allem danke ich euch dafür, dass ihr während meiner Krankheit euer Leben weitergelebt und mir nur die guten Sachen erzählt habt. Ich weiß, dass noch andere Dinge geschehen sind und ihr mich schützen wolltet. Danke dafür. Ich brauchte die Zeit, um mich zu erholen und mal ein ernstes Wörtchen mit meinem Krebs zu reden. Ich hoffe, dass ich wieder gesund werde, aber falls nicht, kann ich es kaum erwarten, hinunterzuschauen (oder hinauf – da sollten wir uns doch nichts vormachen) und euch dabei zuzusehen, wie ihr um meine Musiksammlung streitet (oder zu vermeiden versucht, dass sie bei euch landet). Ich liebe euch. Und Seb, bitte verbringe nicht Jahre mit der Frage, warum du keinen eigenen Song hast. Das wäre »Bob der Baumeister« gewesen, also kannst du von Glück reden!

ABI

»Na, übst du auch schon fleißig Autogramme schreiben, Onkel Rob? Wo du doch jetzt so ein berühmter Künstler bist?« Seb ignorierte Abi absichtlich, und seine Worte und sein Lächeln galten ausschließlich ihrem Bruder. Sie hatte ihrem Sohn Geld dafür bieten müssen, dass er hier war und dabei half, ihren Kram in die Wohnung zu befördern, von der sie hoffte, dass er sie eines Tages auch ebenso als die seine ansehen würde. Er wuchtete zwei weitere Kisten aus dem Transporter und machte sich auf den Weg Richtung Eingangstür des Mietshauses.

»Ich bin nicht berühmt.« Rob folgte ihm mit nur einer Kiste. Sein Gesicht über dem hellen Henleyshirt war gerötet. »Oder zumindest nur unter den älteren Damen aus Oxfords Norden.«

»Jetzt stell dein Licht mal nicht unter den Scheffel.« Abi tätschelte ihm die Schulter. Sie hatte in dieser Woche zwei weitere seiner Silhouetten-Bilder verkauft. Bevor sie so beliebt geworden waren, hatte er immer bloß schlichte T-Shirts, hautenge Jeans und Converse getragen und an kälteren Tagen gelegentlich mal einen Hoodie von Primark. Jetzt bekam der obere Teil seiner Brust durch zwei geöffnete Knöpfe auch mal ein wenig Luft ab, und da war ein großer Riss im Knie seiner Jeans. Sie wandte ihren Blick von dem haarigen Fleisch ab, das da zum Vorschein kam und wünschte sich nicht zum ersten Mal, es hätte so früh im Mai keine Hitzewelle gegeben. Sie hatte in jungen Jahren genug von diesen Beinen gesehen und keinen Bedarf an weiteren Einsichten.

»Wirklich?« Seb grinste seinen Onkel an, als der oben auf der Treppe angekommen war. »Keine Biergelage oder auch eine kleine Champagnerorgie unten im Laden?«

»Nö.« Rob hob die Kiste auf seine Schulter. Er keuchte ein wenig, obwohl ihn sein neuer Status als Künstler erstmals dazu gebracht hatte, seine Lebensgewohnheiten zu ändern und in der Mittagspause joggen zu gehen. Außerdem hatte Abi in der Ladenküche einen Ingwertee entdeckt, wohingegen er bislang immer mit Schwarzem Tee durch den Tag gekommen war. Der Erfolg zeigte definitiv Wirkung.

Seb und Rob schritten durch die offen stehende grüne Wohnungstür und stellten die Kisten auf dem Boden im Wohnzimmer ab, wo es kaum noch eine freie Stelle gab. Es sah zwar chaotisch und unordentlich aus, aber der ganze Kram war auch sehr willkommen, da er den leuchtend gelben Teppichboden verdeckte, der scheinbar die beklemmende Wirkung der orangefarbenen Wände ausgleichen sollte.

Aber Abi gefiel die Wohnung. Sie hatte bereits beim ersten Betreten gewusst, dass sie sie nehmen würde. Sie konnte sich die Miete mit ihrem Verdienst im Laden gerade so leisten, und es schien hier weder Mäuse noch Toilettengeruch zu geben, was ihr so viele andere Besichtigungen verdorben hatte. Sie mochte das große Schiebefenster, das auf das Treiben »am Arsch der Welt der Cowley Road« hinausging, wie es Lesley so tiefsinnig formuliert hatte. Sie mochte den Baum, der direkt vor dem Küchenfenster wuchs und immer noch die zarten Knospen der Spätblüte trug. Sie mochte ihr Schlafzimmer mit seinem unebenen Boden und dem krummen Kamin, und sie war ganz vernarrt in die Vorstellung, was für ein Leben sie sich hier in all den kommenden Jahren, die ihr noch blieben, nach und nach schaffen könnte.

In dieser Wohnung würde sie ihre Zukunft und die ihres Sohnes aufbauen. Seb hatte am gestrigen Abend endlich zugestimmt, bei ihr einzuziehen. Das war immerhin ein Anfang – den sie beide weiß Gott nötig hatten. Sie war entschlossen, ihn endlich zum Reden zu bringen, sobald sie die Kisten ausgepackt und sich mit Fisch und Fritten aus dem Laden auf der anderen Straßenseite versorgt hatten. Zum ersten Mal seit langer Zeit war sie zuversichtlich. Aufgeregt.

Sie ging in ihr Zimmer, das sie in Gedanken schon in Gelb- und Goldtönen gestaltet hatte. Das Bett war von eBay. Es knarrte nicht, wenn sie sich darin umdrehte. Es sah sie nicht an und fragte sie, warum sie nicht mit dem Mann zusammen war, mit dem sie so lange ihr Leben geteilt hatte. Es gehörte ihr ganz allein und würde schon bald von IKEA-Bettzeug in fröhlichen Farben bedeckt sein und mit der knallroten Tagesdecke, die Lesley ihr damals gekauft hatte, als Abi krank geworden war.

Sie vernahm Schritte und ging rasch zur Tür hinüber.

»Alles klar bei dir, Seb?«

Er blieb widerwillig im Türrahmen stehen. Er hatte sein langes Haar zurückgebunden, doch eine Strähne hatte sich gelöst und fiel ihm ins Gesicht. In seinem engen weißen T-Shirt und der Schlabberjeans sah er John unglaublich ähnlich. Sie schluckte. Spürte den Schmerz seiner Abwesenheit.

»Was willst du von mir hören, Mum?« Er hatte seinen mürrischen Gesichtsausdruck wirklich inzwischen perfektioniert. »Ich bin hier, um zu helfen, oder etwa nicht? Mach ich wieder irgendwas falsch?«

»Ich wollte mich bloß unterhalten. Das ist alles.« Sie war

es so leid, seine Feindin zu sein. »Wenn wir uns demnächst die Wohnung teilen, dann sollten wir –«

»Ja, ja, schon gut. Aber ich werde eh nicht oft da sein. Also keine Sorge, dass ich dir deine Pläne mit du weißt schon wem durchkreuzen könnte.«

»Ich bin nicht mit ihm zusammen, Seb.« Vielmehr hatte sie seit dem Kuss Steves Anrufe weggedrückt und seine Textnachrichten ignoriert.

»Und außerdem werde ich sowieso bald in London sein.«

Bleib bloß ruhig, Abi!

»Natürlich.«

»Also, ist sonst noch was?« Er trommelte mit den Fingern gegen den Türrahmen.

Sie suchte nach den richtigen Worten. »Ja. Ich weiß, dass du wütend auf mich bist. Und dass du glaubst, einen guten Grund dafür zu haben. Aber in Wahrheit möchte ich nur, dass du glücklich bist. Und das bist du nicht. Und ich wünschte, ich könnte irgendetwas tun, um das zu ändern.«

Er schüttelte den Kopf. »Na ja, du könntest zum Beispiel deine Affäre mit diesem Affen in der Lederjacke beenden.«

»Ich habe dir doch schon gesagt, dass ich keine …«

Er verdrehte die Augen. »Das glaubst du doch selbst nicht.«

Sie öffnete den Mund. Schloss ihn wieder.

»Ich hole dann mal den restlichen Kram, okay?«

»Okay.« Sie setzte sich aufs Bett. Ihr Optimismus wurde wirklich auf eine harte Probe gestellt, aber sie würde das schon hinkriegen. Irgendwie.

Ihr Bruder tauchte auf. Offensichtlich in der Absicht, sich vor dem Tragen weiterer Kisten zu drücken. »Wirst du eine Einweihungsparty geben?«

»Vielleicht.« Sie lächelte, denn es war sonnenklar, weshalb er ihr diese Frage stellte. »Wieso? Möchtest du, dass ich eine gebe?«

»Oh. Na ja. Ist nicht meine Entscheidung.« Er zuckte mit den Schultern. »Hab mich bloß gefragt. Das ist alles.«

Sie grinste. »Und wenn ich eine geben würde, meinst du ich soll Lesley einladen?«

Er wand sich auf die gleiche Art und Weise, wie er es immer getan hatte, wenn er Möhren essen sollte. »Das bleibt natürlich dir überlassen.« Er griff mit der Hand zu seinem Haar hinauf und ließ sie wieder fallen. »Aber wenn du unbedingt willst.«

Abis Grinsen wurde noch breiter. »Dann werde ich mal sehen, was sich machen lässt.«

»Alles klar.« Er wirkte sichtlich erleichtert. »Aber nur dass du es weißt, donnerstags kann ich nicht. Da gebe ich Kunstunterricht.« Es war seinem Gesicht anzusehen, wie stolz er darauf war.

»Das ist ja toll!«, jauchzte Abi. »Du wirst bestimmt umwerfend sein.«

»Eigentlich weiß ich gar nicht so recht, wovon ich da rede, aber ich versuch's einfach mal«, sagte er lächelnd.

»Von wegen! Das weißt du sehr wohl. Die Leute kaufen deine Bilder. Deshalb haben sie dich genommen.«

Rob senkte den Kopf. Mit Lob hatte er noch nie gut umgehen können. »Kann sein.«

Abi zuckte mit den Achseln. »Und ich finde, eine Einweihungsparty ist eine großartige Idee. Lass uns den Teppichboden so richtig versauen, dann können wir ihn rausreißen und durch etwas ersetzen, das nicht ganz so …«

Darauf Rob: »Psychedelisch ist?«

»Eigentlich wollte ich abartig sagen«, erwiderte sie grinsend. »Ich habe zwar durchaus eine Schwäche für Farbenfrohes …«

»Ich glaube, das sieht man.« Sie freute sich, den Schalk in den Augen ihres Bruders zu sehen, und blickte lachend an dem neongrünen Kleid hinab, das sie trug.

»Erwischt!«

»Soll ich noch mehr Kisten reinholen? Ich glaube, meine Arme haben sich jetzt wieder erholt.«

»Meine auch«, sagte Abi grinsend.

»Du hast bisher eine einzige winzige Kiste getragen, Abs, also komm schon. Deine Arme haben wahrscheinlich kaum gespürt, dass sie etwas tragen.«

»Hey, du Frechdachs. Spültücher sind sehr wichtig. Ich habe lediglich dafür gesorgt, dass sie gut in ihrem neuen Heim ankommen.«

»Ja, schon klar.« Sie schritten die Treppe hinunter und begegneten dabei Seb, der aus der Gegenrichtung kam und Kopfhörer trug. Sie traten an die Wand und ließen ihn vorbei.

Rob lehnte sich zu ihr hinüber. »Lass ihm etwas Zeit. Das wird schon wieder.«

»Meinst du?«

»Auf jeden Fall. Weißt du noch, wie ich mal zwei Monate lang nicht mit Mum geredet habe, weil sie die Liebesbriefe von dieser französischen Austauschschülerin aus meinem Zimmer geholt und weggeworfen hatte?«

»Stimmt!«, sagte Abi kichernd. »Die schickte dir doch auch Blumen und selbst gehäkelte Zierdeckchen als Zeichen ihrer Liebe.«

»Genau.« Rob verzog das Gesicht. »Frauen stehen nun mal auf mich. Das war schon immer so.«

»Wenn du das sagst.« Als sie am Transporter ankamen und Abi die Kiste mit den Töpfen und Pfannen heraushob, geriet sie unter deren Gewicht ins Wanken. »Du meine Güte. Ich hatte ja keine Ahnung, dass ich so viele davon habe.«

»Hat John überhaupt etwas mitgenommen?« Rob griff nach einer Standleuchte und legte sie sich gegen die Schulter.

»Ja. Den Fernseher. Was auch gut ist, denn der hätte hier das halbe Wohnzimmer in Beschlag genommen. Und dann noch seine ganzen Radios. Aber das war's im Grunde auch schon.« Sie fragte sich, wie sein neues Heim in Cambridge wohl aussehen mochte. Er lebte die Hälfte der Zeit bereits dort, wohl nicht zuletzt, um der Härte ihrer Trennung zu entgehen.

Sie hatte geglaubt, dass sich alles besser anfühlen würde, wenn er fort war, doch seit Steves Kuss beschäftigten sich ihre Gedanken immer häufiger mit John. Jedes Mal, wenn sie im Radio die Sportnachrichten hörte, sah sie ihn vor sich, wie er mit vorgebeugtem Kopf, die Hände auf die Küchentheke gestützt, dastand und aufmerksam zuhörte, wie die Queens Park Rangers gespielt hatten. Jedes Mal, wenn sie im Volvo an der Bodleian-Bibliothek vorbeifuhr oder wenn sie im Covered Market an dem Blumenstand vorbeikam, an dem er ihr an ihrem Geburtstag immer Rosen gekauft hatte. Sie konnte nicht einmal mehr durch den Park gehen, ohne daran zu denken, wie sie an seinem Arm dort entlangspaziert war, als er sie aus ihrer Chemo-Höhle ins Frühlingssonnenlicht gebracht hatte.

Nein. Sie vermochte ihm nirgendwo zu entkommen, außer hier. In ihrer eigenen Wohnung. Sie würde sich ein Leben ohne ihn aufbauen – ein Leben für sich und ihren Sohn.

»Ist er schon weg?« Rob hielt ihr die Tür mit dem Fuß auf.

»Noch nicht ganz«, erwiderte sie und seufzte. »Er ist immer noch ein paar Tage die Woche hier.«

»Und du bist dir wirklich ganz sicher, dass du ihn nicht davon abhalten willst wegzugehen?«

»Ja. Absolut. Dafür ist es zu spät.«

»Das ist wirklich jammerschade, wenn man bedenkt, was ihr alles gemeinsam durchgestanden habt.«

Sie begann die Treppe hinaufzusteigen. »Vielleicht war es ja einfach zu viel. Für uns beide. Vielleicht braucht er ein wenig Freiraum.« Sie kam keuchend oben auf der Treppe an. Ihre Fitness ließ immer noch zu wünschen übrig. »Und vielleicht brauche ich den auch.«

Schon als sie es sagte, wusste sie, dass das nicht stimmte. Aber sie biss die Zähne zusammen. Das hier war ein großer Tag. Ihr Tag. Ihre Eltern würden später mit einer Flasche Sekt vorbeikommen. Ihr Vater würde versuchen, irgendetwas zu finden, das er reparieren konnte, während ihre Mutter anfangen würde, an den Nachbarn herumzumeckern. Damit wäre ihr Umzug dann wirklich komplett.

In der Wohnung angekommen sahen sie, dass Seb in seinem Zimmer in sein Handy sprach. Rob stellte die Leuchte ab und drehte sich mit einem besorgten Ausdruck auf dem Gesicht zu Abi um.

»Abi.«

»Ja?«

»Ich wollte dich schon länger etwas fragen.«

»Mit welchem Musikgeschmack du die Frauen beeindrucken kannst?«

»Nein«, sagte er kopfschüttelnd. »Ich bin zufrieden mit meinem Jazz.«

»Na gut. So lange du nicht anfängst, Pork-Pie-Hüte zu

tragen«, erklärte sie und verzog dabei das Gesicht. »Also, wie lautet deine Frage? Wie man sich anzieht, damit die Leute nicht glauben, man lebe auf der Straße?«

»Wirklich zum Totlachen.« Er schüttelte den Kopf. »Und die Antwort lautet wieder ›Nein‹.«

»Worum geht's denn dann?« Sie begann nach dem Wasserkessel zu suchen.

»Könntest du mal mit Mum und Dad reden?«

Sie wandte sich zu ihm um. »Worüber denn?«

»Mums Hände werden schlimmer – und ihre Hüften auch. Und da du ja endlich erwachsen geworden und ausgezogen bist …«

»Hey!« Sie schüttelte den Kopf. »Das ist nicht fair.«

Seine Augen funkelten. Er kam ihr in der letzten Zeit irgendwie größer vor. Selbstbewusster.

»Könntest du sie bitte davon überzeugen wegzuziehen? Irgendwohin, wo es sonniger ist?«

»Wieso denn ich?« Sie fand den Kessel und zog ihn hervor.

»Weil sie immer noch warten.«

»Worauf denn?«

Er hatte den Kopf zur Seite geneigt und sah sie an. Sie richtete sich auf.

»Meinst du etwa …?«

»Ja.« Er nickte. »Sie warten ab, weil sie wissen wollen, ob du in Ordnung bist. Ob du ohne sie auskommst.«

»Aber natürlich. Das wissen sie doch. Ich …«

»Ich weiß.« Er schüttelte den Kopf. »Aber Mum bringt es nicht fertig fortzugehen, weil sie hier sein will. Für alle Fälle.«

Abi starrte ihn an, und ihr wurde bewusst, wie sehr der

Krebs sie immer noch alle im Griff hatte. Sie begann gerade erst daran zu glauben, dass die Tage, die vor ihr lagen, nicht ihre letzten sein würden, und ihre Eltern verbrachten ihr Leben noch immer, als würden sie sich an Bord eines trudelnden Flugzeugs befinden.

»Dad hatte es mir gegenüber vor einigen Monaten mal erwähnt. Ich hatte ganz vergessen, es noch einmal anzusprechen.« Ihr schlechtes Gewissen meldete sich. »Scheiße. Ist mir irgendwie total durchgegangen.«

»Mach dir deshalb keinen Kopf. Aber könntest du vielleicht …?«

»Klar«, sagte sie nickend. »Ich werde mit ihnen reden. Versprochen.«

»Danke.« Er trat auf sie zu und umarmte sie.

Sie fühlte sich stärker in dieser Umarmung. »Dir ist schon klar, dass der Krebs zurückkommen könnte, nicht wahr?«

»Das würde er sich nicht trauen.« Er wich von ihr zurück. »Ich würde ihn grün und blau schlagen.«

»Oh, da fühle ich mich gleich viel sicherer.«

»Halt die Klappe, du Mistfink.«

»Entspann dich, Dumpfbacke.«

Er machte Anstalten, sich wieder auf den Weg nach unten zu machen, aber sie hielt ihn zurück.

»Wo wir gerade bei ernsten Themen sind …«

»Ja?«

»Soll ich Lesley fragen, ob sie Lust hat, mit dir auszugehen?«

Rob erstarrte. »Woher weißt du …?«

»JEDER weiß es.«

»Oh. Ich dachte, es wäre bloß Seb, der sich über mich lustig macht.«

»Nein.« Abi schüttelte den Kopf. »Ich hoffe nur, du weißt, worauf du dich einlässt.«

»Was willst du damit sagen?«

»Herrje, wo soll ich anfangen?« Abi trommelte mit den Fingern gegen ihr Kinn. »Lesley tut, was sie will, und spricht aus, was sie denkt und wehe irgendjemand ist anderer Meinung als sie. Wusstest du, dass sie mir nie erlaubt hat, über den Tod zu reden? Sie hat gesagt, wenn ich das tun würde, wäre das ein Zeichen, dass ich aufgegeben hätte, und dass sie keine Lust habe, meine Sargträgerin zu spielen und zu irgendeinem schrecklichen Song von Radiohead durch die Kirche zu schlurfen.« Sie lächelte, doch die Tränen schossen ihr in die Augen, als sie an die wilde Entschlossenheit ihrer Freundin zurückdachte. »Das will ich damit sagen.«

»Ich mag es, wenn eine Frau weiß, was sie will.« Rob grinste und nahm sich einen von den Kakaoplätzchen, die auf einer Kiste lagen. »Was auch gut ist. Schließlich bin ich mit dir aufgewachsen.«

»Mistkröte.«

»Drecksmade.« Sein Lächeln verriet ihn.

»Kleiner Scheißer.«

»Arschkeks.« Er trat einen Schritt auf sie zu. »Und falls ich es schaffe, Lesley um eine Verabredung zu bitten …«

»*Wenn*.« Abi biss ebenfalls in ein Plätzchen.

»*Wenn* ich sie um eine Verabredung bitte.« Er atmete aus. »Wäre das nicht komisch? Für dich und für mich? Wo du doch ihre beste Freundin bist.«

»Nein, das wäre es ganz und gar nicht.«

»Ich meine so wie damals, als wir noch klein waren und immer zusammen Höhlenmenschen gespielt haben, bis diese verrückte Freundin von dir aufgetaucht ist und nur noch Zirkusartisten mit dir spielen wollte – was unglaublich öde war.«

»Ach ja.« Abi lächelte. »Du meinst Mary Filton, nicht wahr?«

»Genau! Die meine ich! Die hat mich immer so lange angeschrien, bis ich aufgegeben und mit meinen Legosteinen gespielt habe.«

»Stimmt!«, sagte Abi kichernd. »Weißt du, was aus ihr geworden ist?«

»Nein.« Rob schüttelte den Kopf. »Komischerweise hat sie nicht versucht, mit mir in Kontakt zu bleiben.«

Abi lachte. »Sie ist von hier weggegangen und hat sich einer Zirkustruppe angeschlossen.«

»Ist nicht dein Ernst!«, erwiderte er mit vor Erstaunen aufgerissenen Augen.

»Doch.« Sie dachte an den Abend zurück, als Mary im paillettenbesetzten Kostüm einer Trapezkünstlerin und mit strassbesetzten Klammern im aufgesteckten Haar im Pub aufgetaucht war. »Genau das hat sie gemacht.«

»Alle Achtung! Sie hat sich ihren Traum erfüllt.«

»Genau wie du. Du bist Maler geworden.«

»Letztendlich.«

»Und jetzt wirst du Lesley um eine Verabredung bitten.« Sie hoffte nur, dass ihre Freundin seine Gefühle erwiderte.

»Das ist der Plan.«

»Möge die Macht mit dir sein.« Sie nickte und ging hinüber zu ihrem Handy, das neben dem Lautsprecher in der Ecke lag. Sie wählte einen Song aus, drückte auf »Play« und grinste, als der Raum von den Eröffnungsakkorden von »Get Lucky« erfüllt wurde. Das war der Lieblingssong der ganzen

Familie. Der einzige Song, auf den sich alle einigen konnten. »Rolling in the Deep« hatte einmal für eine kurze Weile ihre Aufmerksamkeit auf sich gezogen, und »Pala Tute« war ein Hit gewesen, als sie während eines Griechenlandurlaubs alle wie die Verrückten am Strand in der untergehenden Sonne dazu getanzt hatten. Aber dieser Song war ein Klassiker. Der Einzige, den alle wirklich liebten. Er ließ John mit den Füßen wippen. Er brachte Seb sogar dazu, seine Kopfhörer aus den Ohren zu ziehen – was das größte Lob war, das er zu vergeben hatte.

John. Verdammt. Er war einfach überall. Selbst hier in ihrer Wohnung am ersten Tag ihres neuen Lebens.

Sie atmete aus. *Schluss damit!*

»Alles in Ordnung bei dir?« Rob beobachtete sie mit zur Seite geneigtem Kopf.

»Ja.« Sie musste jetzt an die Zukunft denken. »Alles klar.« Sie reckte die Arme über den Kopf. »Was meinst du, wie lange ich den Transporter noch im Halteverbot stehen lassen muss?«

Rob lachte. »Ich schätze mal mindestens noch eine gute halbe Stunde.«

»Oh Mann«, sagte sie kopfschüttelnd. »Man bekommt heutzutage einfach keine richtigen Hilfskräfte mehr.« Sie klopfte mit der Faust gegen Sebs Tür, die bereits geschlossen war, wie sie amüsiert feststellte. »Wehe, wenn du da drin nicht am Lernen bist, Kleiner.«

Er steckte den Kopf zur Tür heraus. »Nenn mich nicht ›Kleiner‹.«

»Mein Sohn, wie er leibt und lebt.« Sie war versucht, ihn richtig zu nerven und ihm das Haar zu zausen, entschied sich aber dagegen. »Gott, ich liebe dich.«

»Verzieh dich, Mum.« Immerhin redete er mit ihr, was ein echter Fortschritt war! Sie schmunzelte in sich hinein. Eins nach dem anderen. Es mochte vielleicht noch etwas dauern, aber schon bald würde er sich über die Klamotten, die sie trug, lustig machen und alles wäre wieder normal. Nun ja, so normal es ohne John eben sein konnte.

Verdammt. Sie spürte, wie ihr die Tränen kamen, und sie drehte sich rasch zum Fenster weg. Glücklicherweise stand sie direkt neben der Kuchenschachtel, und sie beugte sich hinunter und riss sie auf. »Wer die nächste Kiste raufbringt bekommt Karottenkuchen«, sagte sie und wandte sich wieder um. »Auf die Plätze, fertig, los!«

Die beiden stürmten wie von der Tarantel gestochen los. Ihre Nachbarn würden sie angesichts der polternden Tritte auf der Treppe bestimmt nicht mit offenen Armen empfangen, aber das war Abi egal. Sie war in ihrem neuen Zuhause, und die Maisonne sorgte dafür, dass sich die Flecken auf den ungeputzten Fensterscheiben zeigten. Das hier war Leben. Das hier war der Himmel.

Nichts würde daran etwas ändern. Nicht John. Nicht die Tatsache, dass sie bis zum Ende des Monats von gebackenen Bohnen leben musste. Und auch nicht, dass sie Psychologie immer noch mithilfe von Leihbüchern und Podcasts studierte. Es würde sich schon alles irgendwie irgendwann finden.

Sie kramte ein Messer hervor und beugte sich hinunter, um den Kuchen zu schneiden.

Und mit einem Mal war er da. Dieser Schmerz. So vertraut und doch so Furcht einflößend.

Er durchbohrte sie nicht eine, sondern zwei Sekunden lang.

Dann war er wieder verschwunden.

Sie schnappte zitternd nach Luft.

Öffnete die zu Fäusten geballten Hände und schnitt weiter den Kuchen auf, zwang sich zu atmen, während die Angst um sie herumwirbelte, ihr Herz erstarren ließ und die Zukunft bedrohte, die sie sich mit aller Kraft aufzubauen versuchte.

SEB

»Hattest du eigentlich jemals vor, es mir zu sagen?«

Seb, der gerade im Nando's Pause machte, um etwas zu essen, drehte sich um. Jess stand vor ihm, ein Bein vorgestreckt, das dunkle Haar herausfordernd auf eine Seite geworfen. Kampfeslustig. Allerdings drohten ihr die Kinder, die sich hinter ihr um die Eismaschine des Restaurants balgten, die Show zu stehlen.

Jess trat vor und versperrte ihm damit die Sicht auf das drohende Theater im Hintergrund. »Wieso hast du es mir nicht erzählt?«

Seb verlagerte sein Gewicht auf den anderen Fuß. »Wir sind uns ja gar nicht mehr über den Weg gelaufen.«

»Ach, komm schon.« Sie beförderte ihr Haar mit einer kurzen Bewegung auf die andere Seite. »Schon mal was von Handy gehört? Du hast doch ein iPhone, oder etwa nicht?«

»Ich dachte, du wolltest nicht, dass ich mich bei dir melde. Wo du doch jetzt einen neuen Freund hast.« Jess sah so hübsch aus. Grünes Top. Eine feine Silberkette um den Hals. Und diese riesigen dunklen Augen, die strahlten, obwohl sie vermutlich immer noch jede Nacht bis drei Uhr in der Früh lernte.

Er sah, wie sie einen Fingernagel in ihren Daumenballen krallte, und spürte ihren Schmerz, der unter ihrem Make-up und ihrem herausfordernden Auftreten verborgen war.

Sie hob den Blick und fragte: »Was nimmst du?«

»Das Übliche.«

»Piri-Piri-Hähnchen? Etwa mal wieder ein ganzes?« Endlich lächelte sie, und er spürte, wie sich seine Schultern entspannten.

»Du solltest doch wissen, dass ich unersättlich bin!«

Was sollte denn diese blöde zweideutige Bemerkung? Und dann auch noch laut!

Er blickte sich um und sah, dass ihn ein paar Zehntklässler aus der hinteren Ecke anstarrten und mit Fingern auf ihn zeigten. Nach seinem Outing traf er überall auf Kichern und Geflüster, egal wohin er auch ging. Er starrte die Leute für gewöhnlich so lange an, bis sie sich abwandten und versuchte sich einzureden, dass es ihm egal war. Er würde ja nicht mehr lange hier sein. Hatte fast genug Geld zusammen. Bald ging es nach London, wo er neu anfangen würde.

»Ist alles in Ordnung bei dir, Seb? Das muss sehr schwer für dich gewesen sein …« Sie verstummte, und er hätte sie am liebsten in die Arme genommen. Trotz allem was er ihr angetan hatte, war sie immer noch so nett zu ihm. Hinter ihr waren die Knirpse damit beschäftigt, Eiscreme in ihre kleinen Nando's-Becher strudeln zu lassen. Ein kleines Mädchen mit Zöpfen reckte ihren bereits mit Eis gefüllten Becher eifrig in die Höhe, entschlossen, noch einmal am Hebel zu ziehen und den Becher zum Überlaufen zu bringen.

»Was ist los?« Jess blickte sich um. »Oh.« Ein Lächeln. »Erinnerst du dich noch daran, wie wir stundenlang hier gesessen haben und du den Laden mit deinen endlosen Auffüllportionen an den Rand des Bankrotts getrieben hast?«

»Ja«, erwiderte er lächelnd. »Aber in meiner Erinnerung habe ich dich dabei mit meinen romantischen Lines begeistert.«

Sie verdrehte die Augen auf diese Weise, die er so liebte. »Träum weiter.«

»Oh, das schmerzt jetzt aber!« Er presste eine Hand auf sein Herz.

»Ganz offensichtlich war ich diejenige, die dich beeindruckt hat«, sagte sie grinsend und ihre winzige Zahnlücke wurde sichtbar, von der er wusste, dass sie sie hasste.

Sie verschränkte die Arme. »Wie läuft es denn mit deinen Prüfungen?«

»Nicht schlecht.« Er nickte, obwohl ihm klar war, dass einer der zwei Menschen auf dieser Welt vor ihm stand, die immer wussten, wann er log.

»Interessant.« Sie zog eine Augenbraue in die Höhe.

»Wieso?« Selbst in seinen Ohren klang seine Stimme defensiv.

»Weil ich gehört habe, dass du zu keiner einzigen erschienen bist.«

Scheiße.

»Wer hat dir das denn erzählt?«

»Ist doch egal. Wichtig ist doch nur, ob es stimmt.«

»Nein, es stimmt nicht.«

»Ach, wirklich?« Sie schüttelte den Kopf. »Na, schön. Dann erzähl doch mal, was in der Biologieklausur vorkam.«

»Weiß ich nicht mehr.« Diese Zehntklässler gingen ihm langsam wirklich auf den Geist.

»Oh, du weißt es nicht mehr. Oder bist du gar nicht da gewesen?«

»Was soll denn das? Ist das ein Verhör?«

Sie trat einen Schritt auf ihn zu.

»Komm schon, Seb. Vielleicht hat dir unsere gemeinsame Zeit nicht viel bedeutet, aber …«

»Das stimmt doch überhaupt nicht.« Er schüttelte den Kopf.

»Ach nein?« Sie spielte mit dem Riemen ihrer Handtasche. »Denn manchmal frage ich mich, warum du überhaupt mit mir zusammen gewesen bist.«

»Machst du Witze?« Plötzlich waren ihm die Finger, die auf ihn zeigten, egal. Er musste das hier unbedingt richtigstellen. Ihr dabei helfen, an sich zu glauben, so wie er an sie glaubte. Er konnte es nicht ertragen, dass sie keine Ahnung hatte, was für ein großartiger Mensch sie war. Dass sie der Grund war, dass er die Krankheit seiner Mutter überstanden hatte, ohne sich seine Noten oder sein Leben zu versauen. Dass sie ihm durch diesen Irrgarten der Unsicherheit und Angst hindurchgeholfen und ihm diese eine Sache gegeben hatte, die er am dringendsten brauchte: Vertrauen.

Er versuchte die richtigen Worte zu finden, während er sich daran erinnerte, wie ihr Kopf an seiner Schulter gelehnt hatte, während sie gemeinsam das x-te Wartezimmer voller Menschen ertragen hatten, die ebensolche Angst litten wie sie. Ohne sie wäre er zusammengebrochen. Ohne sie hätte er nur Scheiße gebaut. Den Beweis dafür würden schon bald seine nicht vorhandenen Prüfungsergebnisse liefern. Er war seiner Bestimmung gefolgt und zu einem Säufer ohne Freunde und ohne Perspektiven geworden, der nichts anderes auf die Reihe bekam, als auf sein Rad zu steigen und loszuschwanken, um noch ein weiteres Essen auszuliefern.

Er hatte ihr so viel zu verdanken. Er musste das hier richtig machen.

Er nahm ihre Hand. »Jess, ich glaube, du hast als Einzige keine Ahnung, was du für ein großartiger Mensch bist. Und das wirst du für mich auch immer bleiben. Aber du weißt ja, dass bei mir einiges mehr los war, und es nicht so einfach gewesen ist …«

»Es stimmt also?« Sie neigte den Kopf zu einer Seite.

»Ja, ich bin schwul.«

Genau in dem Moment, als er das Wort aussprach, schaltete sich die Musikanlage ab – etwas, das im Nando's sonst nie vorkam und ebenso unvorstellbar war, als wären dem Restaurant die Hähnchen ausgegangen oder es gäbe mal einen freien Fensterplatz. Seb blickte sich mit einer gespielten Lockerheit um.

Sämtliche Köpfe waren ihnen zugewandt. Super.

Er schluckte. Wartete darauf, dass wieder Musik erklang. Wartete darauf, dass die Knirpse wieder im Streit um die Schokostreusel zu kreischen begannen. Wartete auf ein Wunder.

Das aber nicht geschah. Wieso überraschte ihn das? Schließlich zeigten die Erfahrungen der letzten Zeit, dass das Glück nicht gerade auf seiner Seite war.

Jess klopfte ungeduldig mit der Fußspitze auf den Boden. »Und?«

»Dem gibt's eigentlich nichts hinzuzufügen.«

Keine Spur von einem Lächeln mehr. Bloß Wut. »Wieso hast du es mir nicht einfach gesagt?«

»Ich wusste es nicht. Es war mir wirklich lange Zeit gar nicht klar. Du willst doch Ärztin werden, Jess. Du weißt, wie es läuft. Manche benötigen eine Weile, ehe sie es begreifen.«

»Ja, das ist mir bekannt! Ich wünschte nur, ich hätte nicht so viel Zeit damit verbracht, mich zu fragen, was mit mir nicht stimmt. Ob du vielleicht nicht auf mich stehst, weil … weil …« Sie schüttelte den Kopf.

Er trat auf sie zu.

»Es tut mir wirklich leid, Jess.«

»Das sollte es verdammt noch mal auch.«

»Das ist nicht fair.« Der ganze Frust, der in ihm aufstieg, trieb ihn an. »Es war nicht meine Absicht, dich zu verletzen. Das Leben geht eben nicht immer geradeaus, weißt du. Du kannst die besten Noten haben, du kannst das Richtige essen, du kannst ein klares Ziel vor Augen haben und dann wird deine Mutter plötzlich krank.«

»Aber es geht ihr doch jetzt besser. Hör auf, alles darauf zu schieben.«

»Verstehst du denn nicht?« Er gestikulierte jetzt wild in der Luft herum. »Durch Mums Krankheit hat sich alles geändert. Ich weiß jetzt, dass man nichts als selbstverständlich betrachten kann, genauso wie ich weiß, dass ich keine Zeit mehr mit Lernen verbringen will, wenn alles in mir danach schreit, zu warten und eine Auszeit zu nehmen, um die Dinge zur Abwechslung einmal zu verarbeiten.«

Seine Wut brach wieder einmal hervor, und er hatte keine Ahnung, wie er sie aufhalten sollte. Er wollte nicht so sein. Er sah, dass ihr die Tränen in die Augen schossen und dennoch vermochte er nicht aufzuhören.

»Hör zu. Ich finde, dass du der absolute Wahnsinn bist. Und ich hasse mich dafür, dass ich dir wehgetan habe. Aber kapierst du es denn nicht? Ich war nie der Richtige für dich. Ich bin nicht dein Traummann. Ich habe mal an diesen ganzen Scheiß geglaubt, aber das tue ich nicht mehr. Schau dir doch nur meine Eltern an. Mein Vater fängt in einer jämmerlichen Wohnung an irgendeiner Umgehungsstraße neu an. Und meine Mutter tut mit ihrem verdammten Freund und ihrem blöden roten Bettzeug so, als sei sie wieder neunzehn.« Er zuckte mit den Schultern, fühlte sich plötzlich erschöpft. »Ich versuche bloß ich selbst zu sein, Jess. Das ist mein Ziel.« Er holte tief Luft. »Mehr schaff ich nicht.«

Sie hatte den Kopf gesenkt. Er neigte sich zu ihr hinab und sagte leise: »Und eins noch. Das habe ich eben vergessen. Ich bin verdammt stolz auf dich.«

»Warum?«

»Weil du so verdammt hart dafür arbeitest, die Ärztin zu werden, die du einmal sein willst.«

Sie wischte sich eine Träne von der Wange. »Ich danke dir.«

Er bemerkte mit einem Mal, dass wieder Musik lief. »Get Lucky«. Der Song erinnerte ihn an Familienausflüge mit dem Auto. Dad, der lachend Widerspruch erhob, weil er sich nicht das Cricketspiel anhören durfte. Mum, die so tat, als könnte sie singen. Und er selbst hinten im Wagen, wo er vorgab, jede einzelne Minute zu hassen. Dabei war er sich überhaupt nicht bewusst gewesen, welch ein Glück er hatte.

Es brachte nichts, jetzt darüber nachzudenken. Er wollte dem Mädchen helfen, das vor ihm stand. »Du hast mich stärker und mutiger und besser gemacht, Jess. Bitte glaub mir das, okay?«

Sie nickte. »Okay.« Ihr Blick war immer noch auf den Boden gerichtet, aber ein kleines Lächeln umspielte ihre Lippen. Sie hob den Kopf, und er erkannte, dass sie es vielleicht – irgendwann einmal – schaffen würden, Freunde zu sein.

Der Appetit war ihm vergangen. Als Jess wieder zu ihren Freundinnen hinübergegangen war, wollte er nur noch hier raus. Draußen Geld verdienen. Bloß noch zweihundert und dann hieße es »Hallo, London«, und er konnte diesen ganzen Scheiß hinter sich lassen.

Auf der Straße warf er einen Blick auf seine App und nahm eine Lieferung von einem Restaurant in der Cornmarket Street an. Wer auch immer bestellt hatte, hatte offenbar einen großen Abend geplant. Auf dem Weg zu seinem Rad schaute sich Seb um. In der einen Richtung fiel sein Blick auf das New Theatre, in der anderen auf eine Gruppe japanischer Touristen.

Er atmete einmal tief ein. Wenn ihm die Krankheit seiner Mutter eins beigebracht hatte, dann das Beste aus allem zu machen. Carpe diem. Er musste weitermachen. Jetzt sofort.

Er zog sein Rad aus dem metallenen Wust im Fahrradständer und stieg auf. Los ging's. OneRepublic dröhnte aus seinen Kopfhörern, als er sich die George Street hinunterschlängelte, vorbei an gut gefüllten Restaurants. Er schaute weder nach links noch nach rechts. Sein Blick war nur nach vorn gerichtet, wo seine Zukunft lag.

Deshalb sah er den Motorradfahrer erst, als es zu spät war.

Sein letzter Gedanke galt seiner Mutter. Dann knallte sein Körper auf das Pflaster, und er blieb regungslos auf der Seite liegen, während die Worte von »Good Life« auf seinen Lippen erstarben.

ABI

»Gibt's schon irgendwelche Neuigkeiten?« John kam mit knallrotem Gesicht hereingerannt. Sein Mantel hing an seinem Arm.

»Nein.« Sie nahm ihre Handtasche von dem Stuhl neben sich, damit er sich setzen konnte. »Noch nicht.«

Sie kehrte sofort wieder in ihre Sitzposition zurück, den Kopf gesenkt, die Hände im Schoß zu Fäusten geballt. Ihr Junge. Ihr wundervoller, unglaublicher Junge. Sie biss die Zähne zusammen, während Familienvideos in einem Endlosband in ihrem Kopf abliefen. Seb, wie er mit großen Augen und vor Freude kreischend in ihrem ersten kleinen Garten durch die Berieselungsanlage lief. Seb und John, die an einem warmen Apriltag in Tenby schreiend aus den Wellen gerannt kamen. Seb, der verkündete, dass der Schuppen seines Großvaters nun sein Reich sei und ihn mit seinen Spielsachen füllte, und das Gesicht ihres Vaters, als er von der Arbeit nach Hause kam und seine Setzlinge und Tomatenpflanzen in der eisigen Kälte des stürmischen Februarwinds entdeckte.

Sie blinzelte, starrte auf den rissigen Boden des Wartezimmers. Der Anruf hatte sie im Laden erreicht, als ihr ihre schwierigste Kundin gerade erklärte, warum sie nicht bereit war, den vollen Preis für die Rahmung ihrer »Beste-Sahnetorte-Urkunde« zu bezahlen. Beim ersten Mal hatte Abi ihr Handy ignoriert. Beim zweiten Mal auch noch. Doch als zum dritten Mal der Klingelton erklang, da hatte sie die kostbare Urkunde zur Seite gelegt und das Gespräch angenommen, auch wenn dies Mrs. Jeffrey zu weiteren Beschwerden hinsichtlich ihrer mangelnden Professionalität und des sinkenden Niveaus des Kundendienstes in der heutigen Zeit veranlasste. Das Erste, was sie vernommen hatte, war Schluchzen und Keuchen. Und dann hörte sie Jess die Worte sagen, von denen man hoffte, dass man sie als Eltern niemals hören musste. Sie hatte Rob zugeschrien, raufzukommen und für sie einzuspringen und war dann einfach losgerannt, ohne sich um Mrs. Jeffrey und ihre Schimpftirade zu scheren.

John nahm neben ihr Platz, und sie musste dem Drang widerstehen, sich an seine Schulter zu lehnen, wie sie es in der Vergangenheit schon so viele Male getan hatte. Er gehörte nicht mehr ihr.

»Was ist passiert?«

»Er wurde von einem Motorrad angefahren und ist vom Fahrrad gestürzt.« Sie schloss die Augen, als sie sich die Wucht des Aufpralls vorstellte. Sah vor sich, wie sein blondes Haar flog, als er durch die Luft segelte, bevor er mit einem dumpfen Knall auf dem Pflaster landete. Sie schüttelte den Kopf, versuchte diese Vorstellung zu verdrängen, doch sie kehrte mit noch größerer Kraft zurück. Wie ihm die Luft wegblieb. Der Schock in seinen Augen. »Er hatte den verdammten Helm nicht auf.«

»Scheiße.« John seufzte. »Wie viele Male haben wir ihm gesagt –«

»Ich weiß.« Abi fixierte einen Riss im Boden so lange, bis sie schließlich das Gefühl hatte, er könnte sich öffnen und sie verschlingen. Und es kam ihr so vor, als gehörte sie genau dorthin. Das Fenster hinter ihr schien eine Art Brennglas zu sein, das die Sonnenstrahlen in ihrem Nacken bündelte. Sie setzte sich gerade hin und rieb mit den Fingern über die Stelle. »Aber er hört ja nie auf uns.« Ihre Stimme verwandelte sich in ein Schluchzen.

Sie grub die Nägel in ihre Handflächen, aber es war zu spät. Hier zu sitzen rief zu viele Erinnerungen wach. Dieses Gefühl der Übelkeit, das sie immer überkommen hatte, wenn sie auf ihre Ergebnisse wartete. Die lahmen Witze, um die Zeit bis zur nächsten Runde schlechter Nachrichten zu killen. Tee, der ihr den Gaumen verbrannte. Hände, die die ihren hielten, als ihr klar wurde, dass ihr Körper nicht mehr ihr Verbündeter war. Sie kauerte sich wieder auf ihrem Stuhl zusammen, vermochte die Tränen nicht länger zurückzuhalten. Wie konnten sie bloß wieder hier sein. Früher einmal hatten sie Ausflüge mit dem Wagen gemacht. Waren übers Wochenende weggefahren. Waren in Städte mit Stränden oder Schlössern oder beidem geflogen. Nun war dieses Krankenhaus der Magnet, der sie immer und immer wieder anzog, um sie in sein überhitztes, antiseptisches Herz zu schließen.

Ihr Mund war so trocken wie Sandpapier, und das Schluchzen nahm zu. Ihr Sohn auf dem Pflaster. Sein verbogenes Fahrrad. Sein Blut. Sie konnte es alles so deutlich vor sich sehen. Und sie war nicht in seiner Nähe gewesen. Er hatte sie gebraucht, und sie hatte wieder einmal versagt.

Sie erlaubte sich daran zu glauben, dass sie nun Zeit hatten. Dass sie darauf warten konnte, dass er sich ihr öffnete. Gerade sie hätte doch wissen müssen, dass allein das Hier und Jetzt zählte. Dass man niemals etwas als selbstverständlich ansehen konnte. Ihre Schultern zitterten. Es war immer nur ihr Bestreben gewesen, ihn glücklich zu machen, doch darin hatte sie kläglich versagt. Und nun lag er hilflos unter den grell strahlenden Operationsleuchten, genau wie sie es getan hatte. Nadeln in den Venen. Reglos.

Sie umklammerte ihren Kopf mit den Händen und unterdrückte den Wutschrei, der in ihr aufstieg. Irgendwie hatte sie all die Wochen und Monaten ihres eigenen Schmerzes bewältigt, aber das hier ging zu tief. War zu viel.

Sie hatte Mühe zu atmen. Doch dann legte sich mit einem Mal eine starke warme Hand um ihre Schulter und eine andere drückte beruhigend ihre Finger.

»Ist schon gut, Abi«, sagte John mit leiser Stimme und wie schon unzählige Male zuvor bei Anlässen, die ebenso düster gewesen waren wie dieser hier, hatte seine Stimme eine beruhigende Wirkung auf sie. »Unser Sohn ist stark.« Sie konnte das Stocken in seiner Stimme hören. »Das ist er schon immer gewesen. Der lässt sich nicht von irgendeinem blöden Motorrad die Zukunft versauen.«

»Er hat die Dinger noch nie gemocht, stimmt's?« Sie wischte sich mit dem Handrücken die Nase ab.

»Stimmt«, erwiderte John nickend. »Unser Seb hat eher eine Schwäche für Oldtimer.«

»Ja.« Sie holte von Schuldgefühlen und Tränen geplagt Luft. »Was hat er sich jede Weihnachten gewünscht?«

John strich sich das Haar aus dem Gesicht. »Einen Aston Martin Volante.« Sie schaute ihn an und sah, dass ihm die Tränen in den Augen standen. Doch er kämpfte gegen sie an, wie er es schon tausendmal getan hatte und fuhr fort. »Ich habe einmal eine Anzahlung für einen geleistet, habe das restliche Geld aber nicht auftreiben können.«

Sie brachte ein zittriges Lachen zustande. »Und du wunderst dich, warum deine Firma in Schwierigkeiten geraten ist?«

»Nein.« John griff in seine Tasche, zog ein Papiertaschentuch daraus hervor und reichte es ihr. »Tue ich nicht.«

Sie lächelten einander an, und es war eine solche Erleichterung, bis Abi wieder einfiel, warum sie hier waren und sich erschrocken die Hand vor den Mund hielt. Heiterkeit war in diesem Raum, wo Schicksale besiegelt wurden und man möglichweise geliebte Menschen verlor, fehl am Platz. Eine Frau mit kastanienbraunem Haar und Brille blickte den Mann neben sich forschend an, der völlig in sein Smartphone vertieft war und darauf herumtippte. Abi hatte noch nie zwei Menschen gesehen, die so einsam wirkten. In der hinteren Ecke fluchte eine grauhaarige Frau leise am Wasserspender vor sich hin, weil sie keinen Becher fand. Sie machte den Eindruck, als würde sie sich jeden Moment hinknien und ihren Mund darunter halten, und Abi stand rasch auf und reichte ihr einen der Becher, die auf dem Fensterbrett standen.

»Ich weiß auch nicht, warum die hier drüben stehen«, sagte sie lächelnd.

»Vielen Dank.« Die Frau zog den Riemen ihrer Handtasche höher auf die Schulter. »Ich hatte mir schon Sorgen gemacht, dass mir das Wasser übers Gesicht läuft, wenn ich einfach den Kopf darunter halte. Albern, nicht wahr?«, setzte sie seufzend hinzu. »Sich über so etwas Gedanken zu machen, während meine Tochter da drin ist und …« Sie verstummte. »Sie wissen schon.«

»Tut mir leid.« Abi tätschelte zaghaft ihren Arm. »Ich hoffe, es geht alles gut.«

»Das wünsche ich Ihnen auch.« Die Frau presste in einem Versuch zu lächeln die Lippen zusammen, bevor sie sich zum Wasserspender hinunterbeugte.

Abi kehrte wieder zu ihrem grünen Plastikstuhl zurück.

John saß nun zurückgelehnt da und hatte den obersten Knopf seines Hemds geöffnet. Er rollte seine Krawatte zusammen und steckte sie in die Tasche, sodass er wie der Samstags-John aussah. Der Wochenend-John.

Sie kannte ihn so gut. Er putzte immer die unteren Zähne zuerst. Konnte keinen Wochenendausflug überstehen, ohne eins seiner heiß geliebten Radios mitzunehmen. Nahm sich an Spieltagen der Queens Park Rangers nie etwas vor, damit er vor dem Fernseher kleben konnte. Schenkte ihr Blumen, wenn sie gar nicht damit gerechnet hatte. Bereitete an dunklen Winterabenden Lasagne zu. Erklärte ihrer Mutter geduldig zum tausendsten Mal, wie Skype funktionierte. Seine starken Arme. Seine Lippen auf den ihren.

Eigentlich war alles an ihm so vertraut wie das zischende Geräusch der Nadel, wenn ihr Vater eine Schallplatte auflegte. Sein Geruch. Wie er sich anfühlte. Es war so schade, dass nach all den Jahren, in denen sie sich geliebt hatten, von ihrer Innigkeit nichts weiter übrig geblieben war, als höfliche Küsse und eine bedrückende Stille.

Immer noch kein Arzt. Sie verschränkte ihre Hände vor dem Bauch, dankbar, dass der Schmerz von vor zwei Wochen nicht wiedergekehrt war. Neben ihr wippte Johns Bein auf und ab. Mit ihm hier zu sein, während sie auf Neuigkeiten von ihrem Sohn warteten, gehörte auch zu den Dingen, die so vertraut waren. Dieses Krankhaus hatte zu viel ihrer Zeit in Anspruch genommen. Es gab kein Entkommen vor dieser Last der Vergangenheit, die sich auf ihre Schultern legte.

Ihr Herz vollführte einen erschrockenen Hüpfer, als ein Arzt in einem weißen Kittel den Wartebereich betrat. Ein kleines Mädchen, das in einer Ecke spielte, strahlte ihn an und winkte mit ihrem eigenen rosafarbenen Stethoskop, während seine Mutter versuchte, es zu beruhigen. Abi konnte sich noch daran erinnern, wie Seb fröhlich in die Küche gehüpft gekommen war und ihr verkündet hatte, dass ihr Bein gebrochen sei und er es mit Klebeband und einem Plätzchen wieder ganz machen würde. Ihr war nie so recht klar geworden, welche Wirkung dem Plätzchen dabei zukam, aber sie hatte es gern mit ihm geteilt, auch wenn er ihr lediglich eine winzige Ecke davon abgab und den Rest vergnügt selbst vertilgte.

Komm schon, Seb.

Der Arzt ging zu der grauhaarigen Frau hinüber und führte sie ruhig durch die Schwingtür hinaus. Alle anderen im Raum warteten, bis sie an der Reihe waren. Warteten auf die gute oder schlechte Nachricht, die ihr Leben für immer verändern konnte.

Johns Finger trommelten gegen seinen Oberschenkel, und Abi streckte den Arm aus und ergriff seine Hand. Ihre Finger nahmen sogleich die vertraute Position ein, und seine Hand legte sich auf die ihre.

»Wie ist deine neue Wohnung?«

»Wunderbar.« Sie hatte bereits die Wände im Wohnzimmer gestrichen und war dabei, ihre Vermieterin davon zu überzeugen, den schrecklichen Teppichboden zu ersetzen. Langsam fühlte es sich wie ihr Zuhause an. Sie gab zu viel Geld für Bilder aus dem Laden aus, und Rob hatte eine riesige Leinwand für sie bemalt, auf der die Silhouette einer jungen Frau zu sehen war, von deren Hand ein Schlüsselbund herabbaumelte, während im Hintergrund ein wahres Feuerwerk an Blüten zu bestaunen war. Er hatte es *Losgehen* betitelt, und es nahm einen Ehrenplatz über dem Kamin ein. »Sie ist in der Cowley Road in der Nähe von dem Inder, wo wir früher so oft essen waren.«

»Oh, schön. Da hat es dir doch immer gefallen. Der ganze Trubel. Die Musik, die aus den Läden dröhnt.«

»Ja.« Sie drückte seine Hand. »Der Essensgeruch in der Luft. Und das Fluchen vom Pub gegenüber, wenn die letzte Runde bestellt werden muss.«

John atmete ein. »Perfekt. Hast du dich schon mit dem Wirt angefreundet?« Sie schüttelte den Kopf. »Noch nicht. Aber es wird bestimmt nicht lange dauern, bis ich auf der Theke tanze.«

Er starrte vor sich hin. »Also bist du glücklich? Wirklich glücklich?«

»Ja.« Sie warf ihm einen Blick zu, hörte aus seinen Worten die Frage heraus, die er ihr nicht stellte.

»Ich bin nicht mit Steve zusammen, falls du dich das fragen solltest.«

»Tue ich nicht.«

Enttäuschung machte sich in ihr breit. Er hatte sein altes Leben ganz offensichtlich hinter sich gelassen.

Gott, war das heiß hier drin!

Sie schlüpfte aus ihren Sandalen und stellte ihre Füße auf den Boden, um sie ein wenig abzukühlen. Keine Chance. Der Boden kochte. Sie hätte es wissen müssen. Sie zog die Sandalen wieder an, und der Riemen war zu fummelig, und es dauerte zu lange, und sie lehnte sich frustriert wieder auf ihrem Stuhl zurück.

»Danke, dass du es mir gesagt hast.« John wandte sich ihr zu und ergriff wieder ihre Hand.

»Das mit Steve?«

»Ja.«

»Keine Ursache.« Sie fächelte sich Luft zu. »Meinst du, Seb kommt wieder in Ordnung?«

»Ja.«

»Wehe, wenn nicht.« Sie stieß einen Seufzer aus. »So hatten wir uns das nicht vorgestellt, oder?«

»Unsere Zukunft? Nein«, erwiderte er kopfschüttelnd. »Wollten wir nicht gemeinsam in einen wundervollen Sonnenuntergang reiten?«

»Ja. Obwohl ich meine, dass irgendwo auch ein Regenbogen darin vorkam.«

»Natürlich.«

Sie schlug die Beine übereinander. »Und vielleicht auch etwas opulent romantische Musik. Ravel? Oder Debussy?«

»Oder vielleicht auch nur das Rascheln der Maisfelder oder unser Lachen.«

Sie zog eine Augenbraue in die Höhe. »Sieh mal einer an, wer hätte gedacht, dass ein schlechtes Drehbuch in dir steckt?«

»Ich schaffe es offenbar immer noch, dich zu überraschen.«

»Wie damals, als du mich nach New York mitgenommen hast.«

»Stimmt.«

Sie atmete aus. »Manhattans in Manhattan. Das Rockefeller Center. Und ich habe draußen vor der Met so getan, als wäre ich eine Ballerina, um dann prompt in dem Moment umzukippen, als du fotografiert hast.«

»Ach ja.« Da war das Lächeln wieder. »Du bist aber sehr elegant umgekippt.«

»Von wegen.« Sie schüttelte sich. »Ich lebe in ständiger Angst, dass dieses Foto irgendwo auftaucht.«

»Aber ich bin der Einzige, der einen Abzug davon hat! Vertraust du mir etwa nicht?«

Abi versuchte ihren inneren Monolog zu ignorieren, der Mal wieder keine Hilfe war. *Doch das tue ich. Doch das tue ich.*

Sie musste einfach etwas sagen. Musste es versuchen.

»John, ich …« Sie legte sich gerade die Worte zurecht, als die Tür wieder aufging. Abi sprang sofort auf. Mit jeder Faser ihres Körpers bereit loszustürmen, um endlich ihren Sohn zu sehen.

»Jess!« Sie sackte für einen Moment ein wenig in sich zusammen, zog Sebs Ex-Freundin dann aber in ihre Arme und hielt sie fest, während diese an ihrer Schulter weinte. Sie strich ihr über das dunkle Haar und flüsterte ihr beruhigende Worte ins Ohr. »Ist schon in Ordnung, Jess. Es wird alles wieder gut.«

»Es ist meine Schuld.« Jess holte zittrig Luft. »Wir haben uns unterhalten, dann ist er losgefahren und es ist passiert.« Ihre letzten Worte gingen in einem Tränenschwall unter.

Abi wich zurück und hielt sie auf Armeslänge von sich. »Nein, Jess. Hör damit auf. Niemand hat Schuld. So ist das im Leben nun mal. Es gibt Unfälle. Krankheiten. Es geschieht alles zufällig. Wir können nichts dagegen tun. Es hat einfach ein Helm gefehlt, und da war ein Motorrad, das zu schnell gefahren ist. Okay? Es hatte nichts mit dir zu tun.«

»Aber –«

»Nein.« Abis Stimme war lauter, als sie erwartet hatte. »Nein, Jess. Halt.«

»Okay.« Jess wischte sich die Augen. Ihre Wimperntusche hinterließ Spuren auf ihrer Wange. »Wenn Sie es sagen.«

»Ja, das tue ich.« Abi schaute sie an. Das Mädchen brauchte

eine Aufgabe. »Würdest du mir einen Gefallen tun und Dan anrufen? Und den Rest von Sebs Freunden?«

»Oh, ich weiß nicht ...« Jess biss sich auf die Lippe.

»Damit würdest du uns wirklich helfen.« Jess war ausgesprochen hilfsbereit. Abi erinnerte sich daran, dass sie Seb und John nach jeder ihrer Chemo-Runden ständig mit Tee und Toasthappen versorgt hatte, damit sie bei Kräften blieben.

»In Ordnung.« Jess kramte mit zitternden Händen ihr Smartphone hervor. »Mach ich.« Sie blickte sich im Raum um und fällte die weise Entscheidung, in den Flur hinauszugehen. »Aber sagen Sie mir Bescheid, wenn es Neuigkeiten gibt, ja?«

»Aber natürlich.« Abi nahm wieder auf ihrem Stuhl Platz.

»Wieso haben sich die beiden eigentlich getrennt?« John verdrehte die Augen. »Er muss verrückt sein, sie gehen zu lassen.«

»Ich habe keine Ahnung.«

Plötzlich flog die Schwingtür wieder auf, und eine blonde Ärztin mit rotem Lippenstift und einem erschöpften Lächeln sagte: »Mrs. Cooper?«

»Ja.« Abi sprang auf.

»Würden Sie und ...«, die Ärztin sah John an, der sich ebenfalls erhoben hatte, »... und Sebastians Vater bitte mit mir kommen?«

»Ja.« Abi griff nach ihrer Handtasche. »Ja, endlich.«

Und sie gingen durch die Türen zu ihrem Sohn.

JUNI

»It Won't Be Long Now«

(aus: In the Heights *von Lin-Manuel Miranda)*

Dieser Song ist nur für mich. Ich liebe dieses Musical und ganz besonders diesen Song. Er bringt mich dazu, mich immer wieder zu dieser verdammten Chemo aufzuraffen. Er ist wie ein Tritt in den Hintern, und er macht mir Hoffnung, dass ich diesen ganzen Scheiß eines Tages hinter mir haben werde und die Welt im Sturm erobere. Oder es zumindest schaffe, mal wieder auf einem Tisch zu tanzen.

Ich werde auf jeden Fall nach London fahren und mir die Show ansehen – komme was wolle! Und ich werde in der ersten Reihe sitzen, im Stillen jeden Song mitsingen und sehr wahrscheinlich auch aufspringen und tanzen. Dieser Song erfüllt mein Herz und macht mir Mut.

ABI

Ein paar Tage später sah er langsam wieder wie ein Mensch aus.

Jedes Mal, wenn sie sein Zimmer betraten, gab es einen Moment, in dem ihr der Atem stockte. Das war heute nicht anders. Seb lag flach auf dem Rücken. Regungslos. Hilflos.

Doch dann drehte er den Kopf, und sie atmete aus.

Seine Stimme war ein Krächzen. »Was tut man nicht alles, um euch zwei ins selbe Zimmer zu kriegen.«

Tränen schossen ihr in die Augen, als sie auf sein Bett zutrat. »Seb.« Sie versuchte ihn zu umarmen, was jetzt, wo die ganzen Kabel und Tropfinfusionen verschwunden waren, leichter fiel.

»Aua!«

Sie zuckte zurück. »Tut mir leid.«

Ein zaghaftes Lächeln erschien auf seinem Gesicht. »Zum Knuddeln ist es wohl noch zu früh.«

»Ist mir egal. Ich brauche Hautkontakt.« Sie presste zumindest ihr Gesicht an das seine und verspürte eine unendliche Erleichterung, als sie die Wärme seiner Haut fühlte. Beim Zurückweichen wanderte ihr Blick über sein Gesicht. Über die lange Schnittwunde auf seiner linken Wange, die zu heilen begann, und über sein linkes Auge, das geschwollen und kunterbunt war. Er war sehr blass, aber es war schon wieder Leben in seinen Augen.

Sie küsste ihn auf die Wange. Die Stirn. Das Haar. Jedes Mal, wenn sie ihn besuchten, musste sie sich vergewissern, dass auch noch alles an ihm dran war.

»Wie geht's dir?«

»Ganz gut.« Sie liebte es, wie sich sein Lächeln langsam über sein Gesicht ausbreitete. »Mal abgesehen von dem gebrochenen Bein.«

Sie setzte sich auf die Bettkante und blickte auf ihn hinab. Ihr Sohn. Ihr geliebter Sohn.

»Und dem tollen Veilchen.«

»Ach, das kann man kaum sehen.«

»Du bist eine schreckliche Lügnerin, Mum.«

»Stimmt.« John zog sich einen Stuhl ans Bett. »Jetzt bin ich dran.« Er nahm auf der anderen Bettseite vor dem rosafarbenen Vorhang Platz, der Seb von seinem Nachbarn trennte, gab seinem Sohn einen Kuss auf die Wange und lehnte sich zurück. Er war gealtert in dieser letzten Woche, in der sich Seb nach seinem Sturz kategorisch geweigert hatte aufzuwachen und intensiv überwacht werden musste. All das Warten. Und das Hoffen.

Und John war schon so viele Male zuvor in diesem Krankenhaus gewesen.

Aber dann war Seb aufgewacht und hatte um einen Hamburger gebeten, und da wusste Abi, dass alles wieder gut werden würde.

Als er außer Gefahr war und sie auf der Station darauf warteten, dass sein Bruch gerichtet wurde, hatte sie sich mit Seb unterhalten. John war spazieren gegangen, um frische Luft zu schnappen, und sie hatte die Gelegenheit genutzt, um mit ihrem Sohn ins Reine zu kommen. Sie wollte keine Zeit mehr verschwenden. Keine weiteren Missverständnisse aufkommen lassen.

Abi hatte sich für den Abend entschuldigt, als er sie mit Steve gesehen hatte. Hatte ihm zu erklären versucht, was bei

John und ihr schiefgegangen war. Und sie hatte ihm klargemacht, wie sehr sie beide ihn liebten und dass sie ihn unterstützen würden, egal wie seine Entscheidung ausfiel. Es hatte zwar ein bisschen gedauert, bis er ihr glaubte, aber inzwischen wusste sie, dass es ihr gelungen war, ihn zu überzeugen.

Denn er war wie verwandelt. Er redete. Lächelte. Und sein Gesicht war seit Monaten nicht mehr so offen gewesen.

Ihr Mann dagegen wirkte erschöpft.

»John?« Sie streckte den Arm übers Bett, und er nahm ihre Hand und küsste sie. Sie wartete darauf, dass er sie wieder loslassen würde, doch das tat er nicht.

Eine Krankenschwester schob lächelnd einen Medikamentenwagen am Fußende von Sebs Bett vorbei. Im Nachbarbett hinter dem Vorhang lachte jemand. Hinter ihnen läutete ein Telefon.

Aber Abi konnte ihren Blick nicht mehr von John wenden.

Sie drehten beide die Köpfe, als sie ein Klopfen vernahmen. Seb schlug seinen leeren Becher kraftlos gegen die Wasserkanne. »Hallooo! Verletzter Sohn an Eltern. Dürfte ich etwas Wasser haben?«

»Natürlich.« Sie sprangen auf, griffen gleichzeitig nach der Plastikkanne und warfen dabei den Becher um.

Seb verdrehte die Augen. »Oh Mann, ihr seid wirklich motorisch unbegabt. Es ist ein Wunder, dass ich mit solchen Genen überhaupt jemals Fußballspielen gelernt habe.«

»Was soll denn das heißen?«, erwiderte John. »In der Schule war ich immerhin in der dritten Liga.« Er versuchte sich an einem Lächeln, das ihm aber nicht ganz gelang.

»Echt beeindruckend.«

John drohte ihm mit gespielter Entrüstung mit dem Zeigefinger. »Und ich treibe Sport.«

»Ja. Du joggst. Und fährst Fahrrad.« Seb verdrehte wieder die Augen. »Das sind die einzigen Sportarten, die im Grunde überhaupt keine Koordination erfordern, außer, sich in einer geraden Linie zu bewegen.«

»Also für jemanden, der gerade einen schweren Unfall gehabt hat, bist du erstaunlich gesprächig«, brummte John.

Abi betrachtete ihre Jungs. Das Herz ging ihr auf. Vielleicht war doch noch nicht alles vorbei. Vielleicht gab es noch etwas zu retten.

Sie hielt den Strohhalm an Sebs Lippen, und der trank durstig. »Jetzt geht's mir besser.« Er ließ sich wieder aufs Kissen sinken. »Du freust dich bestimmt riesig darauf, dich um mich zu kümmern, stimmt's, Mum?«

Sie lachte. »Hmmm. Da bin ich mir noch nicht sicher. Aber die werden dich und deine Krücken bald entlassen, also bleibt uns wohl nichts anderes übrig, als es herauszufinden. Auf jeden Fall wird es reichlich Weintrauben und Schokolade geben.« Sie tätschelte sein gesundes Bein. Nahm seinen Anblick begierig in sich auf.

»Ich hasse Weintrauben.«

»Wie konnte ich das nur vergessen«, erwiderte sie lächelnd. »Dabei hast du dir doch mal eine Traube in die Nase gesteckt, bloß damit du sie nicht essen musstest.«

»Oh Gott. Tatsache?«

»Ja. Am sechsten Geburtstag von Anaya Rochdale, die dich bestimmt nie mehr zu einer Party einladen wird.«

»Natürlich weißt du so was noch!«

Abi zuckte mit den Schultern. »Na ja, der Rest meines Gehirns ist mit Songtexten und Gelüsten nach getoasteten Käsesandwiches belegt, also sei froh, dass ich diese kostbaren Erinnerungen an deine Kindheit noch reingequetscht habe!«

»Eine etwas schmeichelhaftere wäre mir allerdings lieber gewesen.«

»Eine etwas schmeichelhaftere?« Abi grinste zu John hinüber. »Da fällt mir gar keine ein.«

Seb schüttelte den Kopf. »Ihr solltet eigentlich netter zu mir sein. Ich bin schließlich nicht bloß auf einer Bananenschale ausgerutscht.«

»Ach ja? Du hast mich direkt nach der Chemo doch auch nur gefragt, wie es mir geht, weil du damals bei diesem verdammten Wissenschaftsprojekt über die Wirkung von Medikamenten auf die Stimmung mitgemacht hast.«

»Oh.« Seine Wangen röteten sich. »Stimmt.« Er nestelte mit seinen Fingern an der Bettdecke herum. »Hört mal …«

»Ja?«

»Ich muss euch etwas sagen.«

»So lange du uns nicht wieder zu überreden versuchst, dir ein Bier mitzubringen …«

»Nein!« Sein Gesicht hatte einen ernsten Ausdruck angenommen. »Es ist schon etwas wichtiger als das.«

»Okay«, sagte Abi nickend. »Wir sind ganz Ohr, nicht wahr, John?«

»Ja.« John drückte ihre Hand.

»Okay.« Seb blies beim Ausatmen die Wangen auf. »Dann mal los.«

Sie setzte sich neben ihn auf die Bettkante, spürte die Wärme seines Körpers.

Seb stieß einen Seufzer aus. »Oh Mann, das ist wirklich nicht leicht.«

Abi und John sahen einander an, während sie warteten. Abi hörte, wie sich jemand hinter dem Vorhang im Fernsehen *Null gewinnt* ansah, was sie daran erinnerte, dass sie ihren

Eltern einen Besuch abstatten sollte. Um sie zu beruhigen. Sie hatten in der letzten Zeit zu viel Schlimmes durchmachen müssen.

»Also eigentlich sind es zwei Dinge.«

»Ja?«

»Ich war nicht bei meinen Prüfungsklausuren«, stieß er hervor.

»Was?« Johns Kopf fuhr so schnell herum, dass er vermutlich ein Schleudertrauma davontragen würde. Er saß mit einem Mal kerzengerade da. »Aber ich dachte, wir hätten darüber gesprochen. Du wolltest doch …«

Abi schüttelte den Kopf, und er verstummte. Sie sah Seb an. »Warum nicht?«

»Es ist einfach so viel passiert. Und damit meine ich weder die Sache mit dir und diesem Typen noch deine Krankheit.« Seb holte zögerlich Luft. »Es hatte nichts damit zu tun.« Er blickte zur Decke hinauf, als erhoffe er sich Hilfe von dort. »Die Sache ist die …« Er öffnete den Mund. Schloss ihn wieder. Abi beobachtete ihn, und dabei ging ihre Fantasie mit ihr durch und beschwor Horrorszenarien herauf. War er vielleicht drogenabhängig? Oder hatte er sich strafbar gemacht?

Sie atmete tief durch, zwang sich zu warten.

»Ich …« Er warf John einen besorgten Blick zu, als befürchte er, dass sein Vater explodieren könnte. »Also ich … ich glaube, dass …« Er brach mitten im Satz ab und sagte mit energischer Stimme: »Nein.« Und bei seinen nächsten Worten schaute er ihr geradewegs in die Augen. »Ich glaube es nicht nur, ich *bin* es. Ich bin schwul.«

Abis erste Reaktion war Erleichterung. Er hatte also kein Vorstrafenregister.

Er war schwul.

Sie ergriff seine Hand.

»Was?« Das Wort brach mit dem Feingefühl eines Raketenwerfers aus Johns Mund hervor.

Er schien die Neuigkeit nicht gut aufzunehmen.

Er stand auf und marschierte bis zum Ende des von Vorhängen abgeteilten Bereichs, was nicht lange dauerte, da dieser so klein war. Er blieb mit gesenktem Kopf dort stehen, während Abi ihn durch reine Willenskraft dazu zu bringen versuchte, sich umzudrehen. Etwas zu sagen. Egal was.

»Ich bin schwul«, wiederholte Seb. Seine Haut war so weiß wie sein Kissen, während er auf den Rücken seines Vaters starrte, und sein Gesicht wirkte plötzlich so jung, während er auf dessen Reaktion wartete. »Ich habe ewig versucht so zu tun, als sei ich es nicht. Aber dann …« Sein Gesicht fiel in sich zusammen, und seine Stimme wurde schwächer. Abi sah zu, wie er all seine Kraft zusammennahm, und sie wäre am liebsten in seinen Kopf hineingeklettert, um ihn mit all der Liebe zu füllen, die sie in ihrem Herzen trug. Hätte ihm so gern begreiflich gemacht, wie stark er sein konnte. »Aber dann ist mir klar geworden, dass ich nun einmal so bin.« Seine Stimme zitterte. »Und dass ich so sein will.«

Sie war so stolz auf ihn.

Sie beugte sich über ihn. »Ich kann einfach nicht glauben, dass ich es nicht erkannt habe. Ich wäre eine schlechte Psychologin geworden.« Sie zerbrach sich den Kopf, ob es Anzeichen dafür gegeben hatte – in Sebs Kindheit oder bei ihren Gesprächen am Küchentisch oder bei den freitäglichen Filmabenden.

Aber da war nichts.

Seb bewegte sich im Bett. »Ich habe es ja selbst nicht erkannt, Mum. Eine ganze Ewigkeit nicht. Vielleicht wollte ich es aber auch gar nicht.« Sein Blick ruhte immer noch auf John, und seine Augen waren von Zweifel erfüllt. »Erinnerst du dich noch an das eine Mal, als ich diesen Typen in der Schule geschlagen habe?«

»Ja.«

»Das war, weil Marc, der übrigens neben Gran und Gramps wohnt, mich küsste, damals im September. Ich habe ihm eine verpasst, weil das leichter war, als mir einzugestehen, wie sehr es mir gefallen hat. So sehr habe ich die Augen vor der Wahrheit verschlossen.«

»Wow.« Sie grämte sich für ihn. »Und du hast das das ganze Jahr allein mit dir herumgeschleppt? Mein Gott musst du einsam gewesen sein.«

»Ja.« Er biss sich auf die Lippe. »Aber ich konnte nicht darüber reden. Es war einfach zu gigantisch. Und mir war klar, dass ich in der Schule und mit Jess alles vermassele. Ich habe sie da durchgezerrt, dafür gesorgt, dass sie sich beschissen fühlt. Habe nie den Mut gehabt, das Richtige zu tun und das mit ihr zu beenden.«

Sie strich ihm die Haare aus der Stirn. »Überleg doch mal, wie oft sie schon hier gewesen ist. Glaub mir, du kannst getrost davon ausgehen, dass sie dir verziehen hat.«

»Vielleicht hast du recht.«

John hatte sich immer noch nicht umgedreht. Abi verstand ihn einfach nicht. Hatte er wirklich ein Problem hiermit?

Doch dann sah sie, dass seine Schultern zuckten.

»John?«

»Entschuldigt«, sagte er mit erstickter Stimme, beugte sich vor und gab einen Schluchzer von sich.

»Dad? Es tut mir leid. Es tut mir ja so leid.« Seb sah Abi erschrocken an. Da war eine Panik in seinem Blick wie damals, als er sechs gewesen war, und sie beide im Supermarkt aus den Augen verloren hatte. Es war nur ein kurzer Moment gewesen, aber dieser Ausdruck in seinen Augen als sie ihn wiedergefunden hatten, seine winzigen Arme, die sie verzweifelt umklammert hielten – das würde sie niemals vergessen. »Das wollte ich nicht …«

John schüttelte den Kopf und drehte sich um. »Das ist es nicht, Seb. Das ist es nicht. Ich …« Er wischte sich die Tränen ab, aber frische folgten. »Oh Gott, ich vermassele das hier total, nicht wahr?«

»Dad?« Seb streckte die Hand aus. »Es tut mir wirklich leid.«

John ließ sich neben Sebs Bett auf die Knie fallen. »Wofür zum Teufel entschuldigst du dich?«

»Dass ich das mit meinen Prüfungen versaut habe. Dass ich euch das Leben so schwergemacht habe.«

»Nein.« John ließ für einen Moment seine Stirn auf Sebs Kopf ruhen. »Du bist unser Kind. Und Kinder machen ihren Eltern das Leben schwer. Das gehört sich so, nicht wahr, Abi?«

Abi nickte und schluckte den Kloß in ihrer Kehle hinunter. »Genau. Das erwarten Eltern von ihren Kindern – denn sonst wäre Erziehung ja keine Herausforderung.«

»Aber warum weinst du dann, Dad?«

»Weil ich so verdammt stolz auf dich bin.« John wischte sich wieder mit dem Handrücken über die Wangen.

»Wirklich?«

»Wirklich.« John drückte ihm mit einem zärtlichen Ausdruck auf dem Gesicht einen Kuss auf die Stirn. »Und weil sich in der letzten Zeit so viel in unserem Leben ereignet hat. Dein Unfall. Abi. Die Firma. Die Rangers, die nichts auf die Reihe kriegen.«

»Hey.« Seb versetzte seinem Vater einen leichten Schlag auf den Arm. »Das hier ist gerade ein sehr bewegender Moment, also lass die Rangers da mal raus.«

»Okay.« John griff nach Abis Hand. »Okay.«

Für einen Moment herrschte Stille. Abi sah ihren Sohn an und schwor sich, dass sie ihn nie wieder im Stich lassen würde. Sie war für ihn da. Würde ihm helfen.

Schließlich sagte sie: »Glaub ja nicht, dass du damit aus der Nummer mit den Enkelkindern raus bist.« Sie verschränkte die Arme. »Ich mag ja in Naturwissenschaften eine Niete sein, aber ich weiß, dass du immer noch Kinder haben kannst.«

Sebs Grinsen war zurück. »Habe ich da nicht auch noch ein Wörtchen mitzureden?«

»Nein.« Sie schüttelte den Kopf. »Und wehe es gibt keine Hochzeitsfeier! Ich habe einen großen Nachholbedarf, was das Tanzen angeht. Und was die Musik betrifft, weißt du, dass du auf mich zählen kannst.«

»Ja, schon gut.« Er veränderte seine Position und zuckte vor Schmerz zusammen. »Verdammt. Das hatte ich ganz vergessen. Ich bin dir ja ausgeliefert. Und …«

»Ja?« Ihr Lächeln galt beiden. Und der Tatsache, dass sie drei hier zusammen waren.

»Also, so toll es auch ist, dass ihr hier seid, aber könntet ihr mir bitte ein Ladegerät für mein iPhone besorgen? Ohne mein Handy komme ich mir vor, als hätte ich kein Blut in den Adern.« Er presste flehentlich die Handflächen zusammen. »Bitte, bitte!«

Sie versuchte sich an einem Stirnrunzeln, war sich aber bewusst, dass sich das Glücksgefühl, das sie empfand, auf ihrem Gesicht widerspiegelte. »Aber nur, wenn du mir eine Hochzeit versprichst.«

»Mum. Mir ist gerade erst klar geworden, dass ich schwul bin. Also gib mir bitte ein oder zwei Sekunden, bevor du mich vor den Altar schubst.«

Abi sah, dass sich seine Wangen röteten, und wusste sogleich, was das zu bedeuten hatte.

»Gibt es da etwa jemanden, den du magst?«

»Mum.« Er hielt eine Hand in die Höhe.

»Es gibt jemanden!« Sie ging die Unterhaltung in Gedanken rasch noch einmal durch. »Ist es dieser Marc?«

Seb schüttelte den Kopf. »Bitte hör auf damit. Ich habe ein Gipsbein und nehme Schmerzmittel. Das ist kein fairer Kampf.«

»Okay.« Sie seufzte bedauernd. »Aber wir werden diese Unterhaltung fortsetzen.« Und mit dieser Drohung stand sie auf und griff nach ihrer Handtasche.

»Wohin gehst du?«, fragte John und richtete sich auf.

»Ich besorge ein Ladegerät für Seb. Dann kann das Verhör weitergehen«, erwiderte sie grinsend.

»Geh ruhig mit, Dad«, schlug Seb vor. »Ich verspreche, dass ich mir in der Zwischenzeit keine weiteren dramatischen Nachrichten ausdenken werde.«

»Das solltest du auch besser lassen.« John zog sich seine Jacke an. »Ich möchte unseren Krankenhausgeschichten nicht noch das Kapitel ›Herzstillstand‹ hinzufügen.«

Als sie die Station verließen und den Flur hinuntergingen, wandte sich Abi ihm zu. »Alles in Ordnung bei dir? Kommst du klar mit dem, was Seb uns erzählt hat?«

»Ja. Ich bin überrascht, aber …« Er zuckte mit den Schultern. »Ich möchte nur, dass er glücklich ist.«

»Ich auch.«

»Ich hoffe nur, dass jetzt nicht alles noch schwieriger für ihn wird.«

»Ich bin mir sicher, dass er das Beste daraus machen wird.« Ihr Herz vollführte einen Hüpfer, als John ihre Hand nahm. »Was hältst du von einem Kaffee?«, fragte er.

»Hier?« Sie zog beim Anblick der wenig einladend aussehenden Cafeteria, die an den Flur angrenzte, eine Augenbraue in die Höhe.

»Warum nicht?« Er fuhr sich mit der anderen Hand durchs Haar. »Krankenhäuser sind doch schließlich unsere Spezialität.«

»Stimmt. Wir könnten einen Ratgeber darüber schreiben. Aber lass uns erst ein Ladegerät für Seb besorgen, sonst dreht er uns noch durch.«

John nickte. »Klingt vernünftig.«

»Und dann trinken wir irgendwo etwas, okay?«

»Okay.«

Sie hielten immer noch Händchen.

Und es gefiel ihr.

»Dann ab die Post.« Sie schob ihn Richtung Aufzug, was notgedrungen dazu führte, dass sich ihre Hände lösten und sie sich damit von den Gefühlen befreite, über die sie nicht nachdenken wollte. Gefühle, die vermutlich viel zu spät kamen.

»Er scheint ziemlich glücklich zu sein.« John nahm einen Schluck von seinem Bier.

»Finde ich auch«, sagte Abi nickend und freute sich, mit

welcher Überzeugung sie dies bestätigen konnte. Als sie ihren Sohn auf der Station zurückgelassen hatten, tippte der auf seinem Smartphone herum und vertilgte dabei die Sandwiches von M&S, die sie ihm mitgebracht hatten. »Ich glaube, der schwerste Teil war wohl, es uns zu sagen.«

»Scheiße.« John nahm sich einen Chip mit Speckgeschmack aus der Tüte und steckte ihn sich in den Mund. »Spricht nicht gerade für unsere Erziehungskompetenz, oder?«

»Nein.« Abi spürte, wie sie ein Gefühl von Traurigkeit überkam, als sie einen Schluck von ihrem Rotwein nahm. »Aber wir waren ja auch zu sehr mit anderen Dingen beschäftigt.«

»Richtig. Zu beschäftigt mit Streiten, um zu bemerken, was er durchmacht.« John schüttelte den Kopf. »Darauf bin ich wirklich nicht stolz.«

»Ich auch nicht«, erwiderte Abi seufzend und stützte den Ellenbogen auf den kleinen Holztisch, der zwischen ihnen stand. »Glaubst du, dass wir jemals das Gefühl haben werden, als wüssten wir, was wir tun?«

John schüttelte den Kopf. »Nein. In Anbetracht all dessen, was in letzter Zeit passiert ist, kann man wohl mit Sicherheit behaupten, das Leben ist eine große Illusion.«

»Da stimme ich dir zu.«

»Wirklich?«

»Ja.« Sie spielte mit dem Stiel ihres Glases.

»Ist schon eine Weile her, dass ich diesen Satz von dir gehört habe.«

Ihre Blicke begegneten sich, und Abis Körpertemperatur schien um einige Grad anzusteigen. Sie zwang sich wegzusehen. Hoffnung war gefährlich.

»Darf ich dich etwas fragen, John?«

»Was du willst.« Er steckte sich noch zwei Chips in den Mund.

Sie wappnete sich. »Wann hast du es gewusst? Dass es vorbei ist mit uns?«

Er hörte auf zu kauen, blickte ihr geradewegs in die Augen und sagte: »Das weiß ich noch immer nicht.«

»Nein?« Seine Worte waren aufrichtig gemeint, das sah sie seinem Gesicht an. »Warum wolltest du mich dann nicht mehr anfassen? Mich nicht mal mehr in den Arm nehmen?« Sie hasste sich dafür, wie bedürftig sie klang, aber es musste einfach raus. »Ich dachte, du fändest mich nicht mehr attraktiv.«

»Das tut mir leid. Ich hatte nie die Absicht, dir dieses Gefühl zu geben.« Er lehnte sich auf seinem Stuhl zurück und drückte mit Zeigefinger und Daumen auf seinen Nasenrücken. »Aber es war alles ein einziges Durcheinander, und ich habe mich so geschämt, und ich hatte niemanden, mit dem ich reden konnte.«

»Du hattest mich.«

»Du hattest gerade erst dein Leben zurückbekommen! Wie hätte ich dir da etwas über die Firma vorjammern können, die ich einmal mit deiner Hilfe gegründet hatte? Für die du so lange diesen Scheißjob gemacht hattest, damit wir ein regelmäßiges Einkommen hatten. Ich wollte, dass du deine zweite Chance genießt. Dinge tust, die dir gefallen. Aber stattdessen habe ich dafür gesorgt, dass du wieder in der Küche deiner Mutter gelandet bist und dir sagen lassen musstest, wo die Geschirrtücher hingehören.« Er spielte mit seinem Untersetzer. »Ich habe mich dafür gehasst, Abi. Und es war leichter, loszuziehen und zu versuchen zu retten, was zu retten war, als dir in die Augen zu sehen. Dabei warst du überhaupt nicht nachtragend und hast mir verziehen, und das hat es für mich nur noch schlimmer gemacht.«

»Wäre es dir lieber gewesen, wenn ich dich angeschrien hätte?«

»Ja.« Er presste seine Lippen zu einer schmalen Linie zusammen. »Das hätte mir die Sache tatsächlich erleichtert. Denn das hätte ich verdient gehabt.«

»Aber du hast doch nicht mit Absicht Mist gebaut. Und es war nicht alles deine Schuld. Einige Leute sind ihren Verpflichtungen nicht nachgekommen. Rachel hat dir Kunden gestohlen. Du kannst nicht die ganze Schuld auf dich nehmen, schon allein deshalb nicht, weil du für mich da gewesen bist und mir geholfen hast, am Leben zu bleiben.«

Er schüttelte den Kopf. »Das stimmt so nicht ganz. Natürlich wollte ich dir helfen, damit es dir besser geht, aber eigentlich habe ich es für mich getan. Ich brauchte dich. Ich habe dich geliebt. Noah war tot, und es war für mich, als wäre mein Bruder gestorben. Neben dir und Seb war er für mich ein Teil meiner Familie. Ich konnte nicht zulassen, dass ich diesen Schmerz noch einmal erlebe.«

Er sah sie kurz an und schaute dann wieder weg. »Ich schreibe ihm immer noch E-Mails, wenn es mir schlecht geht und ich nicht weiterweiß.«

»Wirklich?«

»Ja.« Er rutschte auf seinem Stuhl hin und her. »Ich weiß, wie pathetisch es ist, aber ich tue es, weil ich mit niemandem so reden kann, wie ich mit ihm reden konnte.« Er sah sie an, und sie spürte, wie sie sich ihm öffnete. »Außer mit dir.«

Seine Hand lag auf dem Tisch, und sie wagte es, sie zu nehmen.

»Außer mit mir.« Sie nickte.

»Es tut mir so leid.«

»Mir auch.« Ihr Mund war trocken. »Mir auch.«

Eine junge Frau ging zu der altmodischen Jukebox in der Ecke des Pubs hinüber und blickte kichernd über die Schulter zu ihren Freundinnen hinüber, die um einen Tisch versammelt waren. Sie warf eine Münze hinein, und Abi lachte, als die ersten Töne erklangen.

»›Don't Stop Me Now.‹ Na, wenn das kein Zeichen ist.«

»Ein Zeichen wofür?« Der hoffnungsvolle Ausdruck auf seinem Gesicht ließ ihren Puls schneller schlagen.

»Ein Zeichen dafür, dass es Zeit wird, dass du einmal meine neue Wohnung siehst.« Sie zog ihn in die Höhe. »Lust auf einen Spaziergang?«

»Absolut.«

Sie lächelten einander an.

»Dann mal los.« Sie rannte förmlich zur Tür, und alles in ihr begann zu strahlen, als er sie einholte und ihre Hand nahm.

Sie gingen gemeinsam die Cowley Road hinunter.

»Da wären wir.« Sie blieb auf der Eingangsstufe stehen und wartete. Dann hatte er mit einem Mal die Arme um sie geschlungen und lehnte sich vor, um sie zu küssen. Sie schloss die Augen. Einen Herzschlag lang. Zwei. Als er plötzlich wieder aufhörte, verlangte alles in ihr nach mehr.

Er sah sie besorgt an. »Hältst du das wirklich für eine gute Idee?«

Sie sehnte sich danach, seine Lippen auf den ihren zu spüren. »Herrgott noch mal, natürlich tue ich das.« Sie spürte die Junibrise in ihrem Nacken. Hörte einen Bus die Straße hinunterrumpeln. Spürte die Wärme seines Körpers, der dem ihren so nahe war, und sie wusste, dass sie sich nichts sehnlicher wünschte, als mit ihm hineinzugehen. Ihn zu umschlingen. Sich daran zu erinnern, wie er sich anfühlte. Wie er schmeckte.

Sie legte ihre Hand auf seine Schulter und küsste ihn. Langsam. Tief. Wahrhaftig.

»Und?«

»Ich bin ganz deiner Meinung«, sagte er mit heiserer Stimme.

»Gott sei Dank«, erwiderte sie grinsend. »Ich dachte schon, ich müsste meinen BH über dem Kopf herumwirbeln, was vielleicht einen Schritt zu weit gegangen wäre.«

»Oh nein«, sagte er und gab ihr ein paar sanfte Küsse auf den Nacken, während sie mit dem Schlüssel hantierte, um die Tür zu öffnen. »Du kannst gar nicht weit genug gehen.«

»Gut zu wissen«, sagte sie lächelnd. »Dann mal hereinspaziert.«

Als Erstes stolperte er auf der Treppe über ein Stück losen Teppichboden, fing sich aber noch im letzten Moment.

Sie kicherte. »Das ist eine Falle für die Männer, die hier hochgehen, um mich zu verführen.«

»Ach ja? Kein Wunder, dass das Krankenhaus so voll ist«, entgegnete er nickend.

Sie nahm seine Hand und zerrte ihn förmlich die restlichen Stufen hinauf. Sie wollte das hier. Sie wollte ihn. Die Vergangenheit interessierte sie nicht, für sie zählte nur das Jetzt und dieser Mann. Diese Nacht.

Als sie an ihrer Wohnungstür ankamen, stutzte sie.

Die Tür war unverschlossen. Komisch.

Sie drückte sie auf und trat ein. Es roch nach Knoblauch und Zitrone. In der ganzen Wohnung brannten genug Kerzen, um ein ganzes Spanferkel zu grillen. Der Ofen war an. Auf dem kleinen Tisch standen eine Weinflasche und zwei Gläser.

Oh Gott. Ihr schwante Fürchterliches, als sie die Gestalt am Fenster erblickte.

Das konnte doch unmöglich wahr sein.

Und ausgerechnet heute.

Steve drehte sich in seinem schwarzen Hemd mit einem erwartungsvollen Blick zu ihr um.

Nein.

»Abi! Deine Vermieterin hat mir den verliebten Freund abgenommen und mich reingelassen.« Die Lachfältchen um seine Augen vertieften sich. »Wollte dich überraschen. Nach unserem Kuss, da …«

Sie fuhr herum. Hoffte, irgendwie verhindern zu können, dass John das hier mitbekam.

Doch es war zu spät.

»Oh Gott.« Er war leichenblass.

»John. Steve wollte gerade gehen.«

»Steve? *Der* Steve?« Der verletzte Ausdruck auf seinem Gesicht war unerträglich.

»Ja. Aber es ist nicht das, wonach es aussieht.« Sie packte seinen Arm, doch er schüttelte ihre Hand ab. »Ich habe ihn nicht eingeladen. Ich hatte keine Ahnung, dass er hier sein würde.«

»Offensichtlich nicht.« John schien zu schrumpfen, wich vor ihr zurück, als leide sie an einer ansteckenden Krankheit. »Oh Gott. Ich habe dir geglaubt, Abi. Ich dachte, dass …« Er schlug sich mit der Hand gegen die Stirn. »Was bin ich doch für ein Idiot.«

»Nein, das bist du nicht.« Sie hatte keine Ahnung, wie sie

ihn zum Bleiben bewegen sollte. Ihr fehlten die Worte. Die Macht. »Hör zu, ich sorge dafür, dass er verschwindet und …«

»Reizend.« Steve kam auf sie zu.

»Halt die Klappe, Steve!« Ihr Blick wich nicht einen Moment von John.

»Nein. Lass nur.« Da war ein niedergeschlagener Ausdruck in seinen Augen. »Ich werde gehen. Ich glaube, es ist besser so, meinst du nicht?«

Nein. Sie war ganz und gar nicht seiner Meinung. Er nahm ihr Herz mit, als er ging, und sie blieb zurück mit zu vielen Kerzen und einem Mann, der sie überhaupt nicht kannte.

»John!«, rief sie ihm nach.

»Leb wohl, Abi.«

Das Letzte, was sie von ihm hörte, war der Klang seiner Schritte auf der Treppe. Und als der verhallte, begann sie zu weinen.

SEB

»Ist das nur ein Trick, damit dir die Leute das Bier bringen?«

»Verdammt, du hast mich durchschaut.« Seb schirmte seine Augen gegen das grelle Sonnenlicht ab. Es war wirklich Marc. Trotz der Schmerzen in seinem Bein fiel es ihm schwer, nicht zu lächeln. Cool bleiben, Seb. Atme. »Ich habe mir drei Metallstifte in den Oberschenkel setzen lassen, mein Fahrrad zerlegt und mich für zwei Monate in völlige Abhängigkeit von meiner Mutter begeben, weil ich mich einfach nicht bewegen will.« Er schüttelte den Kopf. »Ganz abgesehen davon, dass ich bei dem Stunt mein Leben aufs Spiel gesetzt habe.« Er seufzte. »Und jetzt mach bitte endlich diese Dose auf. Noch mehr Schmerzmittel darf ich nicht nehmen, also wird es Zeit für ein bisschen was anderes.«

»Darf man das denn mischen?« Marc riss den Ring mit einem zufriedenstellenden Zischen ab.

»Bist du etwa meine Mutter?« Seb streckte die Hand aus und wartete.

»Schon gut.« Marc stieß einen Pfiff aus. »Was sind wir empfindlich.«

»Tja.« Seb zuckte zusammen, als ihn wieder einmal ein anderer Teil seines Körpers daran erinnerte, wie weit er noch davon entfernt war, sich wieder besser zu fühlen. »So ist das, wenn ich nicht Fußball spielen darf.«

»Wow. Das dürfte ja ein spaßiger Sommer für dich werden.« Marc lehnte sich auf seine Ellenbogen zurück und betrachtete vergnügt die Gestalten auf dem behelfsmäßigen Spielfeld vor sich.

»Allerdings.« Insgeheim hoffte Seb, dass er so viel Zeit wie möglich mit Marc verbringen würde.

»Weißt du, was ich glaube?« Marc schnippte einen Marienkäfer von seiner Jeans. »Ich glaube, du hast das nur gemacht, damit du rumliegen und dich mit mir unterhalten kannst. Ich glaube, dass du froh bist, dass du nicht mitspielen und all das machen musst, was auch immer ihr Fußballer so tut.«

Seb sah ihn ungläubig an. »Jetzt komm schon. Ich bin mir sicher, dass du dich mit Fußball auskennst, auch wenn du nicht darauf stehst. Immerhin hast du ja auch mal Sportunterricht in der Schule gehabt, oder?« Er warf einen Blick auf Marcs muskulösen Oberkörper, der sich unter dem engen T-Shirt abzeichnete. »Du bist übrigens ziemlich gut in Form.« Was eine echte Untertreibung war. »Ich wette, du hast ein paar Hanteln unter deinem Bett versteckt und stehst jeden Tag um fünf auf, um heimlich zu trainieren.«

»Nö.« Marc schüttelte den Kopf. »Das ist alles ein Werk der Natur.« Er grinste, und Sebs Herz begann schneller zu schlagen. »Natur und Nachos.«

Seb lächelte. Marc war einer seiner ersten Besucher im Krankenhaus gewesen, und er war fast jeden Tag vorbeigekommen. Da entwickelte sich etwas zwischen ihnen, und er konnte es nicht erwarten zu erfahren, wohin es führen würde. »Wow, diese Ernährungsweise musst du unbedingt mal dem Olympiateam empfehlen.«

»Mach ich vielleicht.« Marc zuckte mit den Schultern, und ein Lächeln umspielte seine Lippen. »Oder ich bleibe einfach hier und arbeite an meiner Sonnenbräune.«

»Klingt nach einem Plan.« Seb nahm einen großen Schluck von seinem Bier, während seine früheren Mannschaftskameraden weiter den Ball herumkickten. Die meisten hatten ihn zwar im Krankenhaus besucht, aber das Verhältnis zu ihnen war nicht mehr das alte. Er kämpfte für einen Moment gegen ein Gefühl von Traurigkeit an. Sie würden bald alle mit ihrem Studium oder ihrer Ausbildung beginnen, während er seine Wiederholungsprüfungen an dieser Scheißschule in der Nähe der Wohnung seiner Mutter ablegen musste. Er hatte zwar die Prüfungsergebnisse noch nicht erhalten, aber er wusste, was dabei herauskommen würde. Doch mit der gleichen Gewissheit wusste er auch, dass er nächstes Jahr stolz auf sich sein könnte.

Eine Fliege war auf Marcs blondiertem Haar gelandet. Seb hätte beinahe die Hand ausgestreckt, um sie zu verscheuchen, traute sich aber nicht. »Man wird also mit dir nie darüber fachsimpeln können, wer die Premiere League gewinnt?«

»Definitiv nicht.« Marc schüttelte den Kopf. »Denk nicht mal dran, okay?«

»Schon kapiert«, sagte Seb grinsend. »Mir entgeht so schnell nichts.«

»Was du nicht sagst.« Marc schaute ihm tiefer in die Augen, und Seb spürte, wie er rot wurde.

Er wandte seinen Blick rasch ab und trank von seinem Bier.

»Was hast du denn diesen Sommer vor?«, fragte er und gab vor, mit äußerster Konzentration das Spiel zu verfolgen.

»Nichts Besonderes. Hab natürlich einen Job. Kellnern.« Marc stellte seine Dose ab. »Aber abgesehen davon, werde ich vermutlich mal schauen, was mein ehemaliger Nachbar so treibt und mit ihm abhängen.«

»Mit Mr. Sully?«

»Genau.« Marcs Augen funkelten. »Ich kann gar nicht genug von ihm kriegen und seinen Kirchenbrüdern.«

»Aber klar«, sagte Seb und nickte.

»Und was hast du vor?«

»Verdammt wenig.« Seb blickte auf seinen Gips hinunter. »Wie man sieht. Aber wenigstens habe ich genug verdient, um mein Netflix-Abo zu verlängern.«

»Was schaust du dir als Erstes an? *Better Call Saul*?«

»Ja, ich glaube damit werde ich starten.« Seb warf ihm einen Blick zu. »Hättest du Bock mitzugucken?«

»Ja«, sagte Marc nickend. »Gern.«

Sie lächelten einander an.

»Hast du eigentlich vor, Dan bis in alle Ewigkeit zu ignorieren?« Marc deutete auf eine Gestalt auf der anderen Seite des Spielfeldes.

»Na ja, er scheint ja auch ziemlich entschlossen zu sein, mich zu ignorieren.« Seb schaute weg. »Ich kapiere das einfach nicht. Er behandelt mich, als hätte ich die Pest, bloß weil ich schwul bin.« Er riss mit unnötiger Heftigkeit an einem Grasbüschel und warf es zur Seite, als es sich aus dem Boden löste.

»Dann sei kein Blödmann und rede mit ihm darüber.«

»Nein.«

»Warum? Hast du Schiss?«

»Nein.« Seb schüttelte den Kopf. »Bestimmt nicht.«

Marc schaute ihn amüsiert an. »Du bist so oldschool.«

»Bin ich nicht«, erwiderte Seb entrüstet. »Ich bin bloß stinksauer.«

»Als ich mein Coming-out hatte, hat mir mein Vater erklärt, dass das nur eine Phase sei und meine Mutter hat angefangen, sämtliche Psychologen im Telefonbuch anzurufen«, sagte Marc mit leiser Stimme. »Da war ich zwölf und auch stinksauer.«

»Oh.« Seb dachte an seine eigenen Eltern. An das kurze Ringen um Fassung auf ihren Gesichtern, ehe sich ein Ausdruck der Liebe darauf ausbreitete. Er begriff, was er für ein Glück hatte – trotz gebrochenem Bein und der Tatsache, dass sich seine Mutter eine Wohnung ausgesucht hatte, die sich nur über eine sehr schmale Treppe erreichen ließ.

Und er hatte natürlich auch Glück, weil es diesen Jungen gab, der neben ihm saß. Wenn er Marc ansah, fühlte er sich glücklich. Mutig.

»Na gut. Überredet.« Er begann den langwierigen Prozess des Aufstehens.

Leider suchte sich Dan genau den Moment aus, um den Platz zu verlassen. Verdammt.

Seb bekam eine Krücke zu fassen, schaffte es aber nicht, sich hochzustemmen. »Scheiße.« Zu allem Übel stieß er auch noch sein Bier um. »So ein Mist!«

»Brauchst du Hilfe?« Marc war aufgesprungen und schob Seb die Hände unter die Achseln, um ihn zu unterstützen. »Bloß gut, dass du so heiß bist.« Seb spürte seinen warmen Atem in seinem Nacken. »Sonst würde ich dir nicht so gern helfen.«

»Bloß gut, dass *du* so heiß bist«, entgegnete Seb grinsend. »Sonst würde ich mir von dir nicht helfen lassen.«

»Wie bitte? Bin ich etwa kein guter Krankenpfleger? Also, ich kann dich auch gern wieder umschmeißen.« Marc nahm die zweite Krücke in die Hand. »Kein Problem.«

»Nein, lass mal.« Seb klemmte die Krücken unter seine Achseln. »Bin in einer Minute wieder da. Geh nicht weg.«

Plötzlich verspürte er einen Anflug von Panik. »Wirst du doch nicht, oder?«

»Nein.« Marc drehte sich um und setzte sich wieder auf den Rasen. »Ich werde in der Zwischenzeit mein Bier trinken und versuchen dahinterzukommen, was deine Jungs da so treiben.« Er deutete zum Spielfeld hinüber.

»Bis gleich.« Seb sammelte seine Kräfte und setzte sich in Bewegung. Sein ganzes Gewichtstraining half ihm nicht dabei, sich leichter mit diesen blöden Dingern zu bewegen. Selbst auf trockenem, flachem Untergrund wie diesem hier schrien seine Achseln nach wenigen Metern bereits vor Schmerzen, und er würde vermutlich ein Jahr benötigen, um zu der Stelle zu gelangen, wo Dan vor fünf Minuten gewesen war. Sein Atem beschleunigte sich, aber er musste es einfach versuchen. Nach diesem Sommer würden sich ihre Wege trennen, und er wollte nicht all die Jahre der Freundschaft beenden, ohne noch einmal mit ihm gesprochen zu haben.

Als Dan das Klubhaus der Cricketspieler erreichte, auf deren Rasen gespielt wurde, blickte er über seine Schulter zurück und bemerkte augenscheinlich, wie sein alter Freund über den Rasen wankte. Er zögerte kurz, ging dann aber nicht die Stufen hinauf, um ins Innere zu verschwinden, sondern wandte sich zur Seite und nahm auf der Bank Platz, die entlang der Vorderseite verlief. Seb war sich bewusst, dass dies dem Schwenken einer weißen Flagge gleichkam.

Dan hatte seine Hände tief in die Taschen seiner Jeans und den Kopf gegen das Holz gelehnt, als es Seb endlich bis zu ihm geschafft hatte.

»Wie geht's?«, fragte Seb, ließ sich neben ihn auf die Bank sinken, lehnte die Krücken gegen den Arm und wischte sich den Schweiß von der Stirn.

»Ging schon mal besser.« Dans Blick blieb verschlossen. Die Sommersprossen auf seinen Wangen traten im Sonnenlicht deutlicher hervor.

»Wieso? Was ist denn los?«

Dan zuckte mit den Schultern. »Mein Dad zieht zu seinem Freund, der darauf besteht, mich ›Danny Boy‹ zu nennen.«

»Scheiße.«

»Gott sei Dank bin ich bald weg zur Uni. Ansonsten wäre ich ausgewandert.« Dan warf einen Blick auf sein Handy, und Seb sah eine Reihe von Textnachrichten auf dem Display aufleuchten. »Vielleicht verschwinde ich auch für eine Weile nach Edinburgh und suche mir einen Job beim Festival oder sonst was.« Er lächelte. »Zumindest wäre das weit genug weg, damit ich mir nicht mehr den ganzen Mist meines Dads anhören muss.«

»Tut mir echt leid, Alter.«

»Schon okay.« Dan zuckte wieder mit den Schultern. »Kein Problem.«

Seb kam direkt zur Sache. »Tut's dir auch leid?«

Dan verschränkte die Arme. »Was denn?«

»Dass du in den vergangenen Monaten so ein Arschloch gewesen bist.«

Dan schob die Unterlippe vor.

»Und deine Wut auf deinen Dad an mir ausgelassen hast.«

Erst herrschte Schweigen, doch dann nickte Dan. »Sorry, Alter«, sagte er.

Seb fühlte sich mit einem Mal leichter. Und obwohl sich das Schweigen zwischen ihnen in die Länge zog, war es das freundschaftliche Schweigen, das bei ihren Radtouren im

Sommer geherrscht hatte oder wenn sie nervös in der Schlange am Tresen gestanden und versucht hatten, als Minderjährige im Pub ein Bier zu bekommen.

Dan warf Seb einen Blick zu. »Und seid ihr jetzt ein Paar? Du und dieser Marc?«

Seb konnte sich ein Grinsen nicht verkneifen. »Ich hoffe es.«

»Er scheint ja auf verletzte Jungs zu stehen.« Dan streckte die Hand aus und klopfte auf Sebs Gips.

»Ich glaube, ich habe noch ein bisschen mehr zu bieten als das.« Seb lehnte den Kopf ebenfalls gegen die Holzwand und genoss die Wärme der Sonne auf seinem Gesicht.

»Was denn? Etwa deinen unglaublichen Sinn für Humor?«

»Zum Beispiel«, erwiderte Seb nickend. »Und dann natürlich noch die Tatsache, dass ich umwerfend aussehe.«

»Du warst immer schon ein arroganter Sack.«

»Heh.« Seb stupste ihn mit dem Ellenbogen an. »Schließ nicht von dir auf andere!«

»Ach, verpiss dich doch!«, lautete seine Antwort. Seb konnte das Lächeln aus Dans Worten heraushören. Ein Lächeln, das ihm sagte, dass zwischen ihnen wieder alles gut war. Kein Wort mehr darüber verloren werden musste. Denn so funktionierte das unter Männern. Vergeben und vergessen. Sein Freund zog zwei Coronas aus seinem Rucksack und bot Seb eine Dose davon an.

»Und wie sieht's bei dir aus? Hast du jemanden auf dem Radar?« Seb öffnete sein Bier und nahm einen großen Schluck.

»Ja, hab ich tatsächlich.« Sein Freund schaute selbstzufrieden drein und wedelte beim Reden mit seiner Dose herum. »Erinnerst du dich noch an diese heiße Kellnerin im Cabana's?«

Seb scrollte in Gedanken durch die Abende, an denen sie

in diesem furchtbaren Klub versackt waren. An den Geschmack von Turbojägern und den Geruch von Schweiß.

»Die Blondine?«

»Nein, du Blödmann. Die mit den schwarzen Haaren.«

Seb schüttelte den Kopf.

»Die wie Xena, die Kriegerprinzessin angezogen war.«

»Nö.«

»Die mit den Riesentitten?«

»Wieder kein Treffer.« Seb zuckte mit den Schultern.

»Oh Mann, du bist wirklich schwul«, sagte Dan lachend. »Also die ist es.«

»Okay.« Schweigen machte sich breit, während sie sich beide ihrem Bier widmeten. »Warst du schon mal mit ihr aus?«

»Wir appen noch. Aber es ist bald so weit.« Dans Handy gab wieder einen Ton von sich. »Sehr bald. Ein Date ist definitiv ein Thema. Wir sind startklar.«

»Wenn du das sagst.«

»Sag ich.« Dan trommelte mit den Fingerspitzen gegen die Dose. »Kommt dir das hier nicht irgendwie komisch vor?«

»Bier auf einer Bank zu trinken? Nein.« Seb schüttelte den Kopf. »Darin sind wir Experten.«

»Klappe!« Dan versetzte ihm einen Schlag auf den Arm, und Seb hätte beinahe Bier auf seinen Gips verspritzt. »Du weißt genau, was ich meine. Ist es nicht komisch, dass wir über Mädchen reden?«

»Blödsinn. Natürlich nicht.« Seb schüttelte den Kopf. »Ich kenne das doch. Erinnerst du dich noch an diese Verrückte in der siebten Klasse?«

»Keisha?«

»Genau«, sagte Seb und zuckte bei der Erinnerung zusammen. »Sie hat mich so heftig geküsst, dass sie mich in die Lippe gebissen hat.«

»Oh Gott, ja!« Dan nickte. »Und ich bin mit ihrer Freundin Tilly gegangen, bis die mit diesem Jungen aus der Turnmannschaft abgehauen ist.« Er dachte einen Moment lang nach. »Übrigens wäre es mir vermutlich lieber, wenn wir nicht über irgendwelche Typen reden würden. Wer heiß ist und wer nicht. Du weißt schon.«

»Verstehe.« Seb stellte die Dose auf die Armlehne der Bank, und dabei rutschten ihm die Krücken weg und fielen zu Boden. »Scheiße.«

»Hast du die verloren?« Jess war mit einem Mal da und hob sie auf.

»Sehr witzig.« Er setzte sich aufrecht hin. »Hallo, Jess.«

»Hallo.« Sie beugte sich zu ihm herab und gab ihm einen Kuss auf die Wange. Er atmete den süßen Duft von Calvin Klein ein. Sie winkte einen Typen herbei, der hinter ihr stand und so tat, als wäre er mit etwas Wichtigem auf seinem Smartphone beschäftigt. »Das ist Craig.«

»Hallo.« Stille machte sich breit, denn wie üblich fiel weder Seb noch Dan etwas halbwegs Vernünftiges ein, das zu einer Unterhaltung beigetragen hätte.

»Hallo.« Craig schob sein Handy in die Gesäßtasche seiner Jeans. »Wie schmeckt das Corona?«

»Nicht schlecht.«

Jess ergriff Craigs Hand. »Lust auf eine Zigarette?«

Seb nickte.

»Okay.« Dan stand auf. »Dann lasst uns da rübergehen. Hinter die Büsche.«

»Die übliche Stelle?« Jess grinste über das ganze Gesicht und setzte sich in Bewegung.

»Ja. Die übliche Stelle.« Seb klemmte sich wieder die Krücken unter die Arme und wollte Jess und Craig gerade folgen, verharrte dann aber, vollführte eine unglaublich langsame Kehrtwendung und machte sich auf den Weg in die andere Richtung. »Ich hole gerade noch jemanden«, rief er.

»Alles klar.« Die anderen waren bereits ein ganzes Stück entfernt.

Seb humpelte mit seinen Krücken zurück zu Marc, der flach auf dem Rücken lag und in den Himmel hinaufblickte. Um ihn herum wurde Fußball gespielt und aus Flaschen getrunken. Aus einem Gettoblaster am Fuße eines Baums ertönte Sigala, und Seb konnte den Bass durch seine Zehen spüren. Das war Sommer.

Selbst mit Gips und Krücken fühlte es sich ziemlich gut an.

»Hast du Bock mit rüberzukommen?«

Marc hob den Kopf. »Wo genau ist ›rüber‹?«

Seb wollte es nicht an die große Glocke hängen, daher deutete er nur zu den Büschen hinüber. »Hättest du Lust mitzukommen und … keine Ahnung.« Er kam sich plötzlich blöd vor. »Meine Freunde kennenzulernen? Mal richtig, meine ich.«

»Und warum sollte ich das wollen?« Da war ein herausfordernder Ton in Marcs Stimme.

»Weil ich's gut fände.«

»Wieso?« Marc hatte offenbar nicht vor, die Sache auf sich beruhen zu lassen.

»Weil …« *Sag es, Seb. Sag. Es.*

»Weil ich dich mag.«

Marc legte eine Handfläche hinter sein Ohr. »Tut mir leid, das habe ich akustisch nicht verstanden. Würdest du es bitte noch einmal wiederholen?«

Seb überlegte einen Augenblick. Vielleicht lag es an der Sonne. Vielleicht am Bier. Aber es war an der Zeit, es laut auszusprechen. »WEIL ICH DICH SEHR MAG!«

»Das ist besser«, erwiderte Marc mit kühler Stimme, aber seine Augen glänzten. »Viel besser.« Er stand auf, und nun war sein Gesicht auf Augenhöhe mit Sebs. »Viel, viel besser.«

Für einen Moment blieb Seb das Herz stehen, weil er dachte, dass Marc ihn küssen würde. Hoffte, dass er ihn küssen würde. Hoffte es mit jeder Faser seines Körpers. Aber der lehnte sich bloß zu ihm hinüber und flüsterte ihm ins Ohr: »Ich mag dich auch.«

Dann nahm er Sebs Hand und legte sich dessen Arm um die Schultern, und gemeinsam gingen sie über das Cricketfeld, schlängelten sich durch die Frisbees und Fußbälle und das Geschrei. Und niemand schenkte ihnen Beachtung. Niemand schenkte ihnen einen zweiten Blick.

Aber mit jedem wankenden Schritt spürte Seb, wie sich die Puzzleteile seiner verwirrenden Welt immer mehr zusammenfügten. Weil dieser Moment alles war, wovon er je geträumt hatte.

»Erinnerst du dich noch an diesen Konditor, in den du mal verknallt warst?«

»Welchen Konditor?« Abi griff nach einer weiteren Weintraube und versuchte dabei das unbehagliche Rumoren in ihrem Bauch zu ignorieren.

»Wie bitte? Wie kannst du den vergessen haben? Der Typ mit den roten Haaren und dem irischen Dialekt?« Lesley sah sie mit großen Augen an. »Du hast mal eine ganze Episode von *Absolutely Fabulous* ruiniert, weil du nicht aufhören konntest, von ihm zu schwärmen.« Sie schnitt sich eine weitere Käsescheibe ab. »Er hatte einen Nasenring, und du hast ernsthaft darüber nachgedacht, dir auch einen machen zu lassen.« Sie nahm einen Bissen und lehnte sich mit einem zufriedenen Grinsen wieder auf dem Sofa zurück. »Leider hast du so viel von dem süßen Zeug gegessen, dass deine Flirtkunst ein wenig an Wirkung eingebüßt hatte«, sagte sie lachend. »Ich weiß noch, wie dir in diesem Scheißklub in der Stadt die Lederhose geplatzt ist.«

»Doogies?«

»Ha!« Lesley nickte. »Genau! Und da hatten sie uns doch auch mal eine geschlagene Stunde auf der Toilette eingeschlossen, und wir waren zu besoffen, um herausfinden, wie man rausklettert, nicht wahr?«

»Na ja, ich war mit Kotzen beschäftigt und somit nicht wirklich in der Lage, mir irgendwelche Fluchtpläne auszudenken.« Abi schluckte. Sie zog die Knie bis zu ihrem Kinn hoch, in der Hoffnung, dadurch den Schmerz in ihrem Bauch zum Verschwinden zu bringen. Aber sie hatte ihn erst seit ein paar Stunden. Er würde bestimmt wieder weggehen.

Sie nahm einen weiteren Schluck von ihrem Pfefferminztee – auch wenn die ersten drei Tassen bislang keine Wirkung gezeigt hatten – und versuchte nicht weiter darüber nachzudenken, was das bedeuten könnte.

»Ach ja«, erwiderte Lesley grinsend. »Wenn ich mich recht erinnere, hattest du zu viele Tequilas intus.«

»Wahrscheinlich.«

»Willst du denn gar nichts von dem Käse essen?« Lesley schob das Brett zu ihr hinüber.

Abi schüttelte den Kopf. »Nein, danke.«

»Sicher? Er ist nämlich klasse.«

Abi zwang sich zu einem Lächeln. »Stimmt«, sagte sie. »Bevor du kamst, habe ich schon was davon gegessen. Also schlag ruhig zu.«

»Das ist mal wieder typisch«, kommentierte Lesley grinsend. »Dann muss ich ja wohl oder übel den Rest verputzen.« Sie nahm sich ein großes Stück Brie und biss hinein. »So viel zu meiner neuesten Diät.«

»Das ist alles gutes Eiweiß. Atkins wäre stolz auf dich.« Abi presste sich die Hand auf den Bauch. *Nein. Das war nicht hilfreich.*

»Wenn man den Fettgehalt ignoriert, vielleicht schon. Aber das ist immer noch besser als diese schreckliche 5:2-Diät.« Lesley verzog das Gesicht. »Die habe ich einen Monat durchgehalten, und jedem in meiner Umgebung hat es vor diesen zwei Tagen gegraut. Einer meiner Kollegen hat sogar gedroht, die Firma zu verlassen!«

»Ich bin überrascht, dass sich die Kündigungen nicht auf

deinem Schreibtisch gestapelt haben«, erwiderte Abi und schüttelte sich. »Wenn ich noch an diesen Schulausflug denke, bei dem wir unsere Marsriegel vergessen hatten – ich dachte wirklich, ich müsste dich umbringen, damit du endlich mit dem Jammern aufhörst.«

»Hungern ist nicht mein Ding.« Um diesen Punkt zu unterstreichen, steckte sie sich die ganze Portion Quittengelee in den Mund, gefolgt von den Resten des Caerphilly.

»Schon klar«, sagte Abi. »In der Hinsicht bist du wie Seb. Obwohl er im Moment überhaupt nicht laufen kann, schafft er es trotzdem, mir die Haare vom Kopf zu essen. Ich bin ehrlich gesagt erstaunt, dass er den Käse verschont hat.«

»Gott sei Dank hat er das.« Lesley tätschelte ihren Bauch. »Ich war heute Morgen joggen, also habe ich mir etwas verdient.«

Abi nestelte mit den Fingern an dem Kissen zwischen ihren Fingern. Normalerweise gab es keine bessere Ablenkung für sie, als eine Unterhaltung mit Lesley – ob es sich nun um Wehen oder Prüfungsergebnisse handelte. Aber dieses Mal wollte es einfach nicht funktionieren.

Heute fühlte sich ihr Körper anders an. Unzuverlässig. Jedes Rumoren war ein mögliches Zeichen. Jeder Schmerz ein Warnsignal.

»Abi?«

Sie blinzelte. »Was ist?«

»Ich habe dir gerade eine Frage gestellt.«

»Hast du das?«

»Ja.« Lesley runzelte die Stirn. »Und hast du nun ein Problem damit oder nicht?«

Abi versuchte sich wieder auf das Gespräch zu konzentrieren. *Das waren bestimmt bloß Verdauungsbeschwerden. Mehr nicht.*

»Womit soll ich ein Problem haben?«

»Dass Rob mit mir ausgehen will, Himmel noch mal.« Lesley sah sie mit zusammengekniffenen Augen an. »Abi, was ist los?«

»Nichts. Gar nichts.« Abi wollte nicht über das reden, was sie gerade beschäftigte. Sie wusste, wohin solche Worte führen konnten. Also lächelte sie und schüttelte den Kopf. »Ich hatte nur gerade an den Laden gedacht.«

»Oh und ich hatte geglaubt, dass du mir tatsächlich zuhören würdest.«

»Tut mir leid.«

Lesley starrte sie an. »Also. Rob und ich?«

Abi schob ihre Sorgen beiseite. »Hat er dich endlich um eine Verabredung gebeten?«

»Was heißt denn hier ›endlich‹?«

»Oh mein Gott, Lesley. Sag bloß, du hast nie mitbekommen, dass er auf dich steht?«

Da war ein so überraschter Ausdruck auf Lesleys Gesicht, als würde Abi in einer fremden Sprache reden.

Abi schlug sich mit der flachen Hand gegen die Stirn. »Wow. Dein Radar scheint wirklich eine Fehlfunktion zu haben.«

Lesley wischte sich einen Käsekrümel vom Schoß. »Und wo waren die Zeichen? Ich habe keine Zeichen gesehen.«

Abi kicherte. »Vermutlich sind sie nicht so eindeutig für jemanden zu entziffern, der ihm nicht so nahesteht wie ich. Als er mal in seine Mathelehrerin verschossen war, hat er es ihr dadurch gezeigt, dass er einfach keine Hausaufgaben mehr gemacht hat.«

»Interessante Taktik.«

»Und bei dir hat er seine Zuneigung dadurch ausgedrückt, dass er dich auf Partys mit Absicht gemieden hat, um dich dann stundenlang anzustarren, wie du mit anderen Leuten geredet hast.«

»Oh.« Lesley schob das Käsebrett zur anderen Seite des Couchtisches und lehnte sich dann wieder zurück. »Verstehe.« Sie schlug die Beine übereinander und goss sich Wein nach. »Keine besonders wirkungsvolle Taktik, oder?«

»Nö.« Abi rutschte wieder hin und her, als der Schmerz ihren Magen wie ein Messer durchfuhr. *Komm schon, Pfefferminztee. Wirke.* »Das könnte eine Erklärung sein, warum Rob so lange Single gewesen ist.«

»Mmm.« Lesley leckte sich einen Krümel vom Finger. »Also neulich im Laden, als ich auf dich gewartet habe, da hat sich gezeigt, dass man sich eigentlich ganz gut mit ihm unterhalten kann, wenn er einmal in Fahrt gekommen ist.«

»Wirklich?«, fragte Abi lächelnd. Sie freute sich für ihren Bruder. Sie hoffte nur, dass er nicht in Panik geraten würde, wenn er sich dann mit der Chance konfrontiert sah, tatsächlich einen Abend mit der Frau zu verbringen, für die er so schwärmte. Wenn er bloß nicht anfing, von seinem Kräutergarten auf der Fensterbank zu erzählen oder wie lange er schon seine Turnschuhe besaß, denn beides würde ihn in den Augen des schönen Geschlechts nicht gerade begehrenswert machen.

Schon wieder dieser Schmerz. Scheiße. Sie spürte wie die Panik ihren Puls in die Höhe schnellen ließ. Sie konnte den Gedanken an das, was passieren würde, wenn sie das Krankenhaus anrief, einfach nicht ertragen. Es wäre so, als würde sie wieder in diesen eisigen Krebstunnel geworfen, in dem es kein Licht gab, an dem sie sich orientieren konnte und keinen Weg hinaus. Ein Tunnel, der sie wegführen würde von Seb und Rob und Lesley und dieser Wohnung, und hinein in eine Welt, in der sie sich immer allein gefühlt hatte, egal wie viele Menschen in ihrer Nähe waren. Es gab Arme, die sie hielten, aber es war ihr Körper. Ihr Schmerz.

Sie schluckte ihre Angst hinunter.

»Hat Rob dich wirklich gefragt, ob du mit ihm ausgehen würdest?«

»Na ja, er hat sich eher von hinten angepirscht.« Ein Lächeln umspielte Lesleys Lippen. »Er hat mich zuerst einmal gefragt, ob ich vorhätte, mir *Learning to Drive* anzuschauen, und als ich Ja gesagt habe, hat er vorgeschlagen, zusammen ins Kino zu gehen.« Ihre Augen strahlten dabei, und sie wickelte sich eine Haarsträhne um den Finger.

Abi lächelte. »Halleluja! Endlich.«

Lesley kehrte rasch wieder zu ihrer gewohnt sarkastischen Art zurück und sagte: »Freu dich mal nicht zu früh, noch weiß ich nicht, ob er gut küssen kann.«

»Igitt!« Abi schüttelte sich. »Das ist mein Bruder, über den wir hier reden. Da will ich nichts übers Küssen hören, meine Liebe.«

»Tut mir leid.« Lesley lehnte sich nach vorn und legte Abi eine Hand auf den Arm. »Ist das zu schräg, über ihn zu reden?«

»Wenn's ums Küssen geht schon. Der Rest nicht.« Abi stieß einen Seufzer aus. »Was hält Hope denn davon?«

»Na ja, er ist Künstler, also ist sie natürlich hin und weg. Aber andererseits ist sie so überdreht, weil sie zum Studium nach Manchester gehen wird, dass ich ehrlich gesagt nicht ganz sicher bin, ob es sie überhaupt wirklich kümmert.« Lesley drückte Abis Arm. »Sei's drum. Jetzt lass uns mal über *dich* reden.«

Wenn's nach Abi ginge, würden sie das nicht tun.

»Wie geht's dir denn so, nachdem …« Lesley verstummte.

»Nachdem John gegangen ist?«

»Ja«, erwiderte Lesley leise. »Es tut mir ja so leid, Abi. Du hättest mich früher anrufen sollen.«

Abi spürte, wie ihr die Tränen kamen. Verdammt. »Dieser blöde Steve. Als ich ihn rausgeworfen habe, besaß er auch noch die Dreistigkeit, mir vorzuwerfen, ich hätte ihm falsche Hoffnungen gemacht.«

»Einmal Arschloch, immer Arschloch.«

»Stimmt.« Abi biss sich auf die Lippe. »Ich konnte es einfach nicht glauben. Da wohnt dieser Mistkerl immer noch mit seiner Freundin zusammen! Und ich war so dämlich, am nächsten Tag zu seiner Wohnung zu gehen, um mit ihm zu reden, und da war sie: hundert Prozent Mascara und Parfüm.« Sie schüttelte sich. »Wie konnte ich nur so dämlich sein?«

»Hör auf, dir Vorwürfe zu machen. Das ist der Kerl nicht wert.«

»Aber du hattest recht, was ihn betraf. Von Anfang an.« Abi streckte die Beine aus. Der Schmerz war weg. Na also. Die ganze Panik war umsonst gewesen. Nichts weiter als Blähungen.

»Zufallstreffer.« Ihre Freundin zog wegwerfend die Nase kraus.

»Erzähl keinen Scheiß, Lesley. Wir lügen uns nicht an.«

»Bis auf das eine Mal, als du dieses abscheuliche rote Kleid zur Schuldisco anhattest. Da habe ich gelogen und behauptet, dass es dir stehen würde.«

»Aber ich wusste trotzdem, dass du es schrecklich fandst.«

Lesley nahm rasch einen Schluck Wein. »Ich war noch nie eine gute Schauspielerin.«

Abi trank von ihrem Tee. »Du glaubst, dass ich mit Steve eine Grenze überschritten habe, nicht wahr? Schon bevor wir uns geküsst haben?«

»Ja«, sagte ihre Freundin nickend, und ihre blauen Augen blickten ernst. »Aber ich habe dich etwas zu hart angefasst, wenn ich an all das denke, was ich dir an den Kopf geworfen habe.«

»Ich finde, du hast genau ins Schwarze getroffen.«

»Wirklich?«

»Ja.« Abi atmete aus. »Auch wenn ich das sehr ungern zugebe.«

Lesley tätschelte ihren Arm. »Geh nicht so hart mit dir ins Gericht. Ich hätte mir nur gewünscht, dass ihr zwei es schafft. Ihr seid immer eins dieser besonderen Paare gewesen. Die, mit denen die Leute reden wollen, in der Hoffnung, dass etwas von ihrem Zauber auf sie abfärbt.« Sie verstummte, als sie in ein Stück Käse biss. »Und nach allem, was ihr mitgemacht habt – all die Monate, in denen du krank gewesen bist und nicht wusstest, wie es dir am nächsten Tag gehen würde –, da dachte ich wirklich, dass euch zwei nichts mehr auseinanderbringen könnte.«

»Falsch gedacht«, sagte Abi. »Ich glaube, wir wussten gar nicht mehr, wie ist es ist, normal zu leben. Und dann noch diese Sache mit der Firma, dieser ganze Druck ...« Sie spürte einen Kloß in der Kehle. »Es war einfach zu viel.«

Ihr war zum Heulen zumute. Wie hatte sie nur zulassen können, dass ihr alles so entglitt? Es würde gewiss lange dauern, bis sie sich das verzeihen könnte – falls es ihr überhaupt jemals gelingen würde.

»Ja, ich weiß.« Lesley hatte Abis Hand ergriffen und streichelte mit ihrem Daumen darüber.

»Das mit Steve war schlimm, keine Frage. Ich habe mich da einfach hinreißen lassen. Zugelassen, dass er mir den Kopf verdreht.« Abi biss sich auf die Lippe. »Aber im Grunde wussten John und ich gar nicht, wie wir mit unserer Zukunft umgehen sollten.«

»Was zum Teufel meinst du damit?«

Abi starrte zu dem violetten Lampenschirm hinüber, mit dem sie in der letzten Woche die alte Lampe aufgepeppt hatte. »Wir hatten uns so daran gewöhnt, dass es kein Morgen mehr gibt, dass wir den ganzen alltäglichen Scheiß vergessen haben. Wäsche waschen. Kaputte Glühbirnen auswechseln. Den Wagen tanken. Die Konten ausgleichen. Den Müll rausbringen. Wenn uns etwas das Genick gebrochen hat, dann war es das.«

»Und dieses beschissene Jahr, das du hinter dir hast.«

»Richtig.« Abi zog eine Augenbraue in die Höhe. »Wobei das größtenteils leider nicht im übertragenen Sinne zu verstehen ist!«

»Oh, ein Krebswitz!« Lesley klopfte ihr auf die Schulter. »Du machst Fortschritte.«

Abi hätte beinahe den Mund geöffnet, um sich ihrer Freundin anzuvertrauen, verkniff es sich aber. Sie hatte sich gerade erst wieder daran gewöhnt, ein normales Leben zu führen. Aus den Lautsprechern erklang Sara Bareilles. Sie würde nächste Woche zu einem Konzert gehen. Sie reservierte im Voraus und erweiterte ihren Horizont. Sie führte das Geschäft und hatte ihre eigene Wohnung, bezahlte die Miete jeden Monat mit ihrem eigenen Geld. Sie zog ernsthaft in Erwägung, ein Fernstudium in Psychologie zu beginnen. Sie könnte es auf gar keinen Fall ertragen, all das zu riskieren. Noch nicht. Nicht, wenn sich alles noch so unglaublich toll anfühlte.

Sie seufzte. »Weißt du, was mir an Steve so gut gefallen hat?«

»Abgesehen von seinem knackigen Hintern?«

Abi versetzte ihrer Freundin einen Klaps aufs Bein. »Ja, abgesehen davon.«

»Dann bin ich überfragt. Keine Ahnung.«

»Dass er anfangs nicht wusste, dass ich einmal an Krebs erkrankt war. Er hat mich nicht so gesehen, wie es andere Menschen tun.«

»Soll heißen?«

»Für ihn war ich einfach Abi. Das Mädchen mit den Mixtapes und dem Matchbeutel, bloß mit ein paar Falten mehr im Gesicht und etwas besseren Klamotten. Für John – und vielleicht auch für dich – bin ich immer eine Belastung. Jemand, um den man sich Sorgen machen muss. Und das hasse ich.«

»Es gibt schlimmere Dinge, als sich um dich zu sorgen, glaub mir. Das ist die Kehrseite, wenn man geliebt wird.« Lesley trank ihren Wein aus. »Und das wirst du.« Sie blickte ihrer Freundin für einen Moment fest in die Augen. »Auch wenn ich keine Ahnung habe wieso, wo du so ein beschissenes Sofa hast.« Sie rieb sich den Rücken. »Wo zum Teufel hast du das her? Vom Sperrmüll?«

»Von IKEA, du dumme Nuss. Und meinetwegen kannst du abhauen, wenn's dir nicht gefällt.«

»Nein. Noch ist Wein übrig. Da muss ich bleiben.« Lesley goss sich etwas aus der Flasche in ihr Glas, hielt dann inne und stellte sie auf den Tisch zurück. »Gut gemacht, Abi. Bravo!«

Abi spürte, wie ihr wieder die Tränen kamen. »Nicht, dass ich dein Lob nicht zu schätzen wüsste«, sagte sie mit belegter Stimme, »aber womit habe ich es verdient?«

»Weil du weitergemacht hast«, erwiderte Lesley und zog eine Augenbraue in die Höhe. »Meinst du, du kommst klar? Ohne John?«

»Das wird schon«, sagte Abi mit einem Seufzer. In Anbetracht der wenigen Male, die sie sich in den letzten Monaten gesprochen hatten, war es wirklich lächerlich, wie sehr sie ihn vermisste. Sie vermisste seine Zahnbürste an der gewohnten Stelle, sein geöffnetes Aftershave im Badezimmerregal. Seinen Anblick wie er über den Sportteil der Zeitung gebückt dasaß oder das Radio beschimpfte, wenn seine Rangers spielten.

Johns Weggang hatte eine schmerzhafte Leere in ihrem Leben hinterlassen, doch sie verspürte auch ein neues Gefühl der Entschlossenheit. Sie hatte nicht vor, diese Tage zu verschwenden. Diese Monate. Diese zweite Chance.

Von unten war das Zuknallen einer Tür zu hören und dann folgten langsame Schritte auf der Treppe.

»Ist das Seb?«, fragte Lesley. »Mit seinem umwerfenden neuen Freund?«

»Klingt so.« Abi spürte, wie sie sich zum ersten Mal entspannte. Sebs Glück war ihre Lebensader. Ihr Anker.

»Hope findet ihn geil«, sagte Lesley. »Typisch Seb. Der gibt sich nicht erst mit Losern ab, wie wir es mit achtzehn getan haben. Der krallt sich direkt einen Kerl, der als Model arbeiten könnte.«

»Stimmt.« Abi reckte sich. »Und Marc interessiert sich auch noch für Poesie.«

»Unerträglich.« Lesley kuschelte sich tiefer in die Kissen. »Also ich werde jetzt auf keinen Fall von hier verschwinden.«

»Gut«, erwiderte Abi und stand auf. »Bin in einer Minute wieder da.«

»Lass dir Zeit.« Lesley plusterte ihr Haar auf. Abi verzichtete darauf, ihr in Erinnerung zu rufen, dass keiner der Jungs auch nur im Entferntesten daran interessiert war, sie so wuschelig zu sehen. Da würde Lesley schon von selbst draufkommen.

Als sie die Badezimmertür hinter sich schloss, durchfuhr sie der Schmerz erneut.

»Scheiße.« Sie schloss die Tür ab und ging zum Klo hinüber. Als sie sich daraufsetzte, schickte sie ein Stoßgebet zu jedem Gott, der ihr einfiel. Ihr Atem kam stoßweise, und sie hätte ihre Angst am liebsten laut herausgeschrien.

Doch sie zwang sich, ruhiger zu atmen und flüsterte sich zu. »Was soll das Drama? Du machst doch nur Pipi.«

Als sie fertig war, stand sie auf und blickte in die Schüssel, bevor sie die Toilettenspülung betätigte.

Was sie dort sah, ließ ihre Welt stillstehen.

Sie schaute noch einmal hin, doch die roten Punkte, die sich deutlich vom Weiß der Toilettenschüssel abhoben, waren immer noch da.

Abi griff nach dem Handtuchhalter und klammerte sich daran fest, ehe sie zu Boden sank und den Kopf auf die Knie legte. Das konnte doch einfach nicht wahr sein. Nicht so bald. Sie hatte noch nicht einmal ein Jahr gehabt. Nicht einmal ein Jahr.

Sie vermochte nicht zu weinen. Sie kniete eine gefühlte Ewigkeit auf dem Boden, den Kopf gesenkt, die Hände zu Fäusten geballt.

Draußen vor der Tür erscholl das Lachen von Seb, Marc und Lesley, und ihr Herz geriet für einen Moment ins Stottern, quoll über vor Liebe. So viel Liebe. Sie wollte ihnen das nicht schon wieder antun. Wollte nicht rausgehen und die

Worte aussprechen, die diesen Abend in einen Albtraum verwandeln würden. Das hatte sie schon einmal getan. Und sie hatte überlebt. Und jetzt wäre doch eigentlich endlich ihre Zeit gekommen, um richtig durchzustarten.

Ein Klopfen ertönte an der Badezimmertür.

»Abi? Geht es dir gut?«

»Alles in Ordnung, Lesley. Bin in einer Sekunde draußen.«

Und da wusste sie es. Wusste, dass sie es nicht tun konnte. Wusste, dass sie es für sich behalten würde.

Sie rang sich ein Lächeln ab und trat hinaus, um sich zu ihnen zu gesellen, und das Herz wurde ihr schwer bei dem Gedanken an das, was auf sie zukam.

JULI

»Sanctus«

(aus dem Requiem *von Gabriel Fauré)*

Dieses Lied ist für das Leben. Für den besten Teil davon. Für die Morgen, an denen ich aufwache und es nach Kaffee und Brioche riecht und sogar genug Zeit bleibt, alles zu genießen, bevor der Tag mit all seinen Anforderungen beginnt. Für die Spiele, in denen du ein Tor geschossen hast, Seb. Für die tollen Partys, zu denen du mich mitgenommen hast, John – aber auch für die Abende, an denen wir bloß auf der Bank im Garten gesessen, Wein getrunken und darüber debattiert haben, wie es sein kann, dass in *Inspector Barnaby* überhaupt noch jemand übrig ist, den man ermorden könnte. Für Moms Lammbraten und die seltenen Gelegenheiten, an denen ich ihr bei ihrer Lieblingsquizsendung aushelfen konnte. Für die Male, die Dad mich für eine Stunde zum Plattenladen mitgenommen hat und fünf daraus wurden. Für Rob und mich und wie wir uns hinter dem Sofa versteckt haben, um *EastEnders* mit zuschauen, ohne dabei zu bedenken, dass unsere Beine hervorragten. Für Lesley und ihre Cocktailkrüge und ihre Besessenheit mit Little Mix – auch wenn selbst ich zugeben muss, dass »Secret Love Song« wirklich großartig ist. Für alle tollen Musicals, für Oasis und diesen Song von Green Day, den ich mir nie anhören kann, ohne dass mir die Tränen kommen. Für das Baden im Meer, auf Küchentischen sitzen bei Partys und für das eine Glas, das immer noch in der Flasche ist. Leben, ich liebe dich, verdammt noch mal. Ich habe nicht die Absicht, dich zu verlassen. Es ist mir egal, was der Scheißkrebs dazu sagt. Ich bin hier, um zu bleiben.

ABI

»Wieso schaust du so bedrückt, Abi?«

Ihre Mutter wischte sich den Schweiß von der Stirn. Obwohl die Sonne schon seit über zwei Stunden schien, war immer noch die Heizung an. Abi wusste, dass sie innerhalb von Sekunden nachdem sie das Haus verlassen hatte, ausgeschaltet würde, was ebenso sicher war wie die Tatsache, dass ihre Mutter ihr niemals etwas anderes anbot als Grünen Tee. Im Augenblick lag sie allerdings genau richtig, was Abi ihr natürlich nicht verraten würde. Denn noch hatte sie keine Gewissheit. Bei dem Gedanken an das Telefonat, das sie vorhin geführt hatte, bekam sie ein komisches Gefühl im Bauch. Die gelangweilte Stimme am anderen Ende war gleich aufmerksamer und freundlicher geworden, als Abis Tränen zu fließen begannen.

Sie spürte den Blick ihres Vaters auf sich ruhen und schritt rasch zum Fenster hinüber.

»Ist es wegen John?« Ihre Mutter stellte ihrem Vater einen Becher hin. »Du solltest mal zu ihm fahren und mit ihm reden. Ich bin sicher, ihr könntet das wieder hinbiegen.«

Abi hatte sich entschieden, nichts von der Geschichte mit Steve zu erzählen und holte tief Luft.

»Dafür ist es zu spät, Mum. Und wenn jemand wie John sich entscheidet zu gehen, dann kann man nicht mehr viel ausrichten.«

Mit Nachdruck schraubte ihre Mutter den Deckel auf ein Glas Chutney und sagte: »Ich verstehe das einfach nicht.«

Das Glas wurde kurzerhand in den Schrank geworfen und die Tür zugeknallt.

»Die Dinge haben sich eben so entwickelt.«

»Das ist doch Unsinn.« Ihre Mutter hackte die Oberteile von einem Bund Möhren mit solcher Brutalität ab, als bediente sie eine Guillotine während der Französischen Revolution. »Ihr zwei hättet euch mehr Mühe geben müssen.«

Abi seufzte. Ihre Mutter würde niemals wirklich verstehen, was geschehen war, und das war vermutlich auch besser so.

»Wie auch immer, jedenfalls ist alles in Ordnung.« Sie stützte die Ellenbogen auf die Küchentheke. »Ich bin bloß ein bisschen müde.«

»Müde? Wieso? Hast du dich überanstrengt?« Ihre Mutter schaltete augenblicklich auf Pflegemodus um. Jeden Moment würde sie das Fieberthermometer zücken oder das Paracetamol aus ihrer abgewetzten schwarzen Handtasche hervorkramen, das dort einen Stammplatz hatte.

»Nein, kein besonderer Grund«, erwiderte Abi mit betont ruhiger Stimme. »Es war nur eine ziemlich hektische Woche, das ist alles.« Offenbar konnte sie inzwischen besser schauspielern, denn ihre Mutter schien ihr zu glauben.

»Und es gibt Neuigkeiten, Dad«, sagte sie an ihren Vater gewandt.

Der rührte langsam mit dem Löffel in seinem Becher herum. »Dann bin ich ja mal gespannt«, sagte er.

»Rob und ich würden dir gern den Laden abkaufen. Wir haben in letzter Zeit gute Umsätze gemacht, und wir glauben, dass wir es jetzt, wo auch seine eigenen Bilder gut laufen, schaffen können. Wir würden gern eine Partnerschaft eingehen – wenn du bereit wärst zu verkaufen.«

Der Löffel verharrte. Wurde dann an der Seite der Tasse abgeklopft.

»Ahhhh.« Er lehnte sich zurück und stützte seine Hände auf die Knie. »Das habt ihr zwei euch also ausgeheckt. Ich habe doch gemerkt, dass da eine Verschwörung im Gange war.«

Abi lächelte. »Stimmt. Ich habe mich daran erinnert, dass du mir im letzten Jahr erzählt hast, wie gern ihr beide wegziehen würdet. Irgendwohin, wo es wärmer ist und besser für Mums Arthritis. Wo ihr euch endlich mal erholen könnt.« Ihre Mutter war verdächtig still. »Ich weiß, dass der Laden ein Grund war, warum ihr es bisher nicht getan habt, deshalb wollen wir helfen. Rob hat gemalt, und ich habe verkauft, und das Ganze sieht wirklich gut aus. Ich kann dir die Buchhaltung zeigen, wenn du willst.«

Sie ignorierte die Zweifel, die sich in ihrem Inneren regten. Die Befürchtung, dass sich die Dinge doch nicht so feinsäuberlich unter Dach und Fach bringen lassen würden. Dass das Leben noch mehr Überraschungen auf Lager hätte, wenn sie nächste Woche die Untersuchungen machen ließe. »Also, wir sind bereit. Ihr könnt gehen. Wir werden den Laden in Schwung halten, und alle sind glücklich.«

»Das klingt wirklich gut.« Er neigte den Kopf zur Seite, während das »Sanctus« aus Faurés Requiem endete und der Sprecher vom Klassikradio das nächste Stück ankündigte. Dann wandte er sich ihrer Mutter zu und lächelte, und Abi verspürte ein Glücksgefühl. »Das sind wundervolle Neuigkeiten, nicht wahr, Carol?«, sagte er.

»Nein, sind es nicht.« Da lag eine Schärfe in der Stimme ihrer Mutter, die den Knoblauch hackte, als wolle sie ihn zum Verschwinden bringen.

Ihr Vater sah seine Frau an. »Warum denn nicht?«

»Du weißt, warum. Du kannst nicht einfach verkaufen. Wir können nicht weg. Da … da ist noch der ganze Papierkram«, sagte sie, und ihre Unterlippe begann zu zittern. »Steuern. Mietverträge.« Das Messer zuckte durch die Luft. »Wir können nicht einfach hier weg.«

»Aber wenn uns die Kinder auszahlen, dann dürfte es doch keine Probleme geben.«

Es war an der Zeit einzugreifen.

»Ich glaube, Mum macht sich Sorgen um mich, Dad. Dass der Krebs zurückkommen könnte.«

Sie durfte nichts preisgeben. Noch nicht. Und vor allem nicht jetzt.

»Oh.« Ihr Vater nickte. »Natürlich.«

Abi zuckte mit den Schultern. »Und ich kann das verstehen.« Es fiel ihr nicht leicht, sich zu beherrschen. Ein Teil von ihr wollte sich ihnen anvertrauen und ihren Tränen freien Lauf lassen, die sie in den letzten Tagen zurückgehalten hatte. Aber so würde es dieses Mal nicht vonstattengehen. Dieses Mal würde sie dafür sorgen, dass sie sich von ihren Verpflichtungen freimachen konnten. Egal was auch in Abis Innerem vor sich gehen mochte – welche Beschwerden kamen und gingen –, sie würde ihre Eltern dazu bringen einzusehen, dass es an der Zeit war zu gehen. Endlich den Traum zu verwirklichen, den sie für ihren Ruhestand gehabt hatten, anstatt auf den Tag zu warten, der vielleicht niemals kommen würde. Den Tag, an dem ihre Tochter in Sicherheit war. »Aber das ist wirklich nicht nötig, Mum. Du musst dir keine Sorgen machen.«

»Doch, das muss ich.« Das Messer zitterte in ihrer Hand, und ihr Gesicht war ein offenes Buch, in dem all ihre Qualen und ihre Zweifel zu lesen waren. »Ich könnte nicht irgendwo im sonnigen Süden leben und die Füße hochlegen, wenn doch noch nicht einmal ein Jahr vergangen ist.« Sie legte das Messer weg und vollzog wieder einmal einen ihrer verblüffenden Gedankensprünge. »Und wir wollen ja auch nicht, dass uns das Finanzamt drankriegt.«

»Das wird es nicht, Mum«, sagte Abi mit fester Stimme.

Sie konnte die blanke Angst in den Augen ihrer Mutter sehen. Angst, die sie in ihren eigenen Augen im Toilettenspiegel des Krankenhauses nach Sebs Unfall gesehen hatte. Die Angst einer Mutter um ihr Kind.

Der Kopf ihrer Mutter sank auf die Brust, und sie lehnte sich gegen die Arbeitsplatte, um sich abzustützen. »Noch nicht einmal ein Jahr«, wiederholte sie. »Es ist der falsche Zeitpunkt.«

Abi spürte, wie ihr die Tränen in die Augen schossen.

Bleib stark, mach weiter, mahnte sie sich.

»Ich bin mir nicht sicher, ob es jemals einen richtigen Zeitpunkt geben wird, Mum.«

»Was soll das heißen?« Der Körper ihrer Mutter zuckte, und sie gab ein Schluchzen von sich. Abi legte ihr behutsam die Hand auf die Schulter. Es war ihr immer schwergefallen, für ihre Mutter da zu sein, da sie ein Mensch war, der so etwas ungern zuließ. Doch nun war definitiv der Zeitpunkt gekommen.

Sie zog sie an sich. »Sie geben einem keine Entwarnung, Mum. Wir werden niemals die Gewissheit haben, dass der Krebs nicht mehr zurückkommt.« Sie versuchte nicht an die Schmerzen zu denken. An das Blut. An die Last des Wissens, die sie zu erdrücken drohte.

Ihre Mutter wischte sich entschlossen die Tränen fort.

»Aber wenn du schon mal ein Jahr geschafft hättest, ein ganzes Jahr, das würde doch etwas bedeuten, nicht wahr?«

Abi wusste, dass sie nicht so weit kommen würde. Sie schluckte ihre Traurigkeit hinunter und drückte ihre Mutter an sich. Versuchte ihre Eltern dazu zu bringen, ihr zu glauben.

Ihre Mutter fuhr fort. »Oder zwei Jahre. Stell dir das einmal vor! Also dann könnten wir darüber nachdenken, die Dinge ein wenig zu ändern. Würden uns sicherer fühlen.«

Abi wusste nicht, wie sie ihr beibringen sollte, dass sie sich nicht vorstellen konnte, jemals wieder das Gefühl zu haben, sicher zu sein. Selbst wenn die Schmerzen nichts zu bedeuten hätten. Selbst wenn die Untersuchungen ergeben würden, dass sie krebsfrei war. Sie würde für immer mit dem Krebs leben. Es gab kein Entkommen – es blieb ihr nichts anderes übrig, als zu hoffen und weiterzumachen. Einen Schritt nach dem anderen zu tun.

Und nun musste sie ihren Eltern dabei helfen, das Gleiche zu tun. Sie legte ihre Arme fester um die knochigen Schultern ihrer Mutter, versuchte ihr nun diese Liebe zu geben, von der Abi während all der Zeit ihrer Behandlung umgeben gewesen war und die ihr dabei geholfen hatte weiterzumachen.

Ausnahmsweise wusste sie einmal, was sie wollte. Und sie wusste genau, was sie zu sagen hatte.

»Mum, du kannst so nicht leben.«

»Doch, das kann ich«, erwiderte ihre Mutter mit gepresster Stimme. »Das kann ich, und das werde ich auch.«

»Nein, Mum. Das lasse ich nicht zu.« Abi drückte ihre Mutter wieder an sich. »Nur du allein kannst die Entscheidung treffen, nicht so zu leben. Frei zu sein. Wir alle müssen diese Wahl für uns selbst treffen, denn ja, es kann durchaus sein, dass der Krebs zurückkommt« – sie sprach jetzt eher mit sich selbst –, »aber daran kann ich nichts ändern. Genauso wenig wie du es kannst.«

Sie hörte, wie ihre Mutter einatmete und redete mit leiser, ruhiger Stimme weiter. »Ich tue wirklich, was in meiner Macht steht, Mum. Aber wir können es einfach nicht kontrollieren. Und es ist nur ein weiterer Käfig, wenn wir uns vormachen, dass wir es können. Nur ein weiterer Käfig, denn was geschieht, geschieht nun mal.«

»Warum ein Käfig?«

»Weil wir darin gefangen sind.« Mit einem Mal fügte sich alles zusammen, und die Worte strömten aus ihrem Mund. »Wir wähnen uns in Sicherheit, wenn wir uns besser ernähren oder weniger Alkohol trinken oder mehr Sport treiben. Wir glauben, dass mein Krebs nicht wiederkommen wird. Seb keinen Unfall mehr haben wird. Keiner von uns jemals wieder krank werden wird. Und wir hocken da und warten ab und wünschen uns sehnlichst, dass wir recht haben. Aber es ist auch wichtig zu leben. Ich bin es so leid, mein Leben mit gedrückter Pausentaste zu verbringen und egal was mich auch hinter der nächsten Ecke erwarten mag, ich werde das nicht mehr tun.«

Bei dem Gedanken daran, in der nächsten Woche durch diese Krankenhaustüren treten zu müssen, presste sie die Nägel in ihre Handflächen, um nicht in Tränen auszubrechen. »Und ich wünsche mir, dass du das auch nicht mehr tust. Mir ist klar, dass du dich immer um mich sorgen wirst. Das hast du ja auch schon getan, als ich noch jeden Abend zu Hause Chips aß und meine Hausaufgaben machte. Aber dieses Abwarten …« Sie streichelte ihrer Mutter über das Haar. »Wenn wir abwarten, dann heißt das, dass der Krebs gewonnen hat, uns durch jeden Tag begleitet und davon abhält, das zu tun, was wir gern tun würden. All die Dinge, die uns glücklich machen würden.«

Sie wich vorsichtig zurück und blickte ihrer Mutter in die Augen, umfasste ihre bleichen Wangen, über die die Tränen liefen. »Hör auf abzuwarten, Mum. Und du auch, Dad.« Sie sah ihn an und rang sich ein Lächeln ab. »Obwohl ich sehr wohl weiß, dass du nur das tust, was sie dir sagt.«

Ihr Vater kam herüber und legte seine Arme um sie. »Schuldig im Sinne der Anklage.«

Es war nur eine kurze Umarmung, aber so voller Liebe.

Sie wandte sich wieder ihrer Mutter zu. »Bitte verkauft das Haus. Lasst uns den Laden übernehmen. Fangt neu an. Es gibt moderne Erfindungen wie Flugzeuge und Skype, wisst ihr. Ihr werdet mich nicht los. Genauso wenig wie Seb.«

»Aber du brauchst uns, Abi.« Da war ein so sanfter Ausdruck in den Augen ihrer Mutter, wie ihn Abi noch nie zuvor gesehen hatte.

»Ich komme schon klar. Seb gibt inzwischen einen ganz brauchbaren Heimwerker ab«, sagte Abi mit einem Grinsen und zog ihre Mutter wieder an sich. »Tu bitte etwas für dich. Damit würdest du mir wirklich eine Freude machen.«

»Ich …«

»Schhh«, machte Abi beschwichtigend, so wie ihre Mutter es bei ihr schon unzählige Male gemacht hatte. »Schhh.«

Eine Sekunde verging. Zwei. Drei.

»Denk einfach darüber nach. Mehr verlange ich nicht.«

»Wir könnten ja mal ein Wertgutachten erstellen lassen«, sagte ihre Mutter mit einem hoffnungsvollen Zittern in der Stimme. »Einfach so.«

»Ja«, sagte Abi nickend. »Das könntet ihr.«

Ihre Mutter wich zurück. Nickte. Wischte sich die Tränen ab. »Gryff, hast du noch die Telefonnummer von dem Immobilienmakler, den wir letzten Monat auf dieser Party kennengelernt haben? Der, der keine schrecklichen Schuhe anhatte?«

Abi und ihr Vater sahen sich an, und er reckte kurz einen Daumen in die Höhe, als er glaubte, ihre Mutter würde es nicht mitbekommen.

Doch die hatte offenbar auch Augen am Hinterkopf. »Was sollte das, Gryff?«

Das schlechte Gewissen ihres Vaters ließ ihn erröten. »Ach, ich freue mich einfach, das ist alles. Ich kann es gar nicht erwarten, neben unserem Swimmingpool in der Sonne zu liegen und alle hier mit meiner Bräune zu ärgern, wenn wir zu Besuch kommen.«

Die Stimme ihrer Mutter hatte wieder ihren gewohnt bissigen Klang. »Dann solltest du dir aber lieber zuerst eine neue Badehose kaufen. Deine sind zu gewagt. Wir wollen doch nicht die Nachbarn vergraulen.«

»Da hast du natürlich recht, Carol.« Die Mundwinkel ihres Vaters wanderten in die Höhe.

Ihre Mutter griff wieder nach dem Messer und zeigte damit auf ihn. »Und verschon mich mit deiner ›Ich-halte-sie-bei-Laune‹-Stimme, Gryff.«

»Jawohl, Carol.«

»Das gilt auch für geheuchelte Unterwürfigkeit.«

»Sehr wohl.«

»Gryff!«

Abi wandte sich ab, um die beiden ihrer sonntäglichen Routine zu überlassen, doch zu ihrer Überraschung nahm ihre Mutter ihre Hand und drückte sie, um ihr dann einen zögerlichen Kuss auf die Wange zu geben, ehe sie sie mit einem Lächeln ziehen ließ, in das all ihre Liebe und ihre Ängste eingeprägt waren.

Abi unterdrückte ihre Tränen und ging in den Garten hinaus. Die Rosen neben der Tür standen in voller Blüte, und sie verharrte für einen Moment, um das satte Gelb der Blätter zu bewundern, die von einer fröhlich summenden Biene umschwirrt wurden. Während sie den Duft des Sommers einatmete, kamen ihr Tausende Erinnerungen in den Sinn: Gin Tonics auf der Terrasse bei Sonnenuntergang, das Ächzen der mit Gurkensandwiches und Bratwürstchen im Schlafrock gefüllten Picknickkörbe. Lesley und sie, wie sie an deren dreißigsten Geburtstag nach ein paar Pimm's zu viel versuchten, im Park Rad zu schlagen.

Und da war noch mehr. Seb, der zu Ferienbeginn von der Schule nach Hause gerannt kam, die Arme in die Luft gereckt und einen Fußball vor sich her tretend. John und sie in Wimbledon, wo sie Champagner tranken und miterlebten, wie Andy Murray den Titel holte. John, der sie mit seinen größten Kunden ins Cricketstadion mitnahm, um dann zu seinem Entsetzen festzustellen, dass sie nicht nur wenig über diesen Sport wusste, sondern sich auch gar nicht sonderlich dafür interessierte. Ihr Sommer in Glastonbury, wo sie als Reinigungskraft jobbte und sich während des Konzerts von Inspiral Carpets in den Backstagebereich schlich.

Was für glückliche Tage das gewesen waren.

Sie ging zu der Bank hinüber, die mitten auf dem Rasen stand, nahm darauf Platz, machte es sich bequem und starrte in die Weide hinauf. Der Baum hatte so viele Dramen miterlebt. So viele Streitereien und Tränen. Als sie die herabhängenden Äste betrachtete, verspürte sie mit einem Mal eine Stärke in sich. Sie würde es schaffen. Sie würde mit den MRT-Liegen und den suchenden Fingern und den ernsten Gesichtern fertigwerden. Mit den Unannehmlichkeiten. Dem Schmerz. Dieses Mal würde sie es allein schaffen – zumindest so lange, bis sie wusste, womit sie es zu tun hatte. Sie könnte es nicht ertragen, diese Menschen zu verletzen, die sie so sehr liebten.

Sie stützte den Kopf in die Hände. Nahm sich vor, für eine Weile Grashalme zu zählen. Alles ein wenig länger auszublenden. Sie wollte sich gerade die Kopfhörer ins Ohr stecken, als sich ihr Vater neben sie setzte.

»Hallo.«

»Hallo.« Sie lächelte, als er ihr den Arm um den Rücken legte, wie er es schon tausendmal getan hatte. Tränen schossen ihr in die Augen, und sie versuchte sich auf das Zählen zu konzentrieren. Eins. Zwei. Zweihundert. Zwei Millionen. Wen interessierte das schon?

»Wirst du selbst zum Krankenhaus fahren, oder soll ich dich hinbringen?«

»Wie bitte?« Sie blickte zu ihm auf.

Er starrte zu dem Fächerahorn hinüber, den er so liebevoll pflegte, seit er ihn vor zehn Jahren gekauft hatte. Sie konnte seine herabgezogenen Mundwinkel sehen, doch er ersparte ihr seinen Schmerz. Natürlich tat er das. Er hatte ja viel Übung darin.

»Soll ich dich fahren?« Er wandte sich ihr zu, und sie sah, wie viel Angst er um ihretwillen unterdrückte.

»Woher weißt du es?«, flüsterte sie.

Er zuckte mit den Schultern. Seine Finger spielten mit den ausgefransten Enden seiner Ärmel. »Ein Vater weiß so etwas einfach.«

»Tut er das?« Abi begann zu zittern.

»Ja.« Er zog sie an sich.

Über seine Schulter hinweg sah sie, wie ihre Mutter sorgenvoll zum Fenster hinausschaute.

»Weiß sie es auch?«

»Nein.« Er schüttelte den Kopf. »Und ich kann damit hinterm Berg halten, wenn du es möchtest.«

»Ja bitte.« Abi dachte an den Schmerz im Gesicht ihrer Mutter. »Ich möchte sie nicht unnötig beunruhigen. Es ist schon schlimm genug, mit mir selbst klarzukommen, von anderen ganz zu schweigen – insbesondere jetzt, wo John nicht mehr da ist.« Am Ende des Satzes überschlug sich ihre Stimme.

»Du könntest ihn ja einweihen.«

»Nein«, sagte Abi und schüttelte den Kopf. »Ich will nicht, dass er aus Mitleid zurückkommt.«

»Das wäre gewiss nicht der Grund«, erwiderte ihr Vater mit sanfter Stimme, während er sich auf der Bank zurücklehnte. »Dich muss man nicht bemitleiden, dazu bist du ein viel zu wundervoller Mensch.«

»Wie gut, dass du nicht voreingenommen bist«, sagte Abi lächelnd und wischte sich die Tränen aus dem Gesicht.

»Also.« Die Knie ihres Vaters knackten, als er aufstand. »Was hältst du davon, mir dabei zu helfen, ein paar übereifrige Erdbeeren zurückzubinden?«

»Gern.« Abi stand auf und streckte sich. »Das klingt gut. Und vielen Dank, Dad.«

»Gern geschehen.« Er drückte ihre Hand. »Und vergiss eins nicht. Vielleicht ist es gar nicht das, was du vermutest. Du lässt bloß ein paar Untersuchungen machen. Für alle Fälle.«

Abi schüttelte den Kopf. »Ich hoffe, du hast recht.«

»Habe ich bestimmt. Ich bin da zuversichtlich.« Er ging zu den Erdbeerstöcken hinüber. »Und jetzt lass uns das Radio einschalten und ein bisschen im Garten arbeiten.«

Die Sonne schien, die Bienen summten, Abi holte sich einen Splitter von einem garstigen Bambusstock, und die Welt drehte sich weiter. Eine Welt, in der jemand an ihrer Seite war.

SEB

Von: CaptainSeb@gmail.com
An: JCooper@TBTglobal.net

Hi, Dad,
schon mal was von Skype und FaceTime gehört? Wie wäre es, wenn du sie bei Gelegenheit mal benutzt? Zu deiner Info: Letzte Woche hat mich dein Hintern angerufen, und ich habe keine Lust, noch mal mit der Innenseite deiner Gesäßtasche zu telefonieren, okay?

Also, mir ist klar, dass du gerade erst mit deinem neuen Job angefangen hast und dich noch in dieser Phase befindest, wo du alle zu beeindrucken versuchst und so tust, als wärst du ein guter Kerl, aber du musst nach Hause kommen. Sofort. Sei kein Idiot und fackele nicht lange – tu's einfach.

Es ist mir egal, was zwischen dir und Mum passiert ist, aber sie braucht dich. Sie braucht uns alle. Zuerst hatte sie Gaviscon in der Handtasche. Dann tauchte diese verdammte Strickjacke wieder auf. Sie will es zwar nicht zugeben, aber ich kriege mit, wenn sie mit gedämpfter Stimme telefoniert – es gibt gewisse Vorteile, wenn man nicht in der Lage ist, alleine die Wohnung zu verlassen – und ich weiß, dass sie wieder krank ist. Sie hat zwar in den Kopf-hoch-Modus geschaltet, aber ich kenne die Anzeichen. Genau wie du. Und du weißt, was ich gerade tue – es ist das alte Lied. Schauen, wie viel sie isst. Was sie trinkt. Ob sie beim Aufstehen vom Stuhl zusammenzuckt.

Du bist der einzige Mensch, der weiß, wie beschissen sich

das anfühlt. Mit anzusehen, wie sie ein Lächeln aufsetzt. Mit anzusehen, wie sie auf die Nachricht wartet, die sie brechen würde. Mit anzusehen, wie sie versucht, tapfer zu sein.

Und nein, Dad, ich bin nicht okay. Das kann doch nicht schon wieder passieren. Nicht ihr. Nicht jetzt. Das darf einfach nicht sein. Das hat sie nicht verdient.

Erinnerst du dich noch an den Monat, als sie uns nicht umarmen konnte? Als sie Chemo bekam und wir beide erkältet waren und Husten hatten, und sie ganz allein in ihrem Zimmer gesessen hat und ständig dieses Bob-Dylan-Album lief? Genau so ist sie jetzt auch, und das macht mir Angst. Sie starrt andauernd aus dem Fenster oder sieht mir zu, wenn ich mit meinem Handy beschäftigt bin, um sofort wegzuschauen, wenn ich sie dabei erwische. Als würde sie versuchen, sich meinen Anblick ganz genau einzuprägen. Für alle Fälle. Das macht mir eine Scheißangst.

Sie braucht dich. Fake es, wenn es sein muss und du sie wirklich nicht mehr liebst. Aber bitte sei bei ihr. Halte ihre Hand. Sei der Ehemann, den sie braucht.

Und ja, ich brauche dich auch. Komm nach Hause, Dad. Sofort. Nichts kann wichtiger sein als das hier.

S

ABI

»Mum?« Abi betrachtete den Koffer am Fuß der Treppe. »Ich weiß, dass ich beim letzten Mal, als ich bei euch war, meinen Apfelkuchen nicht ganz aufgegessen habe, aber deshalb gleich meine ganzen Klamotten zusammenzupacken scheint mir doch ein bisschen übertrieben.«

»Sarkasmus ist die niedrigste Form des Humors, Abigail. Eines Tages wirst auch du das einsehen.« Ihre Mutter kam mit einem Geschirrtuch in den Händen aus der Küche.

»Eines Tages werde ich das vielleicht.« Abi zog eine Augenbraue in die Höhe. »Aber es macht einfach zu viel Spaß, dich aufzuziehen.«

»Na ja, so lange eine von uns ihren Spaß hat.« Ein Lächeln drohte das kühle Gehabe ihrer Mutter zu ruinieren.

»Genau.« Abi ging auf sie zu und gab ihr einen Kuss auf die Wange. Sie roch nach Muffins und Olbas Öl. »Meinst du, euer ZU VERKAUFEN-Schild da draußen ist wirklich groß genug? Ich bin nicht sicher, ob es vom Mars auch gut zu sehen ist.«

Ihre Mutter schüttelte den Kopf. »Du wolltest doch, dass wir verkaufen, Abi.«

»Stimmt.« Abi nickte. »Ist das der Grund, warum du meinen Kram ausräumst?«

»Ich dachte nur, dass du vielleicht noch mehr von deinen Sachen haben möchtest. Für die Wohnung.« Ihre Mutter wandte sich um und ging in die Küche zurück.

»Oh Gott.« Abi war mit einem Mal furchtbar verlegen.

»Du hast doch nicht etwa in der Unterwäsche gewühlt, die ich hiergelassen habe?« Abi wollte lieber nicht darüber nachdenken, was ihre Mutter gefunden haben könnte. Es gab da Sachen, die sie versteckte, seit Becky Milligan sie in diesen schrecklichen Laden in Soho mitgenommen und ihr gezeigt hatte, wie die Welt funktioniert.

»Ich habe in gar nichts gewühlt.« Ihre Mutter schüttelte den Kopf. »Ich habe schon vor langer Zeit gelernt, nicht ohne Vorwarnung an deine Sachen zu gehen.«

Abi betrat die Küche und atmete den süßen Backgeruch ein, der in der Luft hing. Sie zog einen Stuhl unter dem Tisch hervor und nahm darauf Platz. »Wieso? Was hast du denn mal gefunden?« Sie machte sich auf die Antwort ihrer Mutter gefasst.

»Handschellen mit rosafarbenem Plüsch.« Ihre Mutter beugte sich vor und öffnete die Ofentür. Durch die herausströmende Hitze beschlugen wie immer ihre Brillengläser.

»Oh Gott. Wann?«

»Neunzehnhundertdreiundneunzig.«

Abi rechnete rasch nach. »Da war ich fünfzehn.«

»Stimmt.« Ihre Mutter blickte sie über den Rand ihrer beschlagenen Brille an.

»Warum hast du denn nie etwas gesagt?«

Ihre Mutter zog die Augenbrauen in die Höhe. »Weil ich da schon gelernt hatte, dass es sich nicht immer lohnt zu streiten.«

»War ich denn so schlimm?«

»Deine Großmutter hat dich Hitzkopf genannt.«

»Wirklich?« Abi stützte ihr Kinn in die Hand. »Ich erinnere mich wohl daran, dass ich gern Türen geknallt habe.«

»Und du hattest eine Vorliebe für dramatische Abgänge.« Ihre Mutter stellte das Blech mit den Muffins zur Seite.

Abi nickte. »Ich dachte, dadurch würde ich einen entschlossenen Eindruck hinterlassen.«

»Na ja …« Ihre Mutter drückte vorsichtig mit dem Finger auf einen Muffin. »Irgendeinen Eindruck hast du schon hinterlassen.«

»Soll ich uns einen Kaffee machen, Mum?«

Ihre Mutter warf einen Blick auf die Küchenuhr und schüttelte den Kopf. »Ich bin nicht sicher, ob du dafür Zeit hast.«

»Aber ich bin doch zum Sonntagsessen hier, und wir haben erst halb zwölf.« Abi starrte ihre Mutter an. »Wie sollte ich da keine Zeit für einen Kaffee haben?«

»Ich dachte ja bloß.« Ihre Mutter wischte sich die Hände an der Schürze ab. »Wie dumm von mir.«

Ihre Mutter bezeichnete sich niemals als dumm. Abi sah sie mit wachsendem Misstrauen an. Was ging hier vor sich? Wenn ihr Vater ihr von den Untersuchungen erzählt hatte, würde sie ihn umbringen. Er hatte es ihr doch versprochen, nichts zu sagen.

Ihre Mutter schaute wieder auf die Uhr.

»Mum?«

»Ja?« Ihre Mutter fummelte am Knoten in ihrem Rücken herum und zog die Schürze aus. »Ich muss mal eben …«, sie deutete vage Richtung Garten, »raus.« Und damit hechtete sie förmlich zur Hintertür hinaus.

Scheiße. Hier stimmte doch was nicht. Vielleicht war es an der Zeit, es ihr zu sagen, aber Abi konnte den Gedanken nicht ertragen, ihrer Mutter das Herz zu brechen. Es war schon schlimm genug, mit ihrem eigenen blanken Entsetzen zurechtzukommen, wenn sie daran dachte, am Dienstag wieder ihrer Chirurgin gegenüberzusitzen, um herauszufinden, was ihr bevorstand.

Sie blickte sich nach Hinweisen um. Der Stapel aus Zeitung und Prospekten lieferte abgesehen davon, dass ihr Vater sich wieder einmal am Kreuzworträtsel der *Times* versucht und ihre Mutter sich ein weiteres *Pointless*-Buch zugelegt hatte, keine Erkenntnisse.

Sie wandte sich der Krimskramsschublade zu, in die ihr Vater auf Anordnung ihrer Mutter Dinge hineinlegte, die er ins Haus schleppte. Sie stöberte darin herum. Nägel. Kleber. Bindfaden. Eine erstaunlich große Menge von Zündholzschachteln. Das war's.

Sie trommelte mit den Fingern auf die Anrichte. Ihre Neugierde wuchs. Sie ging in die Diele hinaus, blätterte durch das Notizbuch, das ihre Mutter neben dem Telefon liegen hatte und warf einen Blick auf die Pinnwand mit den Broschüren und Fotos und den fünf Telefonnummern, die ihr Vater benötigte, sollte ihre Mutter einmal tot umfallen.

Dann ertönte die Türklingel. Abi ging auf die Haustür zu, wurde aber von ihrer Mutter aus dem Weg geschubst, die plötzlich von hinten auftauchte und an ihr vorbeirannte.

»Mum! Was zum Teufel …?«

Abi sah zu, wie ihre Mutter die Tür öffnete und einem überraschten Spendensammler, der für irgendeinen wohltätigen Zweck unterwegs war, mitteilte, zu verschwinden und bloß nicht wiederzukommen.

»Was ist denn los? Erwartest du jemanden?« Abi stemmte ihre Hände in die Hüften, als ihre Mutter die Haustür schloss.

»Nein. Wen sollte ich erwarten?« Ein wenig überzeugendes Achselzucken folgte, das erklärte, warum aus dem Kindertraum ihrer Mutter, Schauspielerin zu werden, nie etwas geworden war. »Ich habe ihn vom Garten aus gesehen. Ich wollte nicht, dass er deine Zeit verschwendet.«

»Ich glaube, ich wäre mit ihm fertiggeworden. Er war mindestens neunzig, Herrgott noch mal!«

»Iss einen Muffin.« Ihre Mutter stopfte ihr das süße Gebäck förmlich in den Mund und verschwand wieder in die Küche. Abi starrte auf die tickende Standuhr, doch auch die blieb ihr die Antworten schuldig. Der Koffer stand neben dem Heizkörper. Sie wollte sich gerade hinunterbeugen, um ihn zu öffnen und zu sehen, was darin war, als sie einen Schlüssel im Schloss vernahm. Sie blickte auf. Ein vertrautes Schuhpaar tauchte vor ihr auf. Ebenso wie eine vertraute Jeans.

»John?« Sie schaute auf und erblickte zu ihrer Erleichterung ein lächelndes Gesicht.

»Nein«, sagte er kopfschüttelnd, »das hier ist nicht der Himmel. Auch wenn es danach aussehen mag.«

Ihr stockte der Atem, denn das waren vor so vielen Monaten seine Worte an sie gewesen, als sie nach ihrer ersten Operation aus der Narkose erwachte.

Hoffnung brachte sie zum Zittern. »Was machst du denn hier?«

Er hielt ihr die Hand hin und zog sie hoch, und einen Augenblick lang waren ihre Gesichter einander so nah. Nahe genug, um sich Geheimnisse zuzuflüstern. Nahe genug, für einen Kuss.

Er wich zurück. Natürlich. Enttäuschung durchfuhr sie. »Ich dachte, du wärst in Cambridge.«

Er blickte sie mit seinen blauen Augen an. »Und ich dachte, du würdest mich nicht mehr lieben.«

Sie starrte ihn an. Sie musste das hier unbedingt richtig machen. »Nein. Gott, nein. Das stimmt nicht. Ich habe dich die ganze Zeit wahnsinnig vermisst.«

Sein Lächeln wärmte sie.

»Gott sei Dank. Ich hatte nämlich eine beschissene Zeit in Cambridge.«

Sie senkte den Kopf. Verspürte ein unglaubliches Glücksgefühl. Aber sie durfte ihm das nicht antun. Nicht mit den Schmerzen. Und den Untersuchungen. Dem Termin am Dienstag.

Das wäre nicht fair. Nicht nach allem, was er durchgemacht hatte.

Aber trotzdem hielt sie immer noch seine Hand.

»Wieso bist du zurückgekommen, John?«

»Um dich mitzunehmen.«

»Mitnehmen? Wohin?« Sie blickte auf, sah den kleinen Schnitt unter seinem rechten Ohr, den er sich beim Rasieren zugefügt hatte. Sah seine strahlenden Augen. Seine Lippen, die sie tausendmal geküsst hatte. Und sie sah auch die Falten, die ein Leben mit zu viel Kummer darin hinterlassen hatte.

»In ein Wochenende voller Abenteuer.«

Sie jubilierte innerlich vor Freude. Aber sie konnte ihn unmöglich begleiten. Sie musste ihn schützen, ihn überzeugen, umzukehren und wieder zu gehen. Was auch immer ihn dazu getrieben hatte herzukommen, er würde es am Dienstag bereuen, wenn sie wieder durch diese Krankenhaustüren treten musste.

Nur eine Sekunde noch, bevor sie ihre Hand wegnahm. »Und wo soll das Abenteuer stattfinden?«

Er lächelte. »In Edinburgh. Wir haben doch einmal davon gesprochen, dass wir dorthin wollen, erinnerst du dich noch? Als du krank warst?« Er steckte seine Hand in die Tasche und zog ein Foto vom Arthur's Seat daraus hervor. »Also, lass uns losziehen und diesen Berg erkunden.«

»John …« Ihr Herz war zu voll. Voll der Freude, ihn zu sehen und voll des Schmerzes, da sie wusste, dass sie ihn fortschicken musste. »Ich kann nicht.«

»Doch, du kannst.«

»Aber …«

»Also, falls du dir Sorgen machen solltest, dass ich es mir nicht leisten kann – es sind Freiflüge für gesammelte Flugmeilen, und wir übernachten in der Wohnung eines Freundes.«

»Nein, das ist es nicht.« Ihr Bedauern war so groß, dass sie ein beklemmendes Gefühl in der Brust verspürte. »Es ist zu spät für uns.«

»Was in aller Welt meinst du damit?« Seine Hand streichelte ihr Gesicht.

Sie konnte es ihm nicht sagen. Wollte es nicht.

»Ist es wegen der Art und Weise, wie ich gegangen bin?«

»Nein.« Sie vermochte kaum zu atmen. Ihm so nahe zu sein und dennoch zu wissen, dass sie ihn dazu bringen musste zu gehen.

»Ich hätte bleiben und dir zuhören sollen, Abs, das ist mir inzwischen klar geworden.« Er legte seinen Finger unter ihr Kinn und versuchte es anzuheben, doch sie ließ es nicht zu. Sie konnte ihm nicht in die Augen sehen. Denn sonst würde ihr Entschluss ins Wanken geraten, und sie würde sich an ihn klammern und ihn anflehen zu bleiben.

»Abi, ich bin nur weggegangen, weil ich dachte, dass du

mich nicht mehr willst. Ich war so eifersüchtig auf diesen Kerl – ich konnte den Gedanken, dass du mit ihm zusammen bist, einfach nicht ertragen. Und es war leichter zu gehen, als zu bleiben und zu reden.« Er schüttelte den Kopf. »Es tut mir so leid.«

»Das muss es nicht.« Bruchstücke von Gedanken und Gefühlen wirbelten durch ihren Kopf. »Dir muss gar nichts leidtun. Es war alles meine Schuld.«

»Komm bitte mit, Abi.«

Sie hatte nur noch wenig Kraft übrig. »Ich kann nicht.«

Er trat von einem Fuß auf den anderen. »Gescheiterter Geschäftsmann. Eifersüchtiger Scheißkerl, der schon beim ersten Anzeichen von Problemen das Weite sucht. Ich bin nicht gerade ein erstklassiger Kandidat, nicht wahr?«

Nein. Das war zu viel. »Für mich schon.« Sie blickte endlich auf. Diese blauen Augen. Dieses blonde Haar. Diese Liebe.

Er war so nah – sie spürte, wie sie errötete. »Abi. Es ist in Ordnung. Ich weiß, was los ist.« Ein Muskel zuckte in seiner Wange. »Und du musst dir keine Sorgen machen. Wir werden rechtzeitig zu deinem Termin wieder hier sein.«

Angst durchfuhr sie. »Woher weiß du es? Von meinem Vater?«

»Nein. Von Seb.«

»Aber ich habe ihm gar nichts erzählt!«

»Dann ist es ja gut, dass er ein aufmerksamer Junge ist, nicht wahr?«, erwiderte John lächelnd. »Vielleicht wird er eines Tages mal ein guter Detektiv.« Er legte seine Arme um sie. »Falls er sich jemals entscheiden sollte, was er aus seinem Leben machen will. Aber im Augenblick zählt nur eins: Wir sind für dich da. Deine Jungs sind für dich da.«

Sie lehnte sich gegen ihn, spürte ein Gefühl der Erleichterung, nun, da sie die Sorgen der letzten Wochen endlich teilen konnte. »Bist du dir sicher? Es ist zu viel. Ich möchte nicht, dass du das noch einmal durchmachen musst.«

Seine Finger zeichneten die vertraute Acht auf ihren Handrücken.

»Es ist nicht zu viel. Es ist bloß das, was als Nächstes geschieht.« Er küsste sie auf den Mund. Sanft. Zärtlich. »Und wir werden das durchstehen.«

»Werden wir das?«

»Klar.« Sein Mund zitterte, aber sein Lächeln blieb. »Wir haben doch schon Übung darin, nicht wahr?«

Sie schlang die Arme um ihn. »Danke!«

»Bedank dich nicht.« Er drückte sie an sich. »Ich liebe dich. Und ich bin hier der Gewinner. Ich bekomme mehr Zeit mit dir und ich will das Beste aus jeder Sekunde machen.«

»In Ordnung«, sagte sie und nickte.

Sie standen einen Moment lang da, während die Uhr tickte und die Sonne durch das Fenster vor ihnen schien. Sie waren zusammen. Sie waren stark.

Aber sie musste einfach noch einmal nachhaken. »Bist du dir auch wirklich sicher, John?«

»Ja! Und wie sieht's mit dir aus?« Er zog sie wieder eng an sich.

Sie benötigte nur eine Sekunde, um darüber nachzudenken.

»Lass uns gehen.«

»Abgemacht.« Er gab ihr einen Kuss, und dieser Kuss sagte ihr, dass sie geliebt wurde. Begehrt. Dass die Welt wieder an ihrem Platz war. Egal, was als Nächstes kommen würde.

»Warte …«

»Was denn noch?« Er breitete fragend die Arme aus.

»Meine Kleider. Meine Sachen.« Sie ging Richtung Küche, blieb dann aber stehen und drehte sich zu ihm um. »Ich habe doch nichts gepackt.«

»Oh doch, das hast du.« Er deutete auf den Koffer. »Oder besser gesagt, deine Mutter hat es getan.«

»Mum?« Tränen schossen ihr in die Augen. So viel Güte. So viel Liebe. »Kein Wunder, dass sie sich so seltsam benommen hat.«

»Seltsam?« Ihre Mutter tauchte hinter der Küchentür auf. »Ich war lediglich diskret. Die Diskretion in Person.«

»Ach, so nennst du das?«

»Das reicht, mein Kind.« Ihre Mutter umarmte sie fest. »Und jetzt verschwinde und amüsiere dich.«

»Werft ihr ein Auge auf Seb?«

»Ich vermute eher, dass er ein Auge auf uns werfen wird«, erwiderte ihre Mutter. »Oder besser gesagt, auf unseren Nachbarn Marc.«

»Vermutlich«, erwiderte Abi lächelnd. »Ich danke dir für alles.«

»Gern geschehen. Und jetzt zieh endlich Leine! Mach, dass du wegkommst.«

Abi wandte sich zu John um. »Meine Mutter wird rabiat. Wir sollten wirklich gehen.«

»Großartig.« John öffnete die Haustür. »Ich vermute, dass du für die Fahrt zum Flughafen Musik parat hast?«

»Und ob ich die habe.« Abi setzte ihre Sonnenbrille auf und trat in den Sonnenschein hinaus. Edinburgh. Das Krankenhaus. John. Seb.

Ihr Leben hatte keine Volldrehung gemacht. Das hier war nur eine weitere Kurve auf ihrem Weg. Vielleicht war es

Krebs. Vielleicht auch nicht. Aber was auch immer kam, sie wusste, dass sie stark genug war, ihm zu begegnen. Gemeinsam mit ihren Lieben. Für ihre Lieben. Für alle Menschen, denen sie etwas bedeutete.

AUGUST

»Into Your Arms«

(The Lemonheads)

Für meine Familie. Für euch alle. Dich eingeschlossen, Lesley. Dieser Song bringt's auf den Punkt. Ich habe längst aufgehört, all die Male zu zählen, die ihr mich in eure Arme genommen und mir begreiflich gemacht habt, von wie viel Liebe ich umgeben bin. Danke dafür. Es gibt schon so vieles, wofür ich seit meiner Diagnose dankbar bin. Für die Suppen (Mum), die Schallplatten (Dad), die Filme (Seb), die Boxsets (Rob), die Bücher (Lesley) und alles andere (John). Ich will ja nicht zu pathetisch werden, aber ihr seid der Grund, warum ich morgens aufwache, mich anziehe und zum Sofa hinüberstolpere. Ihr seid der Grund, warum ich diese abscheulichen Smoothies trinke und wie ein braves Lämmchen – das ich mit Sicherheit nicht bin – jede einzelne von diesen verdammten Tabletten nehme, die sie mir geben. Für euch würde ich alles auf mich nehmen.

Also, das hier ist mein Dankeschön. Danke, dass ihr mich so sehr liebt, dass ihr für mich da seid, und ich entschuldige mich schon einmal vorab für meine Stimmungsschwankungen, meine Wut und meine fürchterliche Flucherei. Ihr müsst mich schon wirklich sehr lieb haben, aber, wie Seb immer sagte, als er noch klein war: bis zum Mond und wieder zurück. So lieb hab ich euch. Und ein größeres Lob kann es gar nicht geben.

ABI

»Da wären wir also wieder.« Sie starrte die beigefarbene Tür an, die zwischen ihrer Gegenwart und Zukunft stand.

Es war fast zwei Jahre her, dass sie auf diesem blauen Plastikstuhl gesessen und auf ihre Ärztin, Dr. Seth, gewartet hatte. Damals war sie gelassen gewesen, aus irgendeinem Grund überzeugt, dass ihre permanenten Magenschmerzen keinen Grund zur Beunruhigung darstellten. Sie hatte sich auf einen schönen samstäglichen Konzertabend mit Keane und Cola aus der Dose gefreut. Hatte an das bevorstehende Irlandwochenende gedacht, und ob es Seb wohl gelingen würde, seine Großmutter auszutricksen.

Nun hatte sie nur einen Gedanken. Einen einzigen erschreckenden Gedanken.

Ein Arm legte sich um ihre Schultern. »Wie geht's dir?«

Sie lächelte ihren Mann an. »Ganz gut.« Sie blickte auf ihre Zehen mit dem abgesplitterten Nagellack hinab. »Ich dachte bloß gerade, dass ich mal neuen Nagellack kaufen sollte.«

Er zog eine Augenbraue in die Höhe. »Aber natürlich hast du das gedacht.«

Sie lehnte sich an ihn, und genau in diesem Moment kam Seb mit einer Leinentasche über der Schulter zur Tür hereingehumpelt. Er lehnte seine Krücken an die Wand, ließ sich auf dem freien Platz neben Abi nieder und hievte sein Gipsbein auf den gegenüberstehenden Stuhl. Sie blickte ihn von der Seite an. »Was ist in der Tasche?«

»Etwas, das du sehr gerne magst«, erwiderte Seb lächelnd.

»Was denn? Eine Flasche Merlot?« Ihr Lächeln fühlte sich gezwungen an.

»Also, eins muss man ihr lassen.« Seb blickte über ihren Kopf hinweg zu John hinüber. »Sie hat Humor. Versucht selbst jetzt noch Witze zu reißen.«

John lehnte sich auf seinem Stuhl zurück. »Auch wenn sie nicht besonders witzig sind.«

»Hey!« Sie knuffte ihn in die Seite. »Ihr solltet mich eigentlich bemuttern. Mich bei dieser traumatischen Erfahrung unterstützen!«

»Ach ja«, erwiderte John nickend. »Dich bemuttern.« Er schüttelte mit gespielter Ungläubigkeit den Kopf. »Keinen Schimmer, was das bedeutet.«

Sie verdrehte die Augen, aber dieses Mal war ihr Lächeln echt. »Von wegen. Das weißt du ganz genau. Ihr sollt einfach nur für mich da sein. Hier sitzen, meine Hand halten, und dabei vielleicht noch eine Träne verdrücken – so was in der Art.«

Seine Finger schlossen sich um die ihren. »Ah! Etwa so?« Er kniff die Augen zu. »Ich arbeite an der Träne, Schatz. Ich arbeite an der Träne.«

»Du bist blöd.« Sie warf einen Blick auf die Uhr an der Wand. Die Zeiger hatten sich kaum bewegt. »Ihr zwei solltet euch mit dem Bemuttern ein bisschen beeilen, okay?« Sie blickte in ihre Gesichter und verspürte eine Liebe, die sie zu überwältigen drohte. Sie wussten, dass sie kein Mitleid wollte. Hier in diesem Raum würden sie die Emotionen ersticken, ihr Geplänkel dagegen schaffte Distanz zu den Scans und den Ergebnissen, die nun auf dem Schreibtisch der Chirurgin lagen. Ergebnisse, die ihrem erblühenden Glück ein Ende setzen konnten.

»Na dann …« Seb griff in seine Tasche. »Ich glaube das hier zählt als Bemuttern.« Er zog ein süßes Rosinenbrötchen hervor. Dann einen Teller. Ein Messer. Schließlich einen kleinen Behälter mit Streichrahm und ein Gläschen Marmelade.

Trotz der Hitze, der gelben Wände und dem unbequemen Stuhl spürte sie, wie ihr das Wasser im Mund zusammenlief.

»Womöglich könnte ich einen kleinen Bissen verdrücken«, sagte sie nickend. »Wo du dir schon mal die Mühe gemacht hast.«

»Das ist aber wirklich nett von dir.« Seb legte das Brötchen auf den Teller, schnitt es vorsichtig auf und bestrich es großzügig mit Rahm und Marmelade.

»Eigentlich kommt die Marmelade zuerst.« John schüttelte missbilligend den Kopf. »Keine Ahnung, wieso du es so herum machst.« Er lehnte sich zu Abi hinüber. »Bist wohl schlecht erzogen – vermutlich die Mutter schuld.«

»Mein Vater schneidet seine Brötchen immer in drei Teile, damit er mehr Rahm drauftun kann.« Abi lächelte, als Seb ihr eine Hälfte reichte. Sie biss hinein und seufzte zufrieden. »Das war bestimmt Mums Idee, nicht wahr?«

John legte die hohle Hand hinter sein Ohr. »Wie bitte? Ich kann dich nicht verstehen. Man sollte nicht mit vollem Mund reden!«

Abi schluckte den ersten köstlichen Bissen hinunter. »Halt die Klappe. Ich esse gerade.« Sie stellte erstaunt fest, wie hungrig sie war. Normalerweise brachte sie an Tagen, an denen sie einen Arzttermin hatte, keinen Bissen hinunter, und der heutige Morgen war da keine Ausnahme gewesen.

Sie hatte schon Mühe gehabt, wenigstens ihre Tabletten zu nehmen. Die ängstliche Erwartung machte ihr zu schaffen. Ihr Mund war trocken. Ihr Herz raste.

»Reizend.« Seb schüttelte den Kopf. »Ich serviere dir hier Köstlichkeiten, und du sagst mir, ich soll die Klappe halten?«

»Eigentlich …« Abi nahm einen weiteren Bissen. Gott, war das gut. »Eigentlich habe ich deinen Vater gemeint.«

»Ja, ja. Von wegen.« Seb schüttelte den Kopf und blickte zu dem Wasserspender in der Ecke hinüber. »Wieder mal keine Becher«, sagte er nickend. »Traditionen sind doch etwas Wunderbares.«

»Ja. Man möchte es sich gleich gemütlich machen hier, nicht wahr?«, sagte John lachend.

Abi widmete sich ihrem Brötchen, während sich die beiden über ihren Kopf hinweg über Fußball unterhielten. Offenbar könnten es die Queens Park Rangers in der nächsten Saison endlich schaffen. Und während sie sich mit gedämpften Krankenhausstimmen unterhielten und lachten, war sie sich bewusst, dass sie sich noch niemals zuvor so geliebt gefühlt hatte. So wertgeschätzt.

Eine Melodie kam ihr in den Sinn, und es dauerte nicht lange, und sie summte zwischen den Brötchenbissen vor sich hin. Es war die Melodie des letzten Songs auf der Playlist ihrer Überlebensmusik. Darin ging es um Familie. Die unterstützenden Arme. Die Herzen, die immer offen waren. Die unsichtbaren Verbindungen, die sie aufrecht hielten und stärkten.

»Oh Gott, sie singt. Und isst. Das kann nur eins bedeuten.« John lehnte sich nach vorn und drehte ihr den Kopf zu. »Krümel!«

»Das steht zu befürchten.« Seb blickte zur Tür hinüber.

»Und hoffentlich kommt keiner, solange sie zu singen versucht.«

Aber Abi machte unbeirrt weiter, und ihre Stimme wurde mit jedem Wort lauter.

»Oh …« Seb tat so, als gerate er in Panik. »Höchste Alarmbereitschaft! Akute Krümelgefahr!«

John spielte mit. »Das sieht nicht gut aus, Leute. Das sieht wirklich nicht gut aus. Brötchen auf Schoß! Brötchen auf Schoß!«

Abi sang weiter, und ihr Lächeln wurde mit jeder Note breiter. Sie traf zwar nicht immer den richtigen Ton, aber das war ihr egal. Sie brauchte keinen Drink in der Hand und keinen Schein eines Karaoke-Monitors. Brauchte keine Stöckelschuhe und keinen knallroten Lippenstift. Sie brauchte nur diese beiden Männer an ihrer Seite und diesen Song in ihrem Herzen. Ihre Stimme wurde immer sicherer.

»Jawohl, Abi. Lass es krachen!«, sagte John und klopfte den Takt mit dem Fuß.

Seb sah ihn entgeistert an. »Wieso ermunterst du sie auch noch?«

»Was bleibt mir anderes übrig?«, erwiderte John schulterzuckend. »Wenn meine Frau schon einen Song von den Lemonheads in einem Krankenhauswartezimmer verhunzen muss, dann doch richtig!«

Seb schüttelte nur fassungslos den Kopf, aber das war Abi egal. Sie war ohnehin fast fertig. War bei dem Teil angelangt, wo die Band in ihrem verschwommenen, auf Neunzigerjahre gemachten Video im Wald herumsprang. Sie reckte die Arme, reichte Seb dann den Brötchenrest und stand auf, um so zu tun, als hielte sie ein Mikrofon in der Hand. Nichts auf der Welt konnte sie aufhalten, denn die beiden mussten diese Worte unbedingt hören. Mussten begreifen, wie viel sie ihr bedeuteten.

»Mum!« Seb schien sich in diesem Moment zu wünschen, adoptiert worden zu sein.

»Oh Gott«, entfuhr es John, der damit wohl nicht gerechnet hatte und bedeckte seine Augen mit der Hand.

Abi kam zum Schluss und strahlte die beiden an. Dann begann sie zu blinzeln, wurde sich der abblätternden Farbe bewusst, des Risses in der Decke, begriff, dass sie gar kein Popstar auf Tournee im New Yorker Madison Square Garden war, sondern eine Frau, die den Krebs überlebt hatte. Und darauf war sie verdammt stolz.

Die Tür öffnete sich, und ein Adrenalinstoß katapultierte sie in die Gegenwart zurück.

»Mrs. Cooper?«

»Ja?« Ihre Stimme schien mit einem Mal eine Oktave höher zu sein.

Dr. Seth lächelte, und Abi erblickte den Menschen und nicht die Ärztin mit dem weißen Kittel und dem perfekten Haarknoten. Ihr schwarzes Haar war von grauen Strähnen durchzogen, aber ihre Augen hinter den Brillengläsern leuchteten.

»Würden Sie bitte mitkommen?«

Die Angst war nun übermächtig, und Abi stand für einen Moment wie erstarrt da, hilflos angesichts einer Furcht einflößenden Zukunft. Sie wusste ja bereits, was mit ihrem Körper alles passieren konnte. Was sie möglicherweise zu hören bekam, wenn sie vor dem Schreibtisch der Chirurgin Platz nahm, auf dem ihre Krankengeschichte in einer verschnürten gelben Mappe mit ihrem Namen darauf lag. Eine Geschichte der Angst und der Schmerzen und der gestohlenen Tage.

Sie wollte nicht, dass diese Mappe dicker wurde. Noch nicht. Nicht, wenn es so viel gab, wofür es sich zu leben lohnte. Diese beiden. Ihr Bruder, der ihr heute Morgen getextet hatte, angerufen hatte, und der nun gemeinsam mit Lesley im Laden auf Nachricht von ihr wartete, wie es ihr ergangen war. Ihre Eltern, die im Haus vor sich hin werkelten und so taten, als wären sie nicht in Bereitschaft, je nachdem, wie das Ergebnis ausfallen würde. Marc, der die letzte Nacht in ihrer Wohnung verbracht und ihnen heute Morgen Frühstück gemacht hatte, und der sich mit einer besonnenen Aufmerksamkeit um Seb kümmerte, die Abi rührte.

John und Seb beobachteten sie. Warteten ab. Sie betrachtete das Gesicht der Ärztin, versuchte abzuschätzen, welche Nachricht sie wohl für sie hatte. Aber Dr. Seth gab nichts preis. Nicht einmal ein Flattern ihres Blicks, der Abi verraten hätte, welches Schicksal sie erwartete.

Abi reckte das Kinn. »Komme sofort.« Sie sah zu ihren Jungs hinüber, erinnerte sich an den Brief, den sie vor so vielen Monaten geschrieben hatte. Der Brief, in dem sie ihnen erklärt hatte, wie sehr sie sie liebte. Dass sie der Grund waren, warum sie alles versuchte, um weiterzuleben.

Das war immer noch so. Und sie konnte auch dieses Mal wieder um ihretwillen tapfer sein, wie sie es schon einmal gewesen war. »Kommt ihr zwei mit?«

»Ich auch?« Seb errötete und setzte sich aufrecht hin.

»Na klar.« Sie drückte ihm einen Kuss auf den Scheitel seiner Mähne. »Du bist doch jetzt immerhin schon groß genug, um dich selbst zu verunstalten.«

»Hey.« Er schüttelte den Kopf, während er sich in die Höhe stemmte. »Eine weise Frau hat mir einmal gesagt, dass man niemals über das Aussehen anderer herziehen sollte.«

»Ach ja?« Abi lächelte. »Das muss ja eine tolle Frau gewesen sein.«

»Sie ist ganz okay.« Er stand jetzt, hüpfte zu seinen Krücken und klemmte sie sich unter die Arme. »Ich habe sie gern um mich.«

Wieder kamen ihr für eine Sekunde die Tränen. Nein. Sie hatte nicht vor zu weinen. Nicht angesichts von »eventuell« oder »was wäre wenn«. »Sollen wir dann reingehen?«

»Ja«, erwiderte sie nickend. »Lasst uns gehen.«

»Dein Wunsch ist mir Befehl.« John führte sie zur geöffneten Tür, während sich die Chirurgin umdrehte und den Flur Richtung Sprechzimmer querte.

Abi machte einen Schritt. Zwei. Drei.

Sie war wieder zurück. Alles sah aus wie damals. Die gelben Jalousien, die nicht weit genug hinunterreichten, um die Sonne davon abzuhalten hineinzuscheinen. Der reizende Ausblick auf den Parkplatz. Der antiseptische Geruch. Sie schaute ihren Mann an und sah, wie ein ängstliches Zucken über sein Gesicht huschte.

Als sie sich hinsetzten, drückte sie seine Hand und griff dann auch nach Sebs. Sie runzelte die Stirn, als Dr. Seth auf die vor ihr liegende Mappe hinunterblickte und Luft holte.

Abis Puls schoss in die Höhe.

Die Chirurgin sah sie an und legte die Fingerspitzen aneinander, sodass sie ein Dreieck formten.

»Also, Mrs. Cooper, dann unterhalten wir uns einmal über Ihre Untersuchungsergebnisse.«

Abi war so angespannt, dass sie nicht einmal ein Nicken zustande brachte.

»Sind Sie bereit?«

Abi schluckte. »Ja. Ja, ich bin bereit.«

Und mit den Sonnenstrahlen im Gesicht und diesen beiden Händen in den ihren, die ihr mehr als alles andere bedeuteten, erfuhr sie, was ihr die Zukunft bringen würde.

DANK

Ich bin all jenen dankbar, die mir während meiner Arbeit an diesem Roman geholfen haben.

Danke dem wundervollen Team bei Hodder, das unermüdlich und auf so kreative Weise daran arbeitet, meine Bücher in die Läden zu bekommen. Ein ganz großer Dank an Emily Kitchen, meine kluge, scharfsinnige Lektorin und an das »Dream Team« Naomi Berwin und Emma Knight. Danke Jane Selley und auch Joanne Myler und Malena Valcárcel für den wirklich wunderschön gestalteten Buchdeckel – einen besseren hätte ich mir nicht erträumen können. Ohne die unglaubliche Hannah Ferguson – meine Agentin, Heldin und Freundin –, würde ich heute nicht meinen dritten Roman herausbringen. Daher geht ein riesengroßer Dank an sie. Fühle dich gedrückt, Hannah!

Ich danke allen, die mir bei der Recherche zu diesem Buch geholfen haben. Danke den Klinikärzten, die mich immer wieder beraten und meine wüsten Vorstellungen anschaulich und taktvoll korrigiert haben: Mein Dank geht an Miss Bubby Thava, Anna Ingram und Dr. Fiona Kyle für ihr Verständnis und ihre Zeit. Sämtliche Fehler gehen allein auf mein Konto. Danke Kate Bolton, Mel Hedges, Phillippa Burt und Chris Burt für die Ehrlichkeit und Geduld bei der Beantwortung meiner endlosen Fragen – ich habe gewaltigen Respekt vor Ihnen allen.

Ein Dank auch an Melissa Vanger, Carlie Line und Nerrie McSween, die mir erklärt haben, wie man einen Kunstladen führt, und an Alex Lawrence, Alex Simpson, Noah Chulu Chinn und Francesca Viragh, die mich bei meinem Versuch unterstützt haben, dahinterzukommen, wie Teenager ticken – mir ist bewusst, dass es ein hartes Stück Arbeit gewesen ist. Meinen Dank schulde ich auch Ali und Jonathan Crowther, Sandra Iskander, Hugo Mortimer-Harvey, Diana de Grunwald, Clare Hill, Tamara Bathgate, Jo Farrell, Rob Beaugie, Tanya de Grunwald, Damian Higgins, Suzanne Lawrence, Ed Purnell und Karen Tierney.

Ich habe so viel Zuspruch und Unterstützung durch die Buchgemeinschaft erfahren. Mein Dank gilt in keiner bestimmten Reihenfolge: Nina Pottell, Anne Cater und den Book Connectors, John Fish, Michelle Ryles, Anne Williams, Laura Lovelock, Kelly Spillane, Kaisha Holloway, allen bei TBC, Jo Barton, Sophie Hedley, Sharon Wilden, Victoria Goldman, Linda Hill und Agi Klar.

Ich habe einen zuverlässigen Zirkel inspirierender Autorinnen, die dafür sorgen, dass ich auf Kurs bleibe. Ein großes Dankeschön an Isabelle Broom, Cesca Major, Kirsty Greenwood, Lisa Dickenson, Cressida McLaughlin, Miranda Dickinson, Sarah Turner, Amanda Jennings, Louise Beech und Kim Curran.

Mein riesiger Dank geht an meine Freunde und meine Familie für ihre Geduld und ihre Unterstützung. Dank an Mum und Dad, Richard und Tammy und – natürlich – an meine Mädels: Kate Holder, Rhian Fox, Claire Pollard, Helen Winterton, Nijma Khan, Alice Jarvis, Myoung Rhee und Jo Rose.

Zu guter Letzt geht mein Dank und all meine Liebe an Max, Fußballexperte und Ehemann der Extraklasse. Ich verspreche dir, dass es mir irgendwann einmal gelingen wird, einen Abgabetermin ohne Drama einzuhalten! Und – natürlich – an Evie, fürs Lachen und Kuscheln und weil durch dich erst alles einen Sinn bekommt.